锦绣

李铁 著

北方联合出版传媒（集团）股份有限公司
春风文艺出版社
·沈 阳·

图书在版编目（CIP）数据

锦绣 / 李铁著 . —沈阳：春风文艺出版社，
2021.12
ISBN 978-7-5313-5945-6

Ⅰ. ①锦… Ⅱ. ①李… Ⅲ. ①长篇小说—中国—当代
Ⅳ. ①I247.5

中国版本图书馆CIP数据核字（2021）第043907号

北方联合出版传媒（集团）股份有限公司
春风文艺出版社出版发行
http://www. chunfengwenyi. com
沈阳市和平区十一纬路25号 邮编：110003
辽宁新华印务有限公司印刷

出 品 人：单英琪	责任编辑：姚宏越 韩 喆
责任校对：于文慧	封面设计：崔 崔
幅面尺寸：155mm × 230mm	字 数：319千字
印 张：21.75	插 页：3
版 次：2021年12月第1版	印 次：2021年12月第1次
书 号：ISBN 978-7-5313-5945-6	定 价：45.00元

目录

第一卷　家园

张大河是在20世纪50年代初和古小闲分手的，那年张大河二十出头，古小闲小他两岁。

张大河把古小闲约到古河大坝下一片树林里，这里土质肥沃，林木茂盛，河边是沙土，离河滩甚远的林子里却是黏度极高的黑土。林子是杂树林，有杨树、刺槐、针叶松、柳树等。树下多是盘根错节的杂草，种类很多，有一些叫不上名字。有些树干上爬满藤类植物，其中有一种豆荚，一到夏天就会发出噼噼啪啪的爆裂声。那是个初夏的午后，阳光照在人身上懒洋洋的。张大河从大坝上走，老远看见古小闲戳在杂草里，她个头儿不高，穿豆绿色短衫，整个人就像一棵植物。大坝另一侧是一条小道，沿这条小道是一排工厂的厂房，灰突突的墙壁贴满了红红绿绿的标语，望过去像另一片树林。

张大河从大坝下来，进林子朝古小闲走，古小闲也朝他走。两个人相向而动，脚下的杂草沙沙作响。走到只有一尺远时停住步子，都看定对方，眼神的含义却各有不同。古小闲是含情脉脉，张大河是饱含愧疚。分手是张大河提出来的，说的时候底气不足，声音挺小。古小闲听了愣在原地，还是定定地看他，好一阵，才问，为啥？张大河说，我也是没办法。古小闲还是问，为啥？张大河说，我娶成分不好的老婆，锦绣厂就没法待了。古小闲说，锦绣厂就没一个成分不好的吗？张大河说，那倒不是，可想在锦绣厂干一番大事，就得根红苗正，自己成分好，配偶也得成分好。古小闲说，谁说的？张大河说，厂领导说的。古小闲说，干大事比我重要？张大河咬了咬牙，说，重要。声音很弱。古小闲说，你再说一遍。张大河低下头，强迫自己又说了一遍。声音还是挺弱。

古小闲转身跑开了，转身的一瞬间张大河看见了她脸上的泪水。豆荚依然在爆裂，像是某种背景音乐，她脸上的泪珠很多年后他依然记得。他站在原地待了好半天，才一咬牙走开了。

第二天，张大河去了锦绣厂的办公楼。这是一栋三层楼房，外墙是清一色的青砖，下边一米高的是青白色的石头，给人一种冷森森的感觉。这是一座老楼，日本投降后，这里一直闲置，新政权接管后成了厂里的办公楼。厂领导和一些技术人员都在这里办公。张大河去的是二楼，找组织部门的干部刘英花。刘英花是个女同志，目光犀利，长着一张严肃的脸，笑与不笑之间转换得非常快。她找张大河谈过一次话，就是这一次谈话，改变了张大河和古小闲两个人的命运。当时，刘英花盯住张大河的眼睛说，厂里要成立技术核心组，这个组人员精干，都是技术尖子，以后他们就是厂里的骨干，会成为各个生产岗位的干部，现在他们的任务是攻克堡垒，堡垒是个啥？牛书记说得好，一些阻挡我们恢复生产的难题都是堡垒，我们的任务就是攻克它，拿下它。张大河一听身上就热了，抢话道，我要进这个组。刘英花笑了，转瞬就冷了脸说，这可不是你想进就能进的，对这个组员的要求是，除了技术过硬，还要根红苗正，干干净净，禁得住各种考验。张大河说，我祖辈是贫苦农民，我本身是工人，我就是根红苗正。刘英花说，那干干净净呢？张大河说，以后勤洗澡就是了。刘英花哈哈大笑，然后又冷了脸说，别跟我装糊涂。这个干干净净指的不是身体，是灵魂，我问你，你是不是有对象了？张大河惊讶地问，这你也知道？刘英花说，组织上想重用你，当然要对你有所考察，我知道她的出身不好，这对你来说就不是干干净净，对你以后的成长也会有不好的影响。想要进核心技术组，就要勇于划清界限。我现在正式通知你，组织上已经把你列入锦绣厂发展的第一批党员考察对象，也把你列入了核心技术组人选，希望你要珍惜这个机会。张大河傻眼了，脱口道，我要是不干净呢？刘英花说，我们需要的是禁得住风雨和考验的人。

见张大河低头不语，刘英花又说，我劝你和她分手，也是对她好，没有你这个根红苗正的庇护，她才会更好地认清自己的资产阶级身份，才会更坚定地改造自己，只有她自己改造好了，以后才有被重用的机会。张大河说，敢情我还成了耽误她的人？刘英花盯着他的眼睛，没回答。

现在，张大河推开了刘英花办公室的门，把昨天发生的事情告诉了她。张大河本以为刘英花会很惊讶、很兴奋，没想到她只是平淡地嗯了一声，好像这是件再正常不过的事情了。张大河心里五味杂陈。刘英花又平淡地说，希望你以后能找个无产阶级的对象，我可以找人帮你。张大河没好气地说，不用。刘英花说，革命同志之间要互相帮助，别不用不用的。张大河强忍不快，问，我可以进技术核心组了吧？刘英花说，听组织上的决定吧。张大河又问，古小闲有没有被重用的机会？刘英花说，这得看她自己的表现，你和我都说了不算，她的命运掌握在自己手里。

从刘英花办公室出来，张大河长出一口气，发出一种类似叹气的声音。

张大河日记摘抄：

我是个有理想的人。

技术核心组是要攻克技术难关的，我是厂里的炼锰高手，是大拿，我不能不进这个组。套用刘英花常说的一个词——理想，我就是个有理想的人。

我是咬着牙和古小闲分手的，外表冷，心里疼。但为了理想，我只能这么干了。为了自己，我对不起古小闲，可为了对得起她，让她更好地改造自己，我又只能狠心这么做。心中的苦痛只有自己知道。

现在厂子的情况是破烂不堪，该在哪儿待着的东西没在哪儿，不该待在那儿的东西就乱堆乱放在那儿，一群外行人在瞎忙乎。现在我们的任务是，把一个原本瘫痪的老厂变成新厂，要艰苦奋斗，恢复生产。看别人瞎干，我就着急，就想说人家，可我现在说话没人听，我要是进核心组了，我说的话就由不得他们不听了。

为了理想，我们只能对自己狠点儿了。

我的理想其实很简单，还是像刘英花说的，除了做无产阶级革命战士，就是继续做我的技术大拿。收音机里说得好，“一朵花不是春，百花齐放春满园”。现在厂子里内行少，我要让大家都跟我学，成不了大拿也要成个内行。

和刘英花谈话的第二天晚上，有个女人敲开张大河宿舍的门。他当时住厂里的集体宿舍，四人间，这个女人说，我姓袁，咱厂子弟小学的，都叫我袁老师。宿舍里的四个小伙子都瞪大眼睛看这个女人。女人冲他说，你跟我出来一下。到了宿舍外边，女人站到离门口不远的一棵大槐树下，顶着一头树叶说，我想给你介绍个对象。张大河说，不用。女人说，是刘英花托我给你介绍的。张大河嘎巴嘎巴嘴，没出声。女人说，我有个表妹，乡下来的，但人长得一点儿不像乡下人，挺白净的。她爸念过私塾，是村里有名的文化人。我表妹有个很文气的名字，叫洛慧敏。张大河问，她啥成分？女人说，贫农。

东北的夏天也热，地表温度并不比南方低多少，空气里涌动着一波一波的热浪。一群人的头顶罩着一团热气，这热气是人的嘴里呼出来的，是身上的汗水蒸出来的。他们有说有笑，精神头十足，正在你追我赶地搬运东西，有废置的机器和零件，有废铜烂铁，有石头和砖瓦。炽烈的阳光打在他们身上，每一张笑脸都呈黑红色，像极了脚下的土地。

人群中领头的是个红脸汉子，赤红的面皮和庄稼汉没啥两样，能看出他是领头的，完全缘于他的一身黄军装，胳膊和左胸前的标记和徽章虽然扯掉了，但这身军装本身就可以显示他与众不同的身份。张大河老远就看见了这群人，就从这一群人中把这个人分拣出来了。他气冲冲一路奔来，锁定了这个目标，冲着他吼道，都给我住手。这群人都住了手，瞪大眼睛看他。他朝这些人摆摆手，然后盯住这红脸汉子的脸，用斥责的口气问，你们这是干啥？汉子说，清理垃圾，把环境搞好。张大河说，你们这不叫把环境搞好，你们这叫把环境搞乱。汉子笑道，不明白你说个啥。张大河说，我料你们也不明白，可不明白可以问问明白人，干吗要瞎搞，是谁给你们的权力瞎搞？有个年龄看上去也就十七八岁的小伙子挤过来，瞪起眼睛朝张大河喊，你胡咧咧个啥，你知道他是谁吗？汉子拉过小伙子，用眼神止住了他的话头，转而跟张大河说，我倒想知道，我们咋会是瞎搞？一些人跟着嚷，对，你说说，咋叫瞎搞了？张大河火气往上撞，提高嗓门道，我说你们瞎搞就是瞎搞，一看你们就是新来的，一看你们就是啥都不懂。他边说边弯腰捡起个金属块在汉子眼前晃，说，知道这是啥吗？这叫锰，是好东西，没有它，咱国家就炼不出好钢铁，你们把它当垃圾扔了，那是犯罪。

有人不服气，回击道，你不理解情况别瞎说，我们就是把这些东西归整归整，就是当垃圾卖了，国家也会回炉重烧，咋算是扔呢？红脸汉子冲那人摇摇手，那人赶紧闭了嘴。汉子的脸上汗珠滚滚，问，你叫啥名？干啥的？张大河说，我叫张大河，这个厂子的老人儿。汉子点点头说，好，我知道你了，你说得对，怪我们外行，怪我们瞎搞，我跟你保证，以后绝不容许在这个厂再出现这种现象。

他们住了手，张大河才迈着方步走开了。红脸汉子把双手在衣襟上擦了擦，没好气地说，撤，都给我撤。众人呼啦啦拥着汉子，回办公楼了。

红脸汉子上了三楼，进了最大的那间办公室，进屋，一屁股坐到椅子上。他有些沮丧，是冲天的热情一下子被暴雨浇了一场的沮丧。

他刚来没多久，是上级派来接管这家厂的领导。他叫牛洪波，在队伍上已是师级干部，听说要派他到工厂当书记，搞建设，他就急了，觉得自己被大材小用了，找上级翻了脸。上级不跟他解释，把他带到一个更大的上级那儿，那是一位军内外威信极高的首长，就是这位首长讲的一些话，改变了他的观念，抵触情绪一下子就没了。首长先是问他，你知道强国强军最需要什么吗？他梗着脖子说，需要胆量和精神。首长说，胆量和精神固然重要，但落实到实际中，最重要的是什么？是钢铁，我们和世界强国的差距在哪儿？第一项，就是差在钢铁上，他们是人，我们也是人，他们能有的，我们也要有，不蒸馒头争口气，我们也要有强大的工业，也要有强大的钢铁，炼好钢，需要好的锰和硅，交给你的任务就是，给我炼出好的锰和硅产品来，用在我们的工业、我们的军事上，我们才能有把握打败一切帝国主义，你明白了吗？牛洪波站起来打个立正，吼一样说，明白了。

牛洪波伸手摸摸脑袋，暗道一句，只有干劲儿是不行的，还要有懂行的人才行，懂行的越多，搞起来才越有把握。组织上派他来，主要任务就是尽快修旧立新，恢复生产。咋样才能恢复生产，靠他不行，要靠懂行的人才行。想到这，他霍地站起来，朝门外喊，赵市。很快有人应答，到！一个十七八岁的小伙子一股旋风般刮进来，冲他来了个立正。

这个叫赵市的小伙子在队伍上就是他的警卫员，是随他一同转业进厂的，小伙子不算机灵，傻乎乎的，按理说不适合当警卫员，可他就是喜欢小伙子这种傻劲儿，认死理，绝对忠诚。他说，把刘英花给我叫来。赵市转身就走，听脚步声是一溜小跑。也就半袋烟的工夫，外边又是一溜小跑的脚步声，赵市出现在门口，喘着粗气说，报告首长，刘英花叫来了。牛洪波朝他翘翘下巴，意思是让他走，可他还傻乎乎站在门口，牛洪波只好开口，没你事了，走吧。他才不情愿地转身走开了。

刘英花一进屋，牛洪波就问，你知道张大河吗？刘英花说，当然知道，他是炼锰高手，技术大拿，这个厂他的名气最大。牛洪波说，真有这么厉害？刘英花说，一个两个讲不算啥，都这么讲，肯定就是厉害的。牛洪波点点头，说，这小子正是我们最需要的人才呀！刘英花说，我们拉的技术核心组成员名单就有他一个。牛洪波说，好，搞建设，这样的人才我们一个都不能放过。

张大河年龄不大，却是锦绣厂的老人儿。这家厂最初是日本人建的，当时叫古河制炼所，规模不大，主要产品是铁合金脱氧剂，主要用于钢铁冶炼。侵略战争还持续着，就需要大量的钢铁，炼出好钢和特种钢，就得有好的铁合金产品。张大河入厂学徒，工头给他指派的师傅是日本人，叫松本润，是制炼所冶炼工中数一数二的高手。张大河才十七岁，松本润四十出头。起初松本润看不起他，对他带理不理，两个日本人师兄也欺负他，做错了啥，一个耳光扇过来。古河制炼所的冶炼技术当时在世界上属于先进的，用的是电炉中氧化含硅精炼法。张大河本不愿意跟日本人学徒，但让你学了，就是强制性的。最初他要求跟中国人学徒，被工头打了一顿，没办法，只好跟了松本润。松本润瞧不起他，不教他手艺，他就偷偷去找一个老工人老王学，还偷偷拜老王为师傅，这样一来，他就明里有个日本师傅，暗里有个中国师傅。老王的手艺不错，没人的时候把自己掌握的技术都告诉了他，偏偏他一学就会，肉眼看锰水火候的技艺超过了两个师兄。这项技艺凭的不全是经验，还有天赋，这就给这项技艺带来了一种神秘色彩。有一次，跟日本人师兄比看火候，赢的居然是他。松本润逼问他跟谁学的，他说没跟谁学。松本润扇了他耳光，还是逼问他跟谁学的，他咬紧牙关一声不吭，硬是没出卖中国师傅老王。后来，松本润开始对他刮目相看，说他不像其他中国人那么笨。本来是夸他聪明，言语里却带着侮辱中国人的味道，让他没法舒服。

张大河独立操作的那天晚上，松本润把他请到家里做客。松本家的房子就是张大河家后来的房子，新中国的厂子福利分房，书记一句话，就把松本润住过的房子分给了他。松本润住这房子时房子显得很高级，日式装修，屋里屋外一尘不染。张家住进来，一下子就变成了中国味道的住宅，除增添了中国元素外，摆设也极为随意，东西随手堆放，让人看了有一种邋遢感。

张大河来到松本家做客，脱鞋进屋，学着松本润的样子跪坐，挺不舒服。吃的是日式料理，菜做得好看，中看不中吃，比如吃鱼，一个不小的盘子，只摆了几片三文鱼和金枪鱼，鱼是生的，旁边有蘸料。松本润示意他吃鱼，他用筷子夹一片，放进料碟蘸了一下，放嘴里嚼，呼啦啦几乎要吐出来，青芥辣的味道呛得他打了好几个喷嚏。松本润哈哈大笑，张大河一脸鼻涕眼泪，赶紧背过脸去擦。

松本润叫老婆和女儿一起陪着吃饭，这显示了对他的尊重。他女儿年龄和张大河相仿，长得喜眉笑眼，不难看，也不好看，第一次见她绝没有第一次见古小闲或者洛慧敏那样，有心动的感觉。松本润和他喝了酒，喝的不是日本清酒而是中国的小烧，松本润说，喝过小烧再喝清酒就显得味道寡淡了。张大河说，男人嘛，喝酒就该喝中国的白酒。松本润皱了眉头，说，按你的意思，喝清酒的就不是男人了？张大河不吭声。松本润沉默片刻，说，喝什么酒与是不是男人没有什么关系，在战场上勇往直前才是真男人。张大河说，中国的军队也一定会血战到底。松本润瞪起眼珠说，你要跟我们血战到底，不怕我送你去宪兵队？张大河愣儿都没打，硬声说，不怕。松本润大笑，说，你小子还真有点儿骨气，我喜欢，放心吧，我不会送你去宪兵队。

有一次，日本军方需要一批军工产品，张大河独立操作，看错了火候，炼废了一炉特殊锰产品。松本润这回没客气，说他是故意破坏，带着两个日本徒弟把他毒打了一顿。

松本润说得没错，张大河确实是故意看错了火候，炼钢给日本人打中国人，他就是不愿意。他想，破坏一炉锰算个啥，要是有机会，把全厂破坏掉才叫过瘾呢！

日本投降后，松本润找到张大河，要把女儿嫁给他，他拒绝得很干脆。松本润说，我知道你那次炼锰是故意破坏，可社长要送你去宪兵队，还是我说了好话拦下来。张大河梗着脖子说，一码是一码，这事没得考虑。松本润只好摇着头走开了。大遣返时，松本润一家被中国老百姓堵在一条死胡同里。张大河过去解围，这才放过松本一家。

张大河送他们去码头，登船前松本润给他鞠了一躬。张大河说，你是师傅，不该给徒弟鞠躬。松本润说，就算我给中国鞠的躬吧。张大河没有拦他，他是侵略者，鞠躬也算是一种谢罪的方式吧。

新中国成立后，制炼所改叫了锦绣厂，全名叫锦绣金属冶炼厂。当时这个厂子就是一片废墟，厂房老旧，炼炉趴窝。新中国接管它，几乎就是在废墟上再建一座厂。刘英花是上边派来的第一批接收干部中的一员，她给原有的职工开了一个大会，就在厂院的空地上搭了个木头台子，台上摆一张桌子，算是主席台了。她一个人站在桌子后边，说话嗓门高，像新摘下的苹果一样脆生。她说，我们要改造这座工厂，把它变成人民的工厂，一切带有日本侵略者烙印的东西，通通要扔掉。你们也要从思想上解放自己，把自己从一个奴隶变成主人。会后，大家行动起来，该拆的拆，该扔的扔，带有日本符号的东西不见了，到处都是红旗和标语口号。

电炉和机器都是日本造的，老旧是老旧了点儿，但不能扔，还得靠它们冶炼。不能扔是不能扔，可以改造，日本字被绿色或奶黄色油漆涂掉，再用红油漆写上中国字，一下子感觉就不一样了，有了当家做主的样子。工人灰色的工作装也换成了蓝色调的劳动布新装，走进去走出来都有了神采。

锦绣金属冶炼厂志摘抄：

20世纪50年代，是锦绣金属冶炼厂开拓建设、为各项事业发展奠定基础的历史阶段。在成功生产出新中国第一炉锰、硅等产品后，又研制、生产出金属铬、钼、钨、爆燃剂锆粉、金属钒、氮化铬铁等一批新产品。老厂陈旧，几近废墟，物质条件、技术条件极为落后，在这样的基础上建设一个新型的冶炼厂，难度大、难题多，技术和经验几乎为零，许多情况闻所未闻。锦绣厂老一代开拓者们自力更生，艰苦奋斗，凭着一股不服输的精神和气概，硬是不辱国家使命，不负人民重托，及时生产出钢铁工业需要的多种铁合金产品，为国家争了光，为工人阶级提了气。

有一天，赵市跑来找张大河，说书记牛洪波找他。牛洪波刚上任不久，张大河还没见过这位书记。他跟在赵市后边一路疾走，进了书记室，看见坐在办公桌后边的牛洪波，一双眼睛瞪得像牛眼一般大。赵市在他身后嘀咕，知道他是谁了吧？张大河咧开大嘴，不好意思地笑了笑说，牛书记，我可不知道你是书记，不知者不怪呀。牛洪波说，如果你知道我是书记，你还敢那么跟我讲话吗？张大河收住笑，挺了挺胸脯说，没啥不敢的，别说你是厂里的书记，就是市里的书记，在这院子里胡乱干活儿，我也敢那么讲。牛洪波兴奋地站起来，走到张大河跟前，用拳头捣了几下他的胸脯，说，好小子，我就喜欢你这样的。张大河说，你不怪我？牛洪波说，你小子坚持原则，我不怪你，还得表扬你呢！张大河就又咧开大嘴笑了。

牛洪波说，听说你是工人中的技术大拿？张大河咧嘴笑道，在工人里，确实我的技术是最好的。牛洪波说，和以前的日本工人比呢？张大河说，至少不比他们差。牛洪波点点头说，好小子，这才是咱中国人的志气嘛！现在我们要把锦绣金属冶炼厂做大，除了那些日本老设备，我们还要进一大批苏联的新设备，以后有了国产设备，我们再进自己生产的设备，职工人数也要成倍成倍地增加。张大河顺口问，翻两番？牛洪波说，底气太小了，要增加五倍，不，要增加十倍，锦绣厂要成为新中国的千人大厂，万人大厂。张大河心里热热的，豪气也一下子上来了，说，我自豪呢！牛洪波说，别光顾着自豪，要干实事。咱厂的人来自四面八方，他们有的是农民，有的是小作坊的手艺人，有的是拉洋车的力工，有的是青年学生，都没有当工人的经验。搞冶炼，只有你们为数不多的技术工人，尤其是你，得传帮带，把他们都给我带成合格的工人。这样被看重令张大河通身燥热，像喝了烈酒，脸都红了。

牛洪波接着说，咱们要尽快恢复生产，炼出新中国的第一炉锰，第一炉铬，第一炉……嘿，我也记不住那么多怪名字，反正这第一炉都得给我炼好。张大河说，没问题，这第一炉锰，我要亲手炼。牛洪波拍了拍他的肩头说，咱们一言为定。

打这以后，张大河身体里就像充了气，轻盈而丰腴，干起活儿来有使不完的劲儿。制炼所自从日本人投降后就一直闲置，要想恢复生产，除了修修补补，还有许多技术上的难题。技术核心组每天都在忙碌，把问题分门别类，再分工逐一解决。张大河是炼锰高手，他和配电高手姜连子主攻炼锰技术，落实到纸面上的由两位工程师负责，他和姜连子负责实际操作这一块，千般技术，到了炼炉前，靠的还是炉前工的经验和能力。几个人互相配合，很快整理出一套操作规则。

牛洪波自称改造者，要把厂里的杂牌军“改造”成新的工人阶级。张大河也暗下决心，自己也做个改造者，要把这些不懂技术不懂工厂规矩的人，改造成懂技术懂规矩的工人。

有一段时间，厂子一直在进人，几乎每天都能在厂院里看见一批又一批陌生的面孔。这些面孔被编入各个车间，然后各车间的头儿就带着这些人出操，走步，干基建的活儿。这些车间也就成了队伍上的连队。以前车间的名字是按性质归类的，比如铬铁车间、锰冶炼车间等，现在车间的名字被数字取代，成了一车间、二车间……一批转业军人成了厂里的干部，被分配到各个车间当主任或是支部书记，老制炼所遗留下来的人、外地冶炼企业调过来的人成了技术骨干，一些人成了车间的副主任或生产技术科的技术人员。这些副主任的名单里没有张大河，他脸上挂不住了，直接去找牛洪波。牛洪波笑道，想不到你小子还是个官迷。张大河辩解，我不是想当啥官，可不给个角色，我的理想就实现不了。牛洪波说，技术核心组就是重要角色。张大河说，和我的理想还差得远。牛洪波问，你的理想是个啥？张大河张口就说，你说过这厂子的主人是工人阶级，都是主人了，就得干点儿主人的事，谁不懂技术，我就教他懂技术，谁不懂规矩，我就教他懂规矩。牛洪波说，好，你小子有骨气，等着吧，会有更重要的角色等着你。

等了一段日子，好的角色没等来，不好的角色却等来了。有一天，有人叫张大河去保卫科。他从一车间的厂房出来，朝着保卫科所在的房子走。张大河一路疾走，汗水溻湿了衣服，到了厂办公楼后身的一溜平房，还没进去，一股炖土豆的味道飘出来。他在门口嚷，谁找我？一个年轻小伙子探出头来，说，是侯科长找你。张大河在走廊中继续走，走到最里头，看见了科长室的牌子，他使劲儿推门撞进去。

一股热气和更加浓烈的炖土豆味道扑到脸上。屋子里有一个火炉，炉子上有一个铁锅冒着热气，炖土豆的味道就是从锅里冒出来的。炉子后边是一张办公桌，办公桌后边坐着一个三十多岁的男人，穿土黄色的军装，一张黑脸上留着浓密的黑胡子，挂着一脸汗珠。这人盯住张大河的脸问，你是张大河？张大河听了心中不快，说，咱这个厂还很少有人不认识我。黑胡子笑了，说，我是确认一下，知道你是技术大拿，我知道你，你可能不知道我，我是侯德奎。张大河也笑了，说，我也知道你是侯科长，可不知道你找我有啥事。侯德奎说，咱开门见山吧，有人反映了你的一个问题，说你做过日本人的狗腿子，这可是汉奸，如果你真是汉奸，别说核心组，工人你都干不成。张大河一听跳起来，冲侯德奎吼道，哪个王八蛋反映的？这是诬陷。侯德奎说，你先别激动，坐下说。张大河说，我能不激动吗？我也痛恨汉奸，我不过是跟日本人学过徒，咋还成了汉奸？侯德奎说，坐下回答我问题。张大河气呼呼坐到侯德奎对面。

侯德奎问，你在制炼所时是日本人的徒弟？张大河说，是，可这不是我选择的，是没办法的事，对了，我还偷偷拜了一个中国师傅呢！侯德奎问，他能给你做证吗？张大河叹口气说，他没了，没能看到新中国呢！侯德奎又问，那个日本人对你挺好？张大河说，对我是不错，不过也没少骂我打我，只要我干错了活儿，一个嘴巴就扇过来了。有一次我气不过，也还手了，一个嘴巴打掉了他一颗门牙。侯德奎说，有证人吗？张大河说，有，当时姜连子就在旁边。侯德奎说，听说日本人提拔你当过摊长（看炼炉火候的头儿）？张大河说，那是我的技术比别人高出一截，他们才提拔我。侯德奎说，你欺负过别的工人吗？张大河说，没有。侯德奎拿起笔一一做了记录，又抬起头盯住张大河的脸，听说你跟一个日本女孩谈过恋爱，要不是日本战败投降，你就和她结婚了？张大河说，没有的事，是松本润想把闺女嫁给我，我拒绝了。侯德奎又问，听说你还识文断字？张大河说，在乡下时念过两年私塾。侯德奎问，你家成分？张大河说，贫农，先生是我亲叔叔，没收我家的钱。

侯德奎提了很多问题，张大河都回答得理直气壮。末了，侯德奎说，如果你说的都是事实的话，你的问题就不是问题了。张大河说，我说的话都是事实。侯德奎摇摇头说，那是你一面之词，如果让我们都相信你说的是事实，必须找出人证来。张大河说，我找谁呀？侯德奎说，那是你的事，你去找吧！

张大河走出保卫科的平房后有一种心虚的感觉。打松本润一个嘴巴的证人可以去找姜连子，拒绝松本润提亲又能找谁做证人呢？他左思右想，一时也没想出啥主意。

第二天，张大河拉了姜连子来为他做证。姜连子不但证明他打过松本润一个耳光，还证明他故意炼废了日本人的一炉锰。姜连子和他一样，当年都是制炼所的学徒，他学摊长，姜连子学配电，炼废的那炉锰就是二人配合的结果。

这一页算是翻过去了，还有一页就是拒亲，侯德奎要他找出拒亲的证人。到哪里找证人呢？他想到了古小闲。当时，日本已经投降，松本润重感冒高烧几天不退，住进了仁爱医院，送松本润就医的人就是张大河。古小闲是那里的护士，才十七岁，水嫩得很。就在护理松本润的一个星期里他和古小闲好上了。松本润不知晓，一次，他当着古小闲的面提及女儿的事，有意要招张大河为婿。古小闲的脸唰地一下红了，那样子比张大河还紧张。听到张大河断然拒绝，古小闲才放松下来。

有目标就好办了，张大河去找古小闲。由于有负人家，现在又找人家做证，心里难免紧张与不安。张大河找到古小闲，磕磕巴巴地把这件事跟她讲了，声音听起来都不是自己的了。古小闲板着脸，一口回绝。无奈，他只好走开。

没想到，古小闲自己去保卫科为他做了证，说她确实听过张大河拒绝日本人的提亲。

张大河日记摘抄：

没想到古小闲能给我做证，心里怪过意不去的。

进入技术核心组了，我挺有成就感的，下一步，争取第一批入党，入党是个啥标准，我就按照这个标准要求自己，努力去做。

现在厂里的外行太多，看那么多不懂技术的人瞎指挥瞎操作我心急呀，不行，我得使劲儿，把吃奶劲儿都使出来，不然白进了核心组，白跟古小闲分手了。

今天，我和姜连子在一起把炼锰的技术从头到尾复习了一遍，并搞了个模拟程序，把这个程序报给厂领导，准备在全厂推广。为了生产出厂子的第一炉锰，不，牛洪波告诉我，是为了生产出新中国的第一炉锰，我和姜连子拼了。

日伪时期，我想做个破坏者。现在是为我们自己，我要成为一个建设者。

锦绣厂很快成了三千多人的大厂，组织机构也搭建起来。厂党委书记抓全面，厂长在党委的领导下主抓全厂的工作，第一副厂长兼任总工程师主抓生产，副总工程师若干，分抓各个方面的生产技术。

厂党委书记是牛洪波，厂长敖洪伟是从外地钢铁企业调过来的，有一定的生产经验。副厂长兼总工程师叫闫振邦，是从国外回来的技术人员，金属冶炼方面的专家，锦绣厂的生产技术就靠他掌舵呢！他说的话在牛洪波和敖洪伟那里都十分管用。

随着职工的增加，牛洪波的雄心壮志也开始攀升。改造旧世界，建设新世界，锦绣厂就是他的新世界。这样一想，他身体里就充满了一种气体，这种气体令他轻盈，令他有一种随时要飞起来的感觉。

连日来，牛洪波一直保持旺盛的斗志。早晨六点多钟，他就赶到自己办公室。在他办公室的墙上，除了有领袖的画像，还有几张宣传画和一张表格，表格上有一系列与钢铁生产有关的数字，具体内涵他也不懂。每天面对这些东西，他原本发虚的心里就会充实许多。屋子里有些冷，他拿起暖瓶倒一杯热水，水是昨天烧的，现在也只是不凉而已。他喝了一口，突然想起啥，拿起电话打到了保卫科，找侯德奎。值班人员说，侯科长还没上班。他这才意识到时间尚早，几乎所有上日班的人都还没来。

挂钟指针指向七点钟时，窗外响起了震天动地的歌声，是合唱，部队上常唱的那种歌曲。歌声是从高音喇叭里发出来的，歌曲播放完，厂广播站就要开始播音了。广播员是个梳着一条大辫子的姑娘，是二车间主任老邱的闺女，嗓子高亢有力，播音富有极强的感染力。广播站只有一个广播员，每天厂区、家属区都能听到她的播音。广播员在厂里的地位显著，人选最初是由两办（党委办公室、厂长办公室）拟定的，主任拿着名单找牛洪波批准，牛洪波一看就皱了眉头，大笔一挥把名字给画掉了。被画掉的季秀平，就是他牛洪波的老婆。季秀平也很年轻，三十多岁，曾是他队伍里的文艺宣传队队员，有一副好嗓子，甜得很，唱歌非常好听。也正因为嗓子甜，要是播音的话缺了些气势。偏偏季秀平又看上了播音员工作，找办公室主任，主任哪有不同意的理由。牛洪波画掉了季秀平，主任才选了老邱的闺女邱宇，她的声音高亢清脆，有激发斗志的效果，牛洪波十分满意。不满意的季秀平跟牛洪波闹了一场，季秀平小性子，争强好胜，小打小闹牛洪波总是让着她，遇到原则问题，牛洪波也会发火，他真发火了，季秀平也害怕，就会哑火。

邱宇开始播的是锦绣厂的新闻和生产简讯。厂子还在扩建阶段，没有正式投产，生产简讯也就是厂里的基建情况。原有的厂区面积扩大了十倍，人员也增加了十倍多，未来的锦绣厂将有一片规模宏大的厂房和令人骄傲的产值。对牛洪波来说更重要的是，这里将成为他建设新世界的一块试验田，这块试验田成为全国工业建设的样板，将是多么令人骄傲的一件事呀！每每这么一想，牛洪波就兴奋得浑身发烫。

随着邱宇高亢的声音，厂院涌动起上班的人流。牛洪波走到窗前向下望，朝阳洒满厂院，朝前走的人们脸上都是朝阳一样的颜色。原有的厂房和正在建设的厂房高矮相衬，有一种跃跃欲试的气势。人和物搭配在一起，看着让人舒畅。他不自觉地深深吸了一口气，回身，坐回到办公桌边。这才发现办公桌上有一张纸，上写着几行钢笔字：

牛书记，我们已经对张大河进行了充分的调查，走访了原古河制炼所的十名职工，他们都证明张大河是受日本帝国主义剥削迫害的对象，与日本人松本润的师徒关系也系剥削与被剥削的关系。特别值得一提的是张大河勇于反抗剥削与压迫，曾怒扇了松本润一个耳光，这件事的证人是一车间配电工姜连子。还有一件有关张大河的传闻已经澄清，松本润要把女儿嫁给张大河，遭到了张大河的严词拒绝，这件事的证人是职工医院护士古小闲。张大河同志（他是值得我们称为同志的）出身贫寒，根红苗正，没有不良嗜好，是我们可以倚重的工人同志。

落款是锦绣金属冶炼厂保卫科。牛洪波看完兴奋地用拳头敲击了一下桌子，这个结果正是他想要的，用不着再找侯德奎了，他支起耳朵听了听，隔壁也有动静，就扯开嗓子喊了一声，赵市！外边立马有了干干脆脆的回应，到。

随着这声到，赵市已经蹿了进来。赵市是办公室的干事，工作就是跟着牛洪波，说是干事，说传令兵更确切。牛洪波冲他传达口令，告诉人事科和生产技术科，提拔张大河当个工程师。小伙子回了声，是，转身刚要出去，正好和走到门口的一个人撞个满怀。

牛洪波抬眼看，撞进来的人是副厂长兼总工程师闫振邦。这人身材很高，瘦削，长一张瘦长的白脸，眼睛很亮，眼珠灵活，给人一种诡计多端的感觉。说心里话，牛洪波不咋喜欢他，但他名头大，水平高，牛洪波又不得不高看一眼。

闫振邦说，不可不可，牛书记，张大河是不能提工程师的。牛洪波瞪住他的长脸，问，为啥？闫振邦说，工程师是技术职称，当工程师的人是要有资格的。牛洪波还是问，啥资格？闫振邦说，按常规呀，首先他要是技术院校的毕业生，还要在低一些的技术岗位上历练过，再由专门的部门考核，才能晋升工程师。牛洪波说，要这么麻烦，咱们的人才岂不是成长太慢了。闫振邦说，张大河是工人中的能人，是技术核心组成员，咱们可以在工人的岗位上重用他，让他当班组长，当车间主任都成，唯独这工程师，他干不了，也不能这么提拔。牛洪波没好气地说，我要就这么提拔呢？闫振邦苦笑道，那就闹出笑话了。

要是别人这么跟牛洪波说话，他是不会听的。可闫振邦是内行，他是外行，虽然他是闫振邦的领导，外行也是要听内行的。他懂得这个道理，只能把气咽下去，冲站在门口发愣的赵市吼道，傻站着干吗？赵市试探着问，还去人事科？牛洪波没好气地说，去啥去？回自己屋待着吧。

张大河日记摘抄：

没有被提拔成工程师，我不气馁，觉得这才是正常的事，如果我真被提拔成工程师了，那才是不正常的事呢！

在锦绣金属冶炼厂，不正常的事天天都在发生，不懂技术的工人在瞎干活儿，不懂专业的干部在瞎指挥，内行看起来很可笑的事，被初生牛犊们干得很光荣。要是真的生产了，再这么干是要出大问题的。牛洪波讲我们工人就是工厂的主人，主人是啥呀？得说了算，得把厂当成自己家。我既然是主人，就有责任纠正他们，改变他们。

另外，我还得抓紧时间把自己的冶炼技术再提高一步，当年的那点儿技术远远不够，跟不上时代了。姜连子和我想到一块儿了，只要有空，我俩就在一起琢磨炼锰那些事。

灼热的锰水在出锰槽里翻腾，像条蛟龙扭动着缓缓进入锰水包。炉膛火红，映红了炉前工的脸，新中国第一炉锰就这样炼成了。

现场沸腾了，张大河和姜连子兴奋地拥抱在一起，随后其他工人也冲过来，大家像踢破对方球门的足球运动员一样，拥抱成一个肉团，欢呼声响成一片。

消息很快传到办公楼，传遍了全厂。邱宇在高音喇叭里播报了这条消息，随后，市台、省台、中央人民广播电台都播报了这条消息。锦绣厂火了，这如同吹响了冲锋的号角，新中国的钢铁工业在东北开始了冲锋。

张大河吃住在工厂里一周，他疲惫不堪，全靠着一股兴奋与热情的劲头儿顶着。第一炉锰成功炼成，刘英花把他从炉前叫过来，说你可以回家休息了。张大河说，我没事，还可以顶着。刘英花说，这是命令，休息好了才能更好地工作，听着，我给你二十四小时的假，回家好好吃上一顿，再给我美美地睡上一觉。

张大河还没有家，他住独身宿舍，离厂子的大院不远，有一大片房子都是厂里的宿舍，平房居多，还有几栋二层筒子楼。楼房条件要好一些，像张大河这样的技术尖子都被安排住了楼房，一间屋四张床，四个人住。出厂大门后张大河没有立即回宿舍，而是去见了一个姑娘。就在袁老师的家里，他和洛慧敏见面了，洛慧敏穿着打扮就是一个乡下姑娘，但她的皮肤不错，不像其他乡下女人那样是赤红面皮，长得不算好看，可也不难看。坐了有十多分钟，张大河告辞，袁老师送他出来，压低声音问，咋样？张大河说，挺好的。袁老师又问，你同意了？张大河说，我同意了，就不知人家同意不同意。袁老师说，我打包票，她肯定没意见。

这之后，袁老师又安排二人见面，洛慧敏果然没意见，二人出去逛了一次街，终身大事便敲定了。

来不及品味个人感情带来的酸甜苦辣，张大河很快又投入忙不过来的工作中。车间组建了，各班组也组建了，张大河和姜连子是技术核心组成员，没有被编入具体的班组，而是哪儿有事哪儿到，哪个班组遇到难题了，他们就会像救火队员一样扑到哪儿去。姜连子比张大河大几岁，已经娶妻生子，妻子活蹦乱跳地过门，看着身体蛮结实的，谁知生下儿子姜爱国后就变得病歪歪，人精瘦，一阵风就要刮倒似的，做不动工，就待在家里，还要长期吃中药，姜连子的负担就比一般人重。张大河父母都在农村，土改后有地种，吃饭没问题，张大河没啥负担，又热心肠，就经常周济姜连子，一袋面或一只鸡，虽然东西不多，姜连子却当着恩情记下了。姜连子不善言辞，嘴上不说啥，心里满是感激。

张大河人长相不错，要不然当初松本润的女儿和古小闲也不能看上他。他身材魁梧，一张国字脸，浓眉大眼，很符合大众审美。工会的美工老朱看上他，要他当模特儿画一张新中国工人的肖像，连找他三遍，都被他拒绝了。老朱没办法，找到刘英花做他的工作，他也没给面子，说我的任务就是复工，生产，我可不想当那个人幌子，画在纸上让大家看。老朱不死心，直接找了牛洪波，牛洪波找了他，他也一口回绝。还是厂长敖洪伟会说话，找了他说，最符合新中国工人阶级形象的就是你，如果你不做这个模特儿，让别人做了，咱打个比方，让我做或者让闫振邦做，那是不是给工人阶级抹黑了。敖洪伟身材矮小，喜眉笑眼，还长了一张饼子脸。闫振邦倒是不矮，但长一张马脸，又瘦又长，配上了一个微翘的下巴，咋看咋好笑。张大河忍不住笑了，说，咱厂也不只是你俩，还有很多人嘛。敖洪伟说，人是不少，但符合条件的不多，比如在工人里选，选老嘎行吗？老嘎是个检修工，也是浓眉大眼，但眼睛里有阴郁之气，鼻子还是个鹰钩鼻，笑起来给人的感觉就是一脸坏笑。张大河连连摇头，说，算了算了，还是我当这个模特儿吧。

这天，张大河穿着炉前的工作装戴着防护帽，去了厂大院外边的一个空场地，这里杂草丛生，没有任何建筑，算是一块荒地。据说厂里要在这儿建一座工人俱乐部，以后开会、放电影、搞文艺演出都可在这个俱乐部里。荒草上先建了一个板房，算是占了位置，老朱率先搬进去，成了厂里唯一的美工。张大河推开门，见里面杂乱无章，屋角堆了许多画框和画板，还有一些画好的宣传画和油画，有风景，有肖像，也有车间里干活儿的工人群像。屋子里散发着一股刺鼻的油彩的味道，正埋头作画的老朱抬起头，见是张大河，立马放下笔，伸出双手握住他的手，兴奋地说，你可来了，我现在是万事俱备只欠东风，坐下坐下，只要你忍耐几个小时，新中国工人阶级的形象就诞生了。张大河冷笑道，别丑化了工人阶级的形象就好。老朱说，哪能呢，咱底版好，画出的人肯定错不了。

张大河坐到一个木板凳上，端起架子，凝眉瞪目。老朱赶紧说，别端着呀，要放松，随意，既要有精神头，又慈眉善目，既目光高远，又顾及眼前。张大河说，我可不懂那么多，要是要求太高，我不胜任，可走了。老朱赶紧说，别走，好吧，就这么坐着吧，只要你坚持坐着就好。张大河嘴上这么说，还是尽心尽力地拿出了自己最好的状态。

足足三个小时，当老朱说一声妥了，张大河的腿脚都麻木了，站起来迈步时差点儿跌倒，原地活动了一阵才缓过来能走路。他周身酸软，觉得这三个小时比他炼一整天锰还累。

走到老朱的画板前看画，张大河扑哧一声笑了。画上的人一身工作服，头戴防护帽，目光远眺，脸上充满自豪和幸福感。脸是张大河，表情却不是他的。老朱问，画得咋样？张大河说，不咋样，我也不是这副表情啊。老朱说，这是艺术创作，来源于生活又高于生活，你不懂。张大河说，也没啥不懂的，炼锰也是这个理，锰来自锰矿石，经炉火百炼就成了国家需要的锰，锰是不是来源于自然而又高于自然？这回是老朱扑哧一声笑了，说，没错，确实是这么个理。

张大河日记摘抄：

这段日子，厂子不断有好消息传出，新中国的第一炉锰出炉后，紧接着，第一炉钒铁也出炉了，第一炉硅也出炉了……都是新中国的第一炉，作为锦绣厂人，我骄傲，我们都骄傲。

今天，接到了乡下老父亲的一封信，信是刘英花给我送来的，当时我和技术核心组的同志们正在讨论冶炼技术，大家你一言我一语地说，刘英花进来把信塞给我，就坐到一边去了。我来不及看信，把它叠了，揣进口袋，继续和大家讨论。讨论完，我躲到一边掏出信，拆封，刚要看信。牛洪波带着赵市走进来，大家呼啦啦站起身，我也站起来，顺手把信又揣回口袋。

牛洪波示意大家坐下，他也坐了，说，厂子就算是恢复生产了，技术难题一大堆，还需要你们技术核心组继续攻克。下一步就是厂子扩建，要盖厂房，进机器，还要盖俱乐部，盖职工住宅，资金少，任务重，没钱买东西我们就自己造，建筑工少我们就自己建，从今天开始，大家除了干好本职工作，还要腾出一只手来，建设我们自己的家园。

前景美好，每个人都开始憧憬，一个个脸红扑扑的，像喝过了烈性酒。牛洪波讲了有一个小时，下班时间到了，我还没来得及看信。

信是下班回到宿舍后看的，父亲不识字，信是父亲口述，由弟弟张大江代笔的，信上说，大河，新社会了，婚姻自由，我们不干涉你的婚姻，既然是你相中的，那该办就办了吧。

张大河的婚礼是回乡下老家办的，洛慧敏入乡随俗，一切都按照张大河老家的习俗。婚后第二天，小两口就回了城，住进了锦绣厂派给张大河的两间日式平房。家属区更多的是一排排的简易北京平，这种房子施工周期短，能将就材料，这一带建了很多这样的房子，都是工厂的职工住宅。

各家厂的职工在不断增多，房子建了不少可还是不够分。工厂分房子是论资排辈，张大河年龄虽轻，资历却不浅，且又是技术核心组成员，分到房子在情理之中，分到比北京平还好的日式房子也在情理之中。其他没分到房子的年轻人除了羡慕，也说不出啥反对意见。

房前有个二十几平方米的院子，全让洛慧敏种上了庄稼，有玉米、高粱之类的。东北的土呈黑褐色，土质肥沃，就是城里的地，不咋施肥也是种啥长啥。张大河说这是城市不是农村，院子种点儿花花草草多好。洛慧敏说，花草能看不能吃，样子货，种花草地就糟践了。张大河嘴上没说话，但心里不情愿。洛慧敏又说，你看看别人家的院子，是种花草了还是种庄稼了？张大河的目光越过栅栏，越过栅栏上密密麻麻的豆角秧叶子，看见隔壁老吴家院子里也种满了庄稼。

老吴是厂职工医院的内科大夫，好歹也是城里人，咋也这么没情调？老吴的老婆吴嫂在街办纸盒厂上班，长得黑不溜秋，看来和洛慧敏一样都热衷于种庄稼。张大河说，就是种点儿菜也比种高粱玉米强。洛慧敏说，高粱玉米是主食，菜是副食，没菜不死人，没主食人得饿死。张大河笑着说，跟你讲不出个道理。

夕阳西斜时，居委会主任田芬推开栅栏门，她站在与她齐肩的玉米高粱中喊，老张家，这是城里不是农村，以后别在院子里种庄稼了。洛慧敏听了撞出屋门，到院子和田芬对峙。洛慧敏也喊，你看看别人家，种庄稼的多了，干吗只管我一家。田芬说，别人家我也喊了，那是你没听见，今年是最后一年，明年春上谁也别种庄稼了，要种就种花。洛慧敏说，净整些虚的，鲜花能填饱肚子？田芬说，精神第一，物质第二，不懂这些，夜校是白上了。洛慧敏还想反击，被张大河一把扯回。他冲田芬笑嘻嘻说，田主任说得没错，精神第一，物质第二，我保证明年我家的院子里鲜花盛开。洛慧敏气呼呼嘀咕，鲜花鲜花的，都成花痴就热闹了。

到了第二年，张大河家院子里种的还是庄稼，去别家的院子看，也种的都是庄稼或蔬菜，没几家种花草的。在种庄稼还是种花草的问题上，张大河和田芬的看法是一致的。他觉得自己管不住老婆情有可原，田芬管不住辖区的居民，有点儿说不过去。在胡同里迎头碰见田芬，他主动打招呼，说，田大姐，你的话也不好使呀，这些人今年种的还是庄稼和蔬菜。田芬说，咱这儿的居民都是你们锦绣厂的，我说的话能有你们厂领导说的话好使？张大河说，你这话啥意思？田芬说，我把问题反映到你们厂领导那儿了，你们厂领导一句话把我怼回来了。张大河说，一句啥话？田芬说，种个庄稼还能吃，种花种草中看不中吃。张大河大笑说，哈哈，怪不得都种得这么来劲儿呢！

田芬说得没错，在锦绣居委会所辖的这些胡同里，居民都是锦绣厂的职工。这些胡同的最后一条挨着大坝，大坝下边有一条水流汹涌的河，叫古河。古河从这经城市而过，河两边绿树成荫，河里有水草，也有鱼虾，给干燥的东北城市带来了一股水汽。古河沿岸的区域叫古河区。古河沿岸有许多家工厂，锦绣厂是其中之一。锦绣厂有三千名职工，除了这三千名正式职工，还有一千多名家属工，干的多是些生产外围的活儿。这些胡同也被厂里人叫作家属区，除了几栋二层小楼外，都是平房。这些平房有日伪时期的日式住房，有民国时期的坡顶瓦房，也有后建的一大片北京平。张大河家的两间日式房子是拉门，卧室有榻榻米，起初住不习惯，拉门就上炕，总忘脱鞋。特别是洛慧敏，乡下人进城，更不习惯，要拆了榻榻米重新盘炕，被张大河拦住了。他说你好歹也进城了，得沾一点儿文化味。洛慧敏说，文化是啥味？张大河说，文化就是可以让你安心地住榻榻米。洛慧敏说，我看这不是文化味，是汉奸味。汉奸的帽子有点儿大，张大河忍了下边的话，不和她争论了。

隔壁的老吴家率先拆了榻榻米，盘了新炕。新炕烧火，某一个风向时，浓密的烟气就都飘到了老张家。张大河气呼呼想找老吴理论，刚挨近栅栏门，见屋里急匆匆出来一个女的，这女的明眸皓齿，长相水灵，四目相撞，张大河心忽悠了一下。这女的不是别人，正是古小闲。他和她分手已有两年了。一年前，仁爱医院被解散，护士古小闲自愿要求分到了锦绣厂职工医院。这以后他们碰面的机会多了，但并没啥联系，说过的话都数得过来。

张大河怯生生叫了一声古护士。古小闲看他一眼，低下头，步子没停，走开了。以前他叫她小闲，此时叫她古护士，就叫出了距离感。张大河停顿一会儿，才又迈步往前走，走到屋门口时，里面传出吵闹声。吴嫂变了声调喊，搞破鞋搞到家来了，也太不把我当人了吧？老吴压低声音喊，人家是来串门，女的来男的家串门就成了搞破鞋吗？吴嫂喊，她咋不去老张家老李家串门，偏偏来你家串门？还不是你破她骚，苍蝇专叮有缝的蛋。张大河想后退，可已经被门里的吴嫂望见，就索性跨几步，进屋，说，我倒是想让人家来串门，人家能来我家吗？老吴瞪了张大河一眼，说，说啥呢你？张大河吐了一下舌头，开始劝吴嫂，大嫂，你就放心吧，吴大夫不是那种人。吴嫂说，那他是哪种人？张大河说，他是个脱离低级趣味的人。老吴笑了。

落座，老吴两口子不吵了，他们的两个闺女出了屋。吴嫂问张大河，你媳妇怀上了吗？张大河心里又忽悠了一下，摇摇头。洛慧敏和他结婚两年，肚子还没动静，两个人都很紧张，怕以后也怀不上。老吴瞪了一眼吴嫂，那意思是说，哪壶不开你提哪壶。见张大河阴了脸，老吴说，赶上饭时了，一起喝点儿。张大河说，家里也做饭了。老吴说，做就做了嘛，陪我喝两口不行吗？张大河这才多云转晴，说声好，来理论的念头也无影无踪了。

吴嫂在外间厨房做饭时，张大河压低声音问老吴，你和古小闲到底有没有那个关系？老吴脸一红，说，没有。张大河说，没有你脸红啥？老吴说，心虚呗。张大河说，没有心虚啥？老吴说，人家没那个意思。张大河说，没那个意思她到你家来干啥？老吴说，来套近乎呗，医院里医生不够用，院长跟厂里的书记汇报了，说最好能调来几名医生，书记说，现在全国的医生都不够用，到哪儿去调？书记又说，不用调，咱内部解决，从护士里提拔几名医生不就完事了，你说书记可笑不可笑，他把医生和护士看成了连长和排长，把排长提拔成连长，顺理成章呢！张大河呆呆看老吴，记得书记拍过他的肩头也跟他说过类似的话，他说小伙子好好干，将来我提拔你当工程师。张大河是炉前工，在工人里技术水平是一流的，人称技术大拿，被评过全市的劳模，可提拔成工程师，他还是觉得挺荒唐，这和护士提医生貌似一个道理呀！

张大河说，你咋想的？老吴说，只能支持呗。张大河说，不符合规律的事你也支持？老吴说，你知道，我是从旧医院过来的人，属于要改造的，最好不惹事，你要是我，也得支持。张大河脑袋一热，大声说，要是我就不支持，能提出反对意见，也是为了工作好。老吴看了外边一眼，喊一声，菜好了吗？吴嫂在外边应，还得一会儿。老吴从屋角落提出一瓶酒，岔开话题说，今儿个咱哥儿俩喝个痛快。

很快菜就上了桌，吴嫂和两个闺女在院子里吃，屋里只剩张大河和老吴坐炕桌面对面。喝了有二两酒，老吴又压低声音说，大河，我求你一件事呗。张大河皱了眉想，敢情这酒不是白喝的，问，啥事？

老吴说，这次提医生，我是评委，但权力有限得很，真正拍板的还得是厂里的书记和厂长。张大河说，这和我有啥关系？老吴说，是没关系，但要想有关系，也不是难事，你是厂里的名人，是技术大拿，都看得出来，领导们看重你，你说话，领导能听。张大河说，你让我说啥话？老吴说，帮古小闲说句话呗！张大河瞪了眼睛说，看来你是真想和她有关系？老吴嘿嘿笑了。

张大河日记摘抄：

今天又见到了古小闲。本以为分手后不会再见了，可她调到职工医院，一个厂了。低头不见抬头见，少不了碰头了。

分手是我主动，对我来说，算不得啥。对她，那就是天大的打击。她是否已缓过气了，我拿不准。当年跟她分手我是心硬了点儿，可没办法，用刘英花的话说，“是二选一的选项，你要想入党，想进技术核心组，想当工人的头儿，就必须根红苗正，不跟成分复杂的人有瓜葛”。二选一，我只能抛开个人感情了。

看她对我的态度，肯定还在怨我，她是没走出来呀！咋走出来？得有新的男人，两年过去了，她还是女光棍一个呀！

从我家这条胡同出去，是一条大马路，旧时叫南荫路，南荫路的南边是这座城市的母亲河古河，古河北岸就是锦绣厂。南荫路的两边是老柳树，枝条能垂地的那种，老柳树的一边是院墙，院墙里边是工厂。南荫路往南走要到河边还没到河边时有个戏园子，旧时叫南戏园子，戏园子周围的小胡同是烟花柳巷。伪满时期，南荫路的一条岔道通向一个瘆人的地方，那是一栋三层小楼，是日伪的市警察局。现在这栋小楼成了我们锦绣厂的职工医院，老吴和古小闲都在那里边上班。

现在不同了，现在这条马路叫建设路，建设社会主义新中国。发生在这条路上的事情也是欢快的了，有游行、集会、技术比武、欢送工人子弟参军、欢迎进京受奖的劳模归来……

这天上班，老朱来找张大河，见了他就扑过来，要给他一个拥抱。他吓了一跳，闪身躲开了，嗔道，老朱你干啥呀，拥抱找错对象了吧？老朱一脸喜气，笑哈哈说，错不了，我要拥抱的就是你张大河，告诉你一个喜讯，你红了，你的面孔全国人民都认识了。张大河不解地问，你说啥呢？我听不明白。老朱说，我画你的那张工人宣传画上了《人民日报》，又被多地宣传部门相中，现在一些广场、车站、码头都挂着那张宣传画呢！张大河撇嘴笑道，那不是我红了，是你画的画红了，说白了，是你这个画家红了。老朱说，都一样，我红了就是你红了，你红了就是我红了。

老朱的这张宣传画已经画完两年了，最初只是在锦绣厂的大墙上悬挂，影响十分有限。没想到，两年后得到了广泛传播，祖国各地，到处可见这张工人阶级的肖像画。老朱说得没错，他的画红了，张大河也就跟着红了。一些不认识张大河的人见了他都说面熟，对了，你是工人阶级呀！好嘛，张大河成工人阶级的代名词了。

张大河不喜欢别人这么说他，有点儿后悔当初给老朱当模特儿，让更多的人认识他倒没什么不好，不好的是，他不想靠一张画让大家认识，他想靠的是他的手艺，用他炼锰的技艺为大家所熟悉，这样才是真正的红，才是真正的光荣。

这一年，张大河评上了省级劳模，去省城披红戴花领了奖状，回来后厂里又给他戴了一次大红花。张大河美滋滋的，那段时间就像活在云里雾里，自己都感觉不真实了。用他自己的话说，我算个啥呀，当年日本鬼子的学徒工，新中国居然给了我这么大的荣誉，我不是在做梦吧？他多次偷偷掐自己的大腿肚子，有明显的痛感，这一切显然是真实的。

张大河在省城一家糕点铺买了几斤点心带了回来，不是给洛慧敏带的，也不是给牛洪波、刘英花等哪个领导带的。他下火车先没回家，而是去了姜连子家，把纸包的几斤点心往柜盖上一撂，说，给嫂子带的。姜连子挺感动，脸红扑扑地说，大河，你这么对我，我心里怪过意不去的。张大河说，快别说这种话，要这么说，我才是过意不去呢！姜连子说，这我就不明白了。张大河说，当初评选厂劳模时，炼锰高手里咱俩是二选一，如果当选的是你，这省劳模就没我啥事了。姜连子连连摆手，说，哪儿跟哪儿啊，选厂劳模，你比我票数多，你当之无愧，以后可别这么讲了。张大河见状，也就把话题岔过去了。

张大河日记摘抄：

做啥事，最初的选择和得到的认可都是最重要的。没有当初也就没有后来。当初厂里评劳模，炼锰铁的技术尖子里有一个指标，我和姜连子一个是炉前看火候，一个是配电工，分别是这两项技术里的顶尖高手，核心组把人选锁定在我们俩身上，最后由刘英花拍板。刘英花当众说，我个人拍板不公平，最公平的办法是投票，由大家说了算。

参加投票的是二十个核心组的成员，无记名投票，姜连子得九票，我得十一票。写票时挨着姜连子坐的同志后来告诉我，姜连子写的名字是我，而我写的名字是自己。跟姜连子比，我的境界差了一截，有些惭愧。

评上厂劳模，才有了后来评上省劳模的机会。我不能不感谢姜连子，也同时告诫自己，思想境界需要进一步提高，不然愧对劳模这两个字。

从姜连子家出来回家，正好路过俱乐部。俱乐部是新建起来的，地点就是原来那一片荒草地。它外形庄重漂亮，采用的是中国传统的建筑风格，青砖碧瓦，朱栏玉砌。门前的台阶上和广场上挤满了人，听人议论，才知是俱乐部落成后第一次对外播放电影。张大河正想凑过去看看要放映的是什么电影，眼前忽然一亮，一个梳着两条辫子的姑娘映入眼帘。这不是古小闲吗？张大河停住脚步，默默盯着她。她不是一个人，和她一起的是一个剪短发的姑娘，好像也是职工医院的护士，她们一边朝里边挤，一边在议论着啥。张大河心情复杂，转身走开了。

这天夜里，张大河做了一宿的梦，没有梦到古小闲，却梦见了松本润。

松本润站在炼锰的电炉旁，一双鹰隼一样的眼睛死死地盯住他。松本润恶狠狠地说，你到底还是一个“支那猪”，和那些“支那人”没什么两样，都是蠢猪。张大河也朝着松本润瞪起眼睛，说，你骂我一个人我认了，你骂我们所有中国人我不认。松本润说，你不认能怎的？张大河说，我也骂你们是日本猪。松本润挥手扇了他一耳光，他想都没想，立马回敬了松本润一耳光。这场景被另两个日本工头看见了，把他拖离电炉，摁在地上一顿暴揍……惊醒，窗外还黑着，身边洛慧敏打着均匀的鼾声。

张大河翻了几次身，再也睡不着了，也就索性不睡，开始在虚昧的微光中想心事。现在他是工厂的主人了，又是省级劳模，得干点儿符合身份的事才行。厂里从上到下，外行太多内行太少，大家都凭着一股热情在干活儿，却多是瞎干蛮干。咋样才能让大家都成内行呢？没有别的办法，就得内行带外行教外行，让外行也学成内行。一想到还有那么多外行需要自己带，他就有一种忍无可忍的紧迫感。

上班后，有人带大家在办公楼前的场地上出操。队列前是一个年轻妇女，她人很瘦却显得很结实，穿一身洗得发白的黄军装和胶鞋，齐耳短发，大眼睛，颧骨略高，动作敏捷，身上有一股飒爽之气，她就是刘英花。稍息，立正，向右看齐，齐步走……随着她的口令，百十来号人开始动作起来，举手投足，整齐划一。张大河觉得好笑，一个个的都是大男人和老娘儿们了，还小学生似的出操。看队伍松松垮垮，刘英花立了眉毛，喝道，同志们，我们都是新中国的工人，就要拿出点儿新样，别无精打采没吃饱似的，大家跟着我喊，一、二、三、四！喊过口号后，队伍果然精神多了。

出完操，张大河去了办公楼，敲开牛洪波的门。牛洪波见了他很热情，拍了他的肩膀问，当了省级劳模有啥感想啊？他咧开大嘴嘿嘿地笑，说，能有啥感想，就是感觉肩上的担子重了呗！牛洪波满意地点点头，说，嗯，有这种想法就不错，这劳模就没白当。牛洪波让他坐下，他没坐，急着说，牛书记，恢复生产这么久了，咋还有那么多外行在干活儿？咋还有那么多人瞎干活儿？牛洪波说，你们技术核心组不光是技术攻关，还要带动技术落后的同志们尽快赶上来，对了，安全生产你们也要监管，厂里准备成立安监科，就是安全生产监督科，这个科室成立之前，你们要把监督安全生产的事管起来。张大河说，那我可真管了。牛洪波说，废话，不真管我跟你说这些干吗？张大河胸脯一挺，说，谁要是不听我的，我就拿你说事。牛洪波笑了，说，你小子鬼主意真多，好，谁要是不听你的，你就说是我让你管的。

张大河转身要走时才想起还有一件事没说，就又转回身，朝牛洪波不好意思地笑，说，我还有个事想求你。牛洪波说，有事就说，别磨磨叽叽的，不像个爷儿们了。张大河说，我想给医院的古小闲护士说个情，听说医院要提拔几个医生，古小闲技术水平高，能不能提她？牛洪波皱起眉头看他，把他看得直发毛。看了好一会儿，牛洪波才说，你咋知道她水平高？张大河磕磕巴巴说，她、她给我看过病，打、打过针。牛洪波说，怕没这么简单吧？张大河心虚地说，就、就这么简单。牛洪波说，记住，你是有老婆的人。张大河脸上发烧，知道脸一定红了，说，牛书记你说啥呢？你误会了，是有人托我跟你说情。牛洪波问，谁？张大河坦白道，邻居吴大夫。牛洪波说，那个大个子？张大河说，对，就是那个大个子。

从办公楼出来，张大河心里不安，越走越觉得愧对老吴，为撇清自己，一着急，脱口就把老吴出卖了。下班回家，张大河跟洛慧敏商量，说也回请老吴一顿。洛慧敏说，没这个必要吧？张大河说，老吴是大夫，以后咱有病了还得求人家。洛慧敏说，咱俩年轻力壮的，有啥病啊？张大河说，以后咱俩有了孩子，保不准有个头疼脑热，咋说用不着人家？洛慧敏说不过他，妥协了，好好，回请就回请。

张大河去副食店买了块猪肉，洛慧敏做了个猪肉炖粉条，一大锅，还烧了几个青菜。酒菜摆到桌上时，老吴来了，张大河没想到他身后还跟了一个人，居然是古小闲。老吴说，古护士特别感谢你，我把她也带来了。古小闲把拎着的一兜水果递给洛慧敏，洛慧敏说，来就来呗，还买啥东西。古小闲说，一点儿小意思。古小闲穿一件淡黄色连衣裙，领口有一圈刺绣的小花，脸白净，五官秀气，用蓝色的头绳扎一条短辫子，浑身透着一股清爽。相比之下，粗装俗脸的洛慧敏一下子落了下风。

围着炕桌坐定，张大河给老吴和古小闲斟酒。古小闲说，听吴大夫说，你找牛书记替我说情了，我感谢你，我不会喝酒，但这一杯我要喝。张大河脸热了，觉得古小闲在打他的脸，一种愧疚感顿时涌遍全身，一仰脖干了杯中酒。

洛慧敏说，他一个工人，大老粗，说话哪有你们知识分子有分量啊！老吴说，弟妹你可别这么说，现在是新中国，工人阶级领导一切，大河都上宣传画了，是名人，他还是技术核心组成员，他说话可比我说话有分量得多。张大河不高兴地瞪了洛慧敏一眼，说，我也不是大老粗。老吴笑道，不是不是，大河兄弟绝对不是大老粗，在某些方面，他比我还细呢！大家都笑了。

吃饭过程中老吴一直在讨好古小闲，古小闲这边不拒绝，也不配合，老吴逗她一下，她只是浅浅地笑一下，不做太多回应。张大河看得出来，老吴对古小闲挺上心，古小闲却两眼虚空与幽怨。张大河揣着明白装糊涂，一个劲儿地喝酒。

一瓶酒见底儿时，吴嫂闯进来。她见了古小闲后脸色大变，嗷地吼一声，把老吴的筷子都吓得脱了手。吴嫂瞪着老吴吼，你不说自己来大河家吃饭吗，咋还带了一个？老吴一脸窘迫，说，小闲是来感谢大河的。吴嫂说，感谢个屁，我看你就是拿这事做幌子，存心不良。古小闲红了脸说，嫂子你误会了，我真是来感谢大河的。吴嫂说，我问你，你认识大河吗？古小闲没回答。吴嫂说，我看就是借人家的地方，来幽会了。老吴吼，你瞎说个啥！吴嫂也吼，让大河和弟妹说说，我是瞎说吗？说罢往前凑，老吴也往前凑。张大河和洛慧敏连忙各拉住一个，说些劝解的话。

这顿饭不欢而散。晚上，钻被窝，洛慧敏跟张大河说，知道不，吴嫂是我叫过来的。张大河心头一震，往外推了她一把，问，为啥？她说，我看不惯有家的男人还在外边拈花惹草，你瞧老吴见了古小闲那个熊样，眼珠子都扎进人家肉里了。张大河说，你是唯恐天下不乱吧？她说，不是我唯恐天下不乱，是色胆包天的男人唯恐天下不乱，哎，我可警告你，见了有点儿姿色的女人，别学老吴那个熊样。张大河说，我是谁呀，别的男人都那个熊样了，我也不会那个熊样。她说，我记住你的话了。

洛慧敏虽比不上古小闲清爽水灵，但五官长相不烦人，据她妈说，她是十里八屯的一枝花呢！

婚后，张大河发现洛慧敏是个过日子的好手，勤快，不怕脏不怕累的，还特别喜欢种地。论过日子，古小闲绝对不是她对手。

张大河日记摘抄：

如果晚解放两年，古小闲家肯定会是贫雇农。听她讲过，她家的千亩良田是她太爷爷那辈置下的，太爷爷很小就被父亲送出去读书，据说在北京、天津都读过书，毕业后在河北发展，当过什么参议、县长、市里的税务官。后来辞官回乡，买下大片田产，做起大地主。到她爷爷这辈就不行了，被土匪抢了几次，家中除了田地，已没啥积蓄。到她爹这辈就更不行了，父亲抽大烟，好赌，输得粮食一马车一马车地往外拉，粮食不够，就输田卖地。土改时家中的田产已十分有限。古小闲说过，她爸就是个典型的败家子。

当年松本润有肺病，我偶尔会陪他去仁爱医院打针，大多时候打针的护士就是古小闲。古小闲长得水灵，第一次看她我浑身都酥了。她皮肤白，小脸好看，瞅着就让人舒服。第一次与她接触，是一个小药瓶掉地上了，我弯腰去捡，她也弯腰去捡，手和手就这样碰到一起。那感觉像啥？后来我想，像过电，像中暑，像在炼炉旁站久了，人要虚脱。

我知道我欠她的，但没办法，刘英花说得对，在革命事业面前，任何个人感情都不算个啥！但愿她也能认识到这一点，努力改造自己。

成百上千的人在厂院里搅水泥，制作水泥板。锦绣金属冶炼厂还在扩建中，成百上千袋水泥从袋中抖出来，扬起的尘土遮云盖日，十分壮观。二车间主任老邱带人干这活儿，他身上脸上都好似灰土，看起来就是一个水泥人。张大河路过这儿，冲着老邱嚷，注意防护，别眯了大家伙儿的眼睛。老邱也冲着他嚷，我们又不是娇生惯养的资产阶级，眯眼睛怕啥？用水冲冲照样心明眼亮。众人跟着一起嚷，对，照样心明眼亮！张大河见斗嘴斗不过他们，笑了笑躲开了。

张大河又去了一车间，这是原来制炼所的老车间，都是日本的老旧设备。张大河以前一直在这里干活儿，对这里的环境熟悉得像左手摸右手。厂房庞大，灰暗，满眼都是钢铁的东西。在车间里走，看见一些职工拎着油漆桶往设备上刷油漆，满车间都是刺鼻的油漆味。原来的设备都是米黄色的，现在被人们刷成了红色。往里一看，红彤彤一片。张大河有种不好的预感，加快脚步走，去查看一些管路，发现诸多的管路也被刷成了红色。管道的颜色是有严格规定的，不是想刷什么色就能刷什么色，比如水管道是艳绿色，水蒸气是大红色，空气是淡灰，润滑油是大黄，氧气是浅蓝……现在都成了大红，日后咋个分辨？岂不成了事故隐患？张大河去车间主任办公室，找主任老李。车间的文书迎出来说，李主任调生产技术科了，现在的主任是组织部调过来的刘英花。张大河愣了一下，果然见刘英花从里边走出来，问他有啥事。张大河说，设备的颜色不能这样刷，容易出事。刘英花说，出啥事？这车间里就不能是红色的了？张大河说，这是两码子事，主要的设备，那些米黄色的，你可以刷成其他色，但管路不能瞎刷色，油管是大黄，水管就是艳绿，这是有规定的。刘英花说，谁的规定？张大河说，安全生产的规定呗。刘英花鼻子里哼一声，说，我看是日本鬼子的规定吧，我今天就要破一破，要让咱们的车间一片红。张大河是秀才遇见兵，有理讲不清，气得一跺脚，转身就走。

张大河在工地里找到牛洪波。所谓工地，就是新车间的建设现场。这是河边的一块荒地，河是城市的母亲河古河，古河岸边原有一大片荒地，长着树木和杂草。现在树木砍了，杂草清除了，开始挖地基。远远望去，工地相当壮观，有上千人在移动，没有大型机械设备，挖土纯人工，用镐头刨，用铁锹铲，用人推拉的小车运土方。不时会有人带头喊上几声口号，众人跟着高亢地喊，声音传出老远。

张大河费好一番功夫，才把牛洪波从众人中分拣出来。牛洪波脱了外衣，只穿件跨栏背心，满脸的泥汗，样子和老农差不多。他凑过去，喊了声牛书记。牛洪波看他一眼，双手拄铁锹，问，啥事？张大河说，我有很多事要跟你汇报。牛洪波说，你上边有技术核心组组长，厂里还有副总工程师，还有副厂长，啥事非要找我汇报？张大河说，这事他们都管不了，只有你能管。牛洪波笑了，说，看来咱厂离了我真不行，有事就说，有屁快放。张大河就把一车间管道的事说了一遍。牛洪波说，你说不同的管路有不同的颜色要求，这没错，是刘英花做得过分了，跟我走，去一车间。

牛洪波穿了上衣拔腿就走，张大河跟在后边小跑着撵。路过做水泥板的工地时，有风刮来，扬起的水泥粉末扑了他们一脸。进一车间，牛洪波冲那些兴高采烈刷漆的人嗷地吼了一嗓子，那些人住了手，手里抓着滴滴答答淋红油漆的刷子，愣愣地看牛洪波。牛洪波吼道，都给我住手，别刷了。刘英花抢过来问，为啥？牛洪波说，在这儿你和我都是白帽子，人家张大河才是红帽子，以后啥设备刷啥色要听张大河的。刘英花还是问，为啥？牛洪波说，白帽子听红帽子的，这样才少出笑话。张大河在一旁接了一句，不是出笑话，是出事故。牛洪波说，对，不出事故就是好样的。

张大河日记摘抄：

新中国新工厂，政府说工人当家做主了，工人是工厂的主人，就是说，我也是工厂的主人了。广播里总是说工人阶级这个词，我又是画上的工人阶级的代表，可工人阶级是个啥我也说不清楚。反正我是工人，我就是工人阶级。牛洪波是书记，他不是工人，可他也说他是工人阶级，厂里的总工程师闫振邦是个读书人，也说自己是工人阶级，我有点儿蒙。不想太多，我是工人阶级就行了。

我是个有雄心壮志的人，外人看不出来，洛慧敏看出来了，说我有野心。野心不好听，我驳了她的话说，是雄心。她说我有野心有两个理由：一是放弃出身不好的古小闲不娶而娶她（她知道古小闲除了出身不好哪儿都比她强），二是自己是工人，却想当厂里的大官。洛慧敏说得也挺准的，我承认，这娘儿们还真有眼力。

洛慧敏娘家离城里也就几十里，新中国成立后她进城投奔一个表姐，先在表姐家落脚，经表姐介绍，到街办的纸盒厂干过一阵子。她表姐姓袁，叫袁淑珍，大家都叫她袁老师，是锦绣厂子弟小学的音乐老师，为人热心肠，都知道她爱给人介绍对象。洛慧敏就是袁老师介绍给我的嘛！

工人当家做主，我完全可以在锦绣厂干出一番大事业。这大事业是个啥？我现在也说不清楚。

日伪时期，古河北岸零零星星有一些工厂，还不成规模。新中国成立后，开始在有一定工业基础的东北大力发展工业。短短几年间，沈阳、长春、大连等地大大小小的工厂像雨后的蘑菇开始疯长。牛洪波随着本市工业代表团去这几个城市参观了一圈，回来后，市委第一书记杜江在全市干部大会上说，看人家的城市，那真是厂房成排，烟囱林立，那才叫壮观，那才叫新中国的工业区，我们要苦干五到十年，五到十年后我们的城市也要这个样子。牛洪波在锦绣厂的大会上也说了类似的话，他手指台下数千个脑袋，话是喊出来的，我们要在五年间，不，三年间，不，是两年间，让我们锦绣厂的厂房成排，让我们的烟囱林立。一些人听了脸上挂出冷笑，厂房成排可以实现，烟囱林立有点儿困难，铁合金的冶炼大多靠的是电炉不是烧煤烧油的高炉，用不了那么多的烟囱，牛洪波还是外行了点儿。

不过，杜江的豪言壮语确实在五到十年间实现了。五年后，当人们在古河两岸走，或者站在高处往古河两岸望，确实冒出了大大小小近百家工厂，确实烟囱林立，厂房成排，很有大工业的气势。

在这些工厂中，锦绣金属冶炼厂规模最大。锰、铬、硅等铁合金产品都是炼钢用的重要添加剂，没有这些添加剂，就炼不出优质的钢铁。比如飞机、舰艇等军工用钢，也都是靠添加锰、铬等材料才炼制出来。钢铁工业是国家最重要的工业，锦绣金属冶炼厂也就成了最重要的厂矿之一。

锦绣厂的扩建工程终于到了收尾阶段，那一排排新的厂房已经耸立起来了，原有的厂房是日式的，外楼抹了水泥，看起来有些像碉堡，新厂房外墙涂的是白灰，虽没水泥结实，看起来却生动活泼了不少。厂院里新新旧旧，灰灰白白，配上陈年老树的绿色，让人顿感扑面而来的生机。除了必要的建筑工人，基建的主力基本都是厂里的职工，他们没白没黑地干，分不清工作时间还是业余时间，大家都不计较，仿佛这就是正常。星期天，厂团委号召全体青年职工来一次义务劳动，要干干净净地迎接新厂房投入使用。团委的要求把年龄卡在三十五岁以下，但一些三十五岁以上的人也都积极参加了。这些人不管是干部、技术人员还是工人，都表现出足够的热情和主动性，他们从不同的车间、部门汹涌而来，有的还打了红旗，举了标语，喊了口号，汇成一股洪流。这支庞大的队伍打破了原来的归属和建制，被分成若干个分队，分别下到各个车间或厂院的各个角落。有百十来号人进了一车间，归刘英花统领。她年龄不算大，但身上有一股气势，大家都叫她刘大姐，有一些年龄比她大的也叫她刘大姐。不管谁叫，她一律不推辞，总是干干脆脆应一句，嗯，啥事？

归入一车间的设备多，要想把每一处擦干净，每一件东西归到位，花费的时间也就多。从早晨七点干到十点，每个人都一头汗水了，刘英花才喊大家休息。她从一座炼炉赶到另一座炼炉，扯开嗓子喊，休息了休息了，休息到十点半，大家注意点儿，休息要有休息的样，干活儿要有干活儿的样。

呼啦啦席地而坐，众人开始七嘴八舌扯闲篇，抽烟的喝水的挠头皮的抠脚丫子的，千姿百态。当年制炼所的车间是禁止抽烟的，当然也禁止这种横七竖八的休息，日本人的工厂讲究很多，即使是休息，神经也是紧张的。此时解放了，工人是主人了，当然也就没啥束缚，休息了，是全身心的松弛。解放更多的是精神的解放，既然是主人，也就有了主人的随心所欲。扯闲篇大多扯的是荤话，大家听了哈哈大笑。

一直干到晚上十一点多钟。事情就是在这个时间段发生的，当时大家都散在各个角落做收尾工作，张大河和配电工姜连子在一起，他俩在车间的厂房后身一路打扫。走到一个变压器的下边，姜连子用胳膊肘捅一下张大河，抬手指了指变压器，惊讶地问，你看变压器箱里有个啥？张大河往上看，变压器的箱子是敞开的，通往外边的几根电线之间有个毛烘烘的东西，瞪大眼睛看，才看清是一只野鸡夹在了电线间，尽管野鸡不断挣扎，可夹得太紧根本脱不得身。张大河把手中的扫把倒过来，用木棍的一头去捅那野鸡。姜连子说，别捅，那里边可是高压，危险！话出口，张大河的棍子已经捅上去了，就听啪啪一串响，变压器里冒出一个火球，野鸡倒是掉下来了，黑乎乎已经成了烧鸡，吓得张大河和姜连子撒腿就跑。

张大河说，这下闯祸了，把变压器搞坏了可不是闹着玩的。姜连子说，也可能是你捅电线时，接口处瞬间混电了，变压器不见得损坏。张大河说，但愿吧。二人进车间，和众人会合到一起，惊魂未定，就见古小闲跑进来，见了刘英花就说，我看见有人搞破坏了。众人围拢过来，都盯住古小闲。刘英花眼睛瞪得灯泡似的，闪闪发光，问，啥人搞破坏，快说清楚？古小闲气喘吁吁，说，我去垃圾场那边扔垃圾，往回返时走的是厂房后墙那条小道，刚拐进小道不远，就听见空中啪啪地响，还看见了一个火球一闪而过。再往前看，就见有人影跑开了。刘英花问，是几个人？古小闲说，好像是一个吧。刘英花说，没错了，一定是有暗藏的敌人搞破坏，老嘎！那个叫老嘎的工人应道，在。刘英花说，你赶紧去保卫科报告，我带人先去现场看看。

大家呼啦啦跟着刘英花往外走，张大河和姜连子都惊呆了，也木头般随水而流地走。二人都没想到，这件事瞬间上升到了破坏的高度，一时有些傻眼。张大河要追上去找刘英花解释，被姜连子拉住了，悄声说，小心点儿，万一咱成了暗藏的敌人，那就玩完了。张大河也只好憋住要说的话，静观事态发展。

保卫科的侯德奎带着人赶到现场，电工们也赶来了，检查的结果是变压器因外力作用而混电，有个部件毁坏了。刘英花一个劲儿地问侯德奎，是不是人为破坏的，能不能抓住那个破坏分子？侯德奎说，大家先都回去吧，等我们有了结论再告诉大家。

义务劳动就这样结束了，大家三三两两，边走边议论着离去。张大河和姜连子一起走，心里都慌得不行。张大河说，我看咱还是说实话吧。姜连子说，和敌人都沾边了，那还了得。张大河说，真的假不了假的真不了，这点儿事都不敢承担还是我张大河吗？姜连子说，你别忘了，你是要被培养成全国劳模的人，你和这种事沾边了，抹黑的不光是你自己，还给咱厂抹黑了。张大河一想立马出了一身汗，不吭声了。

张大河日记摘抄：

没想到好好的义务劳动竟出了这事，我本该第一时间跟大家伙儿说出真相，可当时被刘英花那几句话吓住了，我可是天不怕地不怕的张大河呀，这事办得有点儿窝囊。

古小闲哪古小闲，你说啥有人破坏呀？本来很简单的事被你这一搅和，整复杂了。可也怪不得人家，人家发现情况及时报告，是积极上进的表现。要怪还得怪自己。

我应该是有勇气主动说出真相的，可姜连子的话又把我吓住了。他说得没错，抹黑自己不打紧，抹黑了劳模，抹黑了锦绣厂那就严重了，那我真的承担不起呀！

怎么办？我平生第一次没了主意。

几天后，下班回家，老吴在院门口叫住张大河，跟他说，医院提拔医生的名单公布了，没有古小闲哪。张大河心头一震，也顿感失望，摇摇头说，我尽力了，看来在牛书记那儿，我说话的分量也没那么重。老吴也摇摇头说，是呀，你尽力了，按道理还是该感谢你。

第二天上班，张大河照例在厂里到处转，查找安全隐患。转了一会儿，离开主厂区，径奔职工医院。新中国的厂矿气势大，有规模的企业除了主厂，还有附属产业，有医院、商店、学校、俱乐部（电影院）等，想干什么都不用出厂区。锦绣厂重建之初，医院和小学就建立起来了，单说医院，自己占了一栋三层小楼，规模比社会上的区级医院（比如古河区的古河医院）还大。张大河进医院，直奔护士室找古小闲。穿白大褂的古小闲正给一个病人打针，打的是屁股针，张大河先看见的是病人肥白的屁股，目光上移，才看见古小闲的脸。他看见她的同时她也看见了他，她手一哆嗦，病人就疼得哎哟了一声。她给病人打完了针，冲张大河红着脸说，你也打针？张大河说，我又没病打啥针，我是来找你的。她问，啥事？张大河看了眼屋里其他人，说，到走廊说吧。

古小闲跟他出来，走到走廊的最里边，这里肃静，不是到最后一个屋来的，没人走到最里边。张大河盯着古小闲的脸，说，对不起。古小闲也盯着他的脸，四目相撞，还是张大河率先避开眼神。古小闲说，说这话啥意思？张大河小声说，我能力有限，没帮上你。古小闲摇摇头说，其实我对这件事并不上心，是吴大夫非得往上推我，我心里清楚，我就是个护士，让我当医生还真不胜任，当了也是糊弄患者，为难自己。张大河松了口气，说，你这样想就好，让我当工程师我也不想当，还是干自己胜任的活儿最舒服。

古小闲转身要走，张大河赶紧又说，小闲，我问你一件事，那晚你真的看见有人搞破坏了？古小闲说，是呀，难道你怀疑我瞎说？张大河说，你别误会，我没别的意思，我就是想问问，你看清那个逃跑的人没有。古小闲说，黑灯瞎火的，真没看清，要是看清，我能不汇报吗？张大河心里踏实了一些，没再说啥，转身走开了。

从医院出来，张大河又奔了一车间。一车间是当年制炼所的主力车间，是专门冶炼各种型号锰铁产品的，用的都是电炉。每台电炉的操作工十人左右，组成一个生产班组，除了班组长，还有两个人最重要，一个是摊长，一个是配电工。摊长的技能是查看锰水的火候，矿石冶炼到一定程度时，用长把勺子盛一勺锰水出来，查看到了啥火候，报给配电工，配电工再配以相应的电流，继续用电炉冶炼。这查看火候完全是用肉眼，凭的就是眼力，眼力是由经验和灵性决定的，有的摊长干了一辈子，经验没说的，灵性不足，水平还是不到家。张大河当年跟松本润学徒，主要学的就是摊长的技能，松本润是个厉害角色，锰水盛上来，瞟一眼就知道到了啥火候，报出的各种参数与化验结果分毫不差。炉前干活儿，是等不及化验结果的，靠的全是摊长的眼力，看准了，报给配电工，配好电流，一炉好锰就炼出来了。张大河跟松本润学两年，看锰水的火候已超过了许多老师傅。松本润冲他竖大拇指，夸他天生就是摊长的料。

张大河在车间里走，逐个查看冶炼电炉和辅机设备，有不合格的地方用本子记下来。走一圈，遇见许多干活儿的工人，他们看见他，都显出一副奇怪的表情。他不理他们，只管查看。一车间的厂房他太熟悉了，不知在这里走过多少遍，但过去走和现在走感觉是不一样的，过去他只是个给日本人干活儿的工人，不管日本人咋冲你竖大拇指，他们骨子里是瞧不起你的，在他们眼里，你不过是低人一头的亡国奴。现在不同了，现在的工人叫工人阶级，是国家的主人，当然也是厂子的主人，张大河在这里巡视，就像是一个农民在自己的田地里走，所看到的都是自家的东西。看见自家种的庄稼缺水了，他就想浇，看见有病虫害了，他就想洒药杀虫。走了一圈又一圈，张大河发现了太多的毛病。工人大都是新招来的，他们都还是些白帽子，干起活儿来漏洞百出。

张大河去车间主任办公室，看见刘英花正在训斥爱说脏话的老嘎。张大河听刘英花说，提高点儿素质好不好，干吗总说那些不要脸的话？老嘎说，我也想不说，可说习惯了，板不住。刘英花说，板不住就打自己嘴巴，说一句打一个耳光。老嘎说，下不去手。刘英花说，那我就叫别人下手，以后谁再听见你说脏话，谁都有权扇你耳光。刘英花说到这看见了门口的张大河，说，张大河，你找我有事？张大河说，有事。老嘎说，你们谈事，我走了。转身就走。刘英花看了他背影一眼，对张大河说，有事就讲。张大河把看见的漏洞一一讲了一遍。刘英花说，你说的这些东西我也不懂，这样吧，你跟潘主任讲。刘英花说的潘主任叫潘章，是一车间副主任。潘章个子矮，五官长得也颇紧凑，其貌不扬，却是冶炼方面的专家。张大河身材也不算高，潘章站到他跟前还要矮一头。潘章是从外地的冶炼厂调过来的，人胆子小，在刘英花跟前不光是个头儿矮了半头，主意也要矮半头。以前的主任一直压着他，强势的刘英花调过来，更压得他喘不过气来。张大河觉得跟潘章讲了等于没讲，这一车间，刘英花才是说一不二的老大。

张大河说，跟他讲他说话算数吗？刘英花说，废话，他分管冶炼，生产上他说话咋能不算数？张大河说，算数就好，那我就去找他。刚要出门又被叫住，刘英花说，你没事了我还有事呢，想了好几天了，咱们身边谁像破坏分子，你有没有点儿谱？张大河心头一疼，弱弱地说，没有。刘英花说，找不到他，咱们心都不安生。张大河强压心虚应了一声，是不安生啊！

下班后张大河去了厂边的锦绣小酒馆。叫小酒馆，是因为它小，也就两间房子那么大，摆了六张方桌，已没啥多余的地方了。小酒馆叫“锦绣”，是想沾锦绣厂的光，背靠大树好乘凉，锦绣厂那么多的男人，得有多少人好酒哇？每天来千分之一，就把小酒馆成全了。小酒馆的老板叫老包，一个黑脸汉子，与戏剧和评书中的包公没法比，他既不是铁面无私，也不是一副虎脸，他天生一张笑脸，这张脸天生就是个开酒馆的。

出厂大门往前走，一百米处拐一个弯儿酒馆就到了，门脸有大红的幌儿。老包手下有两个服务员，一男一女，男的是他侄子，女的是他闺女。张大河进去时，里面的桌子已经被占满。有熟悉的脸，也有陌生的脸。他想转身离开，听到有人喊他，大河！喊他的人是闫振邦。张大河的心抖了一下，闫振邦是厂里的三号人物，不说他的官职，单说他的技术水平也挺唬人的，锦绣厂的人私下议论时有“上邦下河”之说，邦是闫振邦，河是张大河，说白了，就是技术人员里数闫振邦厉害，工人里数张大河厉害。

张大河凑过去，闫振邦让他坐下，给他介绍桌上的其他人。这个那个的，有认识的也有不认识的，张大河礼节性地冲他们点点头。张大河以前对闫振邦印象不错，后来牛洪波想重用他，让他有个更好的位置，没想到让闫振邦给挡了。张大河不是个小气人，他就是觉得有了更高的位置才能更好地实现自己的雄心壮志。能跟闫振邦一起喝酒的都是厂里的头头脑脑，以技术人员居多，他们七嘴八舌，说的都是有关冶炼的话题。

起初张大河插不上话，他们的话密不透风。喝着喝着，闫振邦打断一个人的话，冲张大河说，大河，你说说，咱厂究竟咋样发展才更有前途？张大河愣住了，其他人也愣住了，瞅瞅闫振邦，又瞅瞅张大河，这个话题显然要高于单纯的谈论技术，一个副厂长兼总工程师，咋会跟一个工人（即使是炼锰高手）谈论如此重大的问题呢？张大河反过愣儿，挺了挺胸脯，一本正经地说，闫厂长，你问到我心里去了，我这些天也在考虑这个问题，现在我就把自己的看法扯一扯。满桌人的表情都亮了，盯住他。他没理会他们，顾自说，锦绣厂的问题是还不像个正规的工厂，像个突击队，没有规矩不成方圆，厂里的规章制度要尽快建立起来。我打个不太恰当的比方，以前的制炼所虽然是日本鬼子的，但生产有一套严格的程序，我们应该不比鬼子差吧？立马有人截住张大河的话头，说，你这叫啥话，制炼所能跟锦绣厂比吗？守制炼所的规矩是我们的耻辱，现在我们是工厂的主人，主人就要有主人的样子嘛！张大河问，主人该啥样？那人说，家里我们是主人吧，在厂里就跟在家里一样。张大河说，在家里你想干吗就干吗，在厂里你要想干啥就干啥还不乱了套？炉里正在冶炼，你想停炉就停炉，那一炉钢水岂不就废了？那人说，我不是这个意思，我说的是精神面貌，是精神层面的东西，你懂吗？张大河说，我不懂啥精神不精神的，我只知道能多出产品，出质量好的产品，才是好家伙。闫振邦接过话头说，大河说得有道理，工厂嘛，就是生产；没有生产，老百姓吃啥喝啥，你不也得吃喝嘛。转而又对张大河说，咱们还说厂子的前途好不好，我们的话题和他说的并不矛盾。张大河说，本来我还有好多话要讲，被他一棍子打死了。闫振邦笑道，只要是善意的，还怕什么棍子帽子。

张大河对闫振邦开始有些好感了。

张大河日记摘抄：

刚开始，火热的社会主义建设令我挺不适应，以往的工厂习惯被打破了，我有点儿发蒙。肯定是我的毛病，要抓紧世界观的改造。

刘英花在开会时讲，新社会的工人，尤其是青年工人要有理想，要克服以前养成的坏毛病。我的坏毛病是啥？我想以前在制炼所养成的习惯都是坏毛病吧，比如见了当头儿的就低头，干活儿时六亲不认，只认资本家和剥削阶级定的那些规章制度，对工人兄弟姐妹缺少同情心。这样一想，我的妈呀，我身上还真有不少问题。以后，要有意克服，全身心投入社会主义建设，用辛劳和汗水洗刷肮脏的灵魂。

我是省级劳模，这是党组织和领导们对我的培养和重用。把我培养成省级劳模，我要对得起党组织，对得起一直高看我一眼的牛洪波。要自觉与脑袋里固有的东西做斗争，以最自然的形式最快的速度，融入新的工作和生活。

连日来，一直有人找古小闲了解情况，有一车间的，有保卫科的，还有公安派出所的。特别是刘英花，找过她不下三次。

经常问及这件事的还有吴远山。本来他俩属于普通医生和护士的关系，可不知不觉，稀里糊涂，就超越了这种关系。起初古小闲没当回事，感觉到不妥时，想往后撤都难了。职工医院的患者并不太多，没事干的时候她就爱进老吴的诊室和他闲聊。老吴以前是一家大医院的内科医生，后来锦绣厂成立职工医院，缺少医疗骨干，他就被调了过来。不是他自愿的，据他自己讲，是因一件小事得罪了院领导，他被打击报复，才贬到工厂的医院。老吴爱聊天，说话幽默风趣，懂的事情多，古小闲和他聊天觉得开心，长知识。起初是她主动，后来变成了老吴主动。

有一天，处置室只有古小闲一个人，她在翻看一本医疗画报，画报封二介绍的是南丁格尔，英国护士，近代护理事业的创始人。她盯着南丁格尔的照片许久，再看她的事迹，心头突然滚过一个念头，我能成为南丁格尔一样的护士吗？答案是否定的，她肯定没有人家那种坚强的信念。就在这时候，老吴进屋，凑到她身后，悄声对她说，你也会成为南丁格尔一样优秀的护士。她苦笑道，那是不可能的。老吴说，只要努力，一切皆有可能。老吴的话令她顿觉温暖，对老吴的好感就是在这一瞬间油然而生。

老吴递给她一杯热水，她接过来，手上热热的，虽然只是白开水，却足以令她感到温暖。以前她并没过多注意过这个高个子医生，他不过是一个普普通通的同事罢了。但这之后她注意了，才发现他对她的关照是超过对别人的。古小闲老家在山东，十二三岁时随父母到了东北，先在黑龙江林区讨生活，后来被父亲送到哈尔滨读护士学校，毕业后和一群同学到辽宁进了医院当护士。在她的记忆里，家庭是冰冷的，父亲总是喝酒骂人，母亲总是忙着照看弟弟妹妹，很少和她说上几句话。她在冷漠的环境长大，遇到对她好的人，便很容易陷入其中。

有一次，古小闲病倒了，重感冒，浑身发冷，请了假在家躺着。老吴买了一只白条鸡和一条大黄鱼来看她，她要从被窝里爬出来，被老吴按住了，说，别动，在被窝捂着，多喝水。一个独居的女人家来了一个男人，多少让她有些不自在。老吴却毫不拘束，像在一个熟悉的朋友家里。他给她倒了一杯又一杯的开水，不断地让她喝。他还下厨给她炖了鸡汤。老吴是一个有妇之夫，可她还是一个黄花大闺女，她想劝说老吴别对她这样，几经努力还是没说出口。

这天，刘英花又打电话找她，叫她去一车间主任办公室。她有些不耐烦，说我在上班，没工夫去。刘英花说我给你请假，她说不用，我这里患者多，忙不过来。撂了电话没多久，院长来找她，叫她去一车间。她敢不听刘英花的，不敢不听院长的，只好脱下白大褂，去了一车间。

古小闲赶到刘英花办公室时，保卫科的侯德奎已坐在里面了。刘英花和侯德奎两双眼睛盯她，她没法不紧张，觉得搞破坏的好像是她自己。

刘英花说，现在由侯科长分析一下案情。侯德奎咳了一下，一脸严肃地说，我们会同公安人员，经过连日来的勘查和分析，基本排除了敌人破坏的可能。古小闲脱口而出，不是敌人，那会是谁？侯德奎说，变压器的损坏，的确是人为的，根据现场情况分析，那只烧焦的野鸡很说明问题，大致的情况是这样的，有人看见变压器的电线中间夹住了一只野鸡，就用扫把去捅，就是这一捅，捅出了事故。古小闲张大嘴巴道，原来是这样啊！刘英花说，古小闲，你好好回忆一下，你看见的那个身影究竟是谁？古小闲说，我真的没看清啊！侯德奎说，是过失不是破坏，责任没有以前想的那么大，你不要有啥顾虑。古小闲还是说，我真的没看清。侯德奎冲刘英花点点头，刘英花说，好了，既然你真没看清，我也就不跟你打哑谜了，我们已经有了怀疑对象，你可以走了。

古小闲出去后，办公室只剩下刘英花和侯德奎。刘英花说得没错，他们已经掌握了一些情况。别说是公安，就是侯德奎，破这样的小案子也不是啥难事，根据一些蛛丝马迹，那个时间段走过那条小道的只有张大河和姜连子，这是一个二选一的问题，那个拿扫把捅变压器的人不是张大河就是姜连子。

侯德奎说，是分别找他俩呢，还是一起找来谈？刘英花说，还是给他俩一个机会吧，主动承认和被我们找到是不一样的。侯德奎点点头说，是不一样，我同意，给他俩这个机会。

刘英花在车间的工人大会上讲了保卫科做出的结论，排除了敌人破坏的可能，提醒过失犯错的人主动承认错误。会散了，张大河和姜连子都去找刘英花，都说拿扫把的人是自己。

刘英花阴着脸问，到底是谁？姜连子抢先说，是我呗，张大河是劳模，他能干这种不着调的事吗？刘英花盯住张大河的脸问，张大河，他说的对吗？张大河哑火了，不再吭声。

张大河日记摘抄：

一番思想斗争之后，我本来想承认自己干了那事，结果还是姜连子把这事扛下了。我没有扛这事不是我怕摊事，我个人摊事没啥，可要是抹黑劳模，坏了锦绣厂的名声，我可真是扛不起了。

我愧对姜连子，私下跟他说对不起。姜连子说，这事要是落你身上，你的结果会比我惨得多。

我知道我的结果的确会比姜连子惨得多，还会给牛洪波、敖洪伟这些领导抹黑。我不是个怕事的人，但这件事让我越想越怕。我掉了眼泪，说，姜连子，这辈子我欠你的。

以前姜连子曾为我做过证，证明我打过日本人耳光，现在又替我背锅，我可咋报答人家呀？

姜连子的老婆有病，家里孩子又多，生活条件差。以后，我一定在经济上帮他，算是一些小小的回报，以求心理安慰吧。

今天下班，我给姜连子送去一兜河鱼，说是从古河里钓的，让他尝尝鲜。他看了一下，鱼的大小太整齐了。他说，从市场买的吧？我说，不是，是钓的。姜连子说，都不容易，以后不用破费。我说，我有这个能力，我不会做没能力做的事，你就放心吧。姜连子苦笑了一下，接过了这兜鱼。

锦绣金属冶炼厂扩建部分也正式投产了。这一天是所有锦绣厂人终生难忘的日子。厂区披红挂绿，办公楼的正门上方悬挂着领袖巨幅画像，院门口和各个厂房门口都竖起了国旗。厂院里、家属区彩旗飘飘，各种写有口号的标语随处张贴，抬眼可见。附属单位的，如医院、商店、学校等都停业停学，他们衣着鲜艳，敲锣打鼓地拥进厂院。特别是那些小学生，在老师的带领下，有吹号的，有头戴花环跳舞的，有手捧鲜花的，离投产时间还有几个小时呢，氛围已经渲染得相当热烈了。

投产是循序渐进的，不是一下子就全厂投产。有投产能力的就投产，没达到投产能力的就等到有能力时再投产。一车间是主力车间，气氛也最热烈，这里的大部分设备是日本人留下来的炼锰铁的旧电炉，已经恢复生产，新投产的是一部分从苏联引进的新炉。车间里工人们穿着整齐，一看就是新上身的劳动布工作服，胸前都挂了朵红纸扎的小花。他们站在自己应该站的位置上，和那些经过粉刷后颜色十分鲜艳的机器设备一样，各就各位。

牛洪波走进一车间时，整个厂房响起热烈的掌声。牛洪波是陪一大堆外来的领导进来的，这些领导中有这座城市的第一书记杜江。跟在领导们身后进来的是厂文艺宣传队，他们都是二十岁左右的姑娘小伙，光鲜靓丽，像煮沸的开水一样奔涌而入，在机器和人群中跳舞。过了好一阵，牛洪波举起双手示意大家静下来，他的脸红扑扑地反光，像喝了不少酒，在他身边站着的杜江和一些看起来像大干部的人，脸上都红扑扑地反光，都像喝了不少的酒。那些普通职工脸上也红扑扑地反光，也像喝了不少酒，兴奋得不能自抑。

刘英花手持喇叭站到一台半人高的水泵上，喇叭就是那种手持扩音器。水泵是半圆形的，她站在上边要不断地调整身体以保持平衡，她扯开嗓子喊，同志们注意了，今天是投产的日子，现在时间是上午十点整，让我们以热烈的掌声欢迎市委第一书记杜江同志为我们宣布投产。掌声响起，杜江接过身后的人递过的一个喇叭，举在嘴边说，锦绣金属冶炼厂是国家重要的企业，是东北重要的企业，更是我们市重要的企业。农业以粮为纲，工业以钢铁为纲，国家的钢铁工业少不了我们的铁合金产品，你们是全市人民的骄傲。现在我宣布，锦绣金属冶炼厂扩建工程正式投产。又是掌声响起，鼓乐齐鸣。很多人跟着喊起来，投产投产投产……刘英花双手高高举起，然后往下一压，右手的喇叭停在嘴上，说，大家肃静，大家肃静，下面，请我们厂牛洪波书记为我们车间发出开炉指令。有人把喇叭递给牛洪波，牛洪波扯开沙哑的嗓子高喊，我命令，一车间新安装的电炉开炉点火。众人又跟着高喊，开炉开炉开炉点火点火点火……

强大的电流通过各个电炉，强大的电火很快使坚硬的矿石变成柔软的液体，然后开始沸腾。炉前工各就各位，守住电炉的各个部位。超高的温度令每个工人的脸上都挂满了汗珠，一串掉下去，又有另一串挂起来。每一台炉的摊长都死死盯住炉门，他们透过镜子不断地观察炉内的金属波浪，不断用经验做出自己的判断，然后把信息传给另一位置的配电工。

开炉后，张大河等人催促与生产无关人员退出车间。众人都在兴奋中，他们的催促像飓风中的说话声一样虚弱无力，没有几个人听他们的话。机器的噪声和人们的欢呼声此起彼伏，人们有跳舞唱歌的，有好奇地四处观看的。张大河发火了，冲刘英花喊，让他们都出去。刘英花没理睬他，和别人一样欢呼雀跃。

张大河在人群中挤来挤去，费好大劲儿挤到牛洪波跟前，喊，牛书记，这是生产重地，让无关人员马上离开吧。牛洪波说，今天开工，大家都高兴，以后不会这样的。张大河喊，以后是以后，现在是现在，现在也不能是这个样子，国有国法，军有军规，工厂也有自己的规律，违背规律会出大事的。厂长敖洪伟也说，是呀是呀，这样不行。牛洪波看了他俩一会儿，对敖洪伟说，你是厂长，你下命令吧。敖洪伟点点头，要过刘英花手里的喇叭，冲着沸腾的人群嚷，生产人员坚守岗位，其他人都退出车间，马上退出。

张大河日记摘抄：

记一段冶炼技术，勿忘！电炉锰铁的还原冶炼有熔剂法（又称低锰渣法）和无熔剂法（高锰渣法）两种。熔剂法原理与高炉冶炼相同，只是以电能代替加热用的焦炭。通过配加石灰形成高碱度炉渣（CaO/SiO_2为1.3～1.6）以减少锰的损失。无熔剂法冶炼不加石灰，形成碱度较低（CaO/SiO_2小于1.0）、含锰较高的低铁低磷富锰渣。此法渣量少，可降低电耗，且因渣温较低可减轻锰的蒸发损失，同时副产品富锰渣（含锰25%～40%）可做冶炼锰硅合金的原料，取得较高的锰的综合回收率（90%以上）……

投产之初并不顺利，生产出来的锰铁质量很差，用闫振邦的话说，这样的产品就是废品，用这样的锰铁是生产不出优质钢材的。牛洪波问，为啥？闫振邦摇摇头。牛洪波急了，冲他吼道，你是主管生产的副厂长和总工程师，生产出了毛病你不知道为啥？闫振邦紫涨着脸说，设备没毛病，技术程序也是对的，我真不知道毛病出在哪儿。当时张大河和刘英花也在场，牛洪波的目光从闫振邦脸上移开，移到刘英花脸上，英花，你知道为啥吗？刘英花说，闫厂长都不知道，我知道个啥？牛洪波说，你是车间主任，咋一问起生产的事就一问三不知？刘英花一脸无辜，噘着嘴说，我是外行。牛洪波发火了，外行就有理了，都这样，以后咋个生产？刘英花不服气，顶了一句，您也是外行嘛！牛洪波愣一下，嘟囔道，外行不是理由，以后外行也要变成内行才行。

闫振邦说，从技术的层面找不出问题，就应该从操作的层面找问题了。闫振邦的话启发了张大河，他接了一嘴，我知道毛病出在哪儿了。屋里的人都盯住他，刘英花抢话道，出在哪儿，快讲嘛！张大河说，一定出在炉前工身上，更准确地说，是出在摊长的身上，无论是炼锰或铬，火候全靠摊长的眼力，现在这些摊长有经验的少，眼力肯定不行，如果他们对火候拿捏得不到位，一定会影响产品质量的。闫振邦说，是呀是呀，我们现在不但缺少工程技术人员，更缺少工人中的能工巧匠，张师傅是冶炼高手，这时候是应该发挥作用了。牛洪波说，大河，你应该发挥作用了。就这样，张大河又一次被顶到风口浪尖。

牛洪波说，新中国的第一炉锰就是你炼出来的，这新设备你也要给我炼出合格的锰铁来。张大河说，好，我还要姜连子来做我的配电工。牛洪波说，同意。张大河转向刘英花说，巧媳妇难做无米之炊，炼好的锰铁，锰矿石一定要符合标准。刘英花挺着胸脯说，这个没问题，原料我打包票了。

炉前，张大河开始操作，因为是电炉不是高炉，没有火星四溅的炼钢炉看起来生猛，但周边也是炙热烤人，一股股热浪往身上扑。烧到一定火候时，他冲助手喊，给我盛一勺水出来。他说的水是锰水，在炉里滚沸成红色。助手用长把勺子舀出，递到他眼前，他的脸立马就有一种烧灼感。他看了一下，像是心不在焉，心里已有了谱，喊另一个助手，把话递给另一位置的姜连子，姜连子调整电流。几个来回，一炉好锰铁就炼出来了。

张大河炼出的锰产品很快摆到牛洪波和敖洪伟的案头。牛洪波敲着桌子说，看见没有，这就是能耐，咱们的工人要是有一半，不，要是有十分之一是这样的，咱们的产品质量就有保障了。敖洪伟说，别说那么多，每个车间能有几个这样的工人我就知足了。

牛洪波点点头，目光虚昧，陷入沉思。摆在他面前的困难很多，有设备上的困难，有技术上的困难，还有生活上的困难。一个企业那么多职工，那么多职工家属要过好日子，国家要好的铁合金产品，可好日子需要经济基础，好的产品需要好的设备和人才，人才到哪里去找？国家可没那么多人才给你，想要人才还得就地取材，靠自己培养。

还没有从他屋子出去的敖洪伟一直在一旁看着他，他似有所悟，伸手拍了一下脑门儿，说，看看，我把你在这儿都忘了。说罢二人都笑了。

敖洪伟说，牛书记，扩建的设备也已经投产了，我看咱厂的各项管理也应该走向正轨了。牛洪波盯住他的脸问，怎么走向正轨，你详细地说。敖洪伟说，所有的工作都实行正规化管理，取消技术核心组，现在核心组的职能与生产技术科、安全监督科等科室的职能重叠，像张大河这样的工人技术尖子应该充实到生产第一线。牛洪波想想也觉得他说得有道理，他抬头问道，核心组解散了，工人的技术水平问题怎么解决？敖洪伟说，成立轮训班，争取在短时间内让工人同志都能得到技术培训。牛洪波一拍桌子，说了声好。

张大河日记摘抄：

技术核心组解散了，我心里怪不得劲儿的，为了进这个组我付出得太多了，可厂长敖洪伟说，凡事都有个阶段性，技术核心组已经完成了它的历史使命，接下来，一切都将步入正轨。我的理解是，所谓正轨就是工人干工人的活儿，干部干干部的活儿。我以前在厂里管天管地的权力没有了。

我被分配到了一车间，刘英花又把我分配到了三号炉的班组，当了比班组长还小的摊长。我不服气，找刘英花说理，刘英花说，革命战士就是要服从指挥听从命令，我们每个人都是社会主义的一块砖，哪里需要就往哪里搬，不能讲条件。我辩解说，我是技术尖子，炼锰大拿，我还是省级劳模呢！刘英花说，那就更要服从命令听从指挥了。跟她讲不通，我气呼呼地走了。

下班刚到家，洛慧敏就凑过来，拉住张大河的一只胳膊，用少有的撒娇口吻说，我在家除了种地就是做家务，闷死了，我也想上班挣钱。张大河说，我一个人挣的也够花了。洛慧敏说，也不全是挣钱的事，主要是不上班被人瞧不起。张大河问，谁看不起你了。洛慧敏说，厂里那些女职工看不起我，居委会的田大姐看不起我，就连隔壁的吴嫂也瞧不起我，好歹人家还在街办的纸箱厂上班呢。张大河不屑地说，街办厂子算个啥，到国营大厂才有上班的感觉。洛慧敏说，我知道你在厂里挺牛的，连老吴都托你找牛洪波给那个漂亮护士说情，你也给我说说情呗，让我也进锦绣厂当个工人。张大河拍拍脑袋说，这个倒不难，只是上了班，你就没时间伺候院里那些庄稼了。洛慧敏连声说，有时间有时间，院里那点活儿，下班撒个欢儿就完活儿了。张大河表面同意，心里却在说，我牛个屁呀，核心组解散，我已经不是核心组成员了，就是一个摊长而已。

锦绣厂大面积招工时，进一个人相当容易。当时张大河没让洛慧敏报名进厂，是有一些大男子主义的，觉得有个爷儿们上班就够了，女人在家做家务，将来有孩子带孩子，两口子一外一内，天经地义。细想想，这还真有点儿中了那些日本鬼子的毒，比如松本润，他是说啥也不会让老婆出去做工的。后来厂里经常讲男女平等，张大河的思想也不可能没有一些转变，听洛慧敏张罗要上班，就觉得这是正当要求。现在厂里缺的是有经验的工人和技术人员，没技术没经验的可不缺，各车间各部门人员都已经就位，再塞个人还真要费点儿唾沫星子。

技术核心组解散，张大河和姜连子到一车间报到，张大河被分到三号炉做摊长，姜连子到三号炉做配电工。这个班组的班组长是个大个子，叫钱玉贵，都叫他钱大个子。钱大个子低头看着他俩，嘿嘿地笑道，你俩是厂里名人，特别是张大河，又是省级劳模，这以后我可咋领导你呀？张大河说，该咋领导就咋领导呗，我也不搞特殊。钱大个子说，刘主任叮嘱过我，叫我尊重你，叫我让别人多跟你学习，这不特殊能行吗？张大河没耐性和他掰扯，说了声随你，就开始到炉边检查设备。班组配有十一个人，他是摊长，手下有三个炉前工，分别是王裕国、李旺发、赵平安，根据厂里的安排，都拜他做了师傅。上边有意没拆散他和姜连子这对搭档，也算是用心良苦。

王裕国年龄比张大河还大几岁，拜张大河为师，他服气，谁不知道张大河是技术大拿呢！三个徒弟中他排老大，论年龄、工龄和沉稳劲儿，另两个没啥说的，只是技术上排老二的李旺发不服王裕国，李旺发的炼锰技术在车间里数上乘，要是张大河不来，李旺发完全可以胜任这个班的摊长。他性格内向，很少说话，不高兴了话就更少。排老三的赵平安年龄最小，工龄最短，是个生瓜蛋子，他性格开朗，爱说爱笑，大家都很喜欢他。

这个班组很快发挥了优势，炼出的每一炉锰铁都是合格产品，而其他班组的产品却参差不齐，有合格的，也有报废的。刘英花着急，来到炉前找张大河，钱玉贵屁颠颠地迎上来，刘英花没理睬他，高声喊叫张大河。把红扑扑一脸汗珠的张大河从炉口处叫了过来。

刘英花说，一朵花开不是春，百花齐放春满园，就你一个人炼出好锰不行，得让大家伙儿都炼出好锰来，才能算你是个合格的劳动模范。张大河用手抹了一把脸上的汗珠，脸上立马有黑水往下淌。张大河瓮声瓮气地说，我又没长三头六臂，没办法。刘英花说，没办法你也得给我想出办法来。张大河说，好，你让我想想，等我想好了就去告诉你。刘英花说，别给我拖，越快越好。

刘英花走了，张大河又开始干活儿。他一边干一边脑袋里飞快旋转，转了一阵也没想出啥好办法来。就这时候，厂长敖洪伟走了过来，大家见了都站到一旁。敖洪伟跟每个工人握握手，然后把张大河拉到一边。

敖洪伟问，大河，你是工人里的技术尖子，咋能尽快提高大家的操作水平，你有啥办法吗？张大河苦笑着摇摇头，说，我要是有办法，早跟领导们提了。敖洪伟接着说，其实厂里已经有了办法，那就是办轮训班，让每个工人都得到培训，让每个工人都能提高水平。张大河眼前一亮，心想这办法好，又简单又实用，这么简单实用的办法我咋就没想出来呢？他气得直拍自己的脑壳。

敖洪伟说，培训班的总教练是闫振邦，我想让你当副总教练，你负责给我在工人中找出一些技术好的，都来当教练，教练多了，大家提高得才会快一些。张大河自豪感顿生，连说没问题。

敖洪伟走了，张大河有了主意，他跟王裕国交代了几句，就离开炼炉，奔车间办公室去了。

张大河日记摘抄：

我找了刘英花，建议办轮训班。刘英花惊讶地瞪大眼睛看我，说，不愧是技术尖子，和厂里想到一块儿去了。我得意地笑。刘英花又问我还有啥事，意思是没事可以走了。我犹豫半天，说，我还有个事想求刘主任。刘英花说，有事就讲，别吞吞吐吐。我使了使劲儿，说，我有个私事，我老婆也想工作，我想让她也进一车间。刘英花盯住我的眼睛说，你的要求太多了吧？我连忙说，不算要求，是求你。刘英花低头想了想，递给我一张纸和一支笔说，把她的姓名、年龄、家庭出身、简历都写出来。我如实写了，递给她。她想了想说，想进车间，有点儿难。我急着说，她就当一个工人。刘英花阴着脸说，我们是重点车间重点生产场地，是为国家大炼钢铁生产铁合金的，就想当一个工人，说得轻巧，我们的工人就那么好当？我说，她根红苗正，出身好。刘英花说，出身好的多了，总不能都当工人吧？我说，看我面子，也该照顾一下吧。刘英花说，你是技术能人，但一码是一码，这不是搞特殊的理由。这个女人还真是铁面无私，我当时的脸色一定很不好看。

我赌气要走，刘英花又说，这样吧，我给你出个主意，你找一找行政科的孟科长，让他在外围给你老婆安排个工作吧。

这就是刘英花，油盐不进，简直没有无产阶级感情。我出来时，刘英花在我身后说，你不会因为我不帮你，就不好好工作吧？我扭回头大声说，你把我看成啥人了，公和私我还是分得清的。

事后想想，让洛慧敏进车间当工人，是不是跟让护士古小闲当医生、让我当工程师一回事，确实不妥。

张大河找了行政科的科长，好歹他在厂里也大名鼎鼎，科长很给面子，一句话，把洛慧敏弄进了职工食堂。这样一来，洛慧敏就成了食堂的改刀加择菜工。没进车间张大河有点儿小失望，洛慧敏却很高兴，食堂里的活儿她不用学，上手就是熟练工。还有一大好处是午饭不用花钱。

人们的一日三餐都以粗粮为主。东北盛产高粱玉米，主食就是高粱米饭和玉米饼子，吃大米白面算改善生活了。粮食是定量，一般人够吃，精壮男人欠一些，好在家里总有饭量差一点儿的妇女儿童，一家人掺和着吃，也都饿不着。要是一家都是精壮劳力的，那就惨了点儿，恐怕要有挨饿的时候。

张大河家两口人，都不是大胃王，院子里又种了些粮食，家里的粮食是够吃的。洛慧敏去了食堂后，家里粮食已经有了盈余，有时候，乡下老家来人了，就会给带些粮食回去。张大河是贫农，家里有哥兄弟三个，姊妹两个，他是老二，大哥和三弟都在乡下，两个妹妹也在乡下，母亲早亡，只有一个五十来岁的老父亲，家里都是精壮劳动力，吃饭不成问题。洛慧敏的父母身体不好，身边只有一个小儿子还没成年，农村怕的就是缺少劳动力，口粮不够吃，洛慧敏把家里剩余的粮食都救济她娘家了。

晚上，张大河主动钻洛慧敏被窝。年轻力壮，行房勤些是正常的。可结婚两年了，洛慧敏的肚子还没有一丁点儿动静，有背地贬损他的人，就说他娶了个不下蛋的母鸡。他嘴里嘀咕，咋就不怀上呢？洛慧敏说，你看我身子也挺壮的，也不该是怀不上的样啊？他说，是呢，我也纳闷儿！又说，可能还是咱懒惰了。洛慧敏说，一天一次不懒了。他说，以后咱一天两次。

这天以后，早上醒来就又加一个班。再上班，也没觉得人困马乏，反倒是身上更清爽。

又过去一段时间，洛慧敏的肚子还是没动静。有一次，洛慧敏做了煮肉，都是切成一片一片的肥猪肉，没一丝瘦肉。洛慧敏用大锅蒸了一下，又捣了蒜，小碟里倒了酱油拌成蒜酱，吃饭时夹一片肥肉蘸一下蒜酱，吃得满嘴流油，这个香啊！吃着吃着，张大河突然问洛慧敏，吃肥肉你不恶心？洛慧敏反问，你恶心吗？张大河说，我恶心啥？洛慧敏笑道，你不恶心我恶心啥？张大河说，要是怀孕了就恶心。洛慧敏愣了一下，摇摇头说，看来我还是没怀上。张大河嘴上没说，心里却发虚了，也开始怀疑洛慧敏原本就是个不下蛋的鸡。

院门口碰上老吴，张大河喊了一声吴大夫，欲言又止。老吴说，有话就说嘛，吞吞吐吐不是你的性格吧？张大河说，吴大夫，你说我家里的咋就怀不上呢？老吴笑道，不孕不育有多种原因，我也不是妇产科医生，也不太明白，你们俩可以去医院检查检查。张大河说，去医院检查这个多丢人哪！吴大夫说，这有啥丢人的，你俩一起去，你不好意思说，让弟妹说。张大河说，拉倒吧，跟你说等于白说了。

不光是张大河着急，乡下的父亲也替他着急。三弟张大江坐了一天一宿的火车，来城里找他，给他捎来一包草药，说，是爹让给嫂子吃的。他问，哪儿弄的？大江说，是爹花钱托兰娘做的。张大河知道，在他的家乡江林县林区，兰娘是远近闻名的，她会配制一种令人怀孕的药，谁家媳妇不孕不育，就会去找她解决，吃了她配的药，据说成功率挺高。林区有看似永远采伐不完的树木，有狍子、松鸡、野猪等野物，是个饿不死人的宝地，因为天气寒冷，细菌病毒都难存活，人们也就很少得病。在这儿，流传一个民间传说，说的是林子深处，有一间木头做的房子，里面住一个猎人，年龄奔五了，还是光棍一根。有一天，他在林子里遇到了一个迷路的妇人，三十多岁，大身板大脸蛋，看起来还有几分姿色。猎人问她哪儿的，她说了一个地名，是几百里外的一个村子，嫁给一个男人整八年，从未生育，男人丧失了耐性，休了她，把她撵出了家门。猎人把她带回木屋，生火，给她做野鸡炖蘑菇吃，吃得妇人脸蛋红扑扑，更是吸引人。猎人动了心，想讨她做老婆，妇人不答应，说别看现在你愿意要我，那是生育需求，过了几年我不生育你就该和那个黑心汉子一样，把我撵走了。不论猎人咋说，她就是不答应。到了晚上，猎人又给她炖野兔和干菜，趁她不注意，往锅里放了一包药。待妇人吃了饭喝了汤，没到一刻钟就倒下了。猎人用几条红布点缀了一下木屋和火炕，屋子就成了新房。然后，圆房。妇人醒来后并没有责怪猎人，反而开始和他一条心过日子。十个月后，生下一个胖小子。据说猎人给妇人下的药除了有麻醉的成分外，还有助孕的功效。兰娘就会制作这种药，当然，她的药没有麻醉成分，有的只是助孕功效。

张大河说，我可不用这种药，都是封建迷信，必须破除。张大江又跟洛慧敏说，洛慧敏也说破除迷信，不用这个。吃饭时，张大江把药偷偷倒进了洛慧敏的汤碗，汤是鸡汤，用了榛蘑和花椒大料，味道挺浓，洛慧敏喝时没品出异味。喝完了，张大江嘿嘿地笑，洛慧敏一拍大腿，道，你小子在汤里做手脚了？张大江道，没错，嫂子你已经吃药了。气得洛慧敏和张大河一起把张大江臭骂一顿。

张大河日记摘抄：

我不相信这种药会有啥作用，可既然吃了，也没办法了。我警告张大江，以后别偷偷摸摸地办事，如果这药有毒，你就等于把你嫂子害了。张大江连说下次不敢了。

厂里组织职工参观游览古河两岸，是分期分批进行，今天轮到了我们一车间，刘英花带队，我们一帮子人沿古河北岸的大坝走。暖风吹在身上好舒服，走在大坝上往前望，满眼的厂房和烟囱，那气势真不是吹的。古河区的工厂布局有规划，也有自然形成的成分，这块地是哪家工厂，那块地又是哪家工厂，有许多我无法知道的原因。不管是老旧的伪满时期遗留的厂房，还是这几年新建的厂房，经过统一的粉刷，都有了一种早晨才有的朝气。我有意观察身边的同行者，他们和我一样，脸上都挂满灿烂的笑容，人民当家做主就是不同，看这些工厂风景就像看自家的一亩三分地。

打土豪分田地，无产阶级有了田地，会不会成为新的地主？这种念头一闪而过，我知道不会的，不管是田地还是机器，都属于国家，属于人民。

从大坝下来，穿过由工厂夹成的街道，走进北京路。这是古河工业区里最宽敞的一条路，也是这片区域的主路，沿着这条路，辐射出好多条街，每一条街又通往好多条胡同。无论是这些街道，还是这些胡同，名字都与工业和工厂有关。当年的老马路和老胡同都有好听的名字，什么胭粉街、南柳路、状元胡同、城墙胡同等，没有新社会的气息，后来给因工厂和职工住宅区而形成的马路和胡同命名时，也捎带脚把老街老胡同的名字改了，叫机械街、纺织街、重型街、叉车街、女工胡同、电焊胡同、架子工胡同，等等。

我印象最深的就是纺织街，叫纺织街，与纺织厂的距离无关，实际上这条街与纺织厂有着不近的一段路，离这条街最近的是一家工具厂。这是条老街，当年的仁爱医院就在这条街上，我对这条街太熟悉了。后来仁爱医院解散，这里的医务人员分散到全市各个医院，古小闲就是那时候被分到锦绣厂职工医院的。每次走到这条街，我还是会想起古小闲。

古小闲老大不小了，还没成家。不知她自我改造得咋样，有没有遇到新的对象。我希望她尽快成为社会主义新人，尽快找到自己的幸福。

一个多月后，洛慧敏经常反胃、恶心，浑身不自在。张大河说，是不是怀上了？洛慧敏苦着脸说，这种药不会这么灵吧？张大河说，灵不灵得看实效，我去问问老吴吧。

张大河进了隔壁院子，张嘴就喊吴大夫。吴嫂捧着一捆韭菜出来，撂地下，自己一屁股坐台阶上，一边择菜一边说，来得早不如来得巧，一会儿一起吃饺子吧。张大河嘿嘿地笑，说，我可真有口福，那就不客气了。进了屋，见老吴正盘腿坐炕上发呆。他也脱鞋上炕，盘腿坐下，说，吴大夫，想啥呢？老吴说，瞎想，具体想个啥我也不知道。张大河说，想好事吧？老吴说，但愿是好事。张大河说，我也想好事呢，你说我老婆是不是怀上了？老吴说，又不是我老婆，我咋能知道你老婆是不是怀上了。说罢嘿嘿地坏笑。张大河说，别扯没用的，你是大夫，你应该看得出哇？老吴说，有啥症状？张大河说，反胃、恶心、犯懒。老吴说，这也不能说明啥，成天五谷杂粮，也可能是消化不良。张大河说，要不你给号一号脉？老吴摇摇头说，我又不是中医，我不会号脉，再说了，我也不信号脉就能把怀孕给号出来。张大河说，你这是在怀疑祖国的传统医学，信不信我去保卫科告发你。老吴说，我脑瓜皮薄，别开这种玩笑，我的意思是说，要想确定是否真的怀孕，最好还是去医院化验一下。吴嫂在外边接了一句，别听他的，怀个孩子还用去化验，一会儿我去看看，一眼就知道她怀没怀上。张大河冲外边喊，那太好了。

吴嫂真就放下手里的韭菜，去了隔壁，不多时，从隔壁返回，进屋冲张大河兴冲冲说，恭喜你呀，她真是怀上了。张大河问，嫂子你咋看出来的。吴嫂说，我是过来人，凭直觉也能看个八九不离十，何况她还有那么多的反应呢。张大河说，准吗？吴嫂说，当然准。老吴在一旁说，这不科学。张大河也兴奋起来，脱口道，奶奶的，真灵啊！老吴问，啥真灵？张大河只好把张大江和吃药的事说了，老吴频频摇头，说，你也真是的，还信这个？张大河心里犯嘀咕，喃喃说，真怀上了，我没法不信。老吴还是摇头。

锦绣厂每个车间都成立了工人技术培训班。一车间成立两个培训班，一个是摊长培训班，一个是配电工培训班，张大河和姜连子都成了培训班的教练。刘英花对张大河说，你给我带出十个和你水平一样的摊长来，我这主任的位置让给你都行。张大河说，你说话算数？刘英花说，算数。又跟姜连子说，你给我带出十个和你一样的配电工来，我就算你将功补过。姜连子脱口说，我有啥过呀？刘英花说，嘿，你可真健忘，这才多长时间，就把变压器的事忘了？姜连子顿时泄了气。

能让更多的工人有一身好手艺，是张大河的理想。他不像一些技术高手那样保守，教别人本事留一手，他是真的倾囊相授。但手艺这东西就是邪行，师傅同样教，徒弟学出来却不一样，天性禀赋比刻苦学习似乎更重要。就拿摊长看锰水火候的技能来说，张大河把自己的经验说了一万遍，归根结底还是要回到眼力上，而眼力不可名状，有一万个人，就有一万种眼力。一个月培训下来，摊长们的水平是提高了不少，但眼力还是没有一个人能赶得上张大河。

张大河和刘英花闹过多次矛盾，起因都是生产。在领导生产上，刘英花闹出过不少笑话，毕竟是外行，难免瞎指挥。张大河眼里不揉沙子，每每遇到类似情况，他都会挺身纠正，和刘英花争辩。每次刘英花都气得脸红脖子粗，又因为自己不懂行，理亏，每次都败给了张大河。张大河美滋滋，常拿这些战绩炫耀。

炉前生产本来归潘章分管，可往往潘章做出的生产指令，到刘英花那里就被废了。久而久之，大家抓住了潘章的弱点，每当他再指派谁去干啥，就会拿出刘英花来压他。一次，闫振邦给潘章打电话，说二车间在干一批急活儿，人手不够，叫他下班后派一个班组去二车间加班支援。潘章不敢怠慢，叫钱玉贵下班了别走，带他的班组去支援二车间。钱玉贵不想去，就去找刘英花，说，潘主任要带他们去二车间干活儿。刘英花不知内情，问，去二车间干啥？钱玉贵说，现在不是搞车间竞赛吗？二车间想超过咱一车间，人手不够，就求到了潘主任。刘英花说，潘章他傻呀，现在是咱这两个车间齐头并进，要是咱去帮他们，他们就会轻松超过咱了，听我的，别去了。钱玉贵听了这话自然高兴，立马让班组的人都下班回家了。二车间那边没等到人，汇报到闫振邦那儿，闫振邦气得不行，抓起电话就骂了潘章一顿。

二车间因此没有按时间完成任务，厂里查找责任，最后，责任被推到潘章身上。潘章被厂里点名批评，广播员邱宇用嘹亮的嗓音播出了这个消息，全厂区都知道了这件事。有一段时间，潘章情绪低落，见人抬不起头。张大河看不过眼，就冲钱玉贵说，都是你小子毁人家潘主任，要不是你耍心眼儿，事情也不会闹到这一步。钱玉贵一听炸了，说，张大河，你别不知好歹，得便宜卖乖，要是没有我急中生智，你还不得在二车间多干一宿活儿？张大河说，多干一宿活儿是累点儿困点儿，可心里安生，不像现在，潘主任是见人抬不起头，咱们是见了潘主任抬不起头。钱玉贵昂着头说，我可没抬不起头，见了潘主任，我照样比他高出一头还多。张大河说，这正说明你良心坏了。钱玉贵说，你是想说我的良心坏了坏了的吧，这是日本鬼子说中国人的，看来你还真是个汉奸。这句话戳到张大河痛处，挥拳就朝钱玉贵的脸上打。二人打成一团，要不是徒弟们过来拉偏架，张大河还真不是人高马大的钱玉贵的对手。

有人把二人打架的事汇报到刘英花那里，刘英花正想整治一下一直不给她面子的张大河，就把张大河叫进办公室。张大河一进屋，她就横眉立目地对他。张大河梗着脖子，不服不忿地说，二人打架莫怪一人，咋就叫我一个人来？刘英花说，是不是你先动的手？张大河说，那也得看为个啥，他说我是汉奸，这是原则问题，超过我能容忍的底线，我只能出手了。刘英花说，那我得知道他为啥骂你是汉奸，你把事情从头到尾说一遍吧。张大河就从头到尾把事情讲了一遍。

刘英花听了脸涨得通红，显然，潘章挨批，根子在她这儿，是潘章替她背锅了。她是个极要面子的人，怎肯当张大河的面承认是自己误事。正僵持着，潘章走进来。张大河可不管面子不面子，冲潘章说，潘主任，二车间那事纯粹是钱玉贵耍的阴谋，他找刘主任说你是主动要去二车间帮工，刘主任才不让他去，结果误了事。张大河这么一说，等于把事情给揭开了，潘章的脸气得通红，瞪着刘英花一时说不出话来。刘英花十分尴尬，一甩袖子自己出去了。

张大河日记摘抄：

钱玉贵这小子太坏了，我动手打他，是忍无可忍。钱玉贵身高一米八多，是个大块头儿，真要对打，我肯定打不过他。就在我要吃亏时，三个徒弟过来拉偏架，王裕国揪住他一只胳膊，李旺发拽住他另一只胳膊，赵平安用双手搂住他的腰，嘴上喊，班长，别打人。他是不能打人了，我却趁机狠狠打了他两拳。

人嘛，就该有点儿脾气，别老憋着，动动手也不是坏事。

潘章太窝囊了，不然钱玉贵也不敢这么戏耍他，刘英花也太霸道，根本不把潘章放在眼里，好歹人家也是一个副主任嘛。

潘章是生产上的行家里手，他本该在一车间发挥更大作用。那样对车间对厂只有好处没有坏处。我气不公，找机会一定要跟牛洪波说说。

潘章胆小怕事，他不会去找厂领导为自己申辩，张大河知道，他是怕得罪刘英花。可张大河不怕，路见不平他就想拔刀相助。他找牛洪波，把真相讲了一遍。牛洪波看着眼前这个直爽的汉子，哈哈地笑了。

张大河说，牛书记你笑啥？本来这事怪钱玉贵也怪刘英花，怪不了人家潘章，结果挨批的却是潘章，这不是吃柿子专挑软的捏吗？牛洪波说，你是说我欺软怕硬？张大河说，最起码是被人蒙蔽了。牛洪波说，你这是在批评我？张大河说，我哪敢批评领导，我只是就事论事。牛洪波说，你这是让我把泼出的水再收回来。张大河说，您说过的，知错就改还是好同志。说完也觉得自己有点儿过分，呵呵地笑了。

牛洪波也笑了，他很喜欢张大河的性格。他一贯认为，能把自己的真实想法讲出来的人，才是最可倚重的。把张大河安慰走了，他坐下来开始看一份文件。文件是有关工业建设的，中央把工业建设的重点放在了东北，除了有苏联的援助，更重要的是要靠自己，自力更生地建设我们国家的工业基地。文件还特别提到了他所在的这座新兴工业城市。好风凭借力，他要借这股东风把锦绣厂做大做强，做到同行业的全国老大才好呢！

牛洪波对冶金行业的了解是循序渐进的，从起初的茫然不知到懵懵懂懂。身边的内行不少，但这些人很少当他的面谈论专业性强的话题，他感觉到这些人是给他留面子，怕他露拙，这无形之中给他的进步制造了障碍。没事时，他愿意到办公室外走走，在没有窗户的走廊里，两旁都是一间间的办公室，都关着门，里面的说话声和翻动纸张的声响听起来很微弱。他推开隔壁的门，随着门响，赵市从椅子上挺起身，冲他来了个立正。这小子大字不识几个，也像模像样地成了办公人员。他虎着脸冲他说，关门干吗，门关得这么严实，我叫你你听得着吗？赵市不好意思地笑了，说，门不是我关的。言外之意，是屋里其他人关的。这间办公室里还有两个人，一个是办公室主任，还有一个女文书。他们都是牛洪波的助手和传声筒。办公室主任对赵市的回答不太高兴，瞪了他一眼，转而朝牛洪波笑道，别的屋都关门，我也就关了门。牛洪波说，关门不好，关门不利于交流，是把工人弟兄关到门外了。主任连忙说，好的牛书记，以后我们不关门了。牛洪波说，不但你们不关，告诉下去，没有特殊的不能让人听的事情，各科室都不要关门。

这以后，整个办公楼里办公室的门都敞开了。

也有例外，闫振邦房间的门还是爱关着。这天，牛洪波敲开他的门，打趣道，大家都敞开门，你咋总关门，不嫌憋得慌？闫振邦说，我嫌吵，尤其想技术上的事时，我最怕吵了。牛洪波还想说，把自己和群众隔离开不好，但忍住了，对待闫振邦他是另眼相看的，企业的发展少不了他的智慧。

牛洪波一屁股坐在一旁的椅子上，说，振邦，你说咋样才能让咱厂有更大的发展？一句振邦而不是闫厂长，叫出了几分亲切。闫振邦心里热乎乎的，也把椅子往前拉了拉，说，那就是扩大规模扩大生产能力呗。牛洪波点点头，又问，咋个再扩大规模呢？闫振邦说，向市委、省委、党中央提出申请呗。牛洪波又点点头，说，你和我想到一块了，我明天就去找杜江书记。

国家刚刚形成计划经济体系，优先发展重工业，不断调整工业布局，国营企业占绝对主体。工厂的运行相对比较单一，只管按国家的计划生产，没有营销这一环节。说白了，工厂其实就是大车间，抓好生产，一切万事大吉。从这个角度讲，主管生产的闫振邦就显得尤为重要了。牛洪波清楚这一点，有啥事都主动来找闫振邦商量。闫振邦也清楚这一点，胸脯也就挺得比别人高。

闫振邦说，只有我们的生产技术过关了，产量配得上咱们现在的规模，才有理由跟上边提这样的要求。牛洪波说，现在产量正在往上长嘛！闫振邦摇摇头，说，还差得多，离咱们的产能还有不小的距离。牛洪波说，那就赶紧提高产量吧。闫振邦说，问题还是出在设备上，以前的日产设备老化，新购进的苏联设备又不稳定。牛洪波说，那就赶紧解决呀！闫振邦说，谈何容易，需要一步步的改进，那些苏联设备有的我们也搞不懂，现在国内大厂都来了苏联专家，咱厂也需要他们来解决问题。牛洪波说，好，我跟上边说。

闫振邦又说，咱还得要一批大专院校的毕业生，充实技术力量。牛洪波说，你做个计划。闫振邦眼珠转了转，看着牛洪波欲言又止，牛洪波皱了眉头，说，我就不喜欢你这种样子，有啥说啥呗。闫振邦不好意思地笑了，迟疑了一下才说，我想入党。牛洪波问，为啥？闫振邦说，重要的事情进党委，我不是党委委员，就无法参加厂里的重大决策，有时候我是有劲儿使不上。牛洪波冷下脸说，要只是这个动机，你入不了党。闫振邦说，那么多工人同志都是党员了，我这个副厂长还不是。牛洪波说，这与职务无关，啥时候你入党不是为了当官抓权，而是为了共产主义事业，你就可以向机关党支部提出申请了。

中午去食堂吃饭，排队的人们见了牛洪波都有意往后靠，意思是让他往前站。他摆摆手，自己站到队伍的后边。食堂里人很多，前边窗口露出穿白衣服炊事员的脸还有一团团的热气，三排队伍挪动缓慢，有性急的就不断地嚷嚷，五个窗口有两个不卖，有意让我们多等。牛洪波身后有人说，牛书记，每天中午吃个饭要排队半小时，这太浪费时间了吧？牛洪波也觉得浪费时间，就冲身后的人说，你去给我把食堂负责的找来。身后的人兴奋地应道，好咧。时间不长，食堂负责人来了，堆一脸笑说，书记您就别排队了，您吱一声，我立马把饭菜端到您跟前。牛洪波说，我排不排队无所谓，大家都不排队才行呢！负责人说，上千人吃饭，不排队做不到。牛洪波说，排队可以，这样的速度不可以，我告诉你，以后这五个窗口都要打开，都要有人卖饭，不光是这五个窗口，想办法再弄五个能卖饭的口，从明天开始，至少要有十个人卖饭。负责人苦着脸说，这、这咋能做到呢？牛洪波说，要是做不到，你就给我挪窝腾地方。周围响起了一片掌声。

牛洪波要了馒头和五花肉炖白菜，找个没人的座位坐下，有人跟过来坐到他身边，一看，是刘英花。牛洪波说，好，我正想找你。刘英花说，有事您就吩咐。牛洪波咬了一口馒头，一边嚼一边说，要在车间发展一批党员。刘英花也咬了一口馒头，也一边嚼一边说，我和牛书记想到一块儿了，今年我准备在一车间先发展十名党员。牛洪波说，几百人的车间，少了点儿，发展二十名吧。刘英花说，好，那就二十名。牛洪波喝了一口菜汤，说，特别要培养那些根红苗正技术好的人，比如张大河和姜连子。刘英花也正好喝了一口汤，听了这话，她一下子呛着了，一口菜汤喷到了桌上。她用袖子擦了一把脸，说，他俩哪够党员标准哪？技术高不假，可成分复杂，张大河跟日本人学过徒，这条不算的话，还有好几条，都培养他往全国劳模上奔了，可他的思想境界还是提不高，还时常要官做。姜连子倒是挺老实，可是他损坏过公物哇……牛洪波连连摆手，止住她的话头，说，张大河有一个优点你看到没有，那就是实在，有啥说啥。刘英花说，这倒是真的。牛洪波说，这一点你们俩还蛮像的。

张大河日记摘抄：

身边有写日记习惯的人没几个，听说潘章记日记，可人家是知识分子，记日记没啥稀奇的，我一个工人大老粗，还记日记，用洛慧敏的话说，老鼠戴眼镜，装人。新社会了，我记日记是记载从一个被剥削者到主人的感受，做国家的主人和工厂的主人，那感受就是不一样，就是一个自豪！后来又开始记技术上的事，生活上的事，都没什么可记的了，就开始想啥记啥，干啥记啥。

我和姜连子是一起交的入党申请书，听说闫振邦也交了入党申请书，看来领导和工人也没啥两样。

我要让生活有理想，与自己思想中的弱点做斗争。咋能和实际联系起来，其实我也不明白。我特意找刘英花请教。她说很简单，你越想干啥你就越别干，这是与自己的私欲做斗争。我挖空心思地想，我最想干啥呢？突然想起床上那点儿事，对，我就抵抗这个。我决定做个实验，当我有想法时我不搭理洛慧敏，当洛慧敏主动撩拨我时，我也不搭理她。

实验做了三天就失败了，我承认自己不是一个意志坚定的人。我跟刘英花做思想汇报时，老老实实地讲了这事。刘英花说，你搞偏了，净整些没用的。

调整思路，以后整有用的。

洛慧敏果真怀上了，因为得到了职工医院的证实，张大河高兴得不得了，一封信寄到老家，老父亲和哥兄弟也高兴得不得了。张大河对洛慧敏说，还是老家的玩意儿好使，不信不行啊！洛慧敏说，实话告诉你吧，我自己偷偷去医院看过病，人家给我开过正经的药，我吃了一个多月呢，你老家的土药能起作用？张大河愣怔一会儿，说，不管是谁的作用，怀上了是真的，大喜事咱得庆贺一下。洛慧敏问，咋庆贺？张大河说，办他一桌。洛慧敏说，太高调了吧？张大河说，高兴，找几个人来喝顿酒挺正常嘛！

张大河说干就干，准备了两三天，星期天这天真的在家摆了一桌。他请了老吴，还想通过老吴把古小闲也请来，话到嘴边又咽下去，没说出口。他还请了姜连子和三个徒弟。姜连子还带来一个外厂的，叫卢连福，比他们年龄大一些，有四十多岁吧，大家就都叫他大哥。姜连子说，大哥是印染厂的机修工，印染厂女工多，男工少，两千多职工中男工只是个零头，要说大哥，那真是万绿丛中一点红，让人羡慕哇！大家都附和道，羡慕，太羡慕了。卢连福说，要是真羡慕，你们谁跟我对调一下工作？几个人你看看我，我看看你，都不吭声。印染厂是轻工业，锦绣厂是重工业，在重点发展重工业的时代，印染厂咋能与冶炼厂相提并论呢！

洛慧敏没上桌，忙着做菜。因为是庆祝怀孕，话题自然多靠向男男女女那些事。卢连福也是喝高了，说起话来不管不顾，全然不在乎家里还有女人。姜连子见了就赶紧把话题往别的方向引，聊起了机器。聊机器卢连福也不甘落后，说什么样的机器也难不倒他，就是趴窝了，他上去，三下五除二，准又能转起来。张大河故意平平静静地说，电炉趴窝了，你也能让它重新烧起来？炼出的锰水不合格，你也能让它合格了？卢连福噎住了，搞电炉和炼锰，他是外行，当然就不敢瞎吹了。满桌人哈哈大笑。

晚上要睡觉时，张大河发现洛慧敏的身子比以前胖了，一方面是怀孕的原因，一方面也是她在食堂工作，难免近水楼台先得月，营养摄入自然比一般人要高。张大河一贯觉得女人胖一些更好看，就伸手搂住了她。就在这时，窗外传来一阵吵闹声。张大河松开手，支起耳朵听，有女人的哭声和男人的骂声。洛慧敏说，好像是隔壁老任和老杜的声音。张大河说，还有他们老婆的声音，看来是这两家吵架了。洛慧敏说，管他呢！张大河说，邻里吵架，咱听见了装听不见，不太好。起身穿衣，走出去，外边已围了好些人，老吴两口子也在其中。老任和老杜都怒着脸，被人拉住胳膊往后拽。两人的老婆也指手画脚在互相谩骂。见张大河过来了，有人喊，大河来了，让大河给你们主持公道吧。张大河也知道自己的威信，厂里的大拿就是邻里间的大拿，都是锦绣厂的，谁不知道谁呀！

老吴是张大河的左邻，右邻是老任，老任家的右邻就是老杜。老任是二车间的炉前工，老杜是厂车队的卡车司机。那时候司机掌握着方向盘，都有优越感，平时被众人宠着，老任自然不在他的眼里。纠纷的起因是两家的院子，本来各自家里的院子都是与自家的房子平齐，有的砌了砖墙，有的用木板或荆条扎成栅栏，自成一统，互不干扰。尤其这任家与杜家，两面墙之间还有一米宽的小沟隔着，小沟不属于任何一家，是下水通过的渠道。后来厂里组织人力另修了下水道，这条小沟就废了。老任的老婆见状在沟里种了玉米和高粱，老杜老婆见了就把这些庄稼连根刨了，把自家的破烂堆在那里，宣告自己占领了这条沟。老任老婆不干了，和老杜老婆骂起来，老任出来帮自己的老婆，老杜见了就怒从心起，提了棒子要打老任。战事就这样起来了。

张大河挺起胸脯，从人们让出的一条小道中走到中间位置。他看了看老任和老杜，问，让我主持公道，你俩同意吗？老任和老杜都看张大河，齐说同意。张大河说，好，赌酒。

在古河工业区，无论是邻家纠纷，还是厂里工人打架，解决纠纷遇到困难时就采用赌酒的办法。如果双方都是海量，都会同意这个办法，谁赌赢了，输的一方无条件服从。久而久之，成了民间的规矩。熟悉他们的人都知道老任和老杜好酒，用酒解决他们的纠纷再恰当不过了。

张大河说，今儿个不是你们俩之间赌酒，是我跟你们俩赌酒，我赢了听我的，你们俩赢了你们俩自己解决，这纠纷我不管了。他朝老吴嚷，吴大夫，老杜老任是两个人，我这儿是一个人，你跟我一伙儿来对阵他俩吧？老吴又摇头又摆手，连说，不行不行，我这酒量拿不到台面，你还是另请高明吧。话音落，一个女声乍起，吴大夫不干就算了，大河，我来跟你一伙儿。张大河循声望去，看过之后就笑了，对战胜对方充满了信心。

这女的不是别人，正是这一带大名鼎鼎的袁老师。都知道袁老师热心肠，给很多青年男女做过红娘，也都知道袁老师有深不可测的酒量。有见过她喝过两瓶一斤装的六十五度二锅头的，也有见过她喝过四斤装的一坛子小烧的。很多人打听，你见她喝醉过吗？都摇头。她咋就有这么大的酒量？有人说，她祖上是开烧锅的，小时候她常常跟爷爷去给客户送酒，爷爷赶着马车，车上都是大得一人搂不住的酒缸。爷爷腰间拴一个带把的勺子，渴了就掀开缸盖，用勺子舀一勺酒来解渴。袁老师渴了，爷爷也是舀一勺酒给她解渴。就这样慢慢长大，袁老师的身体适应了酒，再喝酒，酒就成了凉水，没有喝醉的时候。老吴不信这种说法，他说这种说法不科学，他认为，袁老师的身体里天生含酶量就多于常人。何谓酶，说得具体点儿是解酒酶，酶其实就是一种蛋白成分，是由活性细胞分泌的能够起催化作用的物质，这解酒酶是身体天生就有的，人体含解酒酶量高，耐酒性就好，反之就差。解酒酶的含量是不能通过锻炼提高的，完全是靠天赋。这样的解释令一些酒量小的人很泄气，一些酒量大的就很自豪，觉得自己是个天才。

老任看看老杜，老杜也看看老任，都觉得自己必输无疑，这酒也就没法赌了。老任说，我认输，我听张师傅的。老杜也说，我也认输，我也听张师傅的。张大河呵呵地笑，说，既然听我的，我就不客气了，这条沟一分为二，一家一半，把你两家的大墙都往前挪一步，自家的院子也就都宽了半米。老任率先说，我同意。老杜也说，我同意。问题就这样解决了。洛慧敏私下跟张大河说，到底是工业区呀，劝架都和别的地方不一样。

在古河工业区，人们的生活简单而枯燥。都是各个工厂里的职工，除了上班干活儿，下班就是吃饭睡觉。吃过晚饭，有人会蹲在路灯下下棋，有人会聚在院门口或某棵大树下神侃。下棋的啥臭手都有，观棋的跟着生气。聚堆就是讲故事吹牛皮，男人在一起总是荤话连篇，讲一些男男女女的事，嘴里活色生香，也许压根儿没这码子事。女人在一起东家长西家短，见谁不在就讲谁的糗事，遇上爱嚼舌的，偷偷告诉了这个“谁”，一场女人间的战斗就在所难免。但凡有人打架，不管原因是啥，人们都会奔走相告，上前围观，像看比赛和演出一样欢声笑语。若是有人出头调解，那调解本身就是一个节目，调解的方式五花八门，最出彩的就是赌酒。

张大河日记摘抄：

袁老师是讲义气的女人，今天要不是她挺身而出，就凭老吴那三脚猫的酒量，我和老吴必输无疑。除了给我介绍对象，算我又欠袁老师一个人情。

工厂在城市里，却比农村还要封闭，一个厂的住宅扎堆在一起，邻里之间都是熟人。住宅区是开放的，没有围墙，用老吴的文词说，有一道看不见摸不着的心理围墙，把每一个厂围成一个村落。人们内部交往，外部隔绝，方圆几里亲套亲，熟加熟，出了几里就是两眼一片生。

我总在努力开眼界，想接触一些外边的人，接受一些新信息。都不成功，锦绣厂以外我认识的人实在有限，称得上朋友的几乎没有。

袁老师是我实现突破的最好人选。我带上洛慧敏，以感谢她出手相助为由，登门拜访。我买了一条三四斤重的鲤鱼，用草绳系了，一路拎到她家。她接鱼在手，欢喜得很，笑出了满眼角的鱼尾纹，说，来就来嘛，还买东西干啥！这句被我们经常用的客气话从袁老师嘴里讲出，欢喜感十足。我说，一点儿小意思，不算个啥。洛慧敏也说，是呀表姐，不算啥。袁老师说，咱是亲戚，不用这个。

落座，坐的是炕沿儿，从窗户看出去，看见的是一个小院，小院有一米高的围栏，目光越过围栏，看见的是院外的院子，和对面的另一户人家的门脸，院外院子里有一棵老槐树，树下有一群孩子在玩耍。袁老师家住的是院套院，大院子里有十几户人家，每户人家又有一个小院子。院子里的住户都是散户，就是哪个单位的都有，这对接触人有帮助，人介绍人，认识的人就会更广一些。

袁老师的丈夫老田也在家，都知道他是个喜欢交际的人，人热情，亲自给我俩沏茶，斟茶。都说老田的为人和性格助长了袁老师的热心肠。他家和我家一样，都是两间房，一间客厅兼卧室，一间是厨房。我忍不住扭头看了看这铺炕，炕席擦得溜光铮亮，十分干净，靠炕梢的一头是码得整整齐齐的被褥。据说，在这铺炕上，睡过许多对没房就结婚的新人呢！

聊起厂里的事，我叹口气，说厂里还有许多不规范的地方。这是我有感而发，厂子的状况离我理想中的工厂还差得远。袁老师笑道，想不到大河这么有责任感哪，要我看，锦绣厂已经够不错的了。洛慧敏接茬道，是呀，够不错了，就他咸吃萝卜淡操心。老田说，我们厂编写了一套企业的规章制度，也是探索，正在试行阶段。我心头一震，问，能不能借我看看。老田说，行。

老田是古河锅炉厂的技术人员，据说锅炉厂的规范程度是市里最好的。

张大河日记摘抄：

昨晚老田在门口叫我，我应声出屋。老田站在院门口，把锅炉厂的一沓资料给了我。我叫声姐夫，让他进屋坐坐。他说不，骑上自行车走了。

我看了一晚，这些资料有各种安全规定，也有对职工的管理办法，有的办法令人耳目一新。尽管行业不同，有的办法不适合锦绣厂，但也有一些东西是相通的，完全可以拿来一用。我热血沸腾，觉得找到了宝贝。

今天我去办公楼找了牛洪波，把资料给了他。我说咱厂的规章制度还不完善，应该尽快制定一套规章制度。牛洪波盯住我的脸说，你呀，操的可不是一个摊长的心。我说，主人翁嘛！牛洪波说，没错，这才是我们工厂的主人。

牛洪波打个电话，把闫振邦叫了过来。他把资料给了闫振邦，说，这个对你们可能会有帮助。闫振邦看了看说，局部可以借鉴。

我是和闫振邦一起从书记室出来的。在走廊里，闫振邦拍了拍我的肩头，说，你小子行啊，咱俩想到一块去了。我没好气道，我一个工人，咋能和总工程师想到一块儿呢？闫振邦说，这就叫英雄所见略同。我说，我可不是啥英雄，我就是个会看锰水的摊长。闫振邦说，英雄不问出处，在我看，有高出一般人见解的人就是英雄。

一车间发展了二十名党员，大红纸上公布这个名单时，姜连子跑到厂院的大墙边去看，名单上有张大河没有他，他的心里就不是滋味。他和张大河都是技术尖子，又一起被选进技术核心组，入党申请书也是一起写的，现在把他抛下了，他一时接受不了。

在刘英花办公室门口转悠了一阵，姜连子一咬牙，还是闯了进去。他紫涨着脸说，我要讨个说法，你们为啥没批准我入党？刘英花说，这是支部讨论的结果，为啥没你，很简单，你的思想境界没到。姜连子说，我的境界没到，那张大河咋就到了？刘英花抬头看他，说，你们是一个炉的战友，咬人家一口不太好吧？姜连子说，我没咬人家，我是说这个理，我就想知道，我咋就没到境界了？刘英花说，党员是先锋队，你起到先锋模范带头作用了吗？姜连子说，办培训班，我让很多人的技术水平提高了一大截儿，全车间我的配电技术最好，我和大河炼的锰铁质量比其他炉都好，这难道不是起了带头作用？刘英花说，这些事你做得是不错，但不能只看到自己的优点，看不到缺点，你把变压器弄出事故了，就凭这一点，你还差得远。一句话戳到痛处，姜连子想说不是我，嘎巴嘎巴嘴，终没说出口。他不是一个没有信义的人，既然主动替人家背锅，就不能出尔反尔。

吃个哑巴亏，姜连子暂时断了这个念头，该工作工作，该愉快愉快。只是见张大河时，他就有一种怪怪的感觉。已经光荣成为党员的张大河见了别人时一脸自豪，见了姜连子也难免不自在，脸上似有一份愧疚。

下班路上，张大河遇到田芬。田芬主动喊住他，说正有事要找他。他说了句，找我？田芬说，是找你，最近市里要搞美丽城市活动，杜江书记说，不光要把咱们这座城市建成新兴工业城，还要把咱城建成一个花园城，花园城啥概念知道不？就是到处开满鲜花，工厂里要有鲜花，大街小巷也要有鲜花。张大河顺嘴说，那可不错。田芬说，光说不错不行，要行动，我的任务是要让咱们居委会所辖的人家都种上花草，这个要包干到户，你回家要做通你老婆工作，把那些玉米高粱都拔掉，种上天竺葵、芍药、喇叭花什么的。张大河说，这个有点儿难度，我家洛慧敏就是个庄稼人，让她拔掉庄稼等于要她的命。田芬说，都是干革命的，我就是要看看，拔了她的庄稼能不能要了她的命。

张大河回家把田芬的话复述了一遍，洛慧敏听完就炸了，说，干革命也不能不让人吃饭睡觉，把庄稼拔了种花种草，我看这才是资产阶级思想呢！张大河说，别瞎说，人家田芬也是根红苗正。洛慧敏说，有能耐她去把乡下的庄稼都拔掉，都种上花草。张大河说，你这是抬杠，说真格的，咱家院子咋弄？洛慧敏说，咋弄？先不弄，看一步走一步，以不变应万变。张大河笑道，行，你成战略家了。

没拖上几天，形势就变得严峻了。古河岸边的工厂都开始种花种草，大街小巷建了不少花坛，路边树下也种了一些生命力强的花草，城市转眼之间就变得到处是鲜花。往古河岸边的高处望，一座座烟囱黑烟滚滚，气势如虹。往低处瞅，花花草草红红绿绿，娇美鲜艳。站在炉前扯闲篇时，姜连子说，这俩景有点儿不搭配。张大河反驳，咋不搭配了，我看搭配得很，烟囱和黑烟就是一个粗壮的男人，花花草草就是娇媚的女子，英雄配美女，搭配得很呢！姜连子摇摇头，不吭声了。

炼锰铁，姜连子回到他的配电位置，张大河守在炉门前。盛锰水看火候时，钱玉贵也凑过来想学一手，张大河斜眼看看他，啥也不说，他自讨没趣，躲开。张大河这才把火候到了啥程度告诉三个徒弟。

又一炉好锰铁出炉了。见刘英花走过来，钱玉贵迎上去，讨好地说，刘主任，看咱们新炼的锰，要多好有多好。刘英花凑过去看了，说，真不错。张大河知道她看不出好孬来，脸上就有一丝不屑。刘英花全不理会，说，有高手在，生产就是有保障。张大河也喜欢听好话，脸上收了那丝不屑。刘英花接着说，张大河，我找你可不是为了夸你，有点儿事，你得当个任务完成。张大河问，啥事？刘英花说，回去做通你老婆的思想工作，把庄稼拔了，种花。她从口袋里掏出一个纸包说，这是花种，拿着。张大河接过纸包，说，我老婆就是一个犟种，这工作难做。刘英花说，难做也得做，居委会找到了我，让我做你工作，我只能让你做你老婆的工作了。说罢压低了声音，大河，你是党员了，这是党组织对你的考验。

上升到这样一个高度，张大河不能不当回事了。下班往家走，走到家门口时，发现老吴家院子里的庄稼也没了，院土蓬松，显然是新翻的。

进家门，洛慧敏已回来做饭。张大河第一句话就说，不能等了，家家都拔了庄稼，咱不能拖后腿。洛慧敏问，要是拖了能咋样？张大河说，田芬已经告到厂里了，要是再拖，说不定厂里会辞掉我。洛慧敏笑道，谁不知道你张大河是冶炼大拿，辞了别人我信，辞了你我不信。张大河说，辞我你不信，要是辞你你信吗？洛慧敏想了想，说，这个我信。张大河说，要是想上班，就拔掉那些玉米高粱。洛慧敏权衡利弊，咬牙同意了。

张大河日记摘抄：

红旗飘扬，烟囱林立，鲜花遍地，这就是我们的城市，这就是热火朝天的社会主义建设。

今天星期日。上午，田芬从胡同里跑过来，聚在水井旁聊天的一群妇女都停住嘴巴，瞪大眼睛看田芬。我正准备出来遛弯儿，见她们看田芬，我也停住脚步看。田芬不理那些妇女，径直奔我过来，我以为是种花草的事，就冲她喊，我家已经把花种撒进地里了。田芬到我跟前，喘着粗气说，不是花草的事，是有个小伙子在钳工街那边和人打架了，被外厂的几个小子给打得鼻青脸肿，我拉也拉不开，那小伙口口声声说他师傅是张大河。我一听脑袋发炸，叫我师傅，那一定是我三个徒弟之一了。我撇下田芬，撒腿朝钳工街跑。

老远就看见街上围满了人。我挤进去，看见一对三打得正欢，一对三的一正是赵平安，他虽劣势明显，但并不后退，打得精神抖擞，脸上挂了花，另三个小子的脸上也不干净。我大喝一声，冲进去拉住了赵平安。另三个小子还要打，我伸手拦住他们，说，我是张大河，是他师傅，有啥事冲我说。一个小子说，既然你是他师傅，肯定也不是啥好人。我说，你这么讲话就没意思了，我张大河是谁，古河这一片应该都知道，你不知道那是你无知，我不跟你一般见识，你要是有师傅，也报一报你师傅的名号行不？那小子说，当然行，我师傅叫卢连福。我和赵平安都笑了，我说，我跟你师傅一起喝过酒，把他叫来跟我说话。那小子说，你真和我师傅喝过酒？赵平安说，我师傅跟他喝过酒，我也跟他喝过酒，把他叫来就门清了。另一个小子说，既然是跟卢师傅喝过酒的，那也算跟咱喝过酒了，误会，就算误会吧。那小子不好意思地笑了，说，真是误会，我师傅的朋友就是我的朋友，咱不打不相识，张师傅，我请你喝酒赔罪，把我师傅也叫上。一场纠纷就这样化解了。

这就是工业区的规矩，尊重师傅的朋友，也就是尊重师傅，再浑球的人也晓得这个理。

几个月后，张大河家种的花草也长成规模，只是长势不好，绿中有黄，蔫头耷脑。洛慧敏种庄稼是把好手，搞花草却不行，看隔壁家花开得热闹，张大河就说，瞧人家的花，再看咱家的花，就像新社会和旧社会的对比。洛慧敏说，没办法，我真不会种花。张大河说，我看就是没用心。洛慧敏说，我就是个种庄稼的料，我尽力了。

另一条胡同，厂独身宿舍院子里的花草却长势喜人，开满了鲜花。有月季、鸡冠花、洋绣球，还有矮牵牛和紫藤花，品种繁多，都是适合庭院的花草。这花是古小闲种的，住独身宿舍的小青年们大都不喜欢种花种草，只有古小闲喜欢，种植起来也是把好手。尽管以前没种过，没啥经验，可她善于观察琢磨，谁家养的花好她就去看，去问，从最初的白帽子很快成了行家里手。别人问她咋能养好花。她说用心，用爱心，像对待自己的皮肤一样对待花草，花草就不能长不好了。

独身宿舍的院子成了小花园，一些邻居都赶过来取经，索要花草幼苗。问起花经，古小闲就说她的“皮肤”理论。有人苦着脸说，怪不得我弄不好，我对自己的皮肤也从来没护理过呀。盯古小闲的脸，见她皮肤白净细腻，就啧啧赞美。有人悄悄议论，说别看古小闲不显山露水，毕竟是地主的子女，旧社会里吃香的喝辣的，当然和咱们没法比了。

有一天下班路上，古小闲正巧遇见了刘英花，二人并作一道走。刘英花说，听说你把独身宿舍的院子种满了花草。古小闲笑而不语。刘英花沉吟一下，又说，听说你养花有个“皮肤”理论？古小闲说，啥理论哪，信口胡诌的。刘英花说，你毕竟是地主家的小姐，懂得保养挺正常，不然，你的皮肤咋那么好呢？古小闲心头一紧，冷了脸说，皮肤是天生的，与地主不地主的没啥关系。刘英花说，咋能没啥关系，如果你天天下田种地，风吹日晒的，皮肤能好到哪儿去？古小闲说，我现在在室内工作，不可能去风吹日晒。刘英花说，咱别争论了，哪天有空，我还真得去你那里参观参观。

古小闲从刘英花的话中嗅出一种不好的味道，回到宿舍坐到床上直发呆。她住的是三人间的宿舍，后来有一个室友调走了，这间屋就成了两人间。剩下的室友也是职工医院的护士，叫小李，二人都是爱干净的人，房间收拾得要比其他房间整齐清洁得多。小李比她小五岁，正在处对象，可她还是孤零零一个人。条件好一些的小伙子都不想找出身不好的，不计较出身的又条件都不好，她不想将就，就只能孤单下去。小李说你可啥时候不住这独身宿舍呀，她脖子一梗说，如果这里是牢房，我就是愿意把牢底坐穿的那个人。

小李还没有回来，古小闲坐了一会儿，慢慢把双手举在眼前看，自言自语，我的皮肤好是天生的，真不像劳动人民，莫非我天生就是地主阶级的命？她连连摇头，又说，不，我咋就可能天生是地主的命呢？不行，我也要把皮肤弄不好喽！

古小闲知道，不光是她的手，还有她的脸，她的身体任何部位，皮肤都是光滑细腻的。谁不愿意自己的皮肤好哇，可落到古小闲身上，就有了不好的预感。

不久后的一个晚上，刘英花还真来到了独身宿舍。说是晚上，也就是傍晚六点多吧，太阳还没落山。刘英花一进院子就惊叹，哇，这些花真漂亮，真漂亮！路过的人都侧目看她，她冲着一个女青年喊，去，把古小闲给我找来。女青年知道刘英花是当头儿的，乖乖地找来了古小闲。刘英花就在院子里和古小闲聊了一阵。

之后，刘英花进了古小闲的房间。刘英花又惊叹，好干净啊！古小闲苦笑了一下，用自己的杯子给她倒一杯水，水是刚烧过的，冒着热气。刘英花接水在手，被烫了一下，赶紧放在一边的小桌上，盘腿往床上一坐，开始唠家常。古小闲看了一眼她的脚，又看了看自己的床单。

唠着唠着，刘英花话锋一转说，都说你的皮肤好，以前也没仔细看过，这仔细一看哪，我服了，看你的脸，白嫩白嫩的。说着一把抓住古小闲的一只手，拽到眼前看，这一看顿觉失望。古小闲的手是粗糙的，手背上还有一片片的红紫斑点。古小闲平静地说，脸是天生的，风咋吹雨咋淋还是这个样子，手却禁不住天天干活儿，劳动人民的手就该是这个样子吧？刘英花尴尬地点点头，笑道，嗯，就应该这个样子，看来你改造得不错，祝贺你。

改造这个词令古小闲十分反感，想反击，终因自己的家庭出身不好而作罢。

张大河日记摘抄：

今天刘英花找我，她说，咱车间准备成立一个青年突击队。我问，突击队是干啥的？刘英花说，这是新生事物，和技术核心组不同，核心组是优中选优，突击队只要是自愿，人人可以参加，突击队就是吃苦在前享受在后，哪里需要就往哪里去，不讲条件不计报酬，现在有的厂已经有突击队了，可咱锦绣厂还没有，咱们一车间成立突击队，就是锦绣厂的第一支队伍。我哦了一声。刘英花说，年龄卡在三十五岁以下，我当队长，你当副队长，咋样？我说，我胜任吗？刘英花说，你不胜任我就不来找你了，你同意不？我是故意说那么一嘴，有谦虚的成分。

洛慧敏埋怨我，说不该同意当这个副队长。我问为啥？洛慧敏说，还不是明摆着，以后脏活儿累活儿你都得带头干。我笑了，脏点儿累点儿怕个啥？要说怕，啥活儿都不让我干我才怕呢！

闫振邦把电话打到一车间，接电话的是潘章，他赔着十二分的小心试探着问，闫厂长您有啥吩咐？闫振邦说，没啥吩咐，我找张大河。潘章放下话筒，想叫人去炉前把张大河喊来，他找了一圈，发现办公室附近只有刘英花在，又不能让刘英花去喊，只好自己屁颠颠去了炉前喊张大河。

三四分钟后，张大河才赶到车间办公室接电话。电话金贵，一车间只有办公室才有电话，张大河一溜小跑进来，冲着话筒喊，闫厂长你找我？闫振邦在电话那头说，对，我找你。张大河说，找我啥事？闫振邦说，没啥大事，今晚下班你在大门口等我，我带你去喝酒。张大河一脸懵懂，想不出啥原因闫振邦要跟他喝酒。身后气喘吁吁的潘章也一脸懵懂，想不到闫振邦让他去车间跑一圈找张大河，就是要跟张大河喝酒。

张大河撂下电话出去后，刘英花从另一间屋走进来，对潘章说，打电话喝酒，太不严肃了吧？潘章和刘英花的两个房间挨得太近，又都开着门，想听不到对方的说话声都难。潘章龇牙一笑，没吭声。刘英花嘟囔几句，又回了自己的屋。

下班后，张大河如约在厂大门口等闫振邦。下班人流如织，张大河瞪大眼睛寻找，生怕漏掉目标。不断有熟悉的人和他打招呼，问他在等谁。他说等闫厂长，对方就展现一个惊讶的表情。他知道，闫振邦虽为厂长，但人缘并不太好，他的技术水平人人都佩服，他的为人却令许多人敬而远之。他好为人师，爱管闲事，不管是下层还是上层，只要做得不如他意，他就会像老师教训学生那样，把人说一顿，再讲一些别人也许根本听不懂的大道理。就算是书记牛洪波厂长敖洪伟，他也不放过。他高傲而单纯，想说啥从不藏着掖着，从这一点上看，张大河还真和他有相似之处。也许正因如此，闫振邦才会找他喝酒。

人流渐稀了，他才看见闫振邦走出来。闫振邦衣着整洁，手里拎一个皮包，看装束就和其他职工拉开了距离。跟着闫振邦到了锦绣小酒馆，要了猪头肉、花生米、小拌菜，两壶六十度的老白干，开喝。老包知道他俩在锦绣厂的分量，不敢怠慢，酒上好酒，菜也加了厚。连干三小杯后，张大河忍不住问，闫厂长为啥请我喝酒？闫振邦笑道，没一个能聊天的人是不是挺寂寞？张大河说，不会吧，你是副厂长、总工程师，想跟你聊天的人多着呢！闫振邦说，没错，多着呢，可话不投机半句多，我一肚子话还是没处说。张大河说，那你就说吧，我愿意听。闫振邦说，我先问你，听说你有个理想，想让锦绣厂成为一个高效率的大厂？张大河愣了一下，他是跟一些人讲过他的理想，可原话不是这样的，原话是，他要让锦绣厂和当年的制炼所一样，是个讲究技术和规矩的厂。制炼所是日本人开的，锦绣厂是国家的，也可以说是人民的，让一个国营大厂像日本人开的厂那样，有点儿不中听，闫振邦对他原话的篡改也就是善意的了。想到这，张大河点点头说，是呀，咱锦绣厂还有这样那样的缺欠，我心急呀，恨不得一下子就让咱厂强大起来。闫振邦说，英雄所见略同，我也是这么想的，可每每想这么搞，都会遇到阻力。说着，一仰脖又干了一杯酒。

张大河说，牛书记的理想更远大，他应该支持你的。闫振邦说，我知道他是个好人，他爱才，有本事的人他都能重用，他的理想也远大，可大过了头就不是好事了。张大河问，这话咋讲？闫振邦说，小马拉大车呗，不对，说大马拉小车更确切，现在咱厂是三千多人，牛书记在厂务会上提出要发展成八千人，不是人多厂就大，得看产值，看经济效益，我提出反对意见，牛书记不听，每个人都不听，我的话也就成了大风大浪中的几朵泡沫。张大河说，如果你觉得自己有理，可以做做他们的思想工作嘛。闫振邦一个劲儿地摇头，喝酒。

张大河知道，在厂级领导干部中，闫振邦的群众基础最差，这与他不苟言笑的外表和说话直来直去的方式有关，更与他高高在上的姿态有关。张大河对他说的也并不都赞同，比如在锦绣厂发展的问题上，张大河就和他的想法不一样，如果锦绣厂职工真的达到了八千，那是何等气势呀！

闫振邦又说，引进的苏联设备操控复杂，就咱厂现在的技术水平，我真担心驾驭不了，就是那些设备放在眼前，咱们也不会操作。张大河瞪大了眼睛，说，闫厂长，你这话我不爱听，咋就不会操作？别说是苏联设备，就是英国的、美国的设备，只要是炼锰炼铬的电炉，拿来我一样会用，一样会给你炼出一炉好锰铁来。闫振邦盯住他的脸问，你真有这能耐？张大河说，当然。足足有半分钟，闫振邦才移开眼神，盯在酒杯上，缓缓说，即使你有这能耐，别人不行也是白扯。张大河说，想办法，要把更多工人的操作技能提高了。闫振邦说，何止是工人，管理干部、技术人员的素质更重要呢！对了，我告诉你，咱厂成立了标准化委员会，敖厂长是主任，我是副主任，具体事情都由我来做，我搞了个工作组，编写了一本《铁合金冶炼各岗位生产运行规程》，这本规程参考了很多资料和文献，有当年制炼所的，有兄弟厂家的，也有你提供的锅炉厂的资料。说到这，闫振邦打开随身带的皮包，取出一本简单装订的书递给张大河。闫振邦说，你看看，从实际工作的角度提提意见。张大河说好。

二人说了不少，喝了不少，出酒馆时，脚步都踉跄了。

《冶炼各岗位生产运行规程（试行版）》摘抄：

本标准参照部颁《冶金工业技术管理》及相关企业法规的有关条文和制造厂家说明的有关条文编写。

一、主题内容与适用范围

本规程规定，电炉设备运行必须遵循的参数、方式和正常维护标准，以及异常处理原则。下列人员应通晓本规程：总工程师，副总工程师，车间主任副主任，生产技术科科长、副科长及专业技术人员，生产班组班长、炉前工……

1. 冶炼炉前工岗位安全操作规程

1.1 新的或长期停用的旧的铁水包（渣包）、锭模，一定烘烤到

120℃以上方能使用。

1.2吊车吊物或浇注、倒渣时，应有专人按规定信号指挥吊车，其他人员应远离吊物。

…………

张大河正在炉前干活儿，刘英花一溜小跑奔过来，高喊，张大河，喜事来了！全班组的人都朝这边看，只见刘英花用胳膊抿了一把额头上的汗，气喘吁吁说，张大河，你终于被评为全国劳模了。张大河一时有些恍惚，顺嘴说，评上又咋样？刘英花说，你是我们厂第一个全国劳模，这荣誉不属于你一个人，属于咱全车间，属于咱全厂，明白吗？属于咱全厂。静场片刻，周围的人都鼓起掌来。

张大河觉得自己的脸烫烫的，掌声里他下意识地看了看身后的姜连子，心头滚过一阵难言的歉疚。

张大河就要去北京参加表彰大会了，这个消息很快传遍锦绣厂厂区、工人住宅区，也传遍了整个古河区。人们奔走相告，说锦绣厂的张大河当上了全国劳模，说这话时都一脸的喜庆，都觉得自己也沾了全国劳模的光。张大河也变了，这变化有外在的，有内心的。外在的变化首先是形象，他平时不大爱剪发，两鬓的头发经常长过耳朵，脸上总是胡子拉碴的，现在他头发剪了，鬓角短了，头发很整齐地向右边梳，黑油油的，似乎打了发蜡，胡子也刮得干净，两个腮帮子青亮亮的，一身劳动布工作服洗得泛出了白底色。人们惊讶地看他，觉得他简直变了一个人。为这事，牛洪波特意找过他，说他不要因为当上全国劳模就忘本，要始终如一地保持老实朴实的好作风。张大河笑道，我知道自己是啥虫变的，到啥时候都不会忘本，把自己收拾得干净点儿就是想给工人树形象，就是不想给锦绣厂丢脸。牛洪波拍了拍他的肩头，点点头说，有你这句话我就放心了。

张大河去北京那天，很多人到火车站送他。还有人拉了横幅，写了“欢送劳模张大河进京”。张大河上车的一瞬间鼻子一酸，差点儿掉了眼泪。

古小闲就挤在送行的人之中，她尽量靠后，人潮把她推向前边，她就会主动往后挤。整个过程中，她始终躲着张大河的眼睛，尽量不让他发现她的存在。与一脸欢笑的人们相比，她知道自己的脸色不好看。她暗暗对自己说，忘掉过去吧，张大河已经与你没有半点儿关系了，你来送他，不过是一个普通职工来送一个进京受表彰的劳模罢了。

张大河日记摘抄：

在北京，我见到了最大的会场，体验了最热烈最光荣的时刻。当我接过中央首长颁发给我的奖状时，憋了好几天的眼泪终于掉了下来。

这是幸福的眼泪，一切付出和舍弃在这个瞬间好像都找到了平衡点。

除了感到光荣，这次进京的最大收获是思想上的，学到了很多东西，我会一一记下来。

领导讲：我国已经有了相对强大和迅速发展的社会主义国营经济，党和国家在合理调整工商业的过程中，创造了加工订货、经销代销、统购包销、公私合营等一系列从低级到高级的国家资本形式……我们的社会主义道路将越走越宽。

我还记住了特别重要的一句话，那就是“自力更生”。中央首长说，搞社会主义建设，我们就是要自力更生。我个人的理解就是，我们没有什么，我们就自己想方设法造出什么来。

厂里为张大河开了庆功会，牛洪波主持，张大河讲心得体会。上了主席台，望着台下黑洞洞的一片眼睛，他有些紧张，说话前言不搭后语。牛洪波看不过，插话道，大河，你紧张个啥？台下都是你的兄弟姐妹，想咋说你就咋说。张大河说，问题是我不知道说啥。牛洪波说，说感受，到北京见中央首长，不能没感受吧？想到自己的感受，张大河的心头一热，语言立马通顺了。他说，我的感受就是光荣。

大家鼓掌。张大河接着说，我不是为我自己光荣，真的，我不说谎，我是为了大家光荣，想想以前咱工人啥地位，现在咱工人啥地位，当个社会主义新工人你不光荣吗？台下齐喊，光荣！张大河说，是呀，国家这么重视咱，咱真的感到光荣。光荣之后该咋办？干活儿，生产，国家需要啥咱就创造啥，生产啥，国家需要优质的钢铁，需要铁合金产品，那咱就使出全劲儿，生产出好的铁合金产品来。

大家又鼓掌。张大河接着说，还有一个感受，就是自力更生这四个字，好几个大首长在讲话里都反复说过这句话，咱们搞社会主义建设，除了靠苏联老大哥的支援，最重要的还是要自力更生，用咱们自己的手造出国家需要的东西来。

张大河在一阵阵的掌声中结束发言，下了主席台。牛洪波说，大河讲得好，太好了，我看咱就把这个庆功会改成动员会，大家要行动起来，用自己的行动加快咱锦绣厂的建设。咱厂扩大生产规模，除了要上苏联的设备，还要上咱们国产的设备，当然，有的设备我们国家还没有，还不具备生产能力，这不要紧，要紧的是我们有决心，也一定有能力在不久的将来生产出我们国产的设备来。自力更生，对，我们要的就是自力更生。牛洪波的讲话鼓动性很强，台下情绪高涨，掌声此起彼伏，一张张脸都红扑扑挂了汗。

牛洪波继续讲，工业建设，钢铁最重要，能否生产出优质钢铁，特别是国防工业需要的特种钢，关键看铁合金产品，只有我们生产出高质量的锰、铬、硅……才能炼出好钢来。

庆功会是上午开的，是大会。下午又开了个小会，是领导层的会。赵市特意跑到一车间的厂房里，找到张大河，说牛书记找他开会。张大河说，刚开完会咋又开会？赵市说，一会儿开的是领导层的会。张大河说，我又不是领导。赵市说，你是全国劳模，也相当于领导了。张大河哈哈大笑，一脸的自豪。

张大河去了办公楼，进会议室。见陆续进来的果然都是领导，就选了个最靠边的位置坐下。牛洪波见了，伸出一只手打手势，让他过来。他凑过去，问书记有啥事。牛洪波说，没事，就是让你坐我身边。张大河笑道，有厂长副厂长还有工程师，我坐这儿不好吧？牛洪波说，你是全国劳模，坐哪儿都不过分，我让你坐你就坐。张大河只好坐下，扭头瞅瞅左右，脸有些发烫。会议还是由牛洪波主持，敖洪伟布置生产任务，这次布置的不是一般的生产任务，是国家各钢铁公司需要的一系列铁合金产品，因为需求量大，目前的设备有限，无法满足这样的生产规模，只能是人休息机器不休息。敖洪伟话音刚落，有人抢话道，主要问题不是机器休息不休息，而是要增加设备，我们的炼炉太少了。牛洪波说，一批苏联设备很快就会到厂的，这个不用大家操心，现在大家要做的就是以一当二，不，要以一当十，别考虑自己的休息时间，大家能不能做到？参会的人齐声应道，能。

牛洪波扭头看张大河问，大河，决心有了，工人同志们的技术有没有问题？张大河脱口而出，有问题。大家都疑惑地盯住张大河，都觉得一个全国劳动模范不应该这样回答，牛洪波也惊讶地盯住他。张大河不慌不忙地说，工人们都轮流参加了培训，技术上都上了一个档次，但离实际需要还有距离，接下来的技术培训不能丢，要继续搞。牛洪波瞪起眼睛说，这是长远打算，眼下生产任务重，产量是当务之急。张大河说，您别急，我的意思是问题有，但问题不是借口，有问题我们解决问题，有困难我们克服困难，我跟工人同志们提个倡议，加班加点工作，以前是每人每天工作八小时，从我做起，以后每天休息八小时，工作十六小时。敖洪伟接茬儿说，这不好吧，我们不能占用太多工人的休息时间。张大河说，我是自愿的，我们青年突击队带个头儿。牛洪波说，这样吧，自愿的可以，不搞强迫。

从这天开始，锦绣厂二十四小时灯火通明，炉火熊熊。以前倒班的班组继续倒班，到下班时间了也没几个人回家，以前不倒班的班组也参加了倒班，每个班都多工作几个小时。尽管没有硬性要求加班，但几乎每个人都选择了加班，每天多工作几个小时是普遍现象。

张大河偷偷把姜连子叫到没人的地方，一本正经地讲，新社会咱们是国家的主人，是厂子的主人，对不对？姜连子愣愣地说，对。张大河接着讲，以厂为家，咱把锦绣厂看成自己的家对不对？姜连子还是说，对。张大河说，既然当家，看见家里人擦玻璃瞎擦，就要把玻璃擦坏了，你管不管？姜连子说，你把我弄糊涂了，别绕弯子，有啥就直说。张大河说，好吧，那我就直说，现在厂里为完成生产任务加班加点，可质量不过关等于白忙乎，你我都清楚咱这些人的水平，咱得拿出主人公劲儿看着点儿，别的车间咱不管，咱就管咱们一车间，你看着点儿配电工，我看着点儿摊长们，看出毛病赶紧告诉他，别出次品。姜连子沉下脸说，你是劳模，又是突击队副队长，你说啥大家听，我就一个配电工，我说话别人能听吗？张大河说，听不听是他的事，说不说是你的事，你到底说不说？姜连子沉着脸想了想，还是说了声，说。

姜连子是配电高手，有他看着配电工们，张大河一颗悬着的心落下了。这一刻，他通身热热的，像喝过了烈性酒，有一种抑制不住的豪气。

张大河又找了刘英花，跟她讲了这事，恳求她的支持和配合。刘英花听了脸上红扑扑，也像喝了酒一般。刘英花说，怎么配合你？张大河说，谁要是不听我俩的，你就以领导身份整治谁。刘英花皱了眉说，听你的没问题，听姜连子的，我心里这道坎都过不去。张大河瞪起眼睛说，现在主要是搞生产，为了顺利完成生产任务，叫配电工们听姜连子的准没错。刘英花思忖了一下，这才说，好吧，我先不跟他计较思想问题，听他的就是。

就在张大河忙得不可开交之时，另一件事情却在厂里传开了，说是古小闲与医生老吴出了医疗事故。人们聚在一起时交头接耳，把这件事传了好几个版本。有说老吴给一个患者开错了药方，写错了一种针剂，古小闲按方抓药，给患者打错了针，责任应在老吴。有说老吴开的药方没问题，是古小闲误操作，把另一个患者的药打给了这个患者，责任应在古小闲。这起事故让患者的病情雪上加霜，后果十分严重。医院调查这起事故时，老吴和古小闲都说是自己的责任，找这张药方，却已经被撕毁了，没了证据，亲手打针的古小闲责任就大了。处理决定是医院草拟上报，厂党委会上研究通过的：吴远山负相应责任，予以记过处分。护士古小闲因过失造成重大事故，负主要责任，调离医院，分配到一车间当工人，在劳动中改造自己。

据说这件事情发生在张大河进京这段日子。张大河听了这事后，当晚堵在老吴家门口。见老吴下班过来，就红着眼睛盯住他，问，吴大夫，你说实话，你俩到底是谁搞错的？老吴叹口气摇摇头又点点头。张大河说，你这算啥？老吴耷拉着脑袋说，是我出的错。张大河问，那药方谁毁掉的？老吴说，可能是小闲吧，是她挺身而出替我顶了包。张大河愤愤说，亏你还是个老爷们儿，让个女子替你担错？老吴说，我说实话了，可没人信哪！张大河朝地上呸地吐口唾沫，拔腿就走了。

张大河日记摘抄：

古小闲的事像一盆冷水浇到我头上，受表彰的兴奋心情立马被浇灭了。我替古小闲鸣不平，觉得她是替老吴背黑锅，可又暗暗佩服她，觉得她是个讲义气的女子，老吴对她好，她就肯舍出自己替他背锅。

我找到古小闲，问她是怎么回事，她一口咬定是自己的过失，与老吴无关。我说，跟组织上要讲真话，这是原则问题。她还是说是她的过错，她心甘情愿接受处理。把我也搞蒙了，没法再说什么了。

古小闲被分配到修配班，我去修配班看她，她穿着车间里的工作服，状态和那次义务劳动时好像差不多。我问，你受得了吗？古小闲说，受得了。我说，车间里的活儿又脏又累。古小闲说，脏和累我都不怕。我说，那就好。我闷了一会儿，又问，你说的到底是不是实话呀？古小闲说，我都跟你说过了，你还三番五次问个啥？我想想她说得也对，只是觉得她不适合当工人。

又闷了一会儿，我说，你也老大不小了，该找个对象了。古小闲听了这话拉下脸说，这是我个人的事，用你操心吗？我心头疼了一下，顿觉无地自容。

是我辜负人家的，我没脸再说这样的话了。

锦绣厂上上下下都在热火朝天地干，修配班也不例外。班长让古小闲负责一台摇臂钻床，每天的工作就是往工件上钻眼打孔。古小闲一双握针管的手开始握钢铁的摇臂，起初不习惯，干活儿不摸门儿，吃了不少苦。她暗咬牙关，挺下来了。没用多少日子，干起活儿也像模像样了。

班组里来了一个水灵灵的女人，有些男工就有事没事凑过去套近乎，借口教技术，去碰人家的手。每每遇到这种情况，古小闲都毫不客气地把搭上她手背的手甩开，正色道，有话说话，用不着上手。讨个没趣，也就自嘲般笑笑，躲开了。

偏偏老嘎敢于顶风上，任凭古小闲怎么甩脸子，他装作听不懂，顾自说自己的。古小闲嫌车间里的工人说话粗俗，几次找刘英花反映情况。虽同为女性，刘英花却没有站到古小闲一边，她用一种不屑的眼神看着古小闲，说，他们是大老粗不假，说话不文明一些也不假，可他们干活儿行，放哪儿都是一把好手，不像有些人，看着好看，干活儿不行，还差点儿要了人家的命。古小闲满脸憋得通红，流着泪跑开了。张大河知道这件事后，和刘英花吵了一架，说你这样对待古小闲不公平。刘英花说，我咋不公平了，她满身资产阶级习气，嫌弃工人阶级，这对吗？张大河说，新中国的工人要有新风貌，你看老嘎整天满嘴脏话，像个好工人的样子吗？刘英花说，满嘴脏话是不对，但他们本质上都是好同志。张大河，你要站稳立场，别把自己的脚丫子站到工人阶级的对立面上去。张大河说不过刘英花，气得一甩袖子走了。

张大河去找牛洪波，他觉得解决古小闲的事找别人没用，只能找牛洪波。张大河在牛洪波家门口堵住刚下班的牛洪波，此时天色已渐渐暗下来，西边的日头彻底掉下山去。牛洪波一般要比别人晚两到三个小时下班，没有人这么规定他，是他自己这么规定自己。他说过自己的时间太少，即使每天二十四小时全用在工作上也不够，所以下班后他总还要留在厂里干点儿什么。张大河叫了一声牛书记，把他吓一跳，停住步子瞪圆眼睛问，你咋在这儿？张大河说，我来找你。牛洪波说，为啥不在厂里找？张大河说，厂里人多嘴杂，不方便说。

张大河把古小闲的事讲了一遍，讲她在车间里总是干不好活儿，好好的工件，愣是让她给钻错了眼儿，她压根儿就不是个做工人的材料。张大河讲的时候，牛洪波一直歪着头看他，一双眼睛火辣辣的，看得他有些发毛，讲到后边，明显底气不足了。没等他讲完，牛洪波就打断他的话说，你的意思是让我给她调个工作吧？张大河说，是、是这么个意思。牛洪波说，都忙着加班生产，你咋还有这个闲心？张大河说，不是闲心，是气不公啊，她在车间里和别人都不一样，就像把一只羊放在一群狗里，这只羊不受气才怪呢！牛洪波说，你把谁比成狗了，把工人阶级？张大河连连摆手，我不是那个意思，就是个比喻罢了，我没有贬低工人的意思，我自己也是个工人嘛！牛洪波说，设身处地地想想，我其实也挺同情古小闲的，可谁叫她出了医疗事故呢，人命关天，哪能给人家打错了药？下车间改造改造，对她不是坏事，你想想，她和工人打不成一片，是不是也有自己的问题，入乡随俗是一方面，更重要的一方面是要放低身价，要和工农群众融为一体，净化心灵，这样也不枉我们把她安排进车间的良苦用心。张大河说，牛书记，听你的话音，是不能把她调出来了？牛洪波说，暂时不能，啥时她真和工人打成一片了，我就调她回医院继续当她的护士。

张大河知道多说也是没用，就告辞了。也没多想，走到了厂里的独身宿舍，望那一扇扇的窗户，这些窗户已经亮了灯，周围彻底黑下来，有风刮过，一些碎纸屑秫秸皮之类的东西飞起来，像俱乐部广场前惊起的一群乌鸦。张大河望了一会儿，叹口气，转身走开了。

一个朝霞满天的早晨，洛慧敏在家分娩了。张大河原本想让她去医院，洛慧敏不去，说生个孩子又不是得病，用不着去医院，在农村老家，没听谁说去过医院生孩子。张大河说，那就请个接生婆吧。在城里，接生婆就是助产士。张大河出去找一个原本认识的助产士，可那个助产士出门了，他有些傻眼，不知道还应该去找谁。情急之下想到隔壁老吴，老吴是内科医生，又是个男的，咋说接生也不方便。由老吴又想到古小闲，他眼睛就亮了，对呀，咋把她忘了呢？

张大河一溜小跑来到独身宿舍，敲古小闲房间的门，门开了，露出古小闲一张惊讶的脸。张大河气喘吁吁地说明来意，古小闲也犯难了，说，我就是个护士，不是助产士，还是让嫂子去医院吧。张大河说，来不及了，马上要生了。古小闲想了想，牙一咬，拎了药箱跟张大河就走。

赶回家时，洛慧敏已经要生了。张大河按着古小闲的吩咐，准备了盆盆罐罐。古小闲赶鸭子上架，平生第一次做起了助产士。生产过程还算顺利，古小闲抱着一个小生命对洛慧敏说，是个小子。洛慧敏一头热汗，这才看清接生的是古小闲，她扭过脸去。

古小闲又对张大河说，是个小子。张大河呵呵地笑，激动得不知说啥好。

古小闲离开后，洛慧敏说，咋让她来接生？张大河说，又找不到别人，就把她请来了。洛慧敏说，不喜欢她。张大河说，接个生有啥关系。洛慧敏说，我知道，很多男人都喜欢她，也包括你。张大河皱了眉头说，瞎说！洛慧敏说，女人不坏男人不爱，我这种不坏的女人才没人爱呢！尽管洛慧敏声音虚弱，但句句话都扎在张大河心上。

亲朋好友都来贺喜，让张大河最感动的是季秀平擒着一只老母鸡也来了。她是牛洪波的老婆，她来就是代表牛洪波。接过老母鸡，张大河心里美滋滋的。

车间里离不开张大河，他没时间伺候月子，就一封信把黑龙江老家的妹妹张小花给调来了。张小花定了亲还没过门，干活儿干净利落，嘴又甜，不叫嫂子不说话，洛慧敏很喜欢她。

整个月子期间，张大河花了大力气给儿子起名。洛慧敏起了张小刚张小铁张小利，都被张大河否掉了。张大河先把所有的常用名想了一遍，都不喜欢。又去找老吴借了字典，翻看了几天还是没找到如意的字。一次车间里开会，刘英花讲，我们革命的工人同志要怀揣远大理想，他眼睛一亮，立即把这个怀字记住了。他对儿子的理想是个啥，就是希望他长大成人后做个有智慧有胆量像个爷儿们的人。想到这，孩子的名字呼之欲出。回到家，一进门他就喊，儿子的名字有了，就叫张怀智。洛慧敏问，为啥？张大河说，长大做个有智慧的人呗。而且我打定主意了，再生孩子，就叫张怀勇、张怀双、张怀全，智勇双全，哈哈！张小花说，要是生到第五个叫啥？洛慧敏说，还第五个，生一个都这么费劲儿，第二个都难生呢！张大河说，乌鸦嘴，别瞎说，我们老张家一定人丁兴旺呢！

张大河日记摘抄：

我有了儿子，有了下一代。我张大河有后了。

我是工人阶级，这一角色让我们更多地忘掉自己，让自己“融入集体的洪流”。这句话是参加党组织学习时听一个党员同志讲的，我觉得好听，记下来了。平时我总是忙于自己的活儿，忙于帮着别人干活儿，根本来不及思考工作以外的东西，其实也不用思考，做一个新时代的建设者，在“洪流”中畅游就行了。

只有面对古小闲的时候，个人主义的东西才会冒一下头儿，想一些工作以外的事情。

古小闲有一天晚上登门探望，她拎来一只白条鸡和一条五花肉。我说，来就来嘛，还买啥东西。古小闲说，给嫂子补身子的，又不是给你的。洛慧敏依偎着行李卷坐，有些反感又有些感激，表情挺夹生。古小闲说，月子里千万别着凉，别吃凉东西，别吹凉风，多吃有营养易消化的食物，少吃盐，做菜别放味素，先别洗澡，但私处要经常洗，保持卫生才不能感染。洛慧敏撇着嘴说，我可没那么娇贵。古小闲说，这不是娇贵，这是卫生常识。洛慧敏又说，我可没那么多讲究。我说，别抬杠，听小闲的就是了。洛慧敏狠狠瞪了我一眼。

我送古小闲出去时，跟她讲了牛洪波说过的话，啥时你真和工人打成一片了，他就会把你调回医院去。古小闲瞪大了眼睛看我，看得出，她眼睛里满是希望。

他们来了，他们终于来了！人们奔走相告，都兴奋得不得了。来的是从苏联引进的冶炼设备，还有他们的专家。锦绣厂一下子来了六位苏联专家，其中还有两个大眼高鼻黄发的女人，他们是冬天来的，数九寒冬，可俩女人居然穿裙子，裙摆在膝盖上边，一段雪白的大腿十分扎眼。人们私下议论，说她们不怕冻吗？有人说，她们吃生肉喝烈酒，抗冻。

苏式设备进厂，锦绣厂的车间一下子从原来的六个增加到十一个。锦绣厂是苏联援华的一百多个重点项目之一，生产的铁合金品种增加了好几个，职工人数也一下子从三千多暴增到六千多，产量翻了好几倍。上白班的职工也不用天天加班到深夜了，作息时间变得越来越规律了。

牛洪波等人在厂小会议室迎接了六位苏联专家，他们坐在长条会议桌的一边，另一边便是这些专家。会议室的玻璃窗十分宽大，投进来的阳光充足，阳光照耀在苏联人的脸上，使他们原本很白的脸看起来更白，像一张张没血色的白纸。好在他们身后是挂满红色标语的墙壁，有红色衬底，一张张白脸也有了生机。

牛洪波率先讲话，无非是欢迎、感谢之类，再由翻译翻成俄语，专家听了都点头微笑。领头的苏联专家也讲了话，他叫卡拉诺夫。卡拉诺夫说帮助兄弟中国搞社会主义建设义不容辞，凭我们强大的苏联，凭我们这些技术高超的专家，用不了几年，锦绣厂就将成为东方的明星，成为特种钢铁的摇篮，铁合金产品将步入世界先进行列。他的话很具有煽动性，翻译把他的话译过来后，大家都深受鼓舞，报以热烈掌声。

之后，牛洪波陪专家下榻锦绣厂专家楼。卡拉诺夫的房间是最大的，风格是中俄混搭，墙上糊壁纸，地上铺地毯，高低柜式的壁橱上还放了两瓶本地产的白酒。卡拉诺夫拿起酒瓶看了看，粗眉大眼的脸上露出会心的笑容。

屋里有一对沙发，牛洪波和卡拉诺夫落座。跟进来的翻译拉了把小凳子坐到一边，这是个戴眼镜的小伙子，据说有留苏的经历，俄语说得叽里呱啦。寒暄过后，牛洪波迫不及待地说出了一个藏在心里的想法，他冲着翻译说，给我把意思翻译清楚了，除了生产低碳锰铁、高碳锰铁、锰硅合金、低碳铬铁等，我们锦绣厂还想在不远的将来，搞一搞钛白粉。卡拉诺夫听翻译翻完后，盯住牛洪波的脸说，你想得太多了吧？牛洪波愣一下，立即明白这是说他太贪婪的意思。他马上说，这个项目在我们国家是空白，我牛洪波就是想做一做填补空白的事。卡拉诺夫说，当前的任务，是怎么样生产出优质的锰、铬、硅，其他的都容以后再议。

从专家楼出来，牛洪波的心里有一种刺痛感。想上钛白粉项目，是一年前萌生的念头，当时他去北京参加冶金系统的一个会议。开会期间，他听别人议论，才知道有钛白粉这么个东西，他本来对此一无所知，最初对别人的议论也没当回事。可当有一位中央首长说早晚有一天，我们也要生产自己的钛白粉时，他的情绪瞬间被点燃了。早晚有一天是哪一天？我不等早晚，我现在就要在锦绣厂上这个项目。正所谓无知者无畏，他找了个当口儿，上门求见这位首长，说了自己的想法。首长没有打击他，而是说了好些鼓励的话，让他找冶金部的有关领导谈一谈这件事。就在开会结束的当天晚上，一位冶金部的领导带着一位据说是这方面的专家来招待所见他，和他谈了三个小时。

专家说得比领导要多，他给牛洪波讲了许多钛白粉的知识，有扫盲的意味，其实也是在说给那位领导听。钛白粉，学名二氧化钛，是世界上性能最好的白色颜料。钛白粉的黏附性强，不易起化学变化，广泛应用于涂料、塑料、造纸、印刷油墨、化纤、橡胶等工业领域，是名副其实的颜料之王。钛白粉的生产与消费，是衡量一个国家工业现代化程度的一把尺子。中国的钛资源储量占世界总量的二分之一，但开发利用能力相当落后。中国还不能生产钛白粉，每年都需要花大量外汇进口钛白粉。

专家说，想在新中国工业史上写这么一笔，不容易。牛洪波豪情万丈地说，我就要写上这么一笔。专家笑了笑，继续讲，我们所说的钛白粉生产技术叫氯化法钛白，国内是空白，国际也只有少数发达国家掌握了这项技术，核心工艺非常复杂，是国家机密，这些国家对新中国进行技术封锁，仅靠我们自己的力量，不容易，也不现实。牛洪波说，只要我们团结一致，艰苦奋斗，我就不信攻不下这个难关。专家说，你的想法是好的。牛洪波冲他瞪了眼睛，说，别阴阳怪气的，我若不看你是个专家，我、我早不客气了。部领导赶紧打圆场，说，专家说的是现实，洪波书记说的是志气，是呀，只要有这个志气，我相信终有一天我们会拿下这个项目。

现在，牛洪波走在古河岸边，正是隆冬时节，河面封冻，两岸水泥色的烟囱冒着浓密的黑烟，树木的枝条光秃秃成了筋脉。他本以为把自己的想法跟卡拉诺夫讲了，会得到苏方的支持，没想到他的反应敏感而冷漠，也许真的是他太性急了，他的想法就像一个身体单薄的人，要举起两百斤重的杠铃，只能遭人嘲笑。牛洪波的心头像多了块铅，隐隐有一种坠痛感。

第二天，牛洪波进了敖洪伟的办公室，和他交流看法。敖洪伟给他沏了一杯茶，递到他手里，不急不慢地说，还是牛书记有志向有抱负，能填补国家这项空白，那是我们的光荣啊，尽管我们还不具备这种条件。牛洪波嫌他说话绕弯子，皱了眉头说，你就直说吧，这个想法有没有可行性？敖洪伟说，我是搞企业管理出身的，对钛白粉和你一样是个外行，要不，咱请闫振邦副厂长过来探讨一下？牛洪波说，好，那就叫他过来。

时间不长，闫振邦来了，落座，敖洪伟也给他沏了一杯茶。牛洪波又把自己的想法说了一遍。闫振邦听了连连摇头，说，我知道氯化法钛白，这是个难度非常大的项目，就咱们国家目前的情况，拿下这个项目还不现实，就更别说我们厂了。牛洪波浑身燥热，问，你的意思是没有可行性？闫振邦回答得很干脆，没有。牛洪波气得直喘粗气，盯住闫振邦的眼睛问，你是说，我们就这样安于落后了？闫振邦没吭声，敖洪伟在一旁打圆场说，振邦不是这个意思，他的意思是我们现在没有这个能力，不代表我们将来不具备这种能力，只要有这个志气，总有一天，我们锦绣厂会上马这个项目的，振邦你说是不是？闫振邦迟疑了一下，还是说了声是。

牛洪波喝了一大口茶水，水太烫，入口又吐出来。敖洪伟说，现在我们还是要抓住机遇，集中力量把引进的苏联设备利用好，完成国家给我们下达的生产指标，把咱厂做大做强。闫振邦说，咱们的工人文化水平低，怕很难短时间内掌握这些机器的操作，唉，苏联专家还是来得太少哇！牛洪波气呼呼说，我们不能光靠人家，要靠自己，靠自力更生，知道吗？自力更生才是根本，是正道，我相信咱们的工人一定能行。敖洪伟接了一句，是呀，一定能行。

张大河日记摘抄：

苏联专家牛气得很，一个个挺胸叠肚，指手画脚，就因为是他们的设备，只有他们懂，我们不懂，他们就是老师了。我还真不服气，中国人有志气，他们懂的，我们也一定能懂。

刘英花看出我的不服气劲儿，警告我说，苏联是社会主义的老大哥，你要端正态度才行。我说，我的态度端正着呢！

厂里掀起了学俄语的高潮，一些人拿着本子，记了许多常用的俄语。钱玉贵提醒我也要学，我说，厂里是干活儿的地方，要学回家学去，我不会占用生产的时间学。钱玉贵说，也就是说，你会业余时间学了？我说，都应该业余时间学。钱玉贵说，好，用的时候就知道学没学了。我撇着嘴，不理他，心想凭我的经验，摸也要把那些苏式设备摸出个道道来。

苏联专家中有一位是工人技师，名字一长串，姓彼得罗夫，四十来岁，体格健硕，一脸的络腮胡子。他和张大河一样，是个炼锰铁的高手，据说看锰水火候的眼力已炉火纯青。苏式的炼锰电炉大都安装在二车间，工人不懂俄文，对苏式设备如何操作无从下手。彼得罗夫的主要工作就是指导中国工人如何操作，他先是把大家集中起来教，差不多了，就让大家回到各自岗位具体操作，哪个有疑问，他再答疑解惑。

一车间也有一台苏式电炉，被分到这台电炉的炉前工围着电炉打转，不敢轻易下手。彼得罗夫主要在二车间指导，还没顾得上来一车间。潘章陪闫振邦下车间，遇到张大河，闫振邦就说，我可记得你说过，苏式设备你也能用。张大河嘿嘿一笑，说，当然。闫振邦说，那就试试？张大河说，试试就试试。拔腿到了苏式电炉旁，这台炉的工人见了他，都围在他身边，看他咋个操作。他绕电炉上上下下转了一圈，苏式的要比日式的体积大一些，看起来笨重粗糙，但设备新，操作系统明显先进了不止一档。虽然是大同小异，但异的地方往往是操作的关键，弄错了很可能对电炉造成损害。张大河完全是靠着经验和直觉，做到了心中有数，他按下启动按钮时心是悬着的，待大家各就各位，报告各种数值正常时，他一颗心才落下来，长舒一口气，梗着脖子看闫振邦，闫振邦说，算你小子能耐！

张大河没想到，炉中锰水沸腾时，水冷系统发生了故障。检查，各项指标正常，并没发现啥异常，张大河凭经验也没找出毛病出在哪儿，他顿时出了一身透汗。潘章请来了彼得罗夫，这个大块头绕着电炉检查一圈后，气喘吁吁地冲张大河吼了一顿俄语。经翻译一说，张大河才弄明白，原来启动电炉时，他忘按了一个按钮，而这个按钮只有苏式电炉才有。

按下这个不起眼的按钮，水冷系统渐渐恢复了正常。彼得罗夫脸上挂着不屑之色，说了一串俄语。翻译没翻过来，显然不是啥好听的话。张大河又羞又恼，脸涨得通红。刚才挺紧张的闫振邦松了一口气，跟张大河说，别太往心里去，对新东西，都有个认知的过程，谁也不是万能的。张大河自觉丢了手艺，闷闷地走开了。

彼得罗夫又说了一串俄语，翻译跟闫振邦说，听说在你们工人中有个叫张大河的摊长，眼力高得了不得？闫振邦说，没错，他是炼锰的高手，就是他。说罢用手指住张大河的背影。彼得罗夫愣了一下，又是一串俄语。翻译迟疑着说，他的意思是说，这个炼锰的高手恐怕是徒有其名，就拿这台炉来说，要不是他赶到，恐怕就要出事故了。张大河没走远，这些话听得清清楚楚，他转过身往回走，走到彼得罗夫跟前，仰着脸盯住他的眼睛说，听说你也是炼锰高手，如果可能，咱可以一比高低。潘章连忙挤上前来，埋怨道，大河，你嚷嚷个啥，人家苏联老大哥是来帮助咱搞建设的，你跟人家比试，像话吗？翻译把张大河的话翻了过去，彼得罗夫哈哈大笑，十分兴奋。翻译说，彼得罗夫说他愿意和张大河师傅比试，他不相信中国有什么炼锰高手。潘章说，还是算了吧，搞不好影响中苏关系，我们可吃罪不起。闫振邦推了潘章一把，说，就你胆子小得跟个蚊子似的，比试一下手艺咋能影响中苏关系？这就像体育比赛一样，比试比试是能增进友谊的。周围的人也跟着起哄，都说比比看，看苏联人厉害还是咱张师傅厉害。潘章见闫振邦发话了，也就没再阻拦。

张大河要和彼得罗夫比试炼锰铁的手艺，这消息像长了翅膀，不到一个小时，整个一车间的人都知道了。不到半天，整个锦绣厂的人都知道了。大家都不怕事大，兴奋得不行，像等着看一场高级别的体育比赛。比试的时间定在隔天下午，地点一车间，用的就是苏式的这台电炉。这台炉对彼得罗夫有优势，毕竟是他熟悉的，但张大河毫不计较，不管是哪台炉，只要两个人同用一炉，同一原料，那就是相对公平，要炼出一炉好锰，除了配电工的能力和出炉时间外，主要看的还是摊长的眼力。他们要比的就是眼力。

消息也传到了厂部，敖洪伟听了要去阻拦。牛洪波说，也别盲目地拦，先听听专家组的意见吧。敖洪伟找到卡拉诺夫，试探着提起张大河和彼得罗夫的比试。卡拉诺夫哈哈大笑，说，比比好，不管谁胜谁负，都是对生产技术的促进，我很愿意看见两国工人同志的交流。敢情人家把比试看成了交流，这就好办了。敖洪伟如释重负，也哈哈笑起来。

下午两点整，很多人聚到苏式电炉前。专家组的其他五个人在牛洪波、敖洪伟等人陪同下，也赶到了现场。见很多人都来瞧热闹，牛洪波沉着脸，叫刘英花把无关的人都撵走。这些人边走边回头，都一副恋恋不舍的样子。

电炉启动，周围的温度渐渐升高，炉内的温度更是到了千度以上。先出场的是彼得罗夫，他穿一身苏式工作服，面目凝重，手里拎着长把钢勺，眼睛死死盯着仪表。约莫时间差不多时，他戴上防护罩，打开炉门，走近，蹲下，长把勺子捅进去，盛出一勺锰水。看了一眼，用俄语报了温度等参数。然后，锰水被人拿走化验。他一脸得意，下场，坐一边喝水去了。

接着是张大河登场，他穿戴整齐，戴了防护罩，人们看不到他的表情，但从姿态看得出，他和彼得罗夫一样充满自信。过了一阵子，开炉门，长把钢勺捅进去盛了锰水。张大河也只是看了一眼，然后报数，锰水被人拿去化验。张大河下场，也坐到一边去了。

足够的时间后，化验结果出来了。潘章把化验单递给牛洪波，牛洪波摆摆手，叫他宣布结果。他笑了笑，大声说，大家注意了，锰水取样化验的结果是，彼得罗夫和张大河的眼力都高得惊人，他们看锰水的火候几乎与化验结果就在毫厘之间，但比赛毕竟是比赛，还是要分出高下的，就像跑百米一样，胜负就在零点几秒之间，现在我宣布，胜者是张大河。掌声响起。彼得罗夫似有不服，他冲到潘章跟前抢过单子看了看，朝着卡拉诺夫摊了摊手。卡拉诺夫冲着他笑了笑，说了几句什么，意思好像是让他接受比赛结果。

下班后，三个徒弟跟在张大河屁股后边，嚷嚷着让他请客，庆祝胜利。张大河瞪起眼睛说，我赢了，还要出钱请客？赵平安说，你赢了，是咱们锦绣厂的光荣，也是你个人的光荣，你当然要请客。王裕国说，就是嘛，不能白光荣了。李旺发说，就是就是，都为国争光了，哪能不请客呢！张大河笑道，这都啥道理？不过我工资比你们高，吃顿饭不算啥！四个人兴冲冲奔锦绣小酒馆，到了门口，发现身后还跟着钱玉贵和姜连子，都笑嘻嘻地看张大河。张大河说，都进去，不就是想宰我一顿吗？没啥了不起的。

进屋，围住圆桌，点菜，要了两瓶老白干。下馆子是奢侈的事，平时很少有人去的。能在馆子里吃饭喝酒，比过年还高兴。姜连子说，两瓶酒不够。张大河说，先喝着，不够再要。刚刚喝了一杯酒，门口闪进两个人，一高一矮，高的是彼得罗夫，矮的戴着眼镜，是专家组那个翻译。大家的眼睛都直直地盯住这二人，二人见了他们也愣住了。彼得罗夫向张大河走过来，用右手指了指他的额头，然后又指了指自己的鼻子。张大河问翻译，他啥意思？翻译说，你厉害，可他不服你。张大河笑了，说，他也挺厉害，不服咱换个比法。翻译问，比啥？张大河说，比酒。翻译说，你还是算了吧，苏联人都很能喝，你比不过他。大家都来劲儿了，七嘴八舌地嚷，谁怕谁呀，比酒，比酒！翻译说，别后悔。张大河说，后悔是娘儿们。翻译跟彼得罗夫说了一串俄语，这个家伙立马兴奋起来，两只眼睛亮得发光。

给这二人腾了地方，添了酒杯，落座。不等相让，彼得罗夫抓过一瓶酒，给自己倒了一杯，用鼻子闻了闻，连连点头，一仰脖干了，扭头要酸黄瓜。老包说，我们这儿没有酸黄瓜，有酸白菜。翻译说，酸白菜就算了，鲜黄瓜整两根也行。

张大河也赶紧干了一杯。二人一对一连干三杯后，彼得罗夫索性不用杯子，直接对瓶子吹。张大河不甘示弱，也推开杯子，开始吹瓶子。大家齐声喝彩。

张大河日记摘抄：

我是被三个徒弟轮番背回家的，当时已经不省人事。第二天没上班，直到下午三点多钟才醒过来。这次比酒我输得很惨，彼得罗夫喝了两瓶六十度的白干照样说笑，我喝到一瓶半就不行了，哧溜一下跌到桌子底下。这顿饭一共喝掉六瓶白酒，吃掉了一桌子硬菜，花掉了我半个月的工资。用洛慧敏的话说，是赔了夫人又折兵。

苏联人的酒量不是吹的，我输得心服口服。

比试看锰水我赢了，也是险胜，我做出一副无所谓的样子，心里其实紧张得不得了。

张大河累得快成木头人了，哪怕用不大的外力轻轻推一下，他也会像一块立着的木头一样倒下。连日来他一直在加班，一个星期的睡觉时间恐怕也不足一整天。走着走着，一不小心就能睡着。

不光是他，锦绣厂一线岗位上的人都是如此。现在总算告一段落，刘英花叫他赶紧回家睡觉。此时正是上午十点多钟，白亮亮的阳光照在身上有一种盖了棉被的感觉。他沿着古河边的堤坝走，身边的树木、厂房和古河水一样有一种流动感。国家重视钢铁，重点钢铁企业要炼出优质钢特种钢，锰、铬、硅等铁合金产品供不应求。在这种形势下，牛洪波搞了“大干周”运动，在七天时间内，打破正常的工作时间，到点不下班，人轮流休息，机器不休息，要在“大干周”内增加产值两倍以上。也不光是一线职工，后勤、附属企业、家属也被动员起来，想尽一切办法支援一线。每个人的情绪都到达了最高峰，一时间标语口号，唱歌跳舞，锦绣厂沸腾了。

离开堤坝路拐进胡同的时候，有人在身后喊了他一声。他回过头去，看见古小闲骑一辆自行车朝他奔过来。他停住步子，看越来越近的古小闲身上充满了水波纹，路边的树枝叶中传出斑鸠的叫声。古小闲到了他跟前，骗腿儿下车，从车把上摘下一个网兜，里面有几条个头儿不小的梭鱼。

古小闲说，拿着吧，回家炖了，增加点儿营养。张大河伸手往外推，说，不用不用，还是你自己留着吃吧。古小闲说，全车间就数你累你睡觉少，哪台电炉都少不了你，最该补营养的就是你。张大河说，我真不用。古小闲松弛的表情一下子绷紧了，说，我看你不是不用，是害怕。张大河说，我怕啥？古小闲说，怕你老婆。张大河笑了，说，这从何讲起？古小闲说，怕收了我的东西她对你吼呗。张大河说，我不怕。古小闲说，你还怕车间里别人的嘴，怕别人讲你闲话。张大河说，我不怕。拎了古小闲的东西就走。古小闲在他身后嘻嘻地笑了。

到家，张大河把东西撂到厨房，扑到榻榻米上就睡，还不到一分钟，就打起了响鼾。直到晚上八点多洛慧敏回来了，他还在呼呼大睡。食堂这一段也在加班，等把晚饭送到各车间，或来食堂吃饭的人都吃完，收拾妥当了，也就到了晚上七八点钟。洛慧敏在张大河身上扒拉一阵，才将他弄醒，问他吃饭没有。张大河迷迷糊糊说，没吃呢。洛慧敏下厨，发现了一袋梭鱼，探出头问，这梭鱼哪来的？张大河迟疑一下，说，别人给的。洛慧敏问，谁给的？张大河说，你不认识。洛慧敏说，能给你鱼的人我都认识，你说到底是谁？张大河只得胡乱说了一个，是姜连子。洛慧敏说，姜连子家那么困难，能给你鱼？张大河说，他就给我了我有啥办法。洛慧敏将信将疑，并没耽误给他做酱汁梭鱼。

米饭和鱼端上桌，张大河一个人吃饭，洛慧敏已在食堂吃过了，她就一个人捧着大肚子坐在门口发呆。她又怀上了，自从有了张怀智，她就好像被打开了闸门，怀孕成了一件顺理成章的事情。大家照顾孕妇，重活儿一般都不交给她干。张大河叫她在家休息一段，她摇摇头说，大家都在多快好省，你叫我这个时候待在家里，像话吗？张大河想想，也觉得不像话，怀孕和大形势相比，就轻如鸿毛了。

这一年，锦绣厂开始走上正轨，建立健全了多种规章制度，建立了技术人员和工人的晋级制度。这些制度当然不是锦绣厂的首创，在全省，在整个东北，甚至在全国的企业里，都建立了这种制度。专业技术人员分技术员、助理工程师、工程师、高级工程师，技术工人实行八级工制，最高级别的工人是八级工。当时，全厂几千名工人仅有六人被评为八级工，张大河被评为七级。

按理讲，凭张大河的能力和名气，评八级是没问题的，可他毕竟还算年轻，评到顶级了一些老师傅的脸面没地方搁。他评七级是牛洪波拍的板，他把张大河叫到自己办公室，问他有没有意见。张大河说，有意见，那些被评八级的没一个比我强，就说朱友好吧，他是炼铬高手，我是炼锰高手，跟我比试，他自己都服气。牛洪波说，你说得没错，你是咱厂顶尖高手，公认的大拿嘛，可你也得照顾点儿老师傅们的情绪，有些五十多岁的老师傅才评到六级和七级，朱友好评了八级，可他比你大二十多岁呢，你小子上升空间大，我敢保证，用不了两三年，你就能晋八级。张大河说，你承认我是顶尖高手就行了，至于啥级别，我不在乎。

张大河走了，牛洪波笑了。他就喜欢这样的性格，张大河是条汉子。这一年，除了扩大厂子规模，制定规章制度，他还想出了许多新点子。比如“争当先进人物，学习劳动模范”“技术革新奖励办法”“机关科室党员定期下车间锻炼”等，这些点子有的虽然不是他首创，是从外单位借鉴来的，但他为此费了不少脑筋。在党委会上，在厂务会上，他提这些点子时也有些反对的声音，但大多数还是支持他的。

电话铃响了，十分刺耳。接电话，是一车间的一个技术员打来的，向他报告，说是发生了泥浆槽堵塞事故。他顺嘴问，汇报的咋不是刘英花？话筒里说，刘主任和潘主任都去事故现场了，是刘主任叫我跟您汇报的。

牛洪波知道一车间的泥浆槽，具体的工作原理他不清楚，只知道挺长挺深的。只要是事故就不会是小事，他赶紧出屋，在走廊里遇见敖洪伟、闫振邦等人，几个人并作一路赶往一车间。牛洪波问敖洪伟，这个事故严重吗？敖洪伟说，当然严重，如果泥浆槽在短时间内得不到疏通，整个车间都得停炉停工，那损失就大了。牛洪波问，咋个疏通？敖洪伟说，有专用的疏通机。

几个人赶到时，现场已经乱糟糟聚集了不少人。刘英花急慌慌迎上来，五官扭曲，安全帽都戴歪了。牛洪波问，情况咋样？刘英花说，不咋样，疏通机坏了，没法正常工作。敖洪伟急得直拍脑袋，说，坏了坏了，这下损失大了。牛洪波问，还有其他办法吗？刘英花扭头看身后的潘章，潘章也五官挪移，龇牙咧嘴地说，没办法。牛洪波问，真没办法了？潘章磕磕巴巴说，也、也不是没有，人可以跳下去手动清淤。牛洪波说，那还等啥，组织人下去呀！潘章说，这是不可能的，这泥浆槽里的水不是普通的水，是用来处理金属的化学水，酸性强，人的皮肤受不了。牛洪波埋怨道，你呀，竟说没用的，说了等于白说。旁边的刘英花眼睛亮了，抢过话茬说，不白说，为了共产主义事业死都不怕，还怕它个化学水。说罢，她跳到一个一米左右高的管道上，右手一挥，高喊道，一车间的共产党员跟我上，我们要人工清淤。立马有些人响应，跨前一步，站到刘英花近前。

闫振邦冲过来，用手拦住大家，对刘英花说，这可不行，搞生产要安全第一，不能蛮干。刘英花说，照你这么说，我们就只能眼睁睁看着它堵了？闫振邦说，暂时只能看着。牛洪波说，就这么眼睁睁看着？闫振邦说，跟外厂联系求援，让他们运送疏通设备。刘英花说，等他们来了，黄花菜都凉了。闫振邦说，没办法，多大的损失也得认。刘英花说，我就不认。她又喊了一嗓子，一车间的共产党员跟我上。没脱衣服，率先跳进了泥浆槽。接着，有一些人哗啦哗啦跟着跳下去。一时间池槽里水花翻滚，犹如一群蛟龙戏水，人工清淤开始了。

闫振邦急得一个劲儿跺脚，冲牛洪波和敖洪伟说，人的皮肤受不了的，这不是蛮干嘛，乱弹琴！敖洪伟也说，坏了坏了，他们的皮肤会受伤的。敖洪伟冲到池边，冲下边的人喊，都上来都上来，这么干不行。可大家都干劲儿十足，没一个有惧色的，没一个听他话的。他朝牛洪波摊了摊手说，这可如何是好？

倒是牛洪波十分镇定，他伸出一只手臂，示意敖洪伟和闫振邦等人安静下来。见他不动声色地盯着池槽里，其他人也渐渐安静下来，盯住下边。周围的空气也安静下来，明媚的阳光从厂房一面墙的玻璃窗投射过来，投射到各种钢铁设备上又发生了折射，无数细小的尘埃在光中舞蹈，厂房里充满了一种暖色调，众人被这种色调笼罩，似乎得到了一种抚慰。只有池槽里水花翻滚，人欢马叫，像舞台，像群舞。

毫无悬念，淤堵被清除和疏通了。众人拉扯着池槽里的人爬出来，催促他们去换衣服。事故排除，生产运行恢复正常。

一个小时后，职工医院的人来汇报，给刘英花等人做身体检查的结果是，皮肤50%受轻度腐蚀。牛洪波松了一口气，心里却隐隐作痛。

张大河日记摘抄：

刘英花奋不顾身跳进泥浆槽的一瞬间，我的思想也有了一个质的飞跃。从这一刻起，我觉得要改变的不是他们，而是自己。从他们身上，我看到了自己的缺欠与不足。

随后，我也随着他们跳进了泥浆槽。我的身上被化学水中的酸性烧灼得不轻，经过医院处理后，灼烧感持续了多天，脊背、肚皮和腿上都留下了一片片的深色斑点。

洛慧敏埋怨我，谁愿跳谁跳，你逞能个啥？我说，不是我逞能，是我被当时的情境感染了，刘英花敢说敢干，真的跳了下去，都知道那池槽里的水是化学水，可没人退缩，一个跟着一个往下跳，我对锦绣厂的感情不比他们差，他们跳了，我凭啥不跳？

我熟知安全规程，这样做明显违规。但至少在刘英花纵身一跃的那个瞬间，任何规程与规矩都显得渺小了。

敖洪伟主持厂务会，他率先发言，表明态度，赞扬了以刘英花为首的干部工人，敢于在厂子有难时挺身而出，不顾个人安危，跳进泥浆槽抢险。他这么一讲，等于给这次抢险定下了基调，一些参会的副厂长、各科室和车间的头头脑脑纷纷发言，均是赞扬、学习的口吻。分管宣传的老祁发言时甚至流出了热泪，说，多好的同志们哪，我们管宣传的要宣传什么，除了宣传中央的指示和精神外，就是要大力宣传社会主义新人，我建议，要把这次抢险中涌现的突出人物推荐给市报省报和广播电台，要重点宣传，树立我们的典型人物……他话没说完，有人打断了他的话，粗喉大嗓说，我有不同意见。老祁住了口，大家都顺声音看，看见说话的是闫振邦，他瞪圆了眼睛，看那样子十分气愤。

闫振邦说，事故就是事故，看你们的状态，这事故咋就成了庆功？刘英花和那些跳下泥浆槽的工人精神可嘉，可这种行为是冒险、冲动、蛮干，明知道化学水对人体有损害，却不顾一切往下跳，违反安全规程，绝不能提倡和赞扬，国有国法，厂有厂规，我们刚刚制定了相关规则就有人违反，视规则如儿戏呀？是通过抢修避免了大面积停炉停电，但违规就是违规，厂里要对这种行为严肃处理。闫振邦说完一下静了场，刚才说得兴致勃勃的老祁不吭声了，其他没发言的也不发言了，都愣愣地看牛洪波。

作为锦绣厂的掌舵人，牛洪波不能不说话了。党委会一般都是他主持，他率先定调子，最后做总结发言。厂务会一般是敖洪伟主持，最后也是牛洪波做总结发言。现在虽然是十几比一，但这个一说得铿锵有力，显然与那十几形成了对峙之势。牛洪波的讲话就将起到决定作用。他扭头看了看闫振邦，又扫视了一下会场，这才不急不躁地开口，大家说得有道理没有？有，有道理。闫副厂长说得有道理没有？有，也有道理。那都有道理，到底哪个才是真道理？我说哪个符合国家利益，符合人民的心声，有利于社会主义建设，哪个就是真道理。说到这，他的目光又盯到闫振邦的脸上，接着说，一车间出事故，要查清事故原因，按规章处理相关人员，但抢修中涌现的舍己为公奋不顾身的好人好事，我们不能视而不见，这就是我的态度。会场响起热烈的掌声。

一车间抢修的新闻很快上了市报，厂广播站也广播了这篇新闻稿。邱宇用充满感情的声音播报，极具感染力。稿子把刘英花塑造成一个女英雄，面对危难，她大义凛然，不怕牺牲，率领党员同志跳进了带有酸性的泥浆槽。早晨七点钟，走在上班路上的，或还在家里收拾自己的，都支起耳朵认真地听，脸上浮现一层崇敬的光彩。

跳泥浆槽里唯一不是党员的是姜连子，他故意去车间办公室找潘章，嘴上找潘主任，实际是想见见刘英花，看她对他也跳下泥浆槽是个啥态度。他进潘章的屋，放大嗓子叫了声潘主任，把正在埋头看一份资料的潘章吓得浑身一激灵，抬头看他，问他有啥事。姜连子说，也没啥大事，就是大多数人技术水平还差得远，影响咱的产品质量，我心里着急。潘章摸了摸胸口，稳定了一下情绪，说，是呀，我也着急呀，如果每一个人的手艺都跟你和张大河一样，咱们的产品质量肯定还会上一个台阶。姜连子说，那可咋整？隔壁屋子里的刘英花终于按捺不住，蹿过来接了一嗓子，咋整？传帮带呗。

此时已是夏天，虽都穿着长袖工作服，但穿得都松松垮垮，比如袖子高挽，扣子少系，图的是个凉快。姜连子上衣里没穿背心，又只系了两粒扣子，大片胸脯裸露着，也露出了一片紫红色的斑点。刘英花的上衣扣子都系着，袖子却和姜连子一样高挽，本该白白净净的胳膊也有一块块紫红色的给酸水灼伤的痕迹。刘英花对姜连子说，姜师傅，你可不能躲清静，光自己水平高不是高，把大家的水平都带起来才真是高呢！姜连子说，心有余力不足，我又没长三头六臂。刘英花说，为了社会主义建设，没三头六臂也要生出三头六臂来。姜连子就笑。刘英花盯住他的胸脯看了看，放低声音问，你伤得严重不严重？姜连子说，都是一样的化学水，你伤成啥样我就伤成啥样了，本来我一身光滑的皮肤，现在成花狸猫了。刘英花脸上瞬间掠过一丝类似羞涩的表情，说，你大男人怕个啥！姜连子心里说，男人是不怕，女人成了花狸猫，可就不好看了。刘英花又说，没想到你也跳下去了。姜连子说，我虽不是党员，但我拿党员的标准要求自己了，我想问问，下一批入党，能不能有我？刘英花说，看表现。

还有一个跳泥浆槽的人比姜连子还令人感到意外，她就是古小闲。古小闲是跳泥浆池清淤的两个女性之一。当时大家扑通扑通地往下跳，性别是被忽视的，并没人注意到古小闲。后来都去职工医院检查身体，古小闲才被人发现。对于她跳泥浆槽，大家伙儿说啥的都有。有说她不简单，和刘英花一样是个女中豪杰；有说她有主人翁精神，真是把厂当自己家了；也有人说她是改造好了。张大河找到古小闲，问她咋也跳了泥浆槽。古小闲翻了个白眼说，咋了，就你跳得，我就跳不得？张大河说，你毕竟是个女的。古小闲说，刘英花也是女的。张大河说，你咋能跟她比。古小闲说，我不跟任何人比，我只跟我自己比，我敢于跳下去，就比以前的我强。张大河摇摇头又点点头，心头热浪翻滚，很久都没有平息。

姜连子从车间办公室回来时，见张大河正在给他的三个徒弟讲手艺。张大河有个理论，说电炉也是有生命的，电流是血液，热度就是体温，炉膛里沸腾的锰水就是心跳。对待这样一个有生命的东西，你必须用自己的生命来和它肝胆相照。每次讲手艺前，张大河必会讲一遍他的理论。他说电炉是有生命的，是有血液和心跳的……赵平安接了一嘴，如果有公母，电炉是公的还是母的？三个徒弟都笑，姜连子也跟着笑，张大河没笑，板脸说，我们是男的，电炉就是女的，反之，炉前工是女的，电炉就是男的，别用公母叫它们，它们不是畜生，是和我们一样的生命。王裕国伸手去摸炉体，一脸陶醉相。三个徒弟都二十出头，都没成家，估计还都是童男子。张大河撇着嘴说，瞧瞧你们那熊样，都二十好几了，屁股后边都应该有一串孩子了。李旺发说，我也想有孩子，可没媳妇呀，我家农村的，要是不从农村出来，我娘早替我张罗了，说不定现在真有好几个孩子了。张大河说，没出息，还靠老娘给娶媳妇，自己找才算有本事。

钱玉贵凑过来，他是班组长，张大河可以不拿他当回事，三个徒弟却不能不拿他当回事。三个人让出个空当儿，钱玉贵坐下，掏出一支烟叼嘴里，李旺发给他点上，他吧嗒了一口烟，说，给你们讲讲过去的手艺人咋样教徒弟吧，你们愿听不愿听？三个徒弟都说愿听。钱玉贵是从一家老炼铁厂调过来的工人，三十多岁的人了，有一肚子的故事。他讲：我们跟师傅学徒时师傅咋个教，是先教做人再教手艺，做人，尤其是男人，要有定力，禁得住诱惑，禁不住诱惑的，都成不了大器。记得我跟师傅学徒，才十六岁，师傅一家伙收了六个徒弟，正好是你们的二倍。有一次，师傅带我们六个一起去大澡堂洗澡，师傅脱了衣服先进去，我们六个再脱衣服后进去。洗完了澡，换上衣服出来，有四个徒弟追上师傅，每个人手里攥着两块钱，说是从更衣箱里捡的。师傅点点头，啥也没说，收了四个人的钱。转天找齐了六个人，沉下脸说，留下四个，另两个走人。有两个徒弟立马跪下，各从口袋里摸出了两块钱。原来这是师傅试探我们的。还有一次，工头用锉刀锉坏了一个工件，他扔进垃圾堆，被我们师徒看见了。师傅问身后的四个徒弟，有人问起这事你们咋说？有三个答得一样，都说实话实说。只有一个说没看见，他这样说一不给自己找麻烦，二也不给师傅找麻烦。师傅当时沉着脸说，是不给我找麻烦，但你输了自己的人格，这样的徒弟我不想带。这个徒弟红着脸，默默走开了。

钱玉贵点了支烟，边吸边说，我讲这个，就是说收徒要重人品，你人都做不好也学不好手艺，换句话说，你手艺再高，人品不行，大家伙儿也不信服你。张大河斜了他一眼，接茬儿道，大钱，我认识你这么长时间，你就这句话说得在理。

张大河也给徒弟们讲了个故事，说的是淬火，这是金属工件热处理的一种方法，把工件用火烧得通红，然后迅速放进凉水里，工件刺啦一声便会冒出一股热气来，再迅速把工件从水里抽出来，这个工件的硬度就提高到了需要的程度。当年松本润教他和另外几个徒弟一起练淬火，松本润把铁扁铲插进炉火里烧得通红，然后拔出来在他们眼前晃了晃，说，看见了吧，红透喽，插进水里。说罢，松本润把红透的扁铲往水盆里一插，水盆里便冒出一股热气来，再迅速把扁铲从水盆中抽出，然后用锤子打，无论怎么打砸，扁铲都安然无恙，坚硬得令人称奇。

张大河几个人照猫画虎地练，都是把扁铲烧得通红，然后拔出来迅速插入水盆中，再拔出来，可用锤子一砸，那扁铲就变形了，显然是没有达到想要得到的硬度。徒弟们反复地练，招式和松本润并无二样，却始终不得成功。张大河讲到这问三个徒弟，你们知道是啥原因吗？三个人一脸茫然，都不吭声。张大河说，我是后来悟出门道的，松本润把扁铲从炉子里拔出来时总是在我们面前晃上几晃，问题就出在这晃几晃的时间差上，徒弟们把扁铲从炉子里拔出来，立马就插进水盆了，烧红的扁铲在空气里的时间就会比松本润少上几秒。这之后，再练淬火时，我把扁铲插入炉火中，待烧得通红了，拔出来，不慌不忙地在眼前晃了晃，这才不紧不慢插入水盆中，刺啦一声响，一股热气升腾起来后，我又将扁铲从水盆中抽出来，放在垫板上用锤子砸，扁铲的硬度就与松本润淬火的扁铲是一样的。我讲这个故事就是要让你们做个有心人，只有用心琢磨，才能找到干活儿的窍门。

张大河日记摘抄：

彼得罗夫带着翻译来到一车间指名道姓找我。瞧他气势汹汹的样子，徒弟们以为他不怀好意，王裕国和李旺发用身体拦他，不让他靠近我。彼得罗夫冷笑道，你俩拦不住我，让开。王裕国说，二比一，我们还拦不住你？你也太小瞧我们中国工人了。彼得罗夫说，那好，你们站好了，看我能不能过去。两臂一用劲儿，王裕国和李旺发被撞得倒退了三五步。再靠前时，彼得罗夫已站到我跟前。我挺起胸脯，仰脸盯住彼得罗夫的眼睛，问，你找我还想比试啥？彼得罗夫说，这次不是比试，是交流，交流炼锰心得怎么样？我说，好哇，我倒真想听听你有啥高招。

坐下，我冲翻译说，每句话都得你来翻译，这交流得也太别扭了。翻译说，没办法，谁叫你不会俄语，他不会中文呢。我说，俄文我也是会几句的，阿拉扫、瓦斯布拉格大流、抱你娃的娜……彼得罗夫也用蹩脚的中文说，你好、同志、吃饭了吗……身边的人都哈哈大笑。

虽是通过翻译，我还是听懂了彼得罗夫都讲的啥，比如，冶炼过程中被称为“锰制度”的操作方法，彼得罗夫对这种操作方法有着独特的见解，用他的方法既可以减少对炉体的损害，又为精炼创造了条件。至少在这些见解上，彼得罗夫是高于我的，甚至高于我当年的师傅松本润。我也讲了锰系多元复合脱氧剂的独门制备方法，原料完全采用天然原料或废渣，这个方法是我自己摸索出来的，既制造出性能好的脱氧剂又能废物利用，后来成了锦绣厂的一项技术革新项目。彼得罗夫听了也连连说好。

交流结束时，彼得罗夫冲翻译说了一段话，翻译脸红了，冲我说，他问你有妻子吗？我说，有。翻译说，他说他没有，每天晚上很难受。把周围人说得脸都红了。翻译又说，他说他看上一个中国女人。我说，好哇，让他去追嘛。翻译说，他追了，这个女人没答应他。我说，那就没办法了，这个事得双方自愿。彼得罗夫似乎听懂了我说什么，又叽里咕噜说了一串话。翻译说，我们帮他打听了这个女人的情况，有人说，这个女人和你关系不错，很听你的话，他希望你帮他的忙，做通这个女人的思想工作。我心头一震，问，这个女人是谁？翻译说，是古小闲。我顿时不平静了，对彼得罗夫的好感瞬间变成了厌恶。

我说不行。彼得罗夫又叽里咕噜说了一串。翻译说，我们是朋友，你应该帮这个忙。我虎着脸说，别的忙可以，这个忙我帮不了。

这一夜，古小闲做了几个梦，梦中有张大河和老吴，也有彼得罗夫。梦境是模糊的，她还是记得最终跟她在一起的是张大河。梦醒了，古小闲发现自己的脸滚烫滚烫的。

现实中她和张大河从来没越过雷池半步。对于老吴她只有感激，但从来没有爱情的感觉。对张大河就不同了，从认识开始，她对他就是那种心跳与迷乱的感觉，这应该就是爱情吧。

阳光透过窗帘从玻璃窗照射进来，屋子里有了浑浊的光亮，其中有一道光是从窗帘的缝隙钻进来的，如同一把刀子斜插在被子上。这是个星期日，她可以赖着不起床，窗外高音喇叭正在播放一首民歌，声音婉转而尖厉。她突然有一种莫名的心慌，这一年她的年龄已经不算小了，由于出身问题，终身大事一直高不成低不就。这段时间，并不缺乏撩拨她的男人，但他们目的不纯，大多想占她的便宜，并不是想跟她正儿八经地搞对象。这样一想，她就满脑子的悲哀。

第一次见彼得罗夫，就见他的眼睛亮了。她凭着女人特有的敏感，知道这个苏联人看上了她，这个高大魁梧的异国汉子身上虽然充满了男人的气味，具有一定诱惑力，但她觉得不适合自己，她历来对外国人不感兴趣。苏联人热情奔放，直来直去，这之后，彼得罗夫就经常来修配班找她，给她送花，通过翻译向她表白，搞得满城风雨。她心没动，毫不犹豫地拒绝了。

上午十点多，门外传来女人的叫门声。古小闲从被窝里爬出来，扯条裙子胡乱穿上，又冲镜子捋一下乱蓬蓬的头发，开门。门外露出一张女人的笑脸，是子弟学校的袁老师。她从来没跟袁老师接触过，但袁老师的名气不小，她不可能听不到有关袁老师的传闻。都说袁老师热衷于当红娘，旧社会时，她就撮合过不少对青年男女，新社会又撮合成不少对。她突然登门，古小闲就有了某种预感。

让座，倒了杯白开水。袁老师接过水杯放到一边的小桌上，笑眯眯地看古小闲，说，长得真带劲儿！古小闲不好意思地笑笑。袁老师接着说，小闲妹妹，知道我是个热心肠的人吧？古小闲连说，知道知道。袁老师说，不是吹呀，我介绍对象的成功率达到90%了，咱厂男多女少，我就到纺织厂、印染厂去找，现在成了有三十多对。小闲，你是不是还单着？古小闲点下头，没吭声。袁老师说，多带劲儿的长相啊，要不是你出身不好，能拖到今天？古小闲知道袁老师已经把她的背景摸熟了。袁老师说，不用怕，有你袁姐在，你的终身大事我包了。古小闲说，您还是别操心了，我的事我心里有数。袁老师说，都是姐妹了，你还客气个啥？锦绣厂的不行，我给你踅摸外单位的，现在我手头就有一个，小伙子条件不错，是罐头厂的技术员，念过大书的人，能给罐头配方呢，和他成一家有口福，罐头管够吃。古小闲打断袁老师的话头，说，我现在还不想考虑个人问题。袁老师说，你不考虑可以，但我不能不替你考虑，这小伙子相貌好，家里也不穷，跟他错不了。古小闲说，罐头厂女职工多，他咋不在本厂找？袁老师说，近处没风景，小伙子眼眶高，本厂的他都没相中。古小闲说，我家庭成分不好。袁老师说，他说他不在乎家庭成分，他只在乎人本身，现在不在乎家庭成分的人很少很少了，难得呀！找个机会见见吧。古小闲说，谢谢你的好意，我还是不见了。

袁老师总算走了。没想到走是走了，她坚决的态度却并没令袁老师知难而退，或者说，这只是一个序幕。到了晚上，袁老师又一次来叫门。开门，出现在古小闲眼前的除了袁老师，还有一个人，这是个长相不错的小伙子，五官俊朗，要身高有身高，要气质有气质，看见他，古小闲心里动了一下。进屋，落座，袁老师介绍，这小伙子是罐头厂的技术员，姓牛，名亮。小伙子冲古小闲笑了笑，唇红齿白，长相比张大河要好，古小闲的心河在经历了微波之后，很快归于平静。

三个人聊了一会儿，袁老师说，你们俩再聊聊，我有事先走一步。袁老师有意先走，家里剩下了古小闲和牛亮。牛亮没话找话，讲他们罐头厂，咋个程序做肉罐头，咋个程序做水果罐头，讲得古小闲直冒口水。终于忍不住，她打断牛亮的话头，说，对不起，我们俩不合适。牛亮愣一下，问，咋不合适？古小闲说，不合适就是不合适，还是做普通朋友吧。牛亮说，你不说清楚，我是不会甘心做普通朋友的。古小闲说，好，那我就直说吧，我问你，你了解我吗？牛亮说，我了解，袁姐跟我介绍你之后，我就侧面了解了一下，锦绣厂我也有朋友的。古小闲说，那我问你，你知道我的家庭出身吗？牛亮说，我知道，我不在乎。古小闲说，那你在乎啥？牛亮说，实话跟你说吧，我只在乎样貌。古小闲觉得这人可笑，简直就是外国人。牛亮连连点头，没错，我就啥都不在乎，这一点倒真像外国人呢！

打这以后，牛亮几乎天天晚上来找古小闲，还不空手来，不是带一些罐头，就是带一些做罐头的下脚料。任凭古小闲咋冷脸，咋拒绝，都没挡住他。用他的话说，古小闲是他见过的最好看的姑娘，现在除了古小闲，他对哪个女人都没兴趣。古小闲不胜其烦，去学校找袁老师，叫她告诉牛亮别来了。袁老师说，我告诉他没问题，他听不听我就不知道了。古小闲觉得袁老师是在耍赖，或者说是牛亮和袁老师合伙在跟她耍赖。

古小闲把这事跟张大河讲了。她也不是跟张大河讨主意，只是讲了，心里边有一种痛快感。张大河问，你当真看不上他？她说，当真。张大河没再说啥。

晚上，牛亮又如期而至，他刚要推门进屋，身后冷不丁有人拍一下他的肩膀，手太重，他差点儿被拍了个跟头。回头看，张大河正瞪着虎眼盯他。

牛亮问，你是谁？张大河说，我叫张大河，锦绣厂的，我告诉你，以后不许你登这个门，今天例外，以后我若再看见你登这个门，就打断你的腿。牛亮问，你是古小闲啥人？张大河说，不管是啥人，我决不容许你再找古小闲。牛亮被他的气势吓住了，转身就走。

在古河两岸，有个著名的泼皮叫李纪录，因为常年剃光头，又被称作李秃子。都说他打架厉害，会摔跤，下手狠，用剪刀捅过别人的小腹。有一天他来到锦绣厂门口，扬言要废了张大河。有人见了，跑到一车间告诉张大河，叫他下班别从大门走，走后门。三个徒弟也劝他，说这个秃子惹不起，是个狠碴儿，要是别人，不用你出手，我们就把他教训了。张大河斜了他们一眼，骂了一句，胆小鬼！李旺发说，师傅你得理解我们，我们三个还都没成家，要是真让这家伙给剪了裆，那就绝后了。张大河说，用不着你们出头，我自己对付他，足够了。

这事不知咋就传到了刘英花那里，她一溜小跑来到二号炉，对张大河厉声说，不许你出去打架。张大河说，不是我打架，是有人逼着我打架。刘英花说，不管是啥原因，我不许你出去。张大河嘟囔，管得真宽！刘英花说，你是技术尖子，是锦绣厂的宝贝，你跟个泼皮打架出了危险不值得。张大河发现身边的人越聚越多，都说他跟李秃子拼命不值得，要拼，也该我们去拼。张大河说，没你们啥事，都散开吧。刘英花也说，都散开，这事交给我了，我去报告保卫科。张大河说，架还没打呢，保卫科也拿他没办法。刘英花说，保卫科拿他没办法，我拿他有办法。

刘英花抖擞精神出了厂房，出了厂大院，见李秃子正在门口转悠。他只穿了个跨栏背心，胸脯和两臂都鼓鼓的，肌肉很发达，右手还拎了一把两尺长的大剪刀。刘英花走过去，嘿了一声，问，你要找张大河？李秃子停住步子看她，说，我找张大河，有你啥事？刘英花说，我是他的领导，有啥事找他没用，找我吧。李秃子说，好，你能保证他不管古小闲的闲事，我就不找他了。刘英花问，到底是咋回事？李秃子说，古小闲是我兄弟牛亮的人，叫他别插一腿。刘英花想了想说，好，我答应你，不过，从今往后，你也别找张大河的麻烦。

李秃子果然退了。见他走远，刘英花才回车间。她先把古小闲叫到她办公室，拧住眉毛盯她，问，你有对象了？古小闲说，没有呢。刘英花说，牛亮跟你啥关系？古小闲说，没啥关系。刘英花说，既然不是搞对象，那就是不正当男女关系。古小闲忍无可忍，嚷道，你血口喷人！刘英花也提高声音说，我劝你还是自重些好，牛亮是李秃子的兄弟，李秃子是有名的泼皮，牛亮也不会是啥好东西。

有人看见古小闲哭着跑出车间办公室，这消息很快传到张大河耳朵里。弄清了情况后，张大河去了罐头厂找牛亮，二人各说各的理，后来动了手，被人拉开了。一个罐头厂的老师傅拍了拍张大河的肩头说，按情分呢，我应该帮着一个厂的牛亮，但我这人讲理，二人打架，理是各占半边，要想解决问题，我看还得用工厂的规矩。张大河问，啥规矩？老师傅说，有文规矩和武规矩，文规矩就是比酒，武规矩就是约架。张大河笑了，他其实是明知故问，他当然熟悉这两个规矩，他还亲自用文规矩帮别人解决过不少纠纷呢！至于武规矩，他还没用过。所谓约架，有单挑有群架，古河一带约架的地点都选在古河边上的河滩，沙子地，摔倒了也有保护作用，是个比较人性化的场地。一番打斗，败的一方无条件听从获胜一方。张大河说，由他选。老师傅说，还是选文规矩好。牛亮说，武规矩。张大河说，好，三天后上午十点，河滩上见。

古河北岸有段不到百米的河滩是细沙滩，沙质不错，很好找。三天后是星期日，上午八点多钟，就有人开始向细沙滩这边进发，人们三三两两，有说有笑，像是去看一场露天电影。十点钟不到，这儿已人山人海，人们自觉围成一个圈，中间留出了一个圆形的空场，人们只在圈外张望和议论。不远处有几棵老树，树枝上也挂满了人，大家兴高采烈，主角还没登场，氛围已经被渲染得相当热烈了。

差五分十点，牛亮一行人到了。有二十来人，走在最前边的就是李秃子，这小子光着上身，露出足够威慑人的肌肉，右手拎着大剪刀。围观者闪开一条道，让这伙人进了圈子，站到靠东一侧。十点整，张大河一行人也到了，也是二十来人，都是锦绣厂的精壮小伙子，连彼得罗夫也来了。本来张大河不想让他来，但彼得罗夫执意要来，说他喜欢古小闲，这事是因古小闲引起的，他不能坐视不管。据说这家伙在国内就不是个省油的灯，他练过拳击，曾一拳打掉过一个壮汉的下巴。这伙人也进了圈子中央，与李秃子那边形成了对峙。

张大河冲李秃子说，是群架还是单挑？李秃子说，随便。张大河说，我看还是单挑，省得更多人跟着吃苦头。李秃子说，那就你和我来。张大河说，好。上前几步，和李秃子拉开架势，李秃子见他是空手，也就撂下剪刀，空手往前凑。还没凑到张大河跟前，斜刺里杀出了彼得罗夫，这家伙不懂得这儿的规矩，越过张大河，迎住李秃子挥手一拳，正中对手下颌。李秃子扑地摔倒，爬起来，果然下巴脱位，张着嘴合不拢。彼得罗夫还想接茬打，被张大河拉住。对面的人不干了，说锦绣厂玩赖，不守规矩。张大河说，这个不算，还是我出手才算，谁再跟我单挑？李秃子捂着下巴没了再战的能力，牛亮只好自己出场。刚交手，就被张大河摔了个狗吃屎。

牛亮完败，无话可说，表示再也不去骚扰古小闲。在众人的欢呼和口哨声中，牛亮和李秃子一伙灰溜溜退场。这边张大河他们兴奋得不行，沿着闪着亮光的古河走，每个人的身上也都闪着亮光，大家伙儿嘻嘻哈哈，洒了一路欢声笑语。

张大河日记摘抄：

今天下班后，闫振邦又约我到锦绣酒馆喝酒。我来得早，酒馆里只有我一个吃客，我选在靠窗的位置上，点菜，要了一盘花生米、一碟酱牛肉、一个拌菜和一盘炒鸡蛋，两壶酒。鲜亮的夕阳从窗外投入，照在牛肉上有些发白。小酒馆难得肃静，以往这个时间已有三三两两的工人来此喝酒，今天的反常好像预示着什么重要的事情就要发生。我心跳加快，有些紧张，为了平稳心情，我自个儿先干了三小杯白酒。

窗外的高音喇叭开始播音，先是一段欢快的音乐，然后是熟悉的邱宇高亢的声音，在一串口号喊过之后，邱宇激动地宣布：锦绣金属冶炼厂准备上马钛白粉项目了。我一拍桌子，兴奋地自言自语，好！一杯刚满上酒的杯子被震翻，酒馆的两个服务员被吓了一跳，都瞪大眼睛看我。我自觉失态，咧嘴笑了笑。

激动是可以理解的，我觉得七千锦绣人都会像我一样激动。我早就知道钛白粉这东西，中国没有，却又每时每刻都需要它，这东西被西方发达国家垄断，中国只能受制于人。能拿下这个项目，能生产出我们自己的钛白粉，作为新中国的工人是骄傲，也是责任。

不就是钛白粉吗？有啥了不起的。

高音喇叭里，邱宇还在高亢地说，国家把钛白粉项目列入重点建设项目，准备在锦绣金属冶炼厂建成一个研发、试验的基地，在全国范围内调集专家，攻坚克难，自力更生，填补空白……我听得热血沸腾，又干了三小杯。

一壶酒就要见底了，才见闫振邦进来。我冲他嚷，闫厂长，你也不守时呀，瞧瞧，这都几点了。闫振邦一屁股坐到我对面，阴着脸说，太忙，抽不开身，这也是冲出重围才赶来。我说，这是你主动约我。闫振邦说，没错，我迟到了，自罚三杯。我笑道，我都快自罚一壶了。

闫振邦工作装上沾满了灰尘和油污，一脸腻汗，看外表不像是坐办公室的副厂长和总工程师，倒像个车间里的工人。我是换掉工作服来的，人收拾得很干净。特别是脸色，一个阴天，一个晴天，形成鲜明对比。

我说，闫厂长，这大喜的日子，你咋不高兴？闫振邦反问，喜从何来？我惊讶地问，上马钛白粉项目你不高兴？闫振邦一仰脖干了一杯酒，摇摇头说，我不是不想高兴，是高兴不起来，能生产我们自己的钛白粉，那是多少工业人的梦想啊？我能不想吗？可是，我们现在还没有这个条件，盲目上马只能是劳民伤财，得不偿失呀！我说，我不明白，你为啥这么悲观？闫振邦说，不是我悲观，是我看得比你们清楚，你知道氯化法钛白的生产工艺有多复杂吗？现在它的核心技术都在西方，准确地说，都在美国，他们把它当国家机密来保管，我们连影子都摸不到。我说，我们靠的是自力更生，我们中国人不笨，他美国人能搞出来，我们中国人也能搞出来。闫振邦说，理论上这样说没错，可是，谈何容易，很可能是我们花大力气搞了一通，最终还是会以失败告终，到头来咱锦绣厂受损，国家也会蒙受损失。我说，这也是国家的决策，国家的专家学者多了，难道都没看出这一步，就你看出来了？闫振邦苦笑着摇摇头，没回答。

我又问，你约我来，不单单是为了喝酒吧？闫振邦说，在咱厂，反对上钛白粉项目的只有我一个，如果你也反对，我就不太孤单了，咱俩一个总工程师，一个工人大拿，一起说话的分量会重一些。我说，可我从心里是支持上钛白粉项目的，让我违心说话，我做不到。闫振邦说，我是为了咱厂少受损失。我说，那国家荣誉呢？闫振邦说，我也是为了国家少受损失。我说，没有信心，啥也做不成，我不能做这种给大家伙儿泄气的事。

两壶酒喝光了，我们争论的结果是没有结果。出了酒馆，我们互不搭理对方，都默默地朝前走。

全国进入了一个火热、奔腾、到处流淌钢水的时代。古河工业区也不例外，到处红旗飘飘，到处标语口号。有一条标语就挂在锦绣厂大门的上方，是牛洪波亲手用毛笔写的，他也没练过书法，大字写得歪歪扭扭。很多人议论，有说写这么重要的标语，应该找个书法家来写才好看。也有人说，字体好看不好看不重要，重要的是谁写的，一把手写的，表明了这个单位的重视程度。牛洪波也觉得自己字不好看，他仰脖站在大门前看，对身边的人说，要不，换下来吧？侯德奎没客气，接茬儿说，是不咋好看，我安排人换吧。敖洪伟赶过来，说，不能换，你们是不懂得书法，知道不？这叫拙，不是规整秀气就是好，字中有拙，拙中有美，这才是好字。牛洪波半信半疑地问，真有这么一说？敖洪伟说，真有这么一说。

从那年春天开始，古河两岸的工业区里活动连连。有技术性的比武，也有拔河赛、革命歌曲赛等。在这些赛事中，又以技术比武、技术挑战赛最为引人注目。

锦绣厂的技术比武队伍是张大河拉起来的，他是厂里指定的队长兼教练。牛洪波放了话，全厂的人不管是谁，你随便挑。

先是海选，各车间先选出了近百人。张大河把他们集中起来，他出了一堆题考他们，淘汰了一批又一批，最后只留下十个人。

然后他给这十个人上课，讲各方面的生产技术。不光他一个人讲，他还请了一些人来讲，这些人中有工程师，有工人中的技术大拿，还有其他方面的一些能人。因为对手大多不属于一个系统，技术上没有单一的可比性，选手要掌握的知识必须多而杂。用张大河的话说，艺不压身，多学点儿东西总没有坏处。

来讲第一课的是古小闲，讲的内容是“工作现场的紧急救护”。请古小闲讲课，大伙儿说啥的都有，说古小闲是下放劳动，讲课不够资格。有人把这事告到厂里，牛洪波找到张大河，问为啥不去医院找其他医护人员，而偏偏找古小闲。张大河说，我可以不回答吗？牛洪波还是问，为啥？张大河说，疑人不用，用人不疑，既然让我拉队伍，这支队伍就得我说了算。牛洪波愣怔片刻，哈哈大笑道，你小子说得对，好，我不问了，我只等你们胜利的消息。

经过一段时间的培训和准备，张大河的队伍像模像样了，一般的问题真的难不倒这十个队员。比赛那天天上飘着不知是雪还是雨的东西，仰头看，是一片一片的雪花，落到身上、地上是湿漉漉的雨水。蹚着水走，脚底下发出哗啦哗啦的呻吟声。太多人蹚着雨水走，哗啦哗啦声汇成了波浪一样的效果，听起来十分壮观。大家去的是古河岸边的工人文化宫广场，离比赛时间还有一个多小时呢，这里已经聚集了近万人。蹚水的声音，说话的声音，衣服与衣服的摩擦声，以及偶尔响起的金属工具的碰撞声交织在一起，乱得不能再乱。市里出动了锣鼓队，四周插上了很多彩旗。直到有市里的领导登上临时搭建的主席台，奋力一声吼，各种各样的声音才渐渐平息。

技术比武是挑战赛，一个厂胜了另一个厂，胜者还要接受其他厂的挑战。锦绣厂气势如虹，上场就是三连胜。这一天要接受纤维厂的挑战。纤维厂的综合技术实力在全市被公认为最强，胜了他们，其他厂基本不在话下了。来者不善，纤维厂的十名选手个个都撇着嘴，一副不把别人放在眼里的架势。

也是凑巧，这一天洛慧敏刚好生下第二个孩子。洛慧敏原本也想在家生，死活被张大河拦住了，蹬着自行车把她带到了医院。也幸亏去了医院，这一次没有第一次那么顺利，是难产，洛慧敏在产床上挣扎了一整天，最后才在多名医护人员的努力下，产下了一个儿子。张大河没有等到儿子出生就离开医院，比赛需要他，耽误不得。他赶到工人文化宫广场时还是迟到了，也就是说，锦绣厂队与纤维厂队已经开始了比赛。

在雪花飘飘的背景下看台子上的比赛，颇有一种梦幻感。飘舞的雪花像是刻意营造的舞台布景，有种不真实感。最初的比赛有些寡味，无非是你来我往的问问答答，谁也没把谁难住。所谓的问题都是本车间的选手精挑细选准备好的，虽都是生产方面的，但大家都尽量往生僻的方向选，这样好难住对手。后来纤维厂一个姓王的高手出场，这个家伙四十多岁，经验丰富，思维敏捷，他看似轻轻巧巧几道题，就难住了锦绣厂的所有选手，而锦绣厂出的几十道题却都被他轻易答出。台下鸦雀无声，锦绣厂的人脸都红红的，不是冻的，是羞臊的。

老王笑了，摆出一副不可一世的姿态，他腆着肚子，昂着头，两只手握着拳不停地挥舞，仿佛击倒了对手的拳击手。他要是一直保持这样，接下来不说那句话，纤维厂的挑战也就成功了，可他偏偏太过骄狂，忘了人外有人天外有天的道理。他冲台下一大片湿漉漉的脑袋吼，锦绣厂的选手也不行啊，锦绣厂的，你们还有行的吗？有不服的尽可到台子上来。台下顿时乱了，很多人看张大河。张大河知道自己不能闷着了，他冲台上大吼一声，我来了！仅仅三个字，却有了评书中战将叫阵时吼的“不要张狂，休要逞强，某家来也”的戏剧效果。锦绣厂众人受到鼓舞，齐声吼起来，我来了！声音像膨胀的充气体，整个操场都膨胀起来。

张大河被这股气体托上主席台，他几乎不假思索，仅靠本能的反应就回答了老王的几个问题。老王不敢小瞧张大河，没了那股狂劲儿，全神贯注又出了一连串刁钻古怪的问题。在张大河眼里，再刁钻古怪，也是万变不离其宗，已经吃透了这些东西的他当然不会被难住，叭叭叭，一通机关枪般的回答令老王蒙了。还没等张大河出问题考他，他率先告饶，连说服了服了，我一时冲动，把你这个全国劳模和技术大拿给忘了。老王还像个拳击手似的举起了张大河的手臂。充气体膨胀到了极点，广场上的人爆炸般欢呼起来。

牛洪波没有来观战，本来他是想来的，偏偏有一个重要的会议需要他参加。这个会议太重要了，对他、对锦绣厂都具有划时代意义。

张大河日记摘抄：

这一天出了好几个大事，技术比武战胜了纤维厂；我有了第二个儿子，取名张怀勇；钛白粉项目即将立项。

从工人文化宫回来，我和刘英花正好一路走。刘英花聊起钛白粉项目，她跟我神神秘秘地说，如果立项成功，厂里马上就会成立一个钛白粉车间，这个车间的规模要比咱们一车间大得多。我说，听说钛白粉项目没有外援，咱们是白手起家，没有任何经验，啥都得靠咱自己。刘英花说，靠自己才靠得住，比靠别人强。我说，这话没毛病。刘英花说，绝大多数是这么想，可也有人不这么想。我问，咋想？刘英花说，没有自信呗，怕失败呗！说到这刘英花压低声音说，厂里现在已经考虑钛白粉车间的人事安排了，我想自告奋勇去当车间主任。我心头发热，血往上涌，脱口道，我也想自告奋勇。刘英花说，拉倒吧，你是炼锰铁的高手，一车间才更适合你，不像我，扔到哪里都一样。我说，白手起家，建设新的家园才更适合我。刘英花哈哈大笑，说，新的家园，你这个词用得好。

我不是痛快痛快嘴说说拉倒，我是真动了心，动了一种要干大事的心。

工业战线的口号是"赶超英美，产值翻番"。锦绣厂的钛白粉项目就是在这样的背景下登上历史舞台的。这个项目通过层层上报，很快得到了上级的重视。

钛白粉立项咨询会在锦绣厂中型会议室召开，参加者有来自全国的有关方面的专家学者，也有相关的领导干部。敖洪伟先把项目建议书做了说明，把锦绣厂上马钛白粉的优势讲了一遍。与会者纷纷发言，大多持赞赏态度。轮到闫振邦发言时，他却把自己的疑虑讲了一遍，他的观点是上马钛白粉还为时尚早，无论是国家还是锦绣厂，都还没有做好准备，也都还没有研发的实力。现在的氯化法钛白的核心技术被西方国家垄断，如果仓促上马，只能是在一张白纸上画圈圈，咋画也画不出核心技术这匹马来，到头来，将损失大量的人力物力。

牛洪波听了肺都要气炸了，钛白粉项目从萌芽到即将立项，耗费了他多少心血，岂止是他，有数不清的人为此耗费了多少心血。无数次进京，无数次找有关部委有关部门恳谈、陈情，很多人从不理解到理解，从不支持到支持，那都是被锦绣人的赤诚所感动的，你闫振邦作为锦绣厂的总工程师，居然公开反对，你揣的是一副啥心肠啊？牛洪波拍案而起，没有给闫振邦留面子，义愤填膺地把他驳斥了一顿。

与会者都支持牛洪波，都站到了闫振邦的对立面上。闫振邦脸色蜡黄，勉强支撑到会议结束。刚一散会，他就匆匆离开了。

敖洪伟凑到牛洪波跟前，小声说，要不，我再找他谈谈？牛洪波说，不用了，道不同不相为谋。敖洪伟摇摇头，也不多说，陪着外来的客人走了出去。

闫振邦一个人出了办公楼，心中浸透了失落和委屈的情绪。他沿着厂区的小路走，经过这些年的建设，厂区里厂房林立，道路平坦，有树，有宣传板，每个车间都定期更换板报。大片的阳光投过来，刺得他眯起眼睛。他绕过一车间的厂房，又绕过二车间三车间的厂房，走到钛白粉车间的选址上，望着那一大片空地发呆。有几个工人走过来，他的眼睛亮了一下，想赶过去打招呼，可那几个人见是他，都低了头加快脚步走了过去。他顿时有一种被孤立的感觉。

一周以后，一辆吉普车行驶在并不宽敞也并不平坦的国道上，两边是一望无际的还光秃秃的田野。车里的牛洪波心头翻卷着波浪，越是想镇定一些，越是心跳加快无法镇定。

坐在他身边的敖洪伟说，攻关小组的人选基本都定好了。牛洪波说，国家定的人选都是顶尖专家，错不了。敖洪伟试探着说，咱锦绣厂参加的人选我总觉得差点儿啥。牛洪波问，差啥？敖洪伟说，没有闫振邦有点儿说不过去。牛洪波拉下脸说，没啥说不过去的，把一个唱反调的人放进去才是说不过去。敖洪伟嘎巴嘎巴嘴，没再说啥。

过了一会儿，牛洪波又扭头问，钛白粉车间的人选你心里有谱了吗？敖洪伟眯起眼睛说，有两个毛遂自荐的，可我觉得他俩都不合适。牛洪波问，谁？敖洪伟说，刘英花和张大河。牛洪波也眯起眼睛，想了想说，刘英花毕竟是外行，不合适；张大河嘛，早就应该重用，我看行。敖洪伟睁大眼睛说，他毕竟只是个工人。牛洪波说，工人咋了，搞建设靠的就是工人阶级。敖洪伟说，他是炼锰高手，还是留一车间合适。牛洪波说，他有闯劲儿，又是全国劳模，他的带头作用不可低估，我就是想让他带动大家，打拼出一个新天地来。敖洪伟沉吟一阵，说，你说得有道理，我没意见了。牛洪波的脸上露出了笑容。

敖洪伟又说，还有一个人也算毛遂自荐。牛洪波拍了一下敖洪伟的大腿，嗔道，你不是刚说两个人嘛，咋又多出一个？敖洪伟说，这个和那两个不一样，这个不是想当头儿，是想当卫生员。牛洪波说，以前在队伍里，每个连队都配卫生员，钛白粉车间也是战场，配个卫生员我看不错，谁呀？敖洪伟说，古小闲。牛洪波拍了一下脑门儿，说，我答应过，只要她在车间里表现得好，就让她回医院继续当护士，上次跳泥浆槽的就有她，我看她表现不错，已经跟工人打成一片了。敖洪伟说，那就恢复她的护士身份，让她进钛白粉车间当卫生员吧。牛洪波说，好。

张大河日记摘抄：

钛白粉车间成立后，我当上了车间主任。想起当初的雄心壮志，现在也算如愿了。

当头儿的兴奋很快消失了，巨大的压力令人没工夫想其他的事情。白手起家，没有厂房自己建，我带着新组建的队伍先是建筑工，后是安装工，再后才是试验生产钛白粉的工人。建设新车间，整个锦绣厂都没闲着，每个车间都派人来支援，每个科室也都派人来参加劳动，钛白粉的厂房就像一锅沸水，每天都热气腾腾。

我是车间主任，可对于钛白粉，我和大多数人一样是外行。外行咋了？不会就不干了吗？只要有雄心，只要肯钻研，外行早晚也会变内行。

黄昏，古河岸边的空气里有一种燃烧的气味，西边的太阳快落山了，此时的天空说黑就黑。张大河下班后本想直接回家，但在路上被人叫住了，扭头一看，是闫振邦。对于闫振邦目前的处境，张大河也略知一二，说心里话，他还真有些同情闫振邦。这一年闫振邦才三十多岁，正值盛年，可他的头顶已经开始见秃，一脸疲惫，眼神惶惑不安，看起来比实际年龄老了不少。

张大河停下步子，等他追上来后，二人一道走。

闫振邦没戴帽子，他的大衣领子竖起来，但看得见，他的耳朵还是被冻得通红，一张脸也被冻得红赤赤的，东北的冬天真是冷啊！张大河戴着皮帽子，身穿棉大氅，看起来要比闫振邦穿得保暖。

闫振邦扭头看了看张大河，说，你这个车间主任对未来的钛白车间怎么看？张大河说，我和您的看法不一样，我觉得我们会像炼出新中国第一炉锰铁一样，生产出新中国第一批钛白粉来。闫振邦说，这一点我和你的看法没啥区别，有区别的是，我们的看法有一个大大的时间差，你觉得现在就能搞成这个钛白粉，我说现在不能，我们还不具备这个条件，也许十年、二十年，或者更长的时间之后，我们才能搞成钛白粉。张大河抢过话茬儿说，闫厂长，我觉得你还是太悲观了，没有条件，创造条件，这才是我们要有的精神。闫振邦说，你的，不，是你们的，你们的精神可嘉，可忽视实际情况的冒进，一定会让我们有惨痛的损失。张大河不想和他争论，他觉得闫振邦嘴上倔强，实际上却相当虚弱，也许轻轻推一下他，他就会跌倒的。

闫振邦叹口气，说，但愿会像你说的一样。张大河说，但愿我们会并肩作战。作战是当时的常用词，并肩作战就是把对方当成自己的战友。闫振邦似乎有些感动，摇摇头又点点头，说，对，我知道你是个坚强的人，我也一样，只要是坚强的人就会有力量。张大河说，我知道您是个有知识的人，有过很多技术上的发明创造，搞钛白粉，你也会有自己的创造。闫振邦苦笑道，看来我是需要改造自己的世界观了，也许牛洪波说得对，起主导作用的是工人阶级，任何时候，都不要小看我们自己的能力。张大河听他这么说立马兴奋起来，说，闫厂长，你这么说我爱听，这叫啥？这就叫觉悟，这几年来，我的觉悟也提高了不少。

两个人说了很多话。已经走过张大河家门好远了，张大河才发觉，这才和闫振邦分手。

几天后，已经是厂组织部长的刘英花代表组织跟张大河谈话，了解思想方面的情况。在刘英花的办公室里，张大河来个竹筒倒豆子，有啥说啥。他说最初他进技术核心组，完全是想改造别人，可这几年下来，他改造别人的初衷没有实现，倒是别人把他给改造了。刘英花好奇地问，咋改造的？张大河说，看你们呗，看你们的表现，我才觉得自己有点儿渺小，咋说呢？当初我主动跟古小闲分手，看着像大公无私，其实就是自私，为了自己有好的位置，才不顾别人的感受。

刘英花瞪大眼睛，好半天没说出话来。

锦绣金属冶炼厂志摘抄：

20世纪50年代末期，钛白粉目标攻关的重点是氯化法钛白的工艺流程，依据少得可怜的资料，自力更生，大胆探索，多次试验。这项研发与试验投资巨大，历经三年，随着钛白氧化工序的全面试车以失败告终，钛白粉项目被迫下马。党委书记牛洪波在职工大会上说，钛白粉项目失败了，他犯了冒进的错误，他检讨。但自力更生、填补国家空白的方向没有错，精神不能丢。

东方不亮西方亮，钒、铬、铌等铁合金产品的技术革新均获得成功。钛白粉项目下马后，锦绣厂把主要力量转投锰、铬、钒的生产。1958年，为满足国家对特殊钢的需求，冶金部根据苏联专家的建议，决定在锦绣厂生产金属铬。金属铬中型试验基本成功之际，苏联撤走专家，工程陷入停顿状态。工人们发挥自力更生的精神，攻克铅、锡、砷、锑、铋等“五害”难关，于1964年生产出合格产品，满足了国家急需，填补了我国冶金产品的好几项空白。

为建造第一代核潜艇，1967年，锦绣人带着强烈的使命感，仅用半年就生产出了质量、数量满足要求的锆、铪产品。1983年，钛铁、锰硅合金、爆燃剂锆粉、金属铬、五氧化二钒生产水平进入世界先进行列。

…………

第二卷　山河

张大河是1987年退休的，退休前职务是锦绣金属冶炼厂锰冶炼分厂厂长。厂里为他搞了一个欢送会，这个欢送会被很多人认定是空前绝后的。至少在锦绣厂，没有人退休能有这样的待遇了。

当时是4月初，满大街的桃树正在盛开，到处都是一团团一片片粉红的花朵。他的大徒弟王裕国开玩笑，说师傅你命犯桃花，退休回家都有桃花相迎，这辈子艳福不浅。三徒弟赵平安嬉皮笑脸，用手捅一下张大河的腰眼儿说，师傅，你这辈子有过多少女人？身边人都盯住张大河，张大河脸红了，狠狠瞪一眼赵平安，说，就一个女人。赵平安说，别磨不开说，有女人说明你有魅力，是光荣的事，说，有几个？有人唯恐天下不乱，跟着起哄，有几个？张大河还是说，一个。赵平安说，不对，最起码两个。有人问，咋是两个？赵平安又要说啥，被张大河狠狠踢一脚，想说的话咽下去了。

会场设在锰冶炼分厂的会议室，分厂里所有能来的人都来了，来不了的那是离不开岗位，正在炼炉前工作。其他分厂、处室的人也来了不少，能容纳几百人的会议室坐满了人，后到的没座位就站在过道和后边，再晚来一些的进不来，就挤在门外。会议室里被精心布置过，前边悬挂了条幅，上写“热烈欢送张大河师傅光荣退休”。主席台的桌面还摆了几盆盛开的三角梅，三角梅花朵脆弱，被人的走动声和说话声震得簌簌地颤，有好些花朵落到了桌面上和地上，给人一种落英缤纷的感觉。

已离休的老书记牛洪波在现任厂长闫振邦的陪同下，也赶来参加欢送会。牛洪波七十多岁的人了，说起话来还底气十足，震得麦克风嗡嗡作响。他说，如果把人才视为宝贝的话，咱锦绣厂有两个大宝贝，一个是你们现在的厂长闫振邦，是科技人才，管理人才；还有一个就是张大河，他是冶炼高手，是工人中的技术大拿，是当年全国的劳模。张大河退休了，正像条幅上写的，是光荣退休，他留给锦绣厂的东西太多了，有青春，有手艺，有子女，有一大批被他带起来的生产骨干，但最重要的都不是这些，是啥呢？是精神，是自力更生、艰苦奋斗、敢为人先的精神，同志们，我们这些老同志走了，你们这些年轻同志要把这精神传下去，一代一代地给我顶上来……牛洪波说到这从椅子上站起来，用手指着台下坐在前排的一个年轻人问，这个小伙子，你回答，你顶得上来顶不上来？小伙子想了想说，这要看咋个说法。众人目光都盯住这个小伙子，台上的闫振邦沉下脸，张大河也沉下脸，都觉得他回答得有问题，很简单的一句话，让他给说糟践了。

牛洪波也愣了一下。张大河插话道，叫你回答你就干脆点儿回答。小伙子说，我只是普通员工，能像前辈那样顶上去，还需要领导给机会。牛洪波转向闫振邦，问，给不给机会？闫振邦说，给，机会永远属于年轻人。小伙子说，给我一个机会，我就一百次地顶上去。静场片刻，随即掌声爆起。

这个小伙子就是张大河的二儿子张怀勇。

人们对张大河的退休欢送会津津乐道了很多年。提起张大河，都说他是那个时代的能人。提起张怀勇则说法不一，有说虎父无犬子的，有说牛父生了个狼崽。总之，有好听的，也有不好听的。

到了20世纪90年代，张大河还吃嘛嘛香，身体倍儿棒。每天上午雷打不动地要到锦绣厂附近溜达一圈，然后到二剧场门口的台阶上坐坐。温暖的阳光下，这里总会聚集一些退休职工和没到退休年龄的闲人，边晒太阳边东拉西扯，缅怀往事。

又是一个春天，又是满大街开了桃花。刚刚换下棉衣的张大河又走到二剧场，老远看见台阶上坐着几个老熟人，有徒弟王裕国和李旺发，还有侯德奎和钱玉贵，见张大河过来，都住了嘴，一脸呆相看他。张大河最讨厌上了年纪的人用呆滞的目光盯过往的行人，觉得这样很无聊，既弄低了自己，也对别人不尊重。认识到了，这方面也就特别注意，轮到他晒太阳时，对过往行人就一副视而不见的淡然。

张大河也坐下，扫了一眼这些人，皱起眉头说，讲啥见不得人的事呢，见我咋都住嘴了？那些人相互看了看，都不想先说话的样子。侯德奎急脾气，率先忍不住了，说，没啥见不得人的，咱们几个正议论古小闲呢。都知道张大河和古小闲的关系特殊，侯德奎这样说时，其他人都盯住张大河的脸。古小闲早在1964年就离开了锦绣厂，随一批参加三线建设的人去了四川。当时锦绣厂去了三百多人，一车间就去了近三十人。西南经济相对落后，据说东北人去了水土不服，有很多人身体不适患上怪病，可大家还是踊跃报名，争着去参加光荣的三线建设。张大河和姜连子都报名了，为这事洛慧敏还和他打了一架，洛慧敏恋家，不想离开生养她的这片黑土地。张大河说，我是全国劳模，是先进工作者，国家需要时，我没理由不起带头作用。洛慧敏说，我爸我妈都那么大年纪了，如果我去了大西南，说不定这辈子就见不到他们了。张大河说，老娘儿们就是头发长见识短，个人感情和国家利益比起来哪头重啊？洛慧敏说，我不管哪头重，反正我就是不想离开家。张大河说，你和我都说了不算，这事得听国家的。名单公布，红纸黑字贴在厂大门口的大墙上，张大河没有找到自己的名字，却找到了姜连子和古小闲的名字。这之前他并不知道古小闲也报了名，当时古小闲已经回到职工医院工作了，报名参加三线建设是以生产一线人员为主的，看见古小闲的名字他非常惊讶。他去找厂长敖洪伟，问为啥没有自己的名字。敖洪伟说，你是炼锰高手，咱厂生产高质量的铁合金产品还离不开你的手艺。张大河说，姜连子还是配电高手呢！敖洪伟说，三线建设也需要高手。张大河说，你这是咋说咋有理呢！敖洪伟说，服从组织安排不会错的。张大河说，古小闲也不是一线人员，咋还有她？敖洪伟说，三线建设也需要医务人员。

张大河瞪大眼睛说，议论古小闲干吗？侯德奎说，古小闲回来了，我是听我儿子侯卫国说的，他说他亲眼见到古小闲回来了。张大河的心河陡起波澜，诸多往事涌上心头，问，知道她住哪儿吗？侯德奎说，不知道。

锦绣金属冶炼厂志摘抄：

三线建设是新中国历史上一次大规模的工业迁移，是20世纪60年代中期加强战备、改变我国生产力布局的一次由东向西转移的战略大调整。1964年到1980年，贯穿三个五年计划的16年中，国家在属于三线地区的13个省和自治区的中西部投入了占同期全国建设总投资40%左右的2052.68亿元，400万工人、干部、知识分子、解放军官兵和成千上万的农民工，从祖国的东部来到大西南和大西北，建设起1100多个大中型工矿企业、科研单位和大专院校。

锦绣厂参加援建的是四川地区的冶金工业项目，我们的技术人员、工人拥有丰富的工作经验，全部被重用到各个重要的工作岗位，为三线建设做出了巨大的贡献。

古小闲是坐火车回来的，硬卧，从四川坐到东北这座城市，用了三天三夜。车厢里弥漫着烟草、臭脚、方便面等各种气味。刚开始古小闲不适应，跑进厕所呕吐了两次，一天一夜没吃东西，第二天饿急了，吃了一个面包，喝了些水，到第三天头上，适应了，开始照常吃喝。也快到站了。

下车，拎行李出站，站在车站广场上往前望，有些头晕。前方除多了几栋楼房，还是熟悉的老样子，直通古河的那条大街宽度如旧，气味如旧，街边的那一排老树依旧鲜绿，只是街上的汽车多了些，行人也多了些。大街拐角处那家老商店还在，那些工厂的烟囱还在，三十年过去了，仿佛囫囵一觉，醒时又回到原点。

古小闲已从四川那家厂退休多年，本来她是没想过回来的，可有一天，老伴姜连子突患脑出血猝死，只剩下她和一个女儿。女儿参加工作后很少在家，据说很忙，工作性质是东奔西走，家里实质上只剩下她一个人。忍无可忍的孤单令她开始重新规划余生，她想起了老家东北，想起了锦绣厂，一咬牙做出决定，那就是落叶归根。

古小闲去找了一个表妹，是她老姨家的女儿，比她小十多岁。在故乡她也没有其他亲人了，姜连子的儿子姜爱国中学毕业后就进厂工作，毕竟与她没有血缘关系，又没在一起待多久，很少联系。她在表妹家先住了几天，找一个老胡同租了带院子的两间房，暂时安顿下来。租平房是她要求的，四川那边她住的是楼房，可她一直念念不忘的是做姑娘时的平房和院子。四川的房子已经卖掉了，这些年手头也有些积蓄，买处房子还不成问题。她打算把租下的房子买下来，跟表妹商量，表妹说，现在平房越来越少了，买平房早晚也得动迁，多麻烦哪，不如一步到位买楼房。古小闲觉得表妹说得有道理，她虽喜欢平房，可也嫌搬来搬去的麻烦。合适的房子得慢慢碰，表妹夫答应帮忙，说碰上合适的房子就告诉她。

住下后，古小闲去古河边溜达了一圈。旧时的景物有的还在，有的被新景物取代，但还是能看出一些老样子。河边的老厂房和高高矮矮的烟囱都还耸立着，只是与一些新景物相比，显得破败老旧了。古河也不及以往的水势，河床干枯，河水瘦弱。倒是大坝下的树木更加粗壮，远远望去，是一片郁郁葱葱的绿。

古小闲加快脚步，咋加快，也快不过年轻时，毕竟年纪不饶人。身边不断有人超越她，以更快的步伐走。她叹口气摇摇头，感慨年华不再。大坝上的行人不少，都是些陌生的面孔。也难怪，三十年了，当年的年轻人已经变老，一茬又一茬的新人辈出，还能有几个认得她呢？但还是有人认出了她，那人是当年职工医院的护士，现在也老了，也早已退休。

寒暄一阵，也就告辞了。当晚，有人跨进她的小院子，一迭声地喊，小闲，小闲，是你回来了吗？声音熟悉而又陌生，出屋，见院子里站一个高个瘦老头儿。她愣一下，还是很快认出他来，是吴远山。

让他进屋，落座，叙说过往。其实都是老吴在问，古小闲被动地答。老吴问，听说到了四川，你就和姜连子结婚了？古小闲说，是到四川三四年后结婚的。老吴说，那是个死板的家伙，你咋还跟了他？古小闲说，四川人生地不熟，只有他对我好。老吴问，他和那个死去的老婆还有几个孩子吧？古小闲说，他们早就独立生活了，和我基本没啥联系。老吴问，你和他有孩子吗？古小闲说，有一个女儿。老吴问，没跟你过来？古小闲说，她在那边工作了，也算独立生活了。

老吴问完了，开始说自己，他说他老婆在两年前也去世了，孩子也都成了家，现在就他一个人过日子。古小闲嗯一声。他又说，本来嘛，儿子中凯让我跟他一起过，我没答应，我觉得这小子存心不良，惦着我那房子，以前的平房动迁，换了个三居室，能值不少钱呢！古小闲说，你可能曲解孩子的好心了。老吴说，这小子鬼点子多，他能有啥好心，我觉得自己过才有自由，才更舒服。说着说着，他突然盯住古小闲的脸，不说话了。古小闲挺不自在，扭过脸去。

老吴说，小闲，你没老伴我也没老伴，咱俩一起过吧，我有房子，搬我那儿去。古小闲摇摇头说，咱俩不合适。老吴瞪圆了眼睛，提高声音说，咋不合适了？古小闲摇头，说，老了老了，我就想一个人清静清静。老吴说，少来夫妻老来伴，还是有个伴好。古小闲岔开话题，问，张大河现在咋样？老吴迟疑了一下，说，你回来不会是冲着他吧？古小闲说，不会。老吴说，张大河的老婆还硬朗着呢，他可不是单身。古小闲说，瞧你说啥呢，这么大岁数了，我就想一个人过日子。

第二天，小院里又来了一个人，又是一迭声地喊，小闲，小闲。话音未落，人已闯进了屋。这也是个老头儿，国字脸，头发花白，却身体壮硕，走路咚咚山响。古小闲脱口轻呼一声，大河。来人正是张大河，二人呆呆望一阵对方，都笑了。

张大河说，三十年了吧？古小闲说，是呀，都老了。张大河说，不老，你看起来也就五十岁左右。古小闲说，哪呀，六十多了。张大河说，当年我也报名参加三线建设，可惜厂里没让我去，我一直想问你，你咋也报名了？古小闲说，当时在这边也挺难的，去四川也是个机会，换换环境呗。张大河说，在那边咋样？古小闲说，挺好的，有好多东北过去的，不孤单。张大河说，听说姜连子没了？古小闲说，是呀，不然我也不会回来。张大河说，姜连子是个好人，你的选择没有错。古小闲也喃喃地说了一声，是呀，他是个好人。

讪讪坐下，沉闷了一会儿，张大河说，我对不住你，当年还没觉得咋样，这年头越多，越觉得沉重，我欠你的太多了。古小闲说，都过去这么多年了，早翻页了。张大河问，这次回来是长住吗？古小闲说，是长住。张大河又问，孩子回来吗？古小闲说，孩子在四川工作，回不来。张大河说，你一个人住，也没个人照顾，有啥需要帮忙的就吱个声。古小闲点点头。张大河说，我有三个儿子，本以为会有个闺女，可生了三个，都是秃小子。古小闲说，小子好。张大河说，我大儿子叫张怀智，是咱厂生产技术部副主任，二儿子叫张怀勇，咱厂锰冶炼分厂的副厂长，三儿子叫张怀双，也是咱厂的，是摊长，他媳妇是刘英花的闺女，她闺女没她那么要强，是个平凡人。

古小闲频频点头，听到刘英花的名字，眼神有些波动。她对刘英花没啥好印象，总觉得自己受过的伤害与刘英花有关。她想不明白，张大河为啥要和她做亲家，所谓鱼找鱼虾找虾，细细想想，他俩也算是一路人吧，都是为了理想不顾一切的人。可想想自己，自己难道不是这种人吗？古小闲轻轻叹了口气。

张大河问，你咋了？古小闲稳定了眼神，笑道，听你讲呢，接着讲吧。张大河说，锦绣厂今非昔比了，效益不好，欠了一屁股债，职工发工资都成问题了。也别说锦绣厂，古河沿岸的厂子，没几家好的了。纺织厂知道吗？也是一万多人的大厂子，说破产就破产了，还有罐头厂，就是骚扰过你的牛亮他们厂，也破产了，厂房拆了，说有开发商要在那儿盖楼房呢！

张怀勇日记摘抄：

今天天气不好，阴云满天压得很低，很像此时锦绣人的心情。

锦绣金属有限公司目前的生产经营环境很不好，在债务负担、人员负担、社会负担这三大包袱的重压下，企业随时有可能被迫全线停产……现在面前的路有两条，一条是在生产经营上修修补补，搞搞粉饰；另一条是破产，置之死地而后生。

我们谋求的是政策性破产。政策性破产与依法破产的最大区别是，政策性破产政府承担必要的改革成本。它是在市场经济体制不完善的特定历史条件下，国家解决困难国有企业退出市场的一项制度创新。

从酝酿到申报再到正式破产，将是一个漫长的过程。我是这个过程中的参与者、见证人，几经波折，历尽艰辛。当年同样辉煌过的古河纤维厂曾因破产引发员工群体事件，主要领导被查处。受这件事的负面影响，锦绣厂管理层的人都心存疑虑，忧心忡忡。

早春3月，东北的天气还很寒冷。张怀勇没换掉棉衣，依然穿他穿了一冬的黑色棉猴，猴帽没戴，探头缩脖往前走。从侧面看他，身形就是一个大大的问号。有人背地议论，昂头老婆低头汉，都是不好惹的主儿，张怀勇绝不是个省油的灯。张怀勇自己知道，这种走路姿势是从小养成的，小时候，他爹张大河见了他走路，就会训斥他，人活就是活个精神，要抬头挺胸做人，别像做了亏心事，蔫头耷脑的。他嘴上应承，依然还是低头走路。张大河又会说，不会走路就看看你哥，看你哥张怀智咋个走法。张怀勇的哥哥张怀智总是挺胸昂头走路，眼光都放在前边和上边，地下的东西就少看了一些，有好几次，鞋踩了屎还不知道，进屋蹚了一地黄印子，弄得家里臭了好几天。

张怀勇推开办公大楼的玻璃门，风大，门成了风口，随他一起进去的还有一股沙尘。偌大的门厅两侧是两盆巨大的南国植物，肥大的叶片高耸及棚，由于水土不服，叶片的边缘都焦黄了，像是刻意的点缀。对着门的一面墙上悬挂着巨幅宣传画，画的是古河两岸的风光。所谓风光，不过是一条河，和河两边高高矮矮的厂房和烟囱。烟囱冒出的是白烟，这和若干年前不一样了，那时以黑烟为美，现在讲究环保了，烟道都经过了脱硫处理，再冒烟，就都是水蒸气一样的白烟。

在宣传画的两边，是两幅书法作品。一幅是著名书法家的手迹，另一幅是锦绣厂第一任党委书记牛洪波的题字。牛洪波和敖洪伟在20世纪80年代初就离休了，接下来任锦绣厂一把手的是闫振邦，再接下来是杨林、薛立功。张怀勇上楼梯，办公楼是五层，没安装电梯。他一层一层往上走，每走一层，都会看见对着楼梯的墙上有一块小黑板，上边用粉笔写着一系列与锰、铬、硅等各种金属产品有关的产量数字。对于这些数字，张怀勇熟悉得不能再熟悉，在他所在的锰冶炼分厂的墙壁上，也有这样的小黑板，也有这种不断变化的数字。锰冶炼分厂就是50、60年代的一车间，80年代改扩为分厂，分厂下辖五个车间，分别是一、二、三、四车间和净化车间，每个车间有五台电炉，每台电炉配备了四个班组，四班三倒，真正做到了人休息炉不休息。相比50年代，锦绣厂的规模扩大了许多，地盘大了，厂房多了，人也增加到一万三千多人。单是锰冶炼分厂，人数就过了两千。

上到四楼停住步子，张怀勇要进的就是这一楼层的某个房间。锦绣厂的高层领导都在这一楼层，叫锦绣厂已经不准确了，厂已改制为公司，全名叫锦绣金属股份有限公司。但老锦绣厂的人都还不习惯改嘴，都还叫锦绣厂。他走进总经理室隔壁的一个房间，冲一个戴眼镜的年轻人喊了一声，小罗。年轻人说你稍候，起身去了隔壁。片刻，踅回，冲他一笑，薛总叫你进去。

小罗所说的薛总就是总经理薛立功，实行厂长经理责任制后，总经理成了公司的一把手。党委书记不抓管理，成了专职的党务工作者。闫振邦还没退休时，薛立功已是党委书记。闫振邦退休后，薛立功当了总经理，书记的位置由财务总监侯晓军接任。

张怀勇进总经理室。在他进来的一瞬间，看见坐在宽大老板台后边的薛立功是阴着脸的，但转瞬这张脸阴转晴。薛立功是个胖子，面相凶悍，为人强硬，善于决断。张怀勇喊了声，薛总。薛立功笑道，怀勇，坐，坐。张怀勇坐到薛立功对面的一把椅子上，身体尽量前倾一些，以示对他的尊重。薛立功说，知道我找你来谈啥吗？张怀勇摇摇头。薛立功说，你是父一辈子一辈的老锦绣人，对锦绣厂有感情，你做过炉前工、摊长、班组长、车间主任、分厂副厂长，是一步一个脚印上来的，不往你身上压担子往谁身上压担子呀？张怀勇全身绷紧，瞪大眼睛等待下文。薛立功停顿一下，又说，现在企业最重要的不是生产，是管理，是走市场，管理就是管人，人力资源部是最重要的部门，组织上研究决定，压给你的担子就是人力资源部，从明天开始，你调人力资源部当主任吧。张怀勇愣了一下，想了想说，这么重的担子我恐怕不胜任，我在锰分厂是个分管生产的副厂长，说白了就是带大伙儿干活儿的，管人，我是外行。薛立功说，谁天生都不是内行，内行也是由外行干出来的。

张怀勇心里五味杂陈，一时不知说啥好，由一个分厂副厂长，一下子被提到公司人力资源部主任这个位置，算是越级晋升了，可他丝毫没有被提升的喜悦。为啥呢？内情复杂，一时他也品不出啥味道。薛立功说，好好干，有我的信任和支持，你还怕个啥？张怀勇知道已无法推托，就咬了咬牙，说，谢谢薛总信任。

张怀勇从办公楼出来，往回走的脚步迈得很慢。他年近四十，正是年富力强的年龄，按理说应该是压担子的时候，从通常意义上讲，这是喜事，但综合所有的情况，他又没法把这件事往喜事上靠。风还是很大，一张宣传画不知从哪里被刮下来，从他的小腿处席卷过去，“改革”“改制”“精简”“并轨”之类的字样时隐时现。他的头耷得更低了，裤带有些松，裤子极力往下坠，裤脚已拖到地面。80年代初时兴又肥又长的喇叭裤，裤脚就像此时一样拖在地上，像自动的扫地机。那时他二十多岁，赶潮流，每条裤子都是喇叭裤。此时的裤子早换成筒裤了，长短适中，他双手提了提裤带，让裤脚停留在鞋帮的上方。手碰到了腰带上的手机，他突然就有了想打电话的冲动。

掏出手机，按键拨号，把手机贴到耳朵上。电话打给了发小吴中凯，他是小时候的邻居老吴的儿子。学龄前二人一起在古河边玩耍，后来一起上小学，一起上中学，一起作为末代知青上山下乡，一年后一起返城，又一起进锦绣厂，一起考上函授大学获得了大专文凭。80年代中后期张怀勇又考取了电视大学的本科班，吴中凯则停薪留职在外做了三年的买卖，钱没挣到，把父亲老吴给他的一万元本金也亏了进去，只好又回厂做了车间技术员，这时候，张怀勇已当上分厂副厂长了。

电话接通，张怀勇说，你干吗呢？电话那边吴中凯懒洋洋地说，我能干吗，躲旮旯看书呢。张怀勇说，别总没精打采的，你好歹也是个技术员，得把工作做好了。吴中凯说，你是副厂长，做好做坏大家伙儿都看着呢，当然得把工作做好，我跟你不一样，做好做坏都没人待见我。张怀勇说，说你啥好呢，总这副德行，好了，今天不说你，今天说我，我有个烦心事，想跟你扯扯。吴中凯说，那就别啰唆，赶紧讲。张怀勇说，薛立功找我谈话了，让我当人力资源部主任。吴中凯说，高升了，祝贺你。张怀勇说，别挖苦我了，我是真挺纠结，你知道我的情况，说实话，这个官我真不想当。吴中凯说，我也说实话，不管是啥情况，升官都是好事，我觉得，这个官你还真得当，而且要当好。张怀勇说，你说的是真话？吴中凯说，真人面前不说假话。张怀勇说，有你这句话，我心里好受一点儿了。

张怀勇和吴中凯是无话不谈的铁哥儿们，吴中凯的话对他的安慰作用是巨大的，揣起手机，张怀勇的步子快了许多。

回到锰冶炼分厂，进他自己的办公室，还没坐下就有人喊他。喊他的人是分厂厂长侯刚，这个人年龄比他小几岁，来锰分厂之前一直是科室搞政工的，被人暗地里说是外行厂长。外行领导内行，张怀勇一直不舒服。侯刚的办公室就在隔壁，张怀勇走过来问，侯厂长啥事？侯刚说，三车间的劳动纪律太差了，你重点抓一抓。看来侯刚还不知道他升迁的消息，他迟疑了一下，点了点头。

张怀勇重新回自己屋，关上门，坐下，用钥匙打开抽屉，取出了一个足有两寸厚的日记本，打开，写下一句话：我的历史从今天开始，将要翻开新的一页。凝视片刻，放下笔，合上本子，放回抽屉，用钥匙拧一圈，上了锁。写日记是他的习惯，人到中年，已很少有人写日记了，可他还在坚持写，忙的时候没时间，就写上一句话两句话，说明没有间断。闲的时候就多写一些，有流水账，也有对某人某事的感慨，仅此而已。他知道父亲张大河也有记日记的习惯，他家哥兄弟三个，哥哥张怀智、弟弟张怀双也都有记日记的习惯，这大概是受父亲的影响吧。他也说不清自己记日记是为发泄情绪，还是为给后代留点儿啥，也许毫无意义，日记写的毕竟都算隐私，在他风烛残年之时，说不定会偷偷把它烧掉。

张怀勇日记摘抄：

我的历史从今天开始，将要翻开新的一页。

我“升官”了。有人说我一步登天，人力资源部主任就是以前的人事处处长，甚至比人事处长管得还多。可我知道此种时候，这个职务是烫手的山芋，很可能我会烫出两手血泡来。

亦喜亦忧，这也是个挑战。迈过这道坎，也许会看到更好的风景。我是谁呀？我是张怀勇，我怕过啥呀？啥都不怕，可怕的是自己被预设的困难吓倒。

厂院后墙与古河大坝相连的地方有一块荒地，斜坡状，面积不大，长满杂草，属于工厂边缘的无主地，长期无人管理。洛慧敏见了，有了想法。在某个上午，洛慧敏拎了铁锹和镐头，拉上张大河就走。到了这块荒地，冲张大河说，退休了没事干，把你闲得难受吧？难受就跟我一起开荒，这块地虽不大，但种上玉米大豆和素菜，够你和孩子们好几家吃的了。张大河说，改不了你的农民意识。洛慧敏说，农民意识咋了？没有农民，你喝西北风啊？张大河说，我是工人，不干这个。洛慧敏说，咱种点儿菜，吃不了送给工人同志们，大家是不是也念你个好？张大河笑道，也是这么个理！

就这样老两口开工了。这里土质松软，几乎用不上镐头，铁锹铲下去，就能翻出一片土来。先是松土，一个上午，这块地的杂草就被清除了，土被翻了一锹多深，显得黑中泛黄，十分好看。干了一阵，张大河就累得直喘粗气，反而是洛慧敏干得不慌不忙，气不长出，她一锹一锹地翻土，节奏感极强。张大河说，人说女人有长劲儿，还真是这么回事。洛慧敏说，不是女人有长劲儿，是男人性太急。

张大河手拄着铁锹，站在坡地上往厂院里望，看得见灰色的和蓝色的厂房在阳光下相映生辉，他的目光似乎穿过了墙壁，看见了炼炉，感受到了扑面而来的热浪。他下意识地抹了一把额头上的汗，扭头看了看洛慧敏。洛慧敏可不看厂房，她低着头，目光盯住锹头和土地，想的都是土里该种些啥，来年又该收获些啥的事。

张大河又开始松土，他一边往土里插铁锹一边想，这辈子就这样了吗？就再也回不了锦绣厂吗？难道他的一生就要在这松土种菜中结束了吗？正想着，有人喊了一声，师傅！抬头一看，王裕国气喘吁吁正往坡上爬。张大河拄住铁锹，看着王裕国一步步爬上来，问，你来干吗？王裕国说，师傅哇，我咋想咋不对劲儿，你说厂里有我们不多没我们不少，可你就不同了，你是当年全国的劳模，炼锰的高手，锦绣厂没谁都行，不该没你呀！张大河眯起眼睛想了想，也觉得王裕国说的不是没有道理。洛慧敏在一旁看出端倪，朝张大河冷笑道，安心松土吧，地球没谁都转，厂里没你照样能炼出优质锰呢！洛慧敏这句话刺激了张大河，他把铁锹往地上一扔，愤愤说，我就不信邪了，我就不信厂里有哪个人炼锰比得了我？王裕国煽风点火道，是呀是呀，师傅你要是不敢去厂里问问，我就去厂里跟他们叫叫板。张大河说，一边去，没你事。

张大河转身就走，王裕国捡起他扔下的锹，帮着洛慧敏松土。洛慧敏说，你呀，竟给他吃枪药，说不定他真去厂里放炮了。王裕国低头笑，不接茬儿，用铁锹使劲儿地翻土。

洛慧敏说的没错，张大河正大步朝着厂里走。太阳照在他的身上暖洋洋的，他的额头鬓角都有了汗珠。往大门里走时有保安拦住他，他冲那个小子瞪了眼睛，咋了？不认识我？保安说，是张师傅哇，谁不认识您哪？张大河说，那还拦我？保安说，厂里有令，不是本厂职工，谁也不能进厂。张大河真火了，大吼道，我不是本厂职工？我炼锰时，你小子还没出生呢！张大河推开保安，硬往里闯。保安不敢来硬的，赶紧跑进门卫室打电话。他的上级也冲他吼，张大河你也敢惹？他想进来就让他进来嘛！

十分钟后，张大河已经坐到了总经理薛立功办公室的沙发上。薛立功是个工作作风有点儿霸气的人，但对张大河十分客气，他当然知道，他的前任，他的前前任，哪一个对张大河不是高看一眼？

薛立功和张大河握手，还给他倒了一杯茶，问找他有什么事情。张大河说，我闲了些年，闲够了，还想回厂炼锰，你说咋办？薛立功愣了愣，哈哈大笑道，张师傅您可真有意思。张大河拧着眉头问，我想回厂炼锰，就这么可笑吗？薛立功敛住笑，一本正经地说，不可笑，您想回厂炼锰，那是天经地义，可您毕竟退休了，再让您来炼锰，那可是违反《劳动法》的。张大河说，咱别扯法，就说我能不能回来炼锰吧。薛立功说，您还真把我难住了，如果我让您回来，那就犯错误了，您不能让我犯错误吧？您看这样好不好？您还是回家先养老，厂里炼一般的锰用您那是大材小用，杀鸡用牛刀，如果哪一天有高质量的锰，别人炼不了，那我就去请您出山。好不好？张大河低头想了想，也觉得自己来得有些冒失，是难为人家薛立功了。既然人家话说到这个份儿上，他张大河也不是个不通情达理的人。他点点头说，那我听你的，就这么办。

把张大河送出去后，薛立功冲着秘书罗锦章说了一句，乱弹琴！

张大河回了家，没多久，洛慧敏也回来了，她的屁股后边还跟着王裕国。张大河冲王裕国说，你呀，就是唯恐天下不乱！王裕国探过脑袋问，厂里答应您回厂了吗？张大河没好气地说，我看你是想自己回厂吧？王裕国说，首先是您回厂，我才能回厂。张大河被气乐了，说，我算是上你当了。说罢眯起眼睛盯住窗外良久，又说，不过，我还真的想炼炉边的日子了。

安全简报摘抄

锦绣金属股份有限公司×月×日

本月发生统计事故4次，障碍6次，人身轻伤2人次。企业在变革时期，特别提醒每个职工要提高责任心。

1. ×月×日，有色冶炼分厂三号炉检查有异声，申请临检，厂长同意，停炉后发现有电气部分损坏，更换后重启，恢复正常。

2. ×月×日，铬冶炼分厂电路因自动调压未投，导致电炉运行中断电，为人为事故，责任心不强。

3. ×月×日，锰冶炼分厂工人刘新胜在车间巡检时，脚踩地面油滑倒，被钢丝扎伤左小腿。责任者：伤者本人、本区卫生分担负责人。

…………

张怀勇通常都是早睡早起，只要在家，十点多钟一般他都会上床，早上五点多钟时就醒了。田宇莹和他的步调不太一致，田宇莹习惯晚睡晚起，他睡着了，她还在看电视，他醒了，她还在梦乡流连。早晨精气神足，有时候他会忍不住去搂熟睡的她，把她吻醒，开始她不耐烦地抗议，但随着热吻加剧，不耐烦变成了欢喜，抗议变成了迎合。用田宇莹的话说，这就是他们俩的婚姻写照，在不甚和谐中幸福。

这一天，张怀勇没有骚扰响着微鼾的田宇莹。他轻手轻脚下床，洗漱。他有早晨冲澡的习惯，早晨冲澡有一个好处，就是头脑清爽，头型也易打理，浑身有一种朝气蓬勃的感觉，有时这种感觉会保持一整天。洗漱完毕，他会进厨房弄一个简单的早餐。这一年女儿张小蕊十岁，已经有了自己的闺房。等那娘儿俩醒了，就有热气腾腾的早餐迎接她们。

张怀勇做早餐时，听得见楼下的人家也在碗盆齐响地弄早餐，隐约还听得见一对男女在开玩笑，听不清都说了些啥，但哈哈的笑声听得十分真切。住的是锦绣厂的家属楼，邻居都是一个厂的，即使不太熟悉，也都知道对方是谁。他家楼下住的是小两口，三十岁左右。男的叫王建设，是他父亲张大河的徒弟王裕国的儿子，子承父业，也是个炉前工。女的叫龚霞，纺织厂的挡车工，个不高，眉眼秀气，声音高，爱笑，老能听见她嘻嘻哈哈的笑声。楼层隔音不好，有时夜深人静，也会在床上听见一些声音。张怀勇家住的是两居室，另有厨房和一个小客厅，老格局，六十多平方米。楼下小两口本来不够住两居室的资格，分到的是一居室的房子，这两居室是分给王裕国的。老头儿偏爱儿子，父子对调，老的住小房子去了。

做完早餐，那娘儿俩陆续醒来，和她俩一同醒来的还有这座城市。窗外的阳光已亮得扎眼，车辆行驶声如河水奔流的声音。河水声显然不是古河发出来的，20世纪90年代的古河是最瘦弱的时期，水流缓慢，最瘦处已露出河底的石头，到处都是干裂的河床，哪还有奔流的气势。往窗下望，楼前那条小道已开始有上班的行人和自行车了，打开窗子，一股炒菜的味道飘进来，他只能迅速关上。东北人的早餐大多不是简单的米粥和咸菜，咸菜只是配菜，主菜还是爆炒或煮炖。张怀勇做的早餐偏于清淡，小米粥、鸡蛋饼、拌菜、煮蛋……更接近标准的早餐。小时候在家吃的早餐可不是这种样式，他妈洛慧敏做的早餐和午餐没啥区别，用洛慧敏自己的话说，有一上午的活儿要干，不吃饱吃好咋能行！

摆好餐桌，张怀勇喊，小蕊，吃饭了。上厕所的田宇莹也喊，小蕊，吃饭了。张小蕊不耐烦地嚷，吃饭，吃饭，就知道让人吃饭。张小蕊的特点就是磨蹭，吃饭、洗漱都是在人催促下完成，听了催促心烦，不听催促又完不成任务。田宇莹爱跟别人唠叨张小蕊，别人听了，就呵呵地笑，说现在的孩子都这样。

张怀勇率先坐下，开吃。目光从盘盘碗碗上挪开，就会落到餐桌对面的相框上。每次吃饭，他总会有意无意地看上几眼。相框里镶嵌的是一张他的照片，准确一点儿说是一张他的特写镜头，那是省劳动模范颁奖大会，他作为获奖者，正接受省领导颁发奖状和证书。他的脸被放大到纤毫毕露，春风得意，满面阳光。其实会场里没有阳光只有灯光，但看起来打在他脸上的灯光就是阳光。他的五官秀气而拘谨，笑容有一种天生的羞涩，都年近不惑了，这种羞涩一直陪伴着他。没人比他自己更了解自己，他其实是个自信心超强的人，这种天生羞涩成功地给他披了一层伪装，使人很容易误读。闫振邦说过，现在有羞涩感的人太少了，女孩子都没了羞涩，更别提男人，怀勇这小子是我见过唯一有羞涩感的男人。

当初谈恋爱，是田宇莹主动追他的，她能看上他，这抹羞涩感也是关键。田宇莹说过，她就喜欢他这种表情，有一种小男生的青涩感，她还说羞涩的男人让人放心，在生活作风上不会出大格。张怀勇听了无奈地笑，他最不喜欢自己的就是这抹羞涩，男人有成熟感才有气场嘛。

张怀勇是事业心很强的人，从这方面讲，他的发展并不顺利。当初知青返城，他被分配到外地一家工厂工作，后来调回城，进了锦绣厂。那个年代，只要是国企大厂的人，都喜欢把一大家子人弄进一个厂来，子弟能进厂，说明老子有能耐，子弟到别的厂了，说明老子在这个厂没混好。张大河是锦绣厂的名人，当然儿子容易进厂。张怀勇进锦绣厂后，先从工人做起，后被提干，经历了许多岗位。在他当车间主任时，锦绣厂引进竞争机制，在全厂搞中层干部公开竞聘。他报名应聘锰冶炼分厂厂长，一路过关斩将，呼声最高。就在大家都认为他能竞聘成功时，半路杀出一个程咬金，一个叫侯刚的年轻人意外胜出。田宇莹在枕边抱怨，说厂里不公平，大家都觉得应该是你。张怀勇说，我也觉得应该是我。想去找薛立功理论，可朋友们都劝他别找，找了适得其反，以后的路会更难走。田宇莹说，你认为侯刚胜在哪儿？张怀勇说，胜在背景和靠山呗，侯刚他爸是侯书记嘛。田宇莹说，公开竞聘就应该公平公正。张怀勇说，世界上没有绝对公平的事，能让你有机会竞聘已经是相对公平了。

张怀勇并没有灰心，这之后，他又参加过两次竞聘，一次是竞聘铬分厂厂长，一次是竞聘材料供应部主任，准备得很充分，笔试和答辩都算出色，但最终竞聘成功的都不是他。田宇莹阴阳怪气地说，屡败屡战，精神可嘉呀！张怀勇苦笑着摇摇头，嘴上没说啥，心里却憋着一股劲儿。

没想到，这次没有竞争，一个肉包子竟砸到了脑袋上。也许是太容易了，他的情绪远没到该有的兴奋点上。

田宇莹和张小蕊上桌时，张怀勇已经吃完了。他拿起餐巾擦嘴巴时才察觉胡子没刮，一夜长出的胡碴儿像一把钢刷，这和他的面相很不相称。他赶紧起身，去卫生间刮胡子。当脸部无限凑近镜子时，面对自己被夸大的鼻子，他突然觉得有件事应该跟田宇莹讲一下，就扭头冲餐桌那边说，哎，昨天薛总跟我谈话了，让我当人力资源部主任。田宇莹哇了一声，喊道，好你个张怀勇，这么大的事昨晚咋不跟我讲，你好沉得住气呀！张怀勇说，我没觉得这是啥大不了的事。田宇莹说，知道这是多少人费多大劲儿也得不到的位置吗？你还这么轻描淡写，你到底把我当啥人了？张怀勇问，把你当啥人了？田宇莹愣怔了一下，摇摇头说，你觉得没啥大不了就没啥大不了吧，我可不愿管你的闲事，我还有很多事忙不过来呢！张怀勇不再说啥，刮完胡子，匆匆出门了。

张怀勇是骑自行车上班，住宅区与厂区也就自行车的车程二十分钟。骑到十五分钟时，路边有人喊他，扭头看，是哥哥张怀智。张怀智是步行，张怀勇只好靠边下车，和他并肩走。

三兄弟都在锦绣厂工作，张怀智是三兄弟中唯一读过正牌大学的，是1977年恢复高考第一批，理工男，学的就是冶金专业，又肯钻研，现在是厂里的技术骨干。

张怀智说，我有个消息要告诉你，我要辞职了。张怀勇惊讶得不得了，问，为啥？张怀智说，想干一番事业呗。张怀勇说，市委牛太白书记来咱厂视察时，说你的技术好，有前途，还说要提拔你呢。张怀智笑了笑摇摇头说，我不想在咱厂干了，发展空间太小。张怀勇说，能得到市委书记赏识不容易，你又是生技部的顶梁柱，咋能说不干就不干了？张怀智说，国家搞改革开放，搞市场经济，不下海扑腾扑腾，愧对这个时代了。张怀勇问，你到底有啥打算？张怀智说，去中原，那里有一家私营企业，主项就是铁合金生产，聘请我去当副总。张怀勇问，是永光公司吗？张怀智说，对，就是这家公司。张怀勇也知道永光公司，20世纪80年代后期，全国涌现一大批私营冶炼厂，这家永光公司的规模是比较大的。这些私营冶炼厂船小负担轻，在竞争中力压国企大厂，经济效益都不错，一度把国企大厂挤得喘不过气来。张怀勇说，这会儿下海？晚了点儿吧，下海经商的要发都发了，没发的就像中凯一样，赔光了还得回原单位。张怀智说，他是停薪留职，我是辞职，心态不一样，我这是破釜沉舟，没给自己留后路。张怀智说得波澜不惊，张怀勇知道，他这是故作镇静，他的志向早不在锦绣厂了，他不止一次说过，国家给这么好的政策，不出去闯一闯白瞎了。张大河本来想让三个儿子都当工人，好继承他的衣钵做个冶炼高手，可三个儿子只有老三老老实实地当工人，现在，张怀智要下海了，让他爸张大河咋想？张怀勇知道大哥的脾气，一根筋，他要真想走，十头牛都拉不回来。

张怀勇没劝阻，也平静地说，我也有个消息要告诉你，薛总调我到人力资源部当主任了。张怀智愣一下，说，祝贺你，这是重要岗位。张怀勇说，我咋觉得这不是一个好位置呢？张怀智说，好与不好都是相对的，关键是你咋看咋做。张怀勇觉得他这话说得挺有水平，就连连点头。

二人并肩走，张怀勇问，你到那边有啥优势呢？张怀智说，私营公司缺懂专业的人才，我有国企的背景，又是搞冶金专业的，有技术优势，到那儿应该有施展的机会。

张怀勇日记摘抄：

我知道，大哥怀智敢辞职，是有人给他做后盾，这个人就是大嫂徐思怡。没有徐思怡的支持，他也很难走到这一步。也可以这么说，是徐思怡把他拉下海的。

徐思怡是个很有商业头脑的女人，20世纪80年代初她辞了工作开始做买卖，倒腾过布匹、鞋帽和服装，成了第一批“万元户”。她和大哥恋爱后，就一直劝大哥也辞职，她的一套说辞是，国家给你机会，你不抓住那就是你的错，在公家的单位上班，要有多少个上司管着你，你再有棱角也会磨平，再有才华也会耗尽。自己干就不一样了，自己做自己的主，想咋干就咋干，那才能真正把自己的才华发挥到极致。大哥当时没听她的，说看一看再说。现在他也要下海了，他肯定看到了促使他下决心的东西。

听大哥说过，十年改革，让人们吃饱了饭，衣食无忧了，以后更多的将是精神问题，也就是灵魂问题。咋样才能安妥自己的灵魂，咋样才能无愧于这个时代，这是需要我们这代人思考的。我很赞同大哥这句话，改革，最重要的是精神上的改革，只有解放思想，换个角度看世界，才会有常人没有的胆识和魄力。

现在大哥终于有魄力了。我呢？面对新的挑战，也将接受前所未有的考验。我是谁呀？我是张怀勇，我啥也不怕。能在改革大潮中扑腾一番，也不枉赶上这个具有挑战性的新时代。

大哥还说，他如果成功，就把三弟怀双也拉出去，让他也跟着沾点儿光，在商海里扑腾扑腾，不然当一辈子工人哪！我们哥儿仨，数三弟最喜欢干工人的活儿，他干摊长的技术最接近父亲。我了解三弟，他也是一根筋，让他放弃干熟了的活儿去私企，他不会答应的。

我们兄弟三个各自的路就这样分岔了。三条路，谁会走得更好呢？

张怀双是锰冶炼分厂二车间三号炉三班的班组长，班组十三个人，听人讲，西方发达国家每台电炉每班不过用三四个人，咱们的人数是人家的三四倍，当然经济效益就不如人了。电炉和电炉的自动化程度不同，咱们的电炉每班要是三四个人，那真没法运行生产了。这都是大家的议论，张怀双对此不感兴趣。

张怀双感兴趣的是一切事物的进行时。他大哥张怀智说他胸无大志，看到的只能是眼下的一亩三分地。二哥张怀勇说他太老实，不会有啥大出息。只有他爸张大河说他是个做手艺活儿的料，新一代的炼锰高手非他莫属。他也真不负重望，看锰水火候的能力与生俱来，盛出一勺锰水，一眼看下去，准确度不次于当年他爸张大河。所有这些班组长，只有张怀双兼任摊长，等于一个人干两个人的活儿。他们班组的配电工姜爱国也是个高手，他和张怀双配合默契，炼出的产品质量总是全厂第一。姜爱国是当年配电高手姜连子的儿子，他和张怀双也算是父一辈子一辈的搭档了。

张怀双和张大河当年一样，也收了三个徒弟，大徒弟叫周跃进，二徒弟叫钱奋斗，三徒弟叫赵红旗。除了周跃进的父母不是锦绣厂的，另两个徒弟都是锦绣厂子弟。钱奋斗是钱玉贵的儿子，赵红旗是赵平安的儿子。徒弟的年龄都和张怀双差不多少，他们有时叫张怀双师傅，有时也叫张哥或怀双，无论叫啥，张怀双都脆脆地应一声。尽管性格各异，师徒四人却相处很好。周跃进是个乐观主义者，凡事都爱往好处想，即使阴云密布了，也能让他想出一片阳光。锦绣厂最初搞股份制，原始股卖不出去，周边的人都能不买就不买，只有周跃进东挪西借一下子买一万股，说不出五年，这股票就能翻几十倍，到时候他的一万股就成了五十万股，那时候他就是百万富翁了。大家都说有点儿悬，劝他小心从事。他环顾周围，报以不屑的眼神说，燕雀安知鸿鹄之志，到时候见我发达了，别眼红就行。说罢走到张怀双跟前，一脸真诚地说，师傅，我知道你喜欢摩托车，到时候我有钱了，送你一辆开起来轰隆隆响的日本产越野摩托。张怀双连说不用。周跃进说，你客气啥，谁跟谁呀？这车你必须收下。张怀双说，太贵重，我受之有愧。周跃进说，那就是咱们的关系还没到位，你没拿你这个徒弟当亲人。张怀双说，我不要是不要，但咱们的关系那是杠杠的。周跃进说，杠杠的你就得收下。二人你来我往越说越热烈，周边的人都忍不住笑。钱奋斗说，这哪儿跟哪儿啊？八字没一撇呢，当真事一样了！

跟周跃进相比，钱奋斗算是个悲观主义者，看事情老往阴暗处想。他在家里排行老二，上不着村下不着店，是家里最不受待见的。二十六岁那年，他找了个对象，大他三岁，家里状况比他家要好许多，家里只有两个女孩，对方的条件是让他入赘。他把这事跟家里讲了，本以为他爸会反对，没想到他爸呵呵笑了，说，入赘就入赘，不就是去她家住嘛，挺好的，把咱的房子都节省了。他赶紧说，爸，咱家虽然不用准备婚房，但必要的钱还是要花。他爸还是笑嘻嘻的，说没问题，该花的钱咱一定会花。钱奋斗当时把这事跟班组里的人讲了，讲完他忧心忡忡地说，我咋觉得我爸到时候一分钱也不会给我花呢。大家都说他多虑了，婚姻大事，父母咋能一分钱不花。周跃进冲他说，你呀，就是爱把人往坏处想，连自己的亲爹都不放过，我跟你打赌，如果到时候你爸不给你花钱，这钱我给你花。赵红旗等人就在一旁起哄，说我们做证，这个赌你们打定了。周跃进说，要是我赌赢了呢？众人都看钱奋斗，钱奋斗说，你要赢了，我天天给你当牛做马。众人大笑，周跃进说，一言为定。后来到了结婚的时候，女方只提了一个条件，让老钱家给买“三金”，也就是金戒指、金项链和金耳环，其他东西人家女方包了。没想到他爸真耍横了，扬言一分钱没有，只要他家花一分钱，入赘的事就没门儿。钱奋斗把话传到老丈人家，老丈人气得一拍桌子，说了狠话，好，这“三金”不要了，以后你们生了孩子随我的姓。周跃进赌输了，虽没花老钱家该花的钱，该随份子时却比别人多花了两倍。

与悲观相伴的往往还有猜忌。婚后钱奋斗住在媳妇的娘家，三室房，腾出一室给他们做了新房。老丈人好酒，每晚必喝，又总会让钱奋斗陪他喝。偏偏钱奋斗也好酒，见了酒就控制不住自己，非要喝个痛快，喝完了，往炕上一躺一觉就能睡到天亮。这样的后果是，他和媳妇的房事大大减少。钱奋斗开始往阴暗面琢磨了，他怀疑这是老丈人有意所为，目的就是要他少跟媳妇行房，这样想下去，就觉得老丈人十分阴险。有一次他把自己的怀疑说给了师兄弟，周跃进一听就炸了，说钱奋斗有这想法太不道德，是小人之心度君子之腹，你和你媳妇行房次数少了，你老丈人能得到啥好处？赵红旗嘻嘻地笑，说，都有好处，钱师兄的好处是节省了能量，把能量用在工作上，对工作有好处，他媳妇的好处是家里的男人不行，可以考虑外边的男人，这样也增加了生活阅历和情趣。惹得钱奋斗涨红了脸追打赵红旗。

赵红旗心眼多，办事时爱冒坏水。他老婆叫王甜甜，赵红旗一口一个小甜甜地叫，旁边人听了都起鸡皮疙瘩。王甜甜原是塑料花厂的女工，跟赵红旗搞对象时经常给他带各种各样的塑料花，师兄弟和师傅也跟着借光，哪家都有几盆鲜艳的塑料花。王甜甜颇有姿色，赵红旗是主动追求人家的，当时追求王甜甜的还有锦绣厂的一个小伙子，叫李振华，他就是张大河的徒弟李旺发的二儿子。李振华在厂保卫处工作，每天在厂区走来走去，见了闲人就像见了嫌疑人一样盘查，很威风的样子。这小子个儿不高，精瘦，却不怵任何人，动起手来心狠手辣。他以保卫处的名义跟人动手过多次，大部分以绝对优势获胜，就有人说他武功了得。其实也不是他会啥武功，大多时候他是以气焰压人的，对方先怵了，动起手来优势就偏向他了。跟这样一个人竞争，赵红旗只能智取。有一天，赵红旗把电话打到保卫处，点名找李振华报案，说厂里女浴池有人扒房顶偷窥。找他报案等于是看得起他，他自豪得不行，也没问对方是谁，拎了一根电棍挺胸叠肚就走。女浴池是老平房，属于坡顶瓦房，瓦下边也没吊另外的顶，掀开一片瓦，里面的风景就一览无余了。李振华从房后边找个破绽爬上房顶，没见房顶上有人，他骂了一句，他妈的，人呢？在坡顶上小心地走，脚一软，从房顶落到了里面。天上掉下一个大男人，浴池里赤裸的女人立即爆炸，喊叫声奔跑声乱成一团。有人报警，李振华被带进了派出所。这事传出锦绣厂，传遍了一座城。王甜甜当然也知道了这事，很快就把这个追求者在心里给抹掉了。赵红旗占了便宜，最终胜出。后来李振华带人又上了女浴池房顶，仔细检查，才发现有几片瓦被人做了手脚，再查打电话的人，赵红旗就浮出水面了。结果李振华抓住赵红旗一顿好打，把赵红旗打进了医院。

张怀双是个讲义气的人，见徒弟被人打了，觉得自己不出头讲不过去。他找了李振华理论，各说各的理，李振华说得头头是道，把赵红旗说得阴险无比。张怀双细细品品，也觉得他说得不无道理，又不好意思草草收场，想起了古河一带的传统，有了主意，说，我也不确定你说的是真的，还是红旗说的是真的，也别费太多唾沫星子，咱就按老规矩办。李振华问，啥规矩？张怀双说，比酒，输的听赢的，这事就翻页了。李振华想了想，说，好吧，要不是看在我爸是你爸徒弟，我爸又是他爸师兄的分儿上，这事没完。

张怀勇日记摘抄：

我将参与的企业改革是史无前例的，我准备好了吗？我无须多想，也没时间多想。参与了，就要全力以赴，不计个人后果。

锦绣厂到了破产的边缘，真的能来个漂亮的转身吗？真的能置之死地而后生吗？

今天一整天阴天，估计夜里要下雨。记一件大事，估计对锦绣厂的命运将有重大影响。银监会向工行资产风险管理部、某资产管理公司资产管理部发函，请其对锦绣金属有限公司实施政策性关闭破产问题进行审核。今天，某资产管理公司做出批复，同意锦绣公司政策性破产项目的处置方案。

一个早晨，刚刚起床的张大河听见一声巨响。洛慧敏惊慌地从厨房奔过来，气喘吁吁地说，爆炸，好像是厂子爆炸了。张大河顺嘴说，胡扯，厂子咋能爆炸！洛慧敏说，那是啥声音？我敢肯定，声音是从厂子那边传过来的。张大河也断定声音是从锦绣厂那边传过来的，而且真真切切是爆炸声，他这一辈子经历过几次厂子改朝换代，听过的爆炸声数不过来，尽管年代久远，人也老了，可他还是能够轻松分辨出火药的爆炸声。他嘴说厂子咋能爆炸，那是潜意识的一种抗拒，心里却已经慌了。

张大河穿上拖鞋，绕过洛慧敏臃肿的身体奔到窗口，外边已归于平静，小街上的车辆和行人逐渐增多。几十年前，这该是广播站开始播音的时间了，20世纪80年代初广播站就取消了。前几天他在街上遇见过一次邱宇，这个长相俊俏声音好听的女人，现在已经满头白发，声音沙哑。看同龄人就是照镜子，他知道自己也越来越老了。

厂子咋会有爆炸声，莫非是什么设备爆炸了？张大河一生只在一个厂，能够占据他心里的除了家，就是锦绣厂了，对于锦绣厂的惦记，丝毫不逊色于对儿子们的惦记。三个儿子都已娶妻生子，另立门户，张大河感觉与儿子们渐行渐远。唯独对厂子，退休多年，不上班多年了，却有一种越拉越近的感觉。每天与人聊天，每天看厂里的闭路电视，啥都是有关锦绣厂的。

洛慧敏说，咱别管它啥声音了，该吃饭吃饭，吃完饭跟我去种地。说着，去厨房。当年他家的日本房已经在20世纪80年代初拆迁了，原址盖上了五层高的住宅楼。他家住五楼，当时分房时照顾到他的年龄，要分给他的是一楼。他在别人惊讶的目光中拒绝，要了五楼。他说站得高才看得远，我的腿脚没毛病，我就要五楼。张大河没跟老婆进厨房，他依然站在窗口往下看，目光虚眛。这几年，随着大环境的变化，企业全部推向市场，可市场的路越走越艰难，债务负担、人员负担、社会负担，这三大负担压得锦绣厂喘不过气来，听说随时有可能被迫全线停产。张大河不明白，20世纪80年代还看似朝气蓬勃的厂子，咋到现在会是这样。都说旧体制已经不适应新形势，不改革就没有出路。锦绣厂为了自保自救，也进行过多方探索，可每次都是碰壁而归。人们议论最多的就是股份制改造，20世纪90年代初，全国股份制公司已经有了三千二百六十一家，除了二百九十一家上市，更多公司采取的是向职工或特定对象定向发行股票的方式，进行股份制改造。锦绣厂就属于后者，薛立功当时力排众议，拍板进行股份制改造。

在洛慧敏的催促声中，张大河进厨房，坐餐桌边吃饭，才吃几口，就被急促的敲门声打断。洛慧敏说，谁呀？大清早的。张大河心头抖动了一下，说，会不会是老二？洛慧敏说，你咋不说会不会是老大或老三？张大河说，我觉得会是老二，别磨蹭了，开门不就知道是谁了。

洛慧敏去开门，站在门口的不是他们的儿子，是老邻居吴远山。洛慧敏有些失落，张大河也失落，他放下手中的筷子，出了厨房，陪老吴坐到沙发上。

老吴退休后不久老伴就去世了，有人劝他再找个老伴，他不接茬儿，一晃多年过去，依然鳏居。张大河知道，老吴是个有梦想的人，这和年龄无关，有些人虽值盛年，但心已老，万事皆休，有些人七老八十，却对未来充满幻想。老吴就是后者，日本房拆迁，他家得了一个三居室的大房子。前几年他突然把大房子卖掉，换了个一居室的小房子住，余下的钱全投进了股票。最初的股市上涨得令人眼红，的确是产生了杨百万李百万等著名股王，可到了老吴这儿，百万没挣到，卖房子挣的钱都打了水漂。他儿子吴中凯也比他强不到哪儿去，做过三年的买卖，也赔了不少钱。现在爷儿俩都老实多了，老吴每天蹲墙根儿晒太阳，吴中凯按时上下班。

张大河说，这么早来，有事吧？老吴说，没错，是有事。张大河说，有事就讲。老吴说，大河，这辈子求过你不少的事，想一想，这心里暖乎乎的。张大河说，也没办成几件，想一想，也挺愧疚的。老吴瞪大眼睛问，你真愧疚？张大河说，真的。老吴说，那我给你个机会吧，这回你肯定能办成。张大河说，我一个退休老头儿，能办个啥？老吴说，你儿子是人力资源部主任，你跟他说一声，他肯定听你的。张大河也瞪大眼睛，问，让我跟怀勇说啥？老吴叹口气，说，也不是我的事，是我儿子的事，其实我每次找你，都是别人的事，中凯是我儿子，其实也是我的事。现在咱锦绣厂要破产并轨，要减人，你儿子说了算，你就跟他说一声，让他把中凯留下吧，他要是下岗回家，媳妇孩子都得喝西北风去。张大河说，中凯和怀勇是一起长大的伙伴，让中凯自己说嘛。老吴说，听中凯说，这次怀勇要减他。张大河皱了皱眉，说，如果真是这样，我肯定要跟他说。老吴笑了，说，我说这回你肯定能办成嘛，没毛病。

张大河突然想起什么似的，猛地一拍大腿，把老吴吓了一跳。张大河说，你知道哪儿发生爆炸了吗？老吴拍了一下脑袋说，不知道，我刚才也听到了一声响，好像是厂子的方向啊！张大河说，咱老哥儿俩去看看咋样？老吴说，好，看看就看看。洛慧敏说，好奇心那么重干吗，还没吃完饭呢！张大河说，不吃了，不看看这颗心不落地。

朝锦绣厂走，一路上都是上班的人流和车流，看着一张张平静的脸，刚才的爆炸就好像没发生过。阳光不错，楼房、树木、行人和车辆都披着亮晶晶的阳光，对于这个世界，一切轰轰烈烈的过去和深不可测的未来，都将在太阳的普照下归于日常与平静。张大河加快脚步，别看他老了，走路的速度依然不次于年轻人。一路走下去，老吴落后边老远，撵得他气喘吁吁。

张怀勇日记摘抄：

这一年，这一天，注定要写入锦绣厂的史册。

上午，在职工俱乐部召开了七百人大会。参会的是厂里班组长以上的职工。薛立功讲了三个小时，先讲了社会大环境、市场经济、改革的必要性、厂里目前的困境，后讲了政策性破产，再后讲了他的改革蓝图：破产后保留优良资产，转换国企职工身份（从企业人变为社会人），剥离企业办社会的职能，争取政策性破产，改制成为新型企业……

用薛立功的话说，这叫吹响了向旧体制宣战的号角。

散会后，薛立功找我谈话，把剥离、减人的任务交给了我。问我能不能完成任务，我说尽力吧。他说，光尽力不行，要不打折扣地完成任务。说罢把职工并轨的方案交给了我。这是我意料之中的事，提拔我到这个位置，就是要借我的手，对职工大开杀戒。我当了冲锋枪。

既然是枪了，就得射击，我别无选择。

晚上，我在古河大坝上走了一圈，看到了很多破败的厂房和废弃的厂址。目睹一个工业城市的迅速衰败，有伤感和无奈，偶尔听一听父辈讲过去的繁华，好像是很遥远的故事了。这是一个不乏故事的城市，尽管它破败疲惫，就像眼前这条瘦弱的古河，但我知道，它的下边还有一条汹涌的暗河，它被压抑的欲望正在逐渐高涨，总有一天，它会冲破土层，覆盖河道，成为滚滚向前的洪流。

我深信不疑。

爆炸地点在锦绣金属股份有限公司办公大楼前，准确地说是办公大楼前的假山。这座假山是由石头堆砌而成，山顶有喷泉，但自从薛立功上任后，喷泉就没有喷过水。薛立功笃信风水，风水先生说他是火命，命中怕水，他就叫人把喷泉的水龙头关了。也不光是这座假山，还有办公楼后边的锦鲤池，家属区的人造河等，全厂区有水的景观都让他给断了水。锦鲤送人了，池子填土种上了花草，人造河也填平改为他用。这座假山因为没了喷泉点缀，光秃秃显得很落寞。很多人议论，没水的假山没了灵气，也就是一堆烂石头。

张大河和老吴赶到时，这座假山已变成一地碎石，打听保安，才知道这是爆破拆除假山。以后这里将成为一个宽阔的广场。

虚惊一场，张大河转身要走，老吴拉住他说，别走哇，你得去找怀勇说说才行，说完可怜巴巴地看他。张大河说，好，你跟我来。迈开大步就往办公楼里走。

踩着一脚的碎石头，进办公楼，上楼梯，闯进人力资源部主任办公室。屋里已聚集了不少人，大多是些认识的老锦绣人。大家见了张大河，让出一条道来。张大河凑到张怀勇的办公桌前，冲他吼，小子，厂子减人我管不了，但这些老哥儿们的孩子不能减，你知道吗，他们在咱锦绣厂干了一辈子，没功劳还有苦劳，人嘛，总不能六亲不认。有个老师傅接过话茬儿说，是呀，张主任，我们可以回家，但孩子们还得养家糊口，他们不能回家呀！老吴也说，是呀，他们回家，一家子的生计就没有了。张怀勇一脸苦相说，爸，你是嫌我还不够乱吧？老吴接话说，不是的不是的，是我喊你爸来的，我也不想添乱，是没办法呀，谁叫权力在你手上呢。张怀勇摊开双手看了看，苦笑道，我这叫权吗？这叫烫手的山芋。

张大河他们从办公楼出来时厂院里已没多少人了，只剩下满地的碎石。张大河叹口气对身边的人说，你们都听到看到了，怀勇他也是难哪，留谁不留谁，也不是他一个人能说了算的。有人说，张师傅，我们也挺同情怀勇的，这孩子是我们看着长大的，从小就仁义，不能是黑心肠的人，要怪全怪他这个职务，你说他当个分厂副厂长抓个生产挺好的，干吗要当这个主任来掌刀哇？又有人说，要经他手砍掉那么多的人，他能过安生日子？张大河听了心里不是滋味，沉着脸走。

老远看见一个大汉奔办公楼这边来，他走得飞快，不断有碎石块被他踢起来，又落下去。这汉子三十五六岁的样子，一脸凶相，气势汹汹。张大河心头一颤，扭头问，你们认识他吗？有个人说，我认识，这小子是供销部的材料管理员，姓包，因为个大，都叫他大包。大包与他们擦身而过，有人喊一声，大包，你干吗去？大包目不斜视，不回答，直奔办公楼。待他进去了，老吴说，我咋觉得这大包是要找人打架呢？有人说，估计他也是被减掉了，去找领导。老吴说，是不是也去找怀勇啊？张大河暗道不好，折身就往办公楼里跑。

上楼梯时就听到一阵吵吵声。张大河气喘吁吁赶到张怀勇的门前，看见大包正站在张怀勇的桌子前，高大的身躯把张怀勇罩住了，从他这个角度根本看不到张怀勇，只能听到他的声音。张怀勇说，大包，企业破产是不得已而为之，说白了，是断臂求生，要想企业重新活过来，就得减人减负，这是大势所趋，你我都挡不住，咱们还是接受这个事实吧。大包说，让我接受，看我好捏呀，为啥不让别人接受？张怀勇说，不是看你好捏，是看你的条件更好一些，你和另外两名管理员只能留一个，那两个我见过，都病歪歪的，当年也是因为身体不好照顾他俩，才让他俩去看仓库，你比他们身体强壮，啥活儿都能干，你下了也不愁找工作。大包说，身体壮不能成为下岗的理由吧？张怀勇说，咱们都是一个厂的，要有人情味，要把饭碗留给在外边更难找饭碗的人。大包，如果你这次下了，我答应你，以后厂子效益好了，再需要人手了，我一定把你招回来上班。大包说，你说的是真的？张怀勇斩钉截铁地说，算数，一言为定！大包说，好，那就一言为定。看大包离开了，张大河才长舒一口气，转身也走了。

张怀勇日记摘抄：

锦绣金属股份有限公司按照政策和法律实施公司破产程序。

通过政策性破产，甩掉包袱后，锦绣厂将组建一个全新的企业。

接下来是人员并轨。用薛立功的话说，如果不实行并轨，锦绣厂就和挨着的纤维厂一样，要无情地从古河岸边消失。何为并轨，词典上的解释是广义的，比喻将两种并行的体制、措施或做法合而为一。用到企业，就是国有企业职工下岗基本生活保障制度向失业保险制度并轨的简称，基本要点是，停止执行下岗职工基本生活保障制度，裁减人员按照《劳动法》规定，直接解除劳动关系。

这是一个残酷的办法，但对于已无能力再养活职工的企业来说，这又是一个必须用的办法。壮士断腕，就要有个狠劲儿。我没觉得自己是个壮士，却觉得自己成了一个狠人。

这只是个开头，从这天开始，张怀勇的办公室就人来人往没消停过。也不只是办公室，那个时期，他走到哪儿，都会有人围追堵截。

全员并轨后，留下三千名职工，其余的都将回家。作为人力资源部主任，并轨减人的事全落在张怀勇身上，他一下子成了一个操刀手。低头看自己的手，他觉得这双熟悉的手变成了陌生的血红色。一万人怎么减？决策层的方案是一刀切，有的分厂、车间全部砍掉，附属单位全部脱轨推向社会，按年龄段取舍……方案公布那天，公司各级领导的办公室都挤满了人。张怀勇的办公室拥进的人最多，这些人大都是他父辈的职工。没办法，老国企情形大都相似，亲戚套亲戚，一大家子人都是一个厂的职工，职工之间又相互通婚，几乎没有谁能逃出这种关系。拥进来的人求他高抬贵手放过他们的孩子，保住孩子的饭碗，他们可以下岗回家。张怀勇叔叔大爷地叫，心里刀割一样难受。

张怀勇一个人去古河边来回地走，边走边想心事。有一天晚上下雨了，他也没在乎，继续走。雨初时小，后来逐渐大了，河面被砸出无数朵水泡，满天被雨线罩住，就如一张天网。回到家时，张怀勇浑身被浇个透湿，站在门口，地上瞬间汪了一片水。

三天以后，第一套并轨方案废除了，主张废除的就是张怀勇。他搞了一套颇具人情味的方案，用他的话讲，叫“四个保留”。一、保留生产技术尖子。二、保留军人家属。三、夫妻双职工保留一个。四、保留特困家庭职工。他看得出来，高管层也乐于把这个烫手山芋推给他，顺利地同意了他的这套方案。这下可好，被减掉的职工火气全冲他来了，他家窗玻璃被砸，车胎被扎，他的脑袋被打破多次，连田宇莹的头也被打破一次。

有一天，张怀智从中原回来，把张怀勇叫到家，让媳妇徐思怡做了几个菜，哥儿俩喝起来。张怀智先讲自己初到永光厂的情况，他到那边担任的是副总经理，凭他的专业技术和工作能力，很快得到了董事长金永光的赏识，理顺了方方面面的关系……讲着讲着拐到锦绣厂，他盯住张怀勇的眼睛说，兄弟，锦绣厂的事我都知道，你当人力资源部主任，看似升官了，实则是把你往火上烤，改革成功了，是薛立功的功劳，得罪人的事全推给你了，薛立功是找你当替罪羊呢！张怀勇说，现在说啥都没用了，只能明知山有虎，偏向虎山行了。张怀智说，往虎山行就是去送死，傻子才这么干呢，我看也不是没有解脱的法子，三十六计走为上计，要不跟我下海，要不想办法调个工作。张怀勇连连摇头，说，哥，我这个人你了解，我是不走回头路的。张怀智说，你呀，天生就是个犟种。徐思怡说，你俩呀，谁也不用说谁，都是犟种。

张怀智是二婚，头婚是在乡下办的，知青上山下乡时，他在乡下娶了大队书记的女儿，还和她生了一个儿子。在老丈人的帮助下，他率先抽调回城进了机械厂，媳妇和儿子也跟他进了城。后来他考上大学，在学校搞了一场轰轰烈烈的婚外情，闹得鸡飞狗跳，生性刚烈的媳妇毅然和他离了婚，带上儿子回乡下去了。大学毕业后张怀智如愿进了锦绣厂，又和徐思怡搞了一场轰轰烈烈的爱情，终成正果。

张怀智说，那也不能就这样逆来顺受，吃哑巴亏吧？张怀勇说，吃亏是福，其实也算不上吃亏，要说吃亏，那些并轨回家的职工才真是吃亏呢！张怀智沉吟一下，说，既然你这样想，我也就不劝你了，不过我给你出个主意，也许可以变被动为主动。张怀勇知道哥哥鬼点子多，就瞪大眼睛仔细听。张怀智说，找薛立功去说，这个减人的工作你会一干到底，但你也因为把全厂一万多名职工得罪了，再加上家属，你得罪的人十万八万也不止，这个工作结束后你不想再待在这个岗位上了，想换一个位置重新开始。张怀勇盯住张怀智的脸，没作声。张怀智接着说，如果薛立功问你要换啥位置，你就说啥位置都行，当个炉前工都行。

张怀勇还是没作声。张怀智又说，有时候退才是进，不过我可不是让你自己去找薛立功，我的意思是让弟妹以家属的身份找他。

张怀勇日记摘抄：

我又弄了一套并轨方案，等于是否定了厂高层的第一套方案，也就是否定了薛立功的方案。有人劝我不要突出自己，弄不好惹怒了薛立功，会罢我的官。我才不在乎这个官呢。无欲则刚，我觉得我的方案才是有人情味的。

没想到我的方案通过得很顺利，大哥说的也许有道理，这是薛立功顺水推舟，把得罪人的活儿交给了我。既然接了这个活儿，就要尽最大努力干好，把最残酷的活儿干出人情味来。

最近，我发现一个奇怪的现象，有两个公司高管很少露面，除了必须参加的会议，一般时候很少走出自己的办公室。这两个人一个是党委书记侯晓军，一个是分管生产的潘唯一。侯晓军年近六十快退休了，不愿多管事还可以理解，正值盛年的潘唯一这么低调，就一定有另外的意思了。很多人认为他这是用这种方式与薛立功搞对抗。

以前我在分厂搞生产，经常会向潘唯一汇报工作，到了人力资源部，和他没有业务关系了，接触也就少了。侯晓军分管党务，联系就更少一些。但人家毕竟是党委书记，有的时候，我还是会找他汇报一下，可每次找他，都被他嘻嘻哈哈地打断了，说并轨的事薛总亲抓，要跟薛总汇报才行。

找薛总就找薛总，我可没闲心多想这种事情。

田宇莹果然找了薛立功。张怀勇接到田宇莹电话时，一群人正围住他的办公桌理论。田宇莹说，我找薛总了……话筒里的声音屋子里都听得到，张怀勇说，一会儿我给你回电话。好不容易打发走了这拨人。他关了门，在里边锁了，才把电话打回去。田宇莹说，我跟薛总讲了，效果不错，他表示理解，答应并轨完事就重用你，请注意，是重用。张怀勇说，也不用重用，能给我个舒心的位置就行了。

敲门声打断了通话。外边有人喊，张怀勇，你插了门我也知道你在里边。张怀勇撂下电话开门，见外边的人不是别人，是吴中凯，就把他拉进来。不管吴中凯咋损他骂他，关了门，就给吴中凯沏茶。减人，吴中凯是上了名单的，因为二人的关系，名单公布之前张怀勇就找过他，说我管减人我得做出表率，与我沾亲带故的，都得下。吴中凯一脸怒火，问，都谁下？张怀勇说，我老婆田宇莹，我弟妹谢丽。吴中凯说，都是女眷，你弟弟咋不下？张怀勇说，双职工的，保留一个，怀双是生产骨干，只能让他媳妇下。吴中凯说，我又不是你家人。张怀勇说，都知道你和我是铁哥儿们，你不下我咋说服别人？吴中凯说，好光没借到，坏光借到了。张怀勇好话说尽，总算安抚住他，没想到，才过几天，他又找上门来。

吴中凯一屁股坐下，叹口气说，我回家能干啥呀？张怀勇说，好男儿志在四方，离开锦绣厂，也可能是你的机会，说不定以后你会成大老板呢。吴中凯说，别给我灌迷魂汤，说点儿现实的，我咋想咋没出路，你给我想个办法吧。张怀勇把茶杯递到他手里，坐到他身边说，中凯，你给我作脸，我也不能丢下你不管，我哥怀智下海经商了，我让他帮帮你。吴中凯说，我知道他去中原了，我不想去那儿。张怀勇说，他朋友多，让他想想办法。他拿起手机给张怀智打电话，把吴中凯的事讲了一遍，张怀智说，古河南岸有个私企电缆厂，老板是我朋友，我跟他说一声，让吴中凯去这家电缆厂上班吧。

吴中凯并没开心，喃喃说，我去了能干啥？张怀勇说，能干点儿啥就干点儿啥呗，如果这家厂不适合你，我再帮你找别的地方，总之，你的事我一包到底。吴中凯紧绷着的脸部肌肉这才松弛下来，嘿嘿地笑了。

几天后，吴中凯打来电话，说他去了电缆厂，张怀智的朋友还算义气，让他当了业务经理。张怀勇大喜，说，太好了，没想到他能这么重用你。吴中凯笑道，告诉你吧，这里有好几十个业务经理呢，经理是说给客户听的，其实就是业务员，到祖国各地推销电缆。张怀勇也笑了，说，到各地走走，也算长长见识，比窝在咱们的车间里强。中凯，你先干着，不行我再帮你想办法。吴中凯说，有你这句话，我就知足了。

安顿好吴中凯，谢丽又找上门来。她是瞒着张怀双来找张怀勇的，她原是财务部的出纳，是很多职工羡慕的岗位。这次被减掉，对她的打击挺大，她先是在家里闹，让张怀双找他哥哥，张怀双不找，说不能给他哥添麻烦。她知道张怀双是个万事不求人的性格，就背着他找上门来。

谢丽沉着脸说，二哥你也太无情无义了吧，连我也不放过。当时办公室里还有几个来理论的职工。张怀勇先让谢丽坐下，继续安慰那几个人，他大包大揽，说下了岗也要帮助人家，总算把那几个人哄走了。谢丽接着说，二哥，你不会也像哄他们一样来哄骗我吧？张怀勇苦笑道，咱们是实在亲戚，当然和他们不一样，不过，对他们我也不是哄骗，我说的都是真心话。谢丽说，那我就听听你对我说啥样的真心话。

谢丽在锦绣厂也算是名门之后。“名门”主要指的是她母亲，她母亲刘英花在老锦绣厂无人不知无人不晓，别说锦绣厂，就是在古河一带，提起刘英花的名字也没人不知道，她的名字和这座工业城市的辉煌历史是捆绑在一起的，还有杜江、牛洪波、闫振邦、张大河……刘英花在20世纪80年代离休时，职务已经是厂党委书记。谢丽上班后，有人几次要提拔她当部门负责人，都被刘英花拦住了，她不想让自己的女儿搞特殊。要是换别的领导子弟，早混上一官半职了。如果谢丽不是张怀勇的弟媳，张怀勇还真不敢轻易减掉她。

张怀勇说，小丽，我是这样想的，让你下，一是给我作个脸，我不拿自家人开刀，让别人下别人能服气吗？二是想让你有一个更宽阔的舞台，安逸的位置会限制人的能力，凭你的能力，在社会上闯一闯，肯定会闯出自己的天地来，说不定你也会像当年的我刘姨一样，成为一个时代的风云人物呢！谢丽说，二哥，我咋听咋觉得你是忽悠我呢？张怀勇说，真不是忽悠，说忽悠别人还说得过去，忽悠自家弟妹，不符合常理。谢丽说，那你说，我咋个闯法？张怀勇抬头望了望天棚，做出一副思考状，其实他也没啥好办法，他所说的闯，也只是个概念而已。

谢丽说，算了，你不用想了，我也知道你想不出个好办法来，你也不用编一些好话来哄我，想拿自家人开刀，又舍不得自己的老婆，只好拿自己的弟媳开刀，就这么简单。张怀勇连忙说，我也想让你嫂子下，可名单递上去，被上边给否了。谢丽说，为啥否了？还不是因为有你，我今天来也没打算听你花言巧语，只是想告诉你，下，我不怕，我怕的是官位会让一个人六亲不认。不容张怀勇再说啥，谢丽转身就走。

张怀勇日记摘抄：

正人先正己，亲朋好友们我只能对不起你们了。

本来我把田宇莹也列进了减人名单，可名单到了薛立功手里时，被他画掉了。我为此找过薛立功，不减掉田宇莹，我的工作不好开展。薛立功说，这个我说了算，谁要拿这个说事，让他找我。我只好作罢。

全员并轨，在我国历史上前所未有，是触及国企深层次矛盾和灵魂的人事和用工制度改革。我们搞计划经济几十年，采取的一直是“广就业、低收入、保退休”的用工政策，任何人只要迈入工厂就等于进了保险箱，端起了铁饭碗，现在要砸碎保险箱和铁饭碗，让职工身份从“企业人”变成“社会人”，大家暂时接受不了是正常的，即使得到一些费用补偿，也不愿意丢掉铁饭碗。

一位教授被薛立功请进了锦绣厂。教授通过一段时间的调研，认为锦绣厂命不该绝，改革之后肯定会走上一条康庄大道。他在公司的闭路电视里做了题为《深化国有企业产权制度改革基本思路》的专题报告，重点讲了企业改革需要转变的一系列观念，包括工人是企业主人的观念，人人平等就是经济地位平等的观念，社会主义没有失业的观念，资本剥削人的观念，等等。

少部分人接受，大部分人不买账，一时间争论不休。

我参与了这场大变革，体验到了阵痛的感觉，还有一种悲壮感。

一天下午，张怀勇找薛立功汇报工作，薛立功没在办公室。进总经理室隔壁，问秘书罗锦章，薛总去哪儿了？罗锦章脸上掠过一丝异样的神情，说，张主任，我也不知道薛总去哪儿了。张怀勇转身出来，不知为啥，罗锦章这丝异样的神情一直在眼前挥之不散。

张怀勇回到自己办公室时手机响了，是张小蕊的班主任刘老师打来的。刘老师说张小蕊和一个女同学打了一架，还动了手，张小蕊把人家额头挠出一道血印子。现在女同学的家长找到学校，刘老师的意思是也请他到学校来，她给双方调解一下。张怀勇说，太不像话了，回家我一定好好教训她一顿。刘老师说，也不能硬来，要做通孩子的思想工作才行，不过当务之急，还是做通对方家长的工作，所以，您还是来一趟学校吧。张怀勇此时正有重要的事情要向薛立功汇报，哪有时间离开呀？他迟疑一下，说，还是叫张小蕊她妈去吧。刘老师说，我没找到她呀。张怀勇的心忽悠了一下。刘老师说，人家的家长不依不饶，这可咋办？张怀勇说，刘老师你帮忙安抚一下，我想办法尽量赶去。

通话结束，张怀勇把电话打到工会，接电话的是个女的，声音很好听，不用报名，他就知道是工会的文艺委员邱桂兰。邱桂兰是当年厂里的广播员邱宇的女儿，她和她妈一样，有着好听的嗓音和姣好的长相。但张怀勇对她没啥好感，这倒不是因为田宇莹老在他面前说她的不是，而是他本人也反感夸张乖戾的女人，邱桂兰就是这种女人。他说找田宇莹，邱桂兰用感叹词哇了一声，才说，是张大主任吧，听到您的声音就感到振奋，您的声音有磁性，干净透彻，气声、颤音、鼻音都没说的，特别适合唱歌，有机会的话我真想教您唱歌……张怀勇打断她的话说，你就别抬举我了，我自己声音啥样我自己清楚。邱桂兰说，您不清楚，其实我们每个人对自己的了解都弱于对别人的了解，很多人就是自认为对自己了解而忽略自己，把美好的天赋给埋没了……张怀勇又打断她的话说，田宇莹呢？邱桂兰这才话归正题，说，她接了一个电话就出去了，对了，是用手机接的呀，接电话时脸都红了，我还以为是您给她打的呢，原来不是您哪。对了，她出去时我正好站在窗口，看见她上了一辆轿车，黑色的，啥牌子我不知道，我这个人对汽车品牌不敏感，不过我看咱们薛总经常坐那辆车……张怀勇没再说啥就把电话按断了。

一种不好的预感就这样产生了。他在屋里来回走好几圈，觉得还是应该去学校一趟，就匆匆出来了。按他的级别，虽然没有专门的配车，但他要坐车，跟办公室说一声就能派过来。干私事他不想动用公车，就骑上自行车出了厂大门。子弟学校不算远，骑车也就二十分钟的路程，骑到十五分钟时手机响了，他骑向路边，停车，接电话，是包大个子打来的。包大个子说，张怀勇，你给我听着，那天找你我是带了家伙的，我没动你是你的运气好，被你爸给冲了，你爸和我爸都是当年的大工匠，我恭敬他们，给你爸个面子，才没亮家伙，但这口气我咽不下去，我告诉你，咱俩这笔账先记上，早晚有一天我会跟你算一算。张怀勇心里被另一件事占着，并没把包大个子的话当回事，他顺嘴说，好哇好哇，我们都等着这一天吧。他把手机插进腰带的皮套，刚要迈腿上车，一抬头看见另一个骑自行车的人，二人目光相撞，这人赶紧下了车，是保卫处的李振华。李振华率先打招呼，说，张主任，你咋在这儿？你看你，一个大主任咋还和我一样骑自行车，你应该坐汽车的嘛，看人家薛总，出入坐汽车多气派，刚才我在门卫室坐着，看见薛总坐车出去了，你知道他去哪儿吗？张怀勇没好气地说，我咋能知道他去哪儿。李振华放低声音说，我知道他去哪儿了，咱薛总在黑天鹅酒店包了个房间，太累的时候，他就会去那儿休息一阵，再到酒店的保龄球馆打一阵球，去时一脸疲惫，回来时满面春风。张怀勇问，你咋知道这么详细？李振华笑道，我是谁呀，我是锦绣厂的守护神，别人不知道的事情我全知道。李振华是个碎嘴子，张怀勇不想和他纠缠，骑上车奔学校。

事情都是由偶尔而成必然，如果张怀勇不找薛立功汇报工作，也就看不见罗锦章那异样的神情。如果包大个子不来电话，张怀勇就遇不到李振华。遇不到李振华，张怀勇也就不知道薛立功与黑天鹅酒店。李振华的话令张怀勇的心愈加不安起来，骑车到校门口了，都望见那栋四层的教学楼了，他却拗不过自己，掉转身，骑车奔黑天鹅酒店。

到酒店停车场，下车，没费多少劲儿就找到了锦绣厂的那辆黑色轿车，他认识，这是薛立功的车。在锦绣厂，薛立功有两辆专车：一辆是这个轿车，另一辆是丰田的越野车。这两辆车配的是一个司机，有的时候薛立功办私事不用司机，自己驾驶。进酒店进房间肯定是私事，肯定是自己驾驶，那么，也在这辆车上的田宇莹去哪儿了呢？这是个不用回答的问题，张怀勇惊愕、愤怒，在停车场来回地转圈。奔酒店大厅，进去奔电梯间，电梯门开了，他没进去，又折身出了酒店。回停车场，还是来回地转圈。

张怀勇日记摘抄：

一顶绿帽子就这样扣到我的头上。

以前听别人说谁谁被扣了绿帽子，也会跟着哈哈一笑，笑过也就过去了。现在轮到自己，不想不行了，除了必不可少的愤怒和耻辱，我最真切的感受就是一个冷字，冷彻骨髓，冷得浑身发抖。

在锦绣厂，我也是有头有脸的人物。没想到，这有头有脸的背后是无尽的屈辱。

我咋想也想不到田宇莹会是这样的人，或者说她会做这样的事。咋想也没想到以精明强干著称的薛立功，会好色到我的后院。看来大千世界，一切皆有可能发生。

冷过之后是忍无可忍的恐惧，不知为啥，应该义正词严声讨这对狗男女的我，居然很恐惧。我是个胆小鬼吗？非也！我知道我惧怕的是一种叫屈辱的东西。

在街上走一阵，走累了，一屁股坐马路牙子上，掏手机给吴中凯打了个电话。二十多分钟过去，吴中凯一溜小跑赶过来，见了我露出一副惊讶状，说，大主任，你这是咋了，脸色都变了，是不是有病了？我没好气地说，我没病，但有人病了。吴中凯问，谁病了？在哪儿？咱俩给他送医院去。我说，你先别咋呼，我现在心乱得很，你心没乱，给我出出主意。

也是当事者迷，需要事外的人出一个冷静一点儿的主意。我把事情简单地跟他讲了，他听完后也眼睛发直。我问他我该咋办，过了好一会儿，他才说，我要是怂恿你去揍他一顿，那我就是害你，我要让你咽下这口气，做缩头乌龟，那也是害你。这家伙的话等于没说一样。我没好气地说，亏我把你当兄弟，关键时候一句有用的嗑儿都没有。吴中凯说，你别着急呀，我还没说呢，现在我告诉你，我的策略就是一句上边也提倡的话，韬光养晦。我说，这也和没说一样。

回到家的张怀勇看起来已经相当平静，他往沙发上一坐，平静地说，咱们离婚吧。田宇莹惊讶地看着他，问，怎么了？张怀勇说，还用我说得那么详细吗？田宇莹恍然道，你跟踪我？张怀勇说，不做亏心事，还怕跟踪吗？田宇莹愣了一阵，才说，你误会了，事情不是你想的那样。张怀勇说，我想的是什么样不重要，重要的是真相是什么样。田宇莹突然掩面而泣，说，真相还没到你想的那样子。

哭了一阵，她抬起头来。

面对张怀勇锐利的眼睛，她讲了实情。一切都是从一次巧合开始的，田宇莹要去省城开一个女职工的会。她拉着拉杆箱在离厂不远的公交站点等车，那是个深秋，突刮北风，天气变冷，她踩着满地黄树叶浑身瑟瑟发抖。等好一阵也没等来公交车，就在她想步行去火车站时，一辆黑色轿车停到她身边，车窗摇下，露出司机一张脸，说，上车吧。她认识司机，是厂里小车班的，她说，我去火车站。司机说，那就送你去火车站。她拉开后边的车门，上车，看见薛立功也坐在后排。她脱口道，薛总。司机说，薛总也去火车站。她轻轻坐到薛立功身边，浑身极不自在。

汽车开启。薛立功主动跟她搭话，你这是去哪儿？她说，去省城开女职工的会。薛立功说，巧了，我也去省城，也坐火车，看来咱们是一趟车了。她报了车次，果然是一趟车。她有些紧张，好在薛立功一直主动说话，她才不至于太尴尬。

到火车站，下车，薛立功主动帮田宇莹拉箱子，她连说不用，伸手跟他抢时，已有人抢走了她的箱子，她这才发现一直坐在副驾驶位置的是薛立功的秘书罗锦章。虽然是一趟车，薛立功和罗锦章是软席，她是硬座。从这座城市坐普通快车要三个多小时。坐了不到十分钟，罗锦章从车厢过道穿过来，冲田宇莹说，田姐，软席有空座，你也过来坐吧。她说，我过去合适吗？罗锦章说，薛总叫你过去你就过去呗。恭敬不如从命，她迟疑片刻，还是过去了。

软席车厢空着不少座位，沙发座，很宽敞。薛立功叫田宇莹坐到身边，主动跟她聊天，问了她的工作情况，又说了自己的工作情况。说她工作时他显得很开心，说他自己工作时脸色就阴郁了。他叹口气说，锦绣厂的改革到了瓶颈期，你知道的，厂子已陷入困境，三大包袱压得人喘不过气来，咱厂随时面临全线停产……田宇莹不知道薛立功为啥跟她说这些，听得她心情也沉重了，最初的紧张感消失，心潮随着他的情绪一起一伏，不知不觉三个小时过去了。

田宇莹入住的是会议指定宾馆，双人间。室友来自同一城市的发电厂，是工会的文体委员。闲聊时，室友跟她提起了锦绣厂工会的文体委员邱桂兰。室友说，邱桂兰我认识，能歌善舞，长得漂亮。说到这儿她看了田宇莹一眼，又说，你也挺漂亮，你们工会出美女呀！田宇莹笑了一下，没回答。她接着说，有一次市总工会开关于文艺会演的座谈会，会后搞了个冷餐会，就是吃点心，喝红酒之类的饮品，你们邱桂兰是会上最抢眼的人，她给每个领导敬酒，喝兴奋了，还要麦克风唱了一首歌，美声唱法，嗓子真好，震得音箱嗡嗡响。田宇莹冷冷一笑，说，我和她不是一路人。她一迭声说，看得出来，看得出来。

田宇莹太了解邱桂兰了，知道室友的描述都是真实的。在锦绣厂，谁都知道她和邱桂兰是两个要强的女人。常听人夸她和邱桂兰长得漂亮，但她和邱桂兰是两种类型的女人，她内敛，邱桂兰张扬。就是外貌上她俩的差别也挺大，邱桂兰人高马大，大眼高鼻，田宇莹中等身材，五官秀气。用张怀勇的话讲，你若是江南美女，邱桂兰就是一个东北大娘儿们。邱桂兰的张扬体现在方方面面，见了有权有势的男人，她总会做出一副惊讶相，张大嘴巴道，哇，真帅呀！当她以这种神态夸赞一个长相很丑的男人时，田宇莹就会反胃、恶心。工会开总结会、座谈会，邱桂兰总会抢第一个发言，拿腔作调，先来一段低级文采的开场白，充实饱满的某某某年过去了，激情热烈的某某某年来临了，各位领导，各位同事，让我们敞开胸怀拥抱这满怀希望的某某某年吧……邱桂兰是个自信心超强的女人，从来不把同事们放在眼里，特别对田宇莹，能挤对就挤对，能嘲讽就嘲讽，能说闲话就说闲话。田宇莹明里暗里都斗不过她，只能忍气吞声。

第二天开会，第三天返程。正巧薛立功也是第三天返程，罗锦章也给田宇莹买了软席票。田宇莹和薛立功挨着坐，也是太累了吧，说笑了一会儿，薛立功闭眼睡着了。田宇莹也顺势闭眼，睡觉。她做了一个梦，梦里邱桂兰当众又排挤她，她怒从心起，突然爆发，骂邱桂兰不要脸，骂她工作做得少荣誉要得多，骂她丑女多作怪……田宇莹越骂越来劲儿，简直太爽了！做人三十年来，她从没这样爽过。看见邱桂兰灰溜溜的样子她哈哈大笑，被自己梦中的笑声震醒了。睁开眼，发现薛立功正盯着她的脸，她脸唰一下热了，红了。

薛立功问，做梦了？她摇摇头又点点头。薛立功说，一定梦见好事情了，能跟我说说吗？她想不说，没板住，还是说了，只是把梦的内容做了一个她后来都感到吃惊的篡改。她说我梦见我家怀勇又一次参加分厂厂长的竞聘，在公开答辩时，他有理有据口若悬河，赢得了评委们的支持，最终战胜了竞争对手侯刚，没想到侯刚失态，扑过来要打怀勇，被怀勇手起一拳击倒在地。说到这儿她本能地看薛立功一眼，薛立功一本正经地说，我知道张怀勇的水平，在这批年轻干部中，他是数一数二的。她说，谢谢薛总肯定他。正是从这次偶遇开始，薛立功渐渐重用张怀勇了。

张怀勇冷冷地说，这么说，我还要感谢你们了？田宇莹说，我不是那个意思，我就是想讲明白事情的来龙去脉。田宇莹说到这呜呜地哭，边哭边讲，这之后，薛立功找我打过几次保龄球，都是陪厂里的客户，只有这一次，就我们俩，但我对天发誓，就在我预感到不妙的时候，我立即告辞就走了，而且，我也再不会陪他去打什么保龄球。

都知道田宇莹擅长打球，不但保龄球打得好，打乒乓球的水平也不错。陪打球是一种说得过去的借口，但谁都猜得出，那不过是司马昭之心罢了。张怀勇冷笑，说，让时间来证明吧。田宇莹点点头说，你说得对，时间能证明一切。说完站直了身体，拉了拉衣襟。

安全简报摘抄：

安全生产通报（第×期）

锦绣金属股份有限公司　×年×月×日

关于近期两起人身事故的通报

1. ×月×日，我公司所属锰冶炼分厂二车间白班，摊长谭志利没有按规程操作，在无监护人、无防护的情况下，擅自打开炉门，查看锰水，造成自己脸部被锰水溅烫。幸亏手疾眼快，未造成重大伤害。

2. ×月×日，铬冶炼分厂湿法化合车间电工吴国伟，在为电炉接线时误蹬带电的刀闸操作，致使吴触电，后经断电抢救，吴倒在无电一侧，经医生检查确诊后，认定未构成重大伤害。

…………

上述两起人身事故性质恶劣，违章情节严重，只是由于侥幸，未造成重大伤害。我们必须引起高度重视，吸取事故教训，采取有针对性的预防事故措施。

张大河睡醒前做了一个印象清晰的梦，醒后梦境就像刚刚发生过的事情一样。梦中的背景是20世纪50年代，无论是城里和厂里，还以平房居多，街上的行人却是20世纪90年代的，男孩子穿紧身的夹克，女孩子裙裾飘飘。他坐在一辆公共汽车上，身边的女人衣着时髦，身上散发着一股强烈的荷尔蒙气息。显然是夏天，她和他都是短袖的上衣，随着汽车的颠动，胳膊与胳膊不断发生碰撞和摩擦，他们小心翼翼，彼此极力控制又不躲开。他感觉她的胳膊柔软如绵，而整个人的姿态却是坚硬的。起初他并不认识这个女人，他和她完全是偶然坐到一起的陌生男女，但随着碰撞和摩擦的延续，他发现他和她原来是熟悉已久的人，那么，她是谁呢？他搜肠刮肚，终于想出来了，她是古小闲。他激动起来，扭过身去冲她喊了一声，古小闲，然后就醒了。

身边是空的，别说是古小闲，就连洛慧敏也没在身边。厨房那边有锅碗瓢盆的声响，显然洛慧敏在准备早餐。他呆呆望着天棚，又不自觉地想了古小闲的一些事。

吃早餐时他有些恍惚，洛慧敏盯住他的脸问，你咋了，是哪儿不舒服？他抬头看了她一眼，顺嘴说，舒服，哪儿都舒服。洛慧敏说，哪儿都舒服咋像走了魂儿？他有些不耐烦，沉下脸说，你也太霸道了吧，我想想事情的权利都没有了？洛慧敏说，好，我不管你，你想吧，爱想啥想啥！

早餐吃得极为潦草，擦了一把嘴，张大河就借口遛弯儿出了家门。他一个人往古河堤坝上走，阳光四溢，连树木枝叶的缝隙都是亮晶晶的，6月天，正是该红的红该绿的绿的时候，这也是东北最好的季节，不冷不热，穿件长袖汗衫，舒适得很。路过他和洛慧敏开垦的那块地时，他停下看了看，绿油油的小苗长势不错，再过两个月，就可以摘菜吃了，可他对此兴趣不大。

继续走路，沿大坝走，就是走在古河区工业的历史里，数不过来的大大小小的工厂已经破败，虽然那些依次排列的厂房、烟囱还在，但墙壁的涂料油漆已剥蚀殆尽，老旧的水泥色在阳光下愈显老旧，一方方窗户缺损的玻璃黯然无光，通往厂区的铁路线七扭八拐杂草丛生，像废弃的腰带。这一路他经过的大中型工厂就不下十家，印染厂倒闭了，石英玻璃厂破产了，罐头厂倒闭了，纺织厂破产了，叉车总厂倒闭了，重型机械厂破产了……再往前走，就到了锦绣厂的范围。

每当锦绣厂进入眼帘，张大河就会莫名地兴奋，血液流动加快，身上热乎乎潮乎乎的，好像喝了烈性酒。退休后，张大河每天都要出来走走，每次都会沿着堤坝走，走过一家又一家工厂，最后来到锦绣厂。他不进厂院，只在外围走上一圈。厂子太大，走完这一圈，一上午的时间就消耗没了。有时走不上一圈，就会遇见一两个老伙计。他们有时会和他并作一路，继续绕厂走，有时会拉他走出圈外，到附近的棋牌室或小卖部门口找棋盘杀上几局象棋。也有拉他去喝酒的，大排档或小吃部，几碟小菜，每人几两烧酒，磕磕巴巴地回忆一下峥嵘岁月，一个半天也就过去了。爱拉张大河喝酒的有王裕国和侯德奎，老家伙当年都是海量，尽管今非昔比，但喝上几两还没问题。

张大河在贴满了花花绿绿海报的剧场门口停住步子，这个剧场原是锦绣厂的第二俱乐部，第一俱乐部是厂里开大会的地方，平时也放映电影和安排一些演出，第二俱乐部则是活动室和职工文艺会演的地方，大家都习惯叫它二剧场。改革开放后，二剧场承包给个人，改成了舞厅，全天对外营业。张大河进去过一次，里边放的是舒缓的舞曲，跳舞的都是些中老年人。最初来这儿跳舞的是年轻人，后来城里有了迪吧和歌厅，就没年轻人来这儿了，剩下的都是中老年人，一对一对搂搂抱抱，跳得兴趣盎然。都说这里是第三者插足的地方，张大河自然不屑于进去。他停住步子，是看见了一个熟人，这家伙人高马大，虽已满头白发一脸的皱纹，却头发挺长，梳得油光锃亮，穿着花格子衬衫牛仔裤，一副潮人形象。

张大河喊了一声，钱玉贵。没错，这人就是当年的班组长钱玉贵，这家伙身体倍儿棒，死了老婆后，就成了二剧场的常客。钱玉贵笑嘻嘻奔过来，说，大河，跟我进去跳一会儿，告诉你，最近不知从哪儿来了几个娘儿们，舞跳得也好，我给你介绍一个咋样？张大河说，都多大岁数了，还这么花心？钱玉贵说，男人嘛，只要有口气，就喜欢看漂亮的女人。张大河说，没出息。钱玉贵说，是，我没出息，你有出息咋了？还不是天天闲得遛弯儿。张大河说，不理你了。转身要走，后悔主动跟钱玉贵打招呼。刚走出几步，钱玉贵在身后说，我有个消息，估计你听了一准来精神。张大河继续走，说，你有啥好消息？钱玉贵说，古小闲。张大河眼睛一亮，心跳立马加快了，果然如钱玉贵所说，来了精神。他转身走回，愣愣地看钱玉贵。钱玉贵说，看看，眼珠子都快掉出来了，告诉你吧，古小闲回来了。张大河鼻子哼一声，说，早知道了。钱玉贵说，我知道你早知道，但有一个消息你可能不知道。张大河不耐烦地说，有屁就放，别放一半憋一半。钱玉贵说，她老伴姜连子死了。张大河说，这是新闻吗？钱玉贵说，我要告诉你的不是这个，是另一个你不知道的事。他不想听了，迈步就走。钱玉贵在他身后说，我不卖关子了，告诉你吧，她跟吴大夫就要破镜重圆了。张大河站住了，心头滚过一阵焦虑。钱玉贵又说，老吴是鳏夫，古小闲是寡妇，两人在一起很正常，说句官话，这是人家的正当权益，你也别气得慌，你老伴还健在，你没这个权利了。张大河说，无聊。转身就走。

一路走一路想，为啥早不做梦晚不做梦，偏偏今早做了个古小闲的梦，莫非冥冥之中真的有啥变故。钱玉贵说的也不是没有道理，老吴和古小闲都是单身，真要搞个黄昏恋也没啥可指责的。可就是心里酸溜溜，过不去这道坎儿。

张大河奔古小闲租住的那个院子走，到院门口，也不喊一声，进院子，到屋门前听见里边有说话声。他使劲儿咳了一声，里边的说话声消失了，传出古小闲的声音，谁呀？张大河应道，是我，抬腿就进了门。见屋里除了古小闲，还有一个人，竟然真是老吴。

老吴冲张大河嘿嘿地笑，并没啥不自然，不自然的是古小闲，脸有些红。这么大岁数还会脸红，这说明个啥？张大河越想越不是滋味。老吴说，我来看看小闲，没想到你也会来。张大河说，我也是来看看小闲，我有啥不能来？老吴说，没说你不能来，但你来和我来性质不一样，我是单身，她也是单身。古小闲的脸更红了，对老吴说，别瞎说好不好？又转而对张大河说，他就是过来看看我，没别的意思。老吴说，小闲，也别藏着掖着，我们是要在一起过日子的。古小闲抢白，那是你的意思，我可没这个意思，都这么大年纪了，我这辈子不可能再婚了。这回轮到老吴脸红了，挺尴尬的样子。张大河一屁股坐下来，说，我看出来了，这是剃头挑子一头热，吴大夫，你也该尊重小闲的意见才行。老吴说，这话不该你说，我和小闲的事我自有分寸。

张怀勇日记摘抄：

并轨回家的人中有太多的亲戚朋友，太多的熟人。有人说我宰熟，没办法，老国企里都是亲套亲熟连熟，对谁下刀，都难逃一个宰熟。

母亲突然病倒，除了大哥怀智在外地赶不回来，我和怀双都回家了。母亲也是过七十的人了，有病就不是小问题。还好，她只是重感冒，有些发烧。吃了药喝了热汤盖上棉被发汗，出过一身透汗就不会有事了。父亲说，感冒发烧是小菜一碟，用不着大惊小怪。母亲要从床上爬起来，被我给按住了，我说，别动，捂着，发不出汗来，退烧药就白吃了。怀双说，要不咱带妈去医院看看吧，别在家里自己瞎治。母亲说，不用不用，小毛病去医院反而会重。我说，不去也行，但发汗是必须的，发出汗来，我们就放心了。父亲说，你们都放心，有我在，她就不会有大问题。母亲令我们意外地说了一句，有你在，才会出大问题。我和怀双都愣愣地看母亲，母亲又说，你爸没安好心，古小闲回来后，他三天两头往人家跑。我和怀双又看父亲，父亲背过脸去说，别听你妈瞎说，老同志回来了，去看看是很正常的事。母亲说，晚上盯着天棚睡不着觉，那就不正常了。

我们都知道有古小闲这个人，也都知道父亲与她的一些瓜葛。这些事其实都是听母亲讲的。父亲说，你妈老了老了还爱吃醋了，年轻时你妈是挺大度的人。对于父辈的一些事我们不便掺和，也就打岔打过去了。

母亲开始蒙头发汗，父亲站到窗前往外望。每次回家，我总是见他站在窗前。住楼房了，接触的人少了，年龄越大越是对窗外的世界充满热忱。我拉着怀双进了另一个屋。

平日各忙各的，我和怀双也鲜有机会见面。坐下，我把减掉谢丽的事解释了一遍，怀双说，哥，你不用说，我不怪你。我拍了拍他的肩膀，没再说啥。到底是自家兄弟，彼此能够理解。有一家房地产公司的老板是我朋友，我跟他联系了，准备让谢丽去他那上班。

我提出和田宇莹离婚，田宇莹说如果是因为没有的事情，她不离婚；如果是不信任她，她可以离婚。她的眼神毫不躲闪，我心里很敞亮。

张怀双每天七点半准时进厂大门，自行车存入车棚，奔车间。八小时工作时间，炉前工有七个半小时要在电炉跟前，就连吃饭也在这儿，剩下那半个小时大都会在厕所度过。上厕所是唯一可以离开工作岗位的理由，大家都很珍惜上厕所的时间，路上可以活动活动手脚，避开炙烤，让降温的感觉慢慢爬上身体。进厕所，或站或蹲，开始大小解。

男厕所几乎就是一个艺术展览室，你站在小便池边小解，抬头看见的是墙上的涂鸦，这些杂乱的不知出自多少人手的即兴作品主题杂乱，有机器，有建筑，有夸张的人体，都是简笔画或变形画。画画的工具有铁钉、铁制品的边角余料、粉笔、油污，用油污作画难度更大些，它们更接近油画，对墙壁的破坏性也就更大。

如果蹲到大便池，四周的涂鸦会更精彩，因为大便池都有一个相对封闭的单元格子，蹲在这里搞创作便会比外边更从容，更能直抒胸臆。这里的东西图文并茂，有的是简笔画加一行字，有的干脆就是一行字。最令张怀双感兴趣的是一幅简笔画，画的是一把摔碎的大提琴，琴弦随意地甩出老长，四周是木质的碎片，残存的琴身上有两个字：并轨。张怀双每次看了这幅画都忍不住想起并轨后要被减掉的人，心里不是滋味。

锰冶炼分厂是主力分厂，相对减掉的人少一些。按条件，张怀双家谢丽被减了，他得以留下。姜爱国也是妻子被减，他得以留下。周跃进同样是妻子被减，他留下了。钱奋斗和赵红旗都不是双职工，分厂的意思，他俩中至少要减掉一个，手心手背都是肉，张怀双很难取舍。

张怀双也曾在蹲便时创作过一幅画，是利用墙上新鲜的带有检修工指纹的油污佐以粉笔涂就的，是一个写实的心脏剖面图，他在边上题了一行字——我们的灵魂充满阳光。在晦暗的光线中欣赏这幅画，见仁见智，似乎每个人都能读出不同的味道来。

从厕所回到电炉旁，艺术家便会迅速回归钢铁洪流，他们对钢铁与机械的丰富复杂的情感全部留在了厕所的涂鸦中。当并轨的消息传来，他们似乎依然深陷于机械的惯性中不能自拔。不同凡响的侯卫国突然冲过来，冲他们大吼一声，你们的脑袋被驴踢了？众人都扭过头来愣愣地看他。他接着说，那么多人被赶回家了，你们咋这么麻木不仁？张怀双说，我们又能咋样？我们不麻木也没啥办法。侯卫国说，今天是我，明天就会是你，只有跟我们站到一起，你们才会真正安全。张怀双说，电炉正在运行，我要看锰水了，请你离开，烫了你我可不负责。侯卫国叹道，事不关己高高挂起，你就是这样的人。

侯卫国是当年保卫科长侯德奎的儿子，他和张怀双一样都是摊长，减人的时候他所在的车间全部被减掉了，符合留用条件的留用，他不具备留下的条件，也上了减掉的名单。近日，侯卫国正在厂里搞串联，人多力量大，只要把人组织起来，他就有信心为并轨的职工争得更多的利益。

张怀双平时和侯卫国的关系不错，姜爱国爱组织饭局，拉张怀双去时，他就会喊上侯卫国一起去。侯卫国的酒量也不错，喝酒时和大家称兄道弟，大家都挺喜欢他。侯卫国长了一张好嘴，爱说话，也会说话，说别人时爱说对方的优点。他对时事相当关注，用他自己的话讲，这叫关心政治。他常说，一个人若不关心政治，这个人一定是自私的，因为政治不属于一个人，属于全人类。他特别爱在人多的场合讲话，酒场上他是桌霸，话大多让他讲了。车间或分厂开会时，他总会提前入场，在领导尚未入场讲话时，先站起身，天南地北地讲一通，像是在演讲。无论话题是啥，经他的嘴一讲就好听了，他风趣幽默，讲话时配以手势，十分传神。

侯卫国硬拉张怀双到一旁，说，我组织了一支上访队伍，你也算一个吧。张怀双说，我还得上班没时间。侯卫国说，减人虽没减到你头上，但看那么多人回家，你就真的无动于衷，对他们就没一点儿阶级情感？张怀双说，有又能咋样，我也没能力留住他们。侯卫国说，有感情就参加我们的上访队伍，现在回家的人都恨你哥张怀勇，你要是不参加，人们也得像恨你哥一样恨你。张怀双动摇了，想想也觉得侯卫国说的不无道理，就点头同意了。

一支队伍在一夜之间组建起来，组织者是侯卫国，但很多人是冲张怀双来的，张怀双的号召力是侯卫国没法比的。有张怀双往那儿一站，很多人就主动靠拢。

被并轨的职工都有抵触情绪，具有工人领袖气质的张怀双站那儿，就等于是振臂一呼。第二天早晨，这支队伍浩浩荡荡，一路杀向厂院。门口的保安想拦住大家，显然是螳臂当车，被轻轻一拥，就冲散了。这支队伍像开闸的渠水，漫过办公楼前的广场，放眼一望，到处都是一脸怒色的人流。薛立功带着公司一班人出来和大家见面，说了好多解释的话，不好使，薛立功等人的声音很快被愤怒的声浪淹没。很多人高喊，我们不并轨，不回家。这还了得，破坏安定团结谁也负责不起。别说是锦绣厂主要领导担待不起，就是市里的主要领导也会受到株连。一向不把别人放在眼里的薛立功慌神了，赶紧坐下来和这些人对话。

对话是在办公楼的会议室里进行的，会议室乱糟糟挤了几百人。张怀勇随着薛立功、侯晓军参加了这个对话会，薛立功和工人代表一问一答，一来一往，侯晓军站在他身后整场一言未发，他眯着眼睛，气定神闲，始终保持自己的风度。薛立功在张怀双机关枪似的提问下显得相当狼狈，挂了一脸的汗珠。

张怀双问，并轨后一万人被减，以后这些人咋个生活？薛立功说，大家要转换观念，能上能下，这是改革的需要，大势所趋。张怀双说，厂子就这样把这些人都抛弃了？别忘了，锦绣厂也有过辉煌，那些辉煌可都是这些人创造的，总不能卸磨杀驴吧？薛立功说，并轨是市场经济条件下每个人都要承受的结果，只有大家都有承受力了，咱锦绣厂才会有承受力，才会有美好的未来。张怀双说，饭碗都没有了，咋会有承受力？让你回家试试，我看你有没有承受力。薛立功说，如果改革需要我回家，我也一样回家。侯卫国插话道，你这是站着说话不嫌腰疼，既然没诚意解决问题，我们还是去找大领导说理去。薛立功说，别呀，我话还没说完呢，有事好商量。侯卫国说，咋商量，还不是让我们失业吗？薛立功说，不是的，除了给每个人应有的补贴外，我们会想办法，逐步给失去岗位的人找到新的岗位。张怀双说，新的岗位在哪儿？薛立功说，别着急嘛，办法总会有的。张怀双说，这是搪塞。薛立功说，不是搪塞，是实情，办法总会有的嘛……

有人听得不耐烦了，开始交头接耳，有人开始插话提问，会场一下子乱了。薛立功怕控制不了局面，赶紧找个由头结束了对话，在众人的嘘声中与侯晓军等人撤离了会场。

回到总经理室，薛立功一屁股坐到皮转椅上，连日来发生的事情令他十分头疼，以前他在锦绣厂是有绝对权威的，别说是对着干，就是敢跟他说个不字的也没有，没想到实行并轨，这些原本他眼里的棋子都不听摆弄了，都敢和他对着干了。

他喘一阵粗气，这才发现张怀勇跟进来，就没好气地说，带头闹事的是你弟弟张怀双。张怀勇说，是我的弟弟。薛立功说，刚才会上你咋一句话都不讲？张怀勇说，有薛总你在，哪有我说话的份儿。薛立功说，啥份儿不份儿的，人都是经你手减的，你不出头说得过去吗？张怀勇没好气地说，人是经我手减的，但谁都知道，我就像个减人的机器，这操控机器的可是你薛总。薛立功说，关键时刻，学会推卸责任了？张怀勇不卑不亢地说，这是事实。

下班后，薛立功召集高管开会，张怀勇虽为中层，但职务特殊，也参加了这个会。会上，大家议论纷纷，并没研究出一个能够解决问题的办法。薛立功拍了桌子，说，我看在座的平时都是能人哪，关键时候咋都没辙了？在座的人你看看我，我看看你，都不吭声。薛立功盯住张怀勇，说，张怀勇，你是张怀双的哥哥，你必须把他给我拿下。张怀勇说，好的，我拿下张怀双。薛立功又说，不光要拿下张怀双，更重要的是要把大家安抚住。张怀勇说，这个，我需要尚方宝剑。薛立功说，提条件是吧？有话就讲。张怀勇说，我的条件很简单，以你总经理的名义，答应不放弃他们。薛立功凝视了张怀勇一会儿，缓缓说，就按你说的办。

张怀勇日记摘抄：

我的性格就是迎难而上。

我最清楚，我们三兄弟都是犟种，想劝怀双回头，不容易。我没有先找他，而是先找大哥求教。大哥鬼点子多，"坏主意"多，有的时候，"坏主意"往往能办成大事。

我插上办公室的门，有人敲门我也不开。我拨通大哥电话，压低声音把事情讲了一遍。大哥听后笑了。我没好气地说，你还笑，看我热闹吧？大哥说，你和怀双都是我亲兄弟，我能看你们的热闹？我说，那你为啥笑？大哥说，笑你当事者迷，完全不必多虑，办法其实很简单，怀勇，你就是个大力士，也掰不断一捆筷子，你就是个手无缚鸡之力的人，一根筷子你也能轻易把它掰断。我说你别卖关子，到底啥意思？大哥说，各个击破。

我眼睛一亮，阴暗的房间即刻开了一扇窗，心里一下子亮堂起来。大哥就是不简单，关键时候一两句话就能解决问题。面对庞大的对立面，难道还有比各个击破更好的办法吗？

大哥说，都一个厂的，谁不了解谁呀，怀双为啥要挑这个头儿，还不是被别人怂恿的，他心地善良，立场总爱站在弱者一边，咋说服怀双，不用我来教你吧？还有一个侯卫国吧？他为啥闹得最欢？除了被减掉心里不舒服，更重要的还是怀才不遇，其实不管是谁，都逃不开人性的弱点。我说，咋能拿下侯卫国呢？大哥说，用糖衣炮弹。我说，影响不好吧？大哥说，为达到目的，用一些非常手段也是没有办法的办法。

是呀，是没有更好的办法。我打定主意，只能这么做了。

张怀勇没先找张怀双，而是先找了侯卫国。他给侯卫国打电话，请他到一家洗浴中心去谈话。一边洗澡一边谈话，这叫赤诚相待。

侯卫国怀揣不去白不去的心态，进了约好的洗浴中心，他还是第一次来这种地方，东瞧西看，十分新鲜。男宾一位，里面请！服务生的喊声吓他一跳，他愣一下，往里走，手机响了。接电话，是张怀勇打来的。张怀勇说，卫国呀，你先洗先玩，不管你咋消费，全记在我账上。侯卫国说，那我可不客气了。张怀勇说，我请客，还客气个啥！服务生又喊，请拿好毛巾手牌，贵宾一位，洗浴愉快！侯卫国心一横，换拖鞋，走进了一扇门，里面又有服务生引领，带他去开箱，脱衣服，洗浴。

浴室的宽大程度令他惊讶，平常洗澡他只在家里或者厂里的公共浴池，厂里的浴池已经被他认定为最大，没想到和这里比，小巫见大巫了。厂里浴池也有泡澡的池子，但水质不佳，汤浑，水面浮一层油花和灰尘，那么多沾着油污和灰尘的工人往池子里一泡，再佳的水质也不佳了。侯卫国曾向管浴池的行政部提出过建议，要公司改善洗浴条件，行政部的人支支吾吾，敷衍搪塞。气得他把行政部的人骂了个狗血喷头，但问题还是没有解决。

侯卫国在清澈见底的池子泡了一阵，又去搓澡，冲澡。冲澡时他冲着喷头大叫了一声，吐出了大半郁积之气，他的吼声被哗哗的水声淹没，并没有引起其他浴客的注意。

换了浴服后去休息大厅，大厅里光线幽暗，一时令他很不适应，有女服务员引领他到了一个又像沙发又像床榻的东西跟前。他试着躺下，试着用遥控器调整靠背的角度。服务员替他打开床头电视，机械地问，先生喝点儿啥吗？他说喝。服务员又机械地问，喝茶还是饮料？他说啥贵喝啥。服务员又机械地问，先生需要按摩足疗吗？他还是说需要。足疗按摩做完了，他有了一种狠宰张怀勇一刀的痛快感。

从休息大厅出来时，侯卫国发现张怀勇已等在休闲区的一张小桌边，桌上是茶盘茶壶和茶杯。侯卫国凑过来，坐下。张怀勇给他倒了一杯茶，说，咱谈实际问题，现在留你在锦绣厂里已经不可能，但我会安排你到比咱厂还好的地方去。侯卫国问，啥地方？张怀勇说，一家私营企业，工资比咱们这边高一倍。侯卫国眼睛发直。张怀勇问，你愿意去吗？侯卫国说，愿意。张怀勇说，你是个明白人，你知道你该做啥了吧？侯卫国连声说，我知道，我知道。

如此强硬的一个人，就这样轻易被拿下，张怀勇莫名地升起一种失落感。

随后，张怀勇才找弟弟张怀双。不等张怀勇开口，张怀双先发制人，把自己为啥要当这个头儿的理由说了一遍。他越说越激动，说到最后，不是说，是喊了。他冲张怀勇喊，你们当干部了，就不管工人们的生死了？没有锦绣厂的饭碗，你让他们咋活？张怀勇始终表情平静，默默地听，待张怀双发泄完了，他才轻声细语地说，有奋斗才有牺牲，为了企业能有个美好的未来，这是我们必须付出的代价，如果不改革，不并轨，锦绣厂就没未来了，只有咱厂有未来，咱们的人才有希望。人心都是肉长的，看他们一个个离开，我心里也难过，但难过归难过，路还得走，生活还得继续，只要咱厂好了，我会一个一个把走了的人再请回来。张怀双说，此话当真？张怀勇一字一句说，当真。张怀双说，空口无凭。张怀勇说，立字为证。张怀勇从手包里摸出一个笔记本，翻开，把自己刚才说的话写了一遍，签上了自己的名字，撕下那页纸，递过去。张怀双没接，面带冷笑，说，二哥，咱亲兄弟明算账，别怪我信不着你，你不过是一个中层，咱厂的决策权在薛立功手里。张怀勇问，怀双你啥意思？张怀双说，光有你的签字不行，得有薛立功的签字才行，如果你们都签字了，我就答应去做大家的思想工作。张怀勇说，好，你等我的消息。

第二天，张怀勇就把带有薛立功签字的那张纸送给了张怀双。

各个击破的战术很灵验，最先被击破的就是领头人张怀双和侯卫国。随后，张怀勇又用类似手段，击破了另外几个带头的人。这些人分头去做其他人的工作，没用多长时间，这场风波就平静下来了。

张怀勇日记摘抄：

小蕊这几天一直张罗找个周末出去玩，她喜欢去的地方是游乐场，小小年纪喜欢刺激，喜欢过山车、海盗船、激流勇进等项目。以前我们一家三口人去时，田宇莹张罗要坐摩天轮，小蕊陪她坐，完事下来小蕊就说，摩天轮太慢了，远不如海盗船有意思。这几天晚上，小蕊都说，这次去第一个项目就玩海盗船，那种随着节奏尖叫起来的感觉真嗨！每当她这么说，田宇莹就瞄我，那意思再明显不过，不要因为我们让孩子受屈。

我敷衍小蕊，说只要时间容许，咱们一定去。我的声音很虚弱，有一种肥皂泡般的感觉。

小蕊不在身边时，田宇莹用低声说，找个机会陪陪她吧，小孩子需要陪的。我一脸漠然，心里却在翻江倒海，我何尝不知道小孩子需要陪，即使再忙，我也能抽出陪她的时间，可是，陪她就意味着同时要陪田宇莹，我的心情很复杂。

我失眠了，凌晨四点我就爬起来，一个人悄悄出了屋。外边半黑半白，东边已经亮了，我迎着亮光信步走，直走到天光大亮，才回家吃早饭。

我和锦绣厂是父一辈子一辈的关系，锦绣厂的一草一木，锦绣厂父老乡亲的喜怒哀乐，锦绣厂的兴衰荣辱，已融入我的血液之中。我熟悉它的辉煌，也深知它的痼疾所在。只有大刀阔斧，置之死地而后生，才是它的出路。

原谅我用非常手段解决了上访问题，原谅我跟兄弟姐妹们许诺了我也不知道能不能实现的诺言。没有别的办法，在锦绣厂面临生死抉择的关头，我只能选择迎难而上，摸索着朝前走。

忍受疼痛，涅槃重生……

永光金属股份有限公司发生了“兵变”，起事者是张怀智。

事出意外，公司当仁不让的老大金永光突发心梗，说死就死了。公司一下子陷入混乱。企业发展起来后，内部的争权夺利便开始了，一些股东互不服气，开始内斗，好在有老大金永光在，没人敢出大格。现在金永光突然没了，以往捂着盖着忍着的就都冒头，开始肆无忌惮起来。除金永光之外的两个大股东开始争当董事长，互不相让。先是一个拉了一帮人拥护，宣布自任董事长，另一个不服，也拉了一帮人，自任董事长。一时间，永光公司一下子出了两个董事会，两个董事长。双方对峙，争斗，发展到拳脚相加，公司被迫宣布处于紧急状态。

这个时候，张怀智挺身而出。他以股东身份，联合了金永光的家属，在金永光家属的支持下，召开股东大会和董事大会，宣布两个新成立的董事会无效，两个董事长无效。随后成立新的董事会，在金永光家属和众多股东的支持下，张怀智担任了新的董事会主席。一些永光人说这是一次“兵变”，说张怀智诡计太多，利用了金永光的家属。金永光的子女年龄小，老婆又是外行，不胜任企业的角色，在得到张怀智的好处和承诺后，也就倒向他的一边。

从此，永光公司的发展上了快车道。张怀智与金永光等人相比，是冶金行业的行家里手，他有专业优势，有在国企大厂的经验，结合私企的灵活性，干起来得心应手。见公司发展顺利，一些反对派也开始顺从他，佩服他了。

张怀智的辉煌时期到来了。在他的强力运作下，公司进行了社会融资，吞并了好几家濒临破产的地方企业，冶炼的金属项目也逐年增多，并在其他省市开办了子公司，拓展了业务。涉猎的除主业金属冶炼，还有新能源、房地产等，产品经销国内外。后来公司变集团，有人提议集团的名字改用怀智集团，被他给否了，他说吃水不忘打井人，无论我们做得多大，金永光都是创始人，集团的名字也永远叫永光集团。他这种做法为自己赢得了更好的口碑。

张怀智当初是一个人南下的，一晃几年过去。一个单身男人在外边，特别是一个成功的单身男人在外边，家属是不能安心的。徐思怡也有察觉，很不安，但她性格太过自负，不愿承认自己会输给任何一个女人，所以一直没提出要跟张怀智南下。张怀智乐得自己一个人无负担，更能轻装上阵，也没想过要把徐思怡弄过来。提出要让徐思怡也南下的是父亲张大河，他觉得一个已婚男人总是独身在外不是好事，就跟洛慧敏商量，准备劝徐思怡去找张怀智。洛慧敏听了，瞪大眼睛问他，男人一个人在外边肯定会有新的女人吗？张大河觉得味道不对，说，我不是这个意思，防患于未然嘛，老大媳妇还是应该跟去的。洛慧敏没再追问，默许了。

张大河和洛慧敏找徐思怡谈了三次，最终才说服了徐思怡南下与张怀智团圆，在中原建立了新的家庭。在新家的第一个晚上，高档的水床上，徐思怡搂住张怀智的脖子问，你希望我来吗？张怀智说，当然希望，一个人干得再大，没有女人也是空虚的。徐思怡问，在这边，你真的没女人？张怀智说，没有。徐思怡将信将疑，但还是说，我信你的，把张怀智搂得更紧了。

在三兄弟中，老大张怀智对女人的抵抗力是最差的，他嘴上说没女人，实际这几年他身边一直不缺女人，这倒不是说他生活作风有多差，而是分跟谁比，老二张怀勇、老三张怀双都是那种对女人很难来电的主儿，张怀智常常奚落两个兄弟不解风情，难成大器。英雄美女，才子佳人，自古就是绝配。张怀勇说，哥，你还是小心点儿为好，自古有多少英雄豪杰，是败在女人之手哇！张怀智说，我可不会那样，我是个有底线的人。

张怀智没在任何单位当过一把手，当上庞大的私营企业的掌舵人后，他没露怯，觉得自己在一瞬间就变得成熟了。身上原有的生涩与清高消失了，随之而来的是有时自己都无法相信的沉稳与现实。这个能力是与生俱来还是顿悟，他自己也找不出答案。

张怀勇日记摘抄：

以前五点下班回家，现在却不能，除了加班干白天干不完的工作，还要应酬，赴各种各样的饭局，午夜十一点回家算是早的。对我

来说，应酬绝非享受，而是工作的延续和演变，几乎喝每一口酒都与企业的兴衰或者与自己的前途有着直接或间接的关系。

我原本并不好酒，当工人时我滴酒不沾，有时大家聚会非逼着我喝，我宁可受罚站着吃饭，也不喝在我看来不是享受而是遭罪的酒。第一次喝酒是在我当上车间主任后，当时酒桌上有上级领导敬酒，不喝不敬，我一咬牙，干了一杯，呛得直流眼泪，搞得满桌人都笑。领导又单独敬我酒，不喝更不敬了，于是又一咬牙，干了一杯……渐渐我对酒精有了承受力，酒量也随着职位的升高到了时下能征惯战的水平。

在办公室，只要有一点点空闲，我就会站到窗前往厂院里看，一座座厂房的侧面，长方形的花坛、人行道……我的目光有时会穿透厂房灰色的墙壁，看到那些熟悉的电炉，空中滑动的天车和承载它的轨道和黄色的横梁。活动着的或坐着的工人是一个个零件和符号，几乎无法分清他们谁是谁。减人等于断腕，断腕寓意着重生。怎么样重生？这又是一个问题。无论是回家的，还是百里挑一留下的，大家都在看。我有许多想法，可作为一个中层又不能越界，也只能跟大家一样在看，在看谁呢？当然是薛立功，看他如何在甩掉包袱后，让锦绣厂重新上路。

锰分厂的一台电炉发生了事故，沸腾的锰水外泄，值班人员一时操作失误，乱成一团。好在正巧张怀双赶到，他切掉电源，冲上去封住炉门，又指挥大家抢修。

事故处理完了，张怀双才发现自己的胳膊被烫伤了，创面足有一个巴掌那么大，当时没有感觉，静下来才觉得疼痛无比。周跃进看他龇牙咧嘴，问他是不是受伤了。他掩饰道，没有没有，刚才肚子突然疼了一下，现在好了，没事了。周跃进将信将疑地盯着他看了一会儿，他一直保持着一张笑脸。周跃进走开了，他才又咧起了嘴。

公司专门开了事故分析会。事故的原因并不复杂，炉门的固定装置发生了松动，除了设备本身的原因，值班人员检查不细，没有及时发现设备缺欠也是重要原因。

薛立功脸沉得像个锅底，问大家该怎么处理相关人员。参加会的人你看看我我看看你，都不吭声。薛立功说，你们真的没啥可说的？潘唯一接过他的话头说，那我就说几句吧，按规矩办，就是炉前工要受处分，当班班长要受处分，车间分管领导要受处分，分厂分管领导要受处分，到了公司这一级，我也要受到处分。薛立功说，那就按规矩来。潘唯一说，按规矩来很容易，可真正要把人心凝聚起来就没那么容易了。薛立功拧起眉头，显然对潘唯一的说法不满。潘唯一没有理会他，继续说下去，我的意思是，我们应该尽快想出办法，把浮躁的人心凝聚起来。

潘唯一的话捅到了痛处，并轨导致人心浮躁，怎么样重拾大家的凝聚力，似乎比更新设备更重要。其实大家的心里都门清着呢，并轨后企业减负了，如果还走不出困境，那改革就是失败的，当家人就有不可推卸的责任。大家都看薛立功，薛立功也没有什么更好的办法。

张怀勇也参加了事故分析会。散会后已过了下班时间，他一个人往家走，途中接到了父亲张大河的电话，说老三张怀双受伤了，是谢丽打电话告诉父亲的。张怀勇赶紧掉转方向，去了张怀双家。

敲开门，见张大河已经来了，正在劝张怀双去医院治疗。张怀勇拉起张怀双的右臂，看见一块巴掌大的创面已经红肿起泡，他埋怨张怀双，受伤了不去治疗，等到感染了再去治就晚了，那就不是省事而是多事了。张怀双甩开张怀勇的手，不耐烦地说，我没那么娇气。谢丽看看张怀双，又看看张怀勇说，瞧见了吧，他就这副德行，纯粹是个倔驴！张怀勇说，别拖了，赶紧跟我去医院。张怀双说，我去医院，厂里就得知道我受了伤，有人员受伤，事故就等于升级了，那些工人就得受更大的处分，能不能保得住岗位都不好说了，我不能做这样的坏人。张大河和张怀勇都叹了口气。

谢丽说，总不能为了做老好人，让自己的伤感染吧？张怀勇说，弟妹说得对，咱该去医院还得去医院。张怀双说，我不去。张怀勇说，别死心眼儿了，咱该治疗治疗，该保密保密，到了医院不报你是锦绣厂的人就行了。张怀双这才释然，随张怀勇、谢丽去了医院。

公司召开三千人大会，主席台上薛立功面色凝重，台下众人也都沉着脸朝上看。薛立功自己主持会议，自己主讲，一讲就是三个小时。他没显疲态，大家也都精神高度集中。企业改革，锦绣厂用的是休克疗法，并轨后，一万三千人的厂仅剩下三千人，这三千人就都有了某种使命感。薛立功说，你们都是幸运儿，能留下来的，都是精英，是精英就给我拿出点儿精英的样子，让我看看你们比回家的那些人强多少。会场静悄悄，三千双眼睛盯住他。他提出了“三个负责”“三个有利”的企业改革推进原则。“三个负责”，就是对历史负责、对企业负责、对员工负责。“三个有利”，是有利于发展、有利于就业、有利于稳定。他敲着桌子说，面对汹涌而来的市场经济，不换个脑筋就意味着死亡。

当年的计划经济，企业大而全，是小社会。企业办学，企业办医，企业办政，企业办商。锦绣厂的办学在古河工业区是走在前列的，锦绣厂办过电大、函授、中专、技校、子弟中学、子弟小学、幼儿园、托儿所；办医则有职工医院、卫生所；办政则有公安派出所、社区管理、供电所、供水站、供暖处；办商则有商店、市场、服务公司……数不胜数了，计划经济时的荣光，到了市场经济时全成了负担，连年亏损，全靠主厂养活。并轨后，实行主辅分离，厂子只剩下主要生产分厂和车间。被分离的辅业有的连同债务整体出售，有的实行产权转让，竞标拍卖，所得资金全部用于并轨职工的补偿金发放。现在企业消肿了，甩掉了包袱，轻装上阵。

这之后，在市委、市政府的支持下，薛立功再次“组阁”。侯晓军退休，薛立功总经理、党委书记一肩挑，以前六个副总经理减到三个，分管几大方面，党委副书记和财务总监各设一人。薛立功信守承诺，提拔了张怀勇，让他进入高管层，当了党委副书记。这多少令张怀勇有些意外，最初他以为自己会是一个副总，没想到是主抓党务工作的副书记，党务工作非常重要，但他的优势是领导生产。

接下来是盘活有效资金，怎么盘活？20世纪90年代初的钢铁市场需求强劲，我国钢产量跃居全球第二，成为产钢大国，但在品种、质量、市场竞争力上并不是强国。盲目过度进口铁矿石，导致企业成本上升，处境困难，国内钢铁市场开始整体陷入低迷，受波及的自然就有与钢铁有关的行业。产业布局、产品结构、生产技术、工艺装备、从业人员素质等方面存在的问题，就摆在薛立功等人面前。有一段时间，他总是把自己关在办公室里，有人要汇报工作，也被秘书给挡回去了。

一个对锦绣厂的发展至关重要的人物，在一个雨天悄悄来到了锦绣厂，他就是市委书记牛太白。轿车停在办公楼前，他一个人下车，抬眼看了一下漫天的雨线，觉得眼前就像挂着一张分布均匀的蜘蛛网。他闯破这张网往前走，进了办公楼。

牛太白是在锦绣厂的家属区长大的，父亲就是大名鼎鼎的牛洪波。从小他就和小伙伴跳墙进厂里玩。他对锦绣厂的情结太重，锦绣厂的衰败一直是他的一个心病。振兴这座城市的经济，除了那些新兴的项目外，牛太白把太多的注意力放在了古河沿岸的老国企上。有人劝他，这些老国企大都气数已尽，不如把精力放在新项目，他摇摇头，心中的信念从没有动摇过。

牛太白是带着使命来的，昨天，牛太白刚刚从北京开会回来。会议期间，中央的一位老首长单独约见了他，首长先是提到了他的父亲，又提到了当年的钛白粉项目，然后长叹一声。牛太白盯住首长的脸，没敢贸然开口。首长沉默片刻，这才说，这个项目是我的一个心病，我知道也一定是你父亲的一个心病，但这都不重要，你知道吗？重要的是这也是国家工业的一个心病，如果没有强大的生产钛白粉的能力，我们就要受制于人，就要花高价进口，我们这些搞工业的人就脸上无光。当年锦绣厂是第一个搞钛白粉的，现在，咱们国家虽然也有那么几家工厂能生产钛白粉了，但与国家的工业规模相比，差得远哪！牛太白血往上涌，一种潜藏于身体内部的钛白粉情结瞬间迸发，这种情结是从小从父辈那里耳濡目染的，是一点一滴渗入骨髓的。他脱口而出，我们的锦绣厂能不能再次上钛白粉项目哇？首长说，我找你就是想谈这个问题，现在，是该重启这个项目的时候了。

牛太白敲开了薛立功办公室的门，薛立功见了他一脸惊讶，一迭声说，太白书记，您、您咋来得这么早？牛太白说，心急，我早就坐不住了。二人握手，哈哈大笑。

牛太白的秘书事先和锦绣厂打过招呼，与薛立功约好了时间，但离约定时间还早，牛太白就坐不住了，叫了司机就奔锦绣厂来了。

简短的寒暄过后，谈话就切入正题。牛太白不动声色地问，你觉得厂子的现状咋样才能改变？薛立功眉头紧锁，摇摇头说，大量的资金注入，才有可能扭转局面。牛太白不客气地说，要能有大量资金，新建一个厂得了，还要你锦绣厂做啥？薛立功说，大环境所致，没有太好的办法。牛太白凝视着薛立功，薛立功低下头去。

牛太白问，作为当家人，你就没有自己的打算？薛立功抬起头来，眼睛一下子亮了，说，当然有自己的打算。牛太白说，我其实早知道你的打算了，不信，咱们把这个打算都写在手心里。薛立功道，好，我倒要看看太白书记到底是个啥打算。二人各拿了支笔，转过身在手心写了字，回转身，一二三伸出手，两个人的手心里都是两个字：钛白。二人相互看看，哈哈大笑。

他俩心里都门清得很，铁合金的生产工艺很容易被复制照搬，在市场完全放开的大环境下，同行业私企如雨后春笋，国企的优势将逐步丧失，咋样才能立于不败之地？搞一个多少年也不落后的产品，作为锦绣厂长远发展的支撑才是硬道理。这样一来，钛白粉项目就又一次浮出水面。这也正和国家的需要不谋而合。

牛太白说，我这次来，是带着尚方宝剑的，重上钛白粉项目，绝不仅是为了你一个企业的利益，更重要的是什么知道吗？是国家利益。牛太白讲了首长和他说的话，讲了钛白粉与国家工业结构。薛立功兴奋得站起来在屋里直走圈儿，一边走一边说，太好了，这样一来，锦绣厂的问题也就解决了。

钛白粉这三个字写起来轻松，系在心头却是沉重的。早在20世纪50年代末，锦绣厂第一次上马钛白粉项目，仓促、冒进、失败、下马。它压在锦绣人心头四十多年了，牛太白太清楚了。他叹了口气说，这个项目是当年我父亲那代人的梦想，知道我为啥叫牛太白吗？钛白，太白，我父亲给我起名太白，就是把这个项目寄托在我们这代人身上了。薛立功说，最大的难点还是西方的技术保护主义，有些核心技术我们还没有掌握。牛太白说，能引进技术固然省事，但技术终归是人家的，我们也会永远受制于人，只有研发出我们自己的技术，主动权才能牢牢掌握在自己的手里。薛立功说，理是这么个理，可自主研发，谈何容易。牛太白说，我想起了铁人王进喜的一句话，有条件要上，没有条件，创造条件也要上，你们锦绣厂，不，是我们锦绣厂，有这个优良的传统，自力更生，艰苦奋斗，这个传统不能丢。薛立功点点头说，是呀，我们不能丢。

张怀勇日记摘抄：

重启钛白粉项目的消息先在内部传开，大家议论纷纷，说什么的都有。但总体上两个字：兴奋。

几代人的情结，现在又提到了议事日程，能不让人兴奋吗？

上马钛白粉项目，也就是氯化法钛白的困难很多，最关键的是核心技术问题，20世纪50年代失败在技术层面上。几十年过去了，世界发生巨大的变化，但钛白粉核心技术仍掌握在以杜邦公司为首的西方国家，这一点没有变。怎么突破？只能靠自主研发。自力更生的问题再一次摆在面前。

还有更关键的问题，那就是资金。靠国家大包大揽是不可能的，靠企业自己又没有这个能力，怎么办？很多人想到了合资，这是企业改革的一个新形式。

一天下午，有人敲开了薛立功办公室的门。进来的是一个水灵灵的女孩，干净漂亮，冲薛立功甜甜一笑，说，薛总好，涂总有一笔非常重要的业务要跟您谈，让我先找您沟通。薛立功迟疑了一下，用手指了指一旁的沙发说，坐吧。

这个女孩叫姜小妮，四川人，五官精致，有四川女孩的特点，高挑的身材却是典型的东北女孩。姜小妮是四川一家钛矿的业务代表，这家钛矿叫图强矿业，老板叫涂强。公司取名“图强”，有发愤图强的意思，也正好与涂强的名字是谐音。一次薛立功和涂强去北京开同一个会，会上谈得投机。薛立功谈起锦绣厂曾在20世纪50年代末上马过钛白粉项目，涂强很感兴趣，问，现在怎么不上？薛立功苦笑道，谈何容易，当年这个项目是以失败告终的。涂强说，当年是当年，现在是现在，情况不一样了，当年搞不成的，现在也许就能搞成，如果你们搞成这个项目，那在这个行业就会位居全国前列。薛立功心头一震，现在各方面条件都要远远好于20世纪50年代，如果再次上马钛白粉，说不定就会成功，那样的话，不但圆了锦绣人的一个梦，还实现了锦绣厂的多种经营，提高了对铁合金行业残酷竞争的承受力，锦绣厂就真的盘活了。

涂强说，据我了解，现在全国只有几家能生产钛白粉的企业，而且规模有限，工艺落后。中国是钛资源大国，储备量占世界总量二分之一，而且大部分集中在我们四川，不谦虚地说，我们矿就是全国最大的钛矿，锦绣厂如果能上马钛白粉项目，我就是你的原料基地，保证以优惠的价格和你强强联手，前景真是太美妙了。涂强说得薛立功热血沸腾，再次上马钛白粉项目的念头，正是从这次谈话开始的。

姜小妮此番来，涂强一定是听到了什么风声，这些商人的嗅觉太灵敏了。

薛立功心情复杂，这复杂有对涂强的，有对钛白粉项目本身的，也有对姜小妮的。姜小妮说，今天来见薛总，是想告诉您一件事。薛立功说，说吧，姜小姐。姜小妮说，我不喜欢听人叫我小姐。薛立功大笑，说，是呀是呀，本来是恭称，现在却变味了，好好，不叫你小姐了，叫你小妮咋样？姜小妮说，挺好，听着亲切，我要说的事情是，我们老板要来拜会您了。

姜小妮带来一个信息，图强矿业愿意做锦绣厂的后盾，愿意提供力所能及的帮助。涂强是商人，商人做啥事都是需要回报的，薛立功当然清楚。

几天以后，涂强果然带着姜小妮来访。在黑天鹅酒店的一个房间里，薛立功和他们见面了。按常理，涂强完全可以光明正大地来锦绣厂，薛立功也完全可以公对公地接待涂强。但涂强选择了私密来访，薛立功也就只好私密接待。

关门，落座。姜小妮找水壶烧水沏茶，涂强拉薛立功坐到沙发上。

薛立功说，涂老板远道而来，一定有大事商量。涂强点点头说，咱就少些客套，有啥说啥吧，我极力支持你上钛白粉项目，是因为看到了商机和利润，我有矿产，如果再跟加工业挂上钩，那就是原料、生产、销售一条龙了。薛立功皱了眉头说，涂老板的意思是？涂强说，锦绣厂的资金有限，搞钛白粉项目需要大投入，我愿意投入大量资金，我们合作那是强强联手。薛立功问，你是想和我们合资？涂强说，没错，我们联手肯定双赢。薛立功低头沉思，合资是他和上级领导都考虑过的问题，借船出海，虽是不得已的办法，但也不失为一个可取的办法。只是就这样让涂强介入，分一杯羹，心理上有些过不去。

薛立功说，这可不是我一个人说了算的，你是民营，我是国有，能不能合资，你那边你自己说了算，我们这边要上党委会，上高管会，上职工会，还要市里、省里、冶金部、国资委，甚至国务院的批准。涂强说，只要你我下决心，一切都不会是问题。薛立功说，我个人原则上同意，但不急，不急。涂强说，事关锦绣厂改革是否成功的大事，咋能不急？老兄啊，是需要拿出点儿勇气的时候了，我不管你怎么走程序，我这边的资金准备好啦，这样吧，我就把小妮留给你了，做我们的联络人吧。涂强一笑，跟姜小妮说，小妮，一切听薛总的，有事随时跟我联系。姜小妮甜丝丝应道，遵命。

晚上，三个人一起吃了一顿饭，之后涂强就回四川了。

薛立功又找了牛太白，陈述利弊，得到牛太白的理解和支持后，他才长舒一口气。

公司高管开会，地点就是总经理室隔壁的小会议室。这天薛立功特意穿了一件红色的西装，虽不是艳红色，可也够新鲜的。穿红戴绿，显示了他成竹在胸。有好几个人见了都做出惊讶状，赞道，薛总的西装好帅气呀！只有潘唯一用了不同的词，薛总的西装好抢眼哪！“抢眼”与“帅气”两字之差，内涵是不一样的。张怀勇在一旁不动声色，坐到了薛立功的右边。

按照公司高管层的排序，薛立功之后是潘唯一，然后就是张怀勇。张怀勇虽没有三位副总的权力大，但毕竟是党委副书记，除了常务副总，按惯例是要排在另外两名副总前边的。在高管层，张怀勇也是最年轻的一个，比年龄最小排在最后一位的副总还小了六岁。年龄就是优势，田宇莹这么鼓励过他，张怀智也这么鼓励过他，他对此没啥切身的体会。和当人力资源部主任不同，在高管层，按他目前的处境，只能低调。

会议议程只有一个，就是合资，薛立功说，锦绣厂轻装了，可要出海远行，我们还没有船，这个船就是资金。刨去所欠的巨额外债不管，公司能够调动的资金不多。目前厂里的锰、铬、硅等主打产品在市场的竞争力有限，与南方后起的众多民营企业相比，产品优势和经济效益都是劣势，咋样才能立于不败之地，只有上一个高端的几十年都不能落后的拳头产品，才会解除企业的隐忧，这个产品就是钛白粉。薛立功钛白粉三个字一出口，会场哗然。钛白粉之于锦绣厂就是个敏感词，从上到下每个职工都熟悉它，或多或少有它的情结，大家都亮着眼睛看薛立功。

薛立功继续说，没有船就不出海了吗？不，当然要出海，没有船我们造船，造不起就借，借船出海也许是我们目前最明智的选择。接下来，薛立功详细地介绍了要与图强矿业合资的意向。图强矿业实力雄厚，是西南著名的私营企业，在未来的钛白粉项目中，他们将是投资的主力军。合资企业将实行股份制，公司名字将由锦绣金属有限公司改为锦绣图强金属股份有限公司。20世纪80年代末，锦绣厂曾有过一次不成功的股份制改造，新一轮的合资与股份制能否成功，大家交头接耳，说啥的都有。

薛立功讲完了，就到了讨论阶段。率先发言的是潘唯一，他的父亲潘章以胆小怕事著称，潘唯一却是个强硬派，敢想敢说，与他父亲是截然相反的两种性格。有人说他的性格随了母亲，他母亲也曾是厂里的老职工，是个说话办事都不让人的主儿。潘唯一和张怀智是同一届的大学毕业生，学的就是冶金专业，入厂后当过车间技术员，公司化后，任生产技术部主任、副总工程师、总工程师、副总经理，是一步一步干上来的，也是目前锦绣厂资历最深的人。当年闫振邦退休，他还和薛立功竞争过厂长。潘唯一说，借船出海的概念没问题，问题是借谁的船，船借对了，欠账还钱后还有盈余，等于赚着了；借错了，欠账还钱后赔本赚吆喝，连自己的企业也没了，公司是几代锦绣厂人艰苦奋斗的结晶，我们谁都没权力轻率做出关系企业前途命运的决定。张怀勇注意到，潘唯一说到这时，薛立功脸色已经很不好看了。薛立功风格霸道，全厂敢跟他提不同意见的只有潘唯一，潘唯一除了在厂里根基牢固，跟上边方方面面的关系也不错，算得上有恃无恐。潘唯一的意见是，要合资的话，还是找国有的企业集团更让人放心，比如四川的攀钢、江南的南钢等。

潘唯一讲完，另两个副总也发了言，都明确表态，自己站在薛立功的立场上。接着是财务总监杨红星发言，她也站在薛立功的立场上，与两个副总不同的是，她还用责问的口吻反驳了潘唯一。闫振邦当厂长时，杨红星只是财务处副处长，薛立功当厂长后，她一下子被提到了财务总监的位置上。

杨红星说，改革，首先要转变观念，观念不变，改革也只是换汤不换药，都啥时代了，还抱着国有的大旗不放，还想赖在国家身上吃饭？私营企业咋了，私营企业比国有企业发展得好的例子多了，我看图强矿业矿藏丰富，资金雄厚，借这只船可靠。潘唯一气得满脸通红，刚要站起来反驳，被薛立功用手势止住了。薛立功的脸转向右边，冲张怀勇说，怀勇，就你没讲了，谈谈看法吧。张怀勇说，由国家或个人名义投资组建新的企业，即所谓的合资企业，是企业深化改革的产物，由两家以上的投资者共同出资，共同经营，共负盈亏，共担风险，共同做大，这是一条企业走出困境的捷径，我觉得不管对方是国有还是私营，不管是国内还是国外，只要资金可靠，是最佳选择，就是可行的。上钛白粉项目是锦绣厂几代人的梦想，由我们这一代人来实现，是历史赋予我们的职责，责无旁贷……

薛立功面露得意，做最后的总结发言，说，少数服从多数，今天这个会，就算是通过了与图强矿业的合资意向。正像怀勇所说，重上钛白粉，是历史赋予我们的责任，锦绣厂这只船，就要出海远航了，接下来，就是程序，我们要进京，要和50年代一样，得到国家和有关部门的支持，还要着手与杜邦公司接洽，争取得到技术转让，同时，发挥我们厂的老传统，那就是自力更生奋发图强。不管怎么样，最终都得靠我们自己。

张怀勇日记摘抄：

合资意向已经达成。

合资得到了上级的支持，所以程序会很顺利。新的合资公司的名字叫锦绣图强金属股份有限公司。涂强也谋求过把图强放在前边，但牛太白和薛立功坚持要把锦绣放在前边，理由是他们的股份将占51%。别小看这1%，谁多了这1%，就将在合资企业里占主导权。涂强是投资者，也想占股份51%，但被锦绣厂一方坚定地拒绝了，在这一点上，无论是市委、市政府，还是锦绣厂高层，意见绝对一致，容不得半点儿让步。最后，图强矿业没有拗过锦绣厂。合资公司的董事长将由薛立功担任，涂强是副董事长。

涂强是冲着钛白粉项目来的，接下来，就是最重要的一环，跑项目。

晚上，姜小妮一个人在这座陌生的东北城市里走。她先去了古河，在河边走了一阵，又爬上大坝走了一阵，大坝上人来人往，都是锻炼身体走步的人。走在人群中她有一种强烈的孤独感，别人会认为她是南方人，只有她自己知道，她的根在东北，说得具体些，她的根就在这座城市，这样一来，这座城市的陌生中又有了些许熟悉的味道。

没错，是熟悉的味道，这来自基因，来自她的父亲和母亲。姜小妮的父亲和母亲，就是国家三线建设时从这座城市，准确地说，就是从锦绣厂奔赴大西南的。她的父亲是姜连子，母亲是古小闲。她生在四川长在四川，强大的基因却令她更像一个东北姑娘。

姜小妮的故事简单而又不简单，受父母影响，她大学学的是冶金工程专业，这个专业里男生多女生少，加上她出众的容貌，一直是受关注的对象。毕业后很多男同学都顺利地进入了冶金企业，女同学却没那么顺利，这样的重工业企业还是更喜欢男性，姜小妮几次求职受挫。姜连子跟她说，一个女孩子，做个文秘呀医生护士呀更适合，进冶金企业，我看不太合适。古小闲盯住姜连子说，咋就不合适了？妇女能顶半边天，锦绣厂还是冶金企业呢，当年刘英花那些女干部哪个不是干得挺好的？姜连子说，当年是当年，现在是现在，你去厂里看看，哪还有漂亮年轻的女职工？古小闲说，我就不信邪了，我就不信小妮一个冶金专业的大学生进不去冶炼厂？

姜小妮知道，母亲对冶金企业的感情相当复杂，她前半生在东北的锦绣厂，后半生在四川，都没离开过冶金企业。可她又都在边缘，做了一生职工医院的护士。生产一线一直是她羡慕的，她把一线情结寄托在女儿姜小妮身上，而姜小妮又恰恰延续了母亲的这种情结，她隐隐有一种冲动，那就是凭着自己的热情和实力，挤进冶金行业这个男人的舞台。

功夫不负有心人，多次投简历，姜小妮最终被一家私企冶炼厂录用。她想搞生产技术，老板却叫她当文秘，跟着老板做了一段文秘，她就受不了，琐碎的迎来送往和陪吃陪喝令她十分烦躁。有一次，老板叫她去饭店陪客户喝酒，她拒绝了，老板不高兴，冲她发脾气，她也发了脾气，说我是学冶金工程的大学生，不是三陪小姐。和老板闹翻，她主动辞职。

没了工作，又不想在家里闲着，正好看见一家幼儿园招聘教师，姜小妮就去应聘了。她虽然不是幼师专业，可毕竟是大学生，还是很顺利地被留用了。不久，她开始谈恋爱了，对象是球磨机厂的业务员，叫孙连正。他到处推销球磨机的铁球，业务范围是各种矿业和发电厂。做业务员除了一份固定的工资，还有提成，如果做成一笔大买卖，提成将十分可观，可惜，做了好几年业务员，他始终没做成过一笔大买卖，搞得老板很不待见他。姜小妮是在公交车上和孙连正相识的，当时她站在座位旁，手抓车顶横梁上的把手，两眼望着车窗外。一个小偷站在她身后，一只手悄悄伸进她挎包，把她的钱包捏了出来。就在小偷转身要走的一刹那，坐在座位上的孙连正挺身而出，抢过了小偷手里的钱包。小偷恼怒，和孙连正扭打成一团。车停到站点，小偷下车溜走了，孙连正的脸上却挂了花。这个见义勇为的青年令她心动了，这之后她主动和他联系，交往，开始了一段恋爱。上学时她虽与某男生有过一段朦胧的情感，但并没有实际上的接触，她与孙连正算是初恋了。那时姜小妮算是个纯情者，全身心投入，二人到了一起就是寻找可以独处的场所，小树林、电影院最偏僻的座位、河边、租用的小库房等，都是被他俩频频选中的地方。在这些地方，他们摸索着做一件事，有点儿像做贼，又理直气壮，紧张、专注而狂热。至少在那段时间，她觉得恋爱就是这个样子。

事情是在半年后发生变化的，有一天，姜小妮接到了孙连正的电话，约她下班后到南园酒家吃饭。南园酒家是有名的高档饭店，以往他俩吃饭，去的都是大众类饭馆，姜小妮有些意外，就问，你发财了？孙连正说，没发财，不过也快了，为了即将发财，咱俩先庆贺一把。姜小妮下班蹬着自行车去了，停车，到店门口一看，果然气度不凡，高台阶，玻璃转门，两个秀色可餐的迎宾员笑成一朵花。姜小妮往里走，有服务员引导，到一个满是藤蔓植物的包房。孙连正早候在里边，见了她一把拉她坐下，有服务员进来给他俩沏茶，然后退出。孙连正问，咋样，天天享受这种服务不错吧？姜小妮说，是不错，得有钱哪！孙连正说，想过有钱人的日子，就不能走寻常路，就要有所牺牲，我是想开了，不知你能不能想得开。姜小妮说，你啥意思呀？有话就直说，还绕啥弯子？孙连正说，好，那我就直说吧，一个偶然的却是难得的机会，让我认识了一个矿业老板，他的摊子好大呀，只要他答应用我的铁球，那咱们以后就不愁来钱道了。姜小妮疑惑地问，这与我想开想不开有啥子关系？孙连正嘿嘿地笑，表情变得不自然起来，说，关系大着呢，他、他想见你。姜小妮皱起眉头，说，我又不认识他，他要见我干啥？孙连正吞吞吐吐，想……想，就是想见你呗。姜小妮说，有话直说。孙连正说，如果和他搭上关系，这种高档场所就是咱俩经常来的地方了，实说吧，他看上你了，别误会，也可能不是那种看上，就是看上你的条件了呗。姜小妮冷笑道，我有啥条件，再说了，他咋会知道我？孙连正说，有个小儿子在你的幼儿园，他见过你。姜小妮立即有了一种不好的预感，还没来得及跟孙连正翻脸，门开了，服务员领进一个人，这个人冲姜小妮说，姜老师，是我想见你。

这个人就是图强矿业的老板涂强。孙连正见了赶紧给姜小妮介绍，就这样，她和涂强算是认识了。落座，点菜，都是山珍海味，有的姜小妮见都没见过。寒暄一番，涂强开始介绍自己，无非是炫耀自己的身家，也难怪，他的实力的确配得上他的炫耀。炫着炫着，他突然转过话头，说，姜老师，我有个不情之请，想请你加盟图强矿业。孙连正在一旁做惊讶状，啧啧连声，太好了太好了，感谢涂老板感谢涂老板，小妮前途无量啊！姜小妮说，我一个幼师，到矿业能做个啥？涂强说，我知道你是学冶金工程的，做幼师大材小用了，我们集团就缺你这样的专业人员，你去了可以做个工程师，也可以做个管理人员。姜小妮心动了一下，但还是冷笑道，对不起，我不胜任，我还有事，告辞了。起身就走，孙连正伸手拉她，被她狠狠甩开了。

姜小妮和孙连正分手了，这之后她再也没谈恋爱。很长一段时间她都无法从这件事的阴影里走出来，这个阴影如一个坚固的外壳，把她严严实实地包裹起来，使其他人很难进入。她是个漂亮女孩，她的身边也不缺少追求者，但这层外壳太坚硬了，有一些人无功而返之后，渐渐就再也没有人敢来攻坚了。

这件事改变了她的世界观，她从幼儿园辞职，又开始向有实力的冶金企业递简历。在遭遇无数次碰壁之后，她把电话打给了涂强。

姜小妮走下大坝，走进一条胡同，几经打听，找到了母亲租住的房子，她站在院门口喊了声妈。她推开房门，里面的古小闲正坐在炕上看电视，见了姜小妮，一脸惊喜，下地一把拽住她，说，小妮你咋来了？姜小妮心情十分复杂，又弱弱地喊一声妈，眼泪差点儿掉下来。母女俩就这样抱在一起。

古小闲身体硬朗，没啥大病，一个人居住，一个人做饭洗衣，只是显得有些孤单。姜小妮有一种不孝之感，她低了头说，妈，有朝一日我一定回来陪你。母亲问，那这次呢？姜小妮说，这次是出差。母亲说，要不我跟张大河说说，想办法把你调进锦绣厂来。姜小妮说，妈，不管我以后能不能进锦绣厂，我都要用我的实力，而不是走后门。古小闲嗔怪道，你呀，和我一样倔。母女俩都笑了。

母亲下厨做晚饭，被姜小妮拉住。姜小妮说，妈，就让我给你做一顿饭吧。母亲推开她说，到妈这儿了，就让妈做，你要是真关心我，就尽快把自己的事情解决了。母亲所指的自己的事情就是姜小妮的婚姻大事，她也算大姑娘了，按理应该成家了，想想这些年的波折，古小闲心里就有一种疼痛感。

姜小妮没再争抢，默默看母亲去厨房忙碌。晚餐很丰盛，有她爱吃的四川菜，也有东北菜。古小闲在四川生活那么多年，始终不喜欢麻辣，一辈子都没改掉爱吃东北菜的习惯。姜小妮生长在四川，吃惯了麻辣，恐怕也是一辈子都改不掉这个习惯了。

薛立功亲自挂帅跑项目，成员有厂里的，也有市委、市政府派来的。牛太白给予了太多支持，亲自跑部委办。

钛白粉项目，也就是氯化法钛白，对中国的重要性业内人士都心知肚明。高档的氯化法钛白粉生产，到20世纪90年代初依然是国家空白，国家每年都要花大量外汇进口钛白粉。20世纪60年代时，国家曾将钛白粉的研发放到至关重要的位置。20世纪50年代、70年代锦绣厂都有过尝试，50年代建过直径三百厘米的沸腾氯化试验炉，20世纪70年代建过直径四百厘米的试验炉，尽管最终都被迫停试，却也积累起了很多的经验。这就是锦绣厂的优势。在中央领导的支持下，经过一系列的恳谈、陈情，国家计委与国家经委终于批复了锦绣厂的“钛白粉项目建议书”。

审批程序繁复，急缺得力的人手，除了潘唯一，另两个副总也上过阵，不理想，又用了杨红星，也不理想。杨红星搞财务行，“跑部进京”明显不胜任。薛立功这个时候想起了张怀勇。一个电话，把他召进了北京。

某酒店，张怀勇敲开薛立功房间的门，开门的不是薛立功，是姜小妮。这是张怀勇第一次见姜小妮，姜小妮冲她一笑，笑容很甜。朝里走，薛立功正在收拾行李箱，他让张怀勇坐下，自己也坐下来。姜小妮开始沏茶，倒了两杯，一杯给张怀勇，一杯给薛立功。

薛立功说，公司的事太多，今天我就得回去，北京这边的事就交给你了。张怀勇说，你放心，我一定全力以赴。薛立功说，这边除了有咱公司的几个人外，还有市政府的老董和图强矿业的小妮，他们都是你的助手。对了，认识一下，这就是姜小妮，她很有能力，是个跑关系的行家呀！姜小妮说，薛总说笑了，我哪是个行家呀，就是胆大脸大，哪都敢去罢了。薛立功大笑。转而对张怀勇说，这个房间就归你了，你就是锦绣厂的全权代表。

薛立功回去后，北京这边张怀勇就算正式挂帅。他连日奔波，碰的都是硬骨头。攻不下时他就迂回，找其他办法。在北京，他一共盖了近百个红章，其中最难盖的就是化工部的一个章。管事的处长是个四十多岁的山东人，姓邢，坚持说锦绣厂资质不够，技术力量单薄，不可能攻破氯化法钛白粉的技术难关，盲目上马，对国家和企业都是一种冒险和浪费。张怀勇从化工部办公大楼出来，头沉脚沉，步伐缓慢。这里离他们下榻的酒店很远，开车都得一个小时左右。他没打车，一个人低头走，走着走着，差点儿撞上一个人，抬头看，发现是姜小妮。

张怀勇问姜小妮来做啥，姜小妮说，来接你。张怀勇前后看看，没发现有锦绣厂的车。来接他，又没带车？张怀勇苦笑了一下，没心情多想。姜小妮掉头，和他并肩往回走。姜小妮问，是不是在化工部碰了钉子？张怀勇没吭声。姜小妮说，要不，我再去碰碰运气？张怀勇说，不用了，你碰也是钉子。姜小妮说，钉子多碰几次，也会松动。张怀勇忍不住扭头看了看身边这张年轻漂亮的脸，图强矿业派她跟着薛立功，不过就是美人攻关的伎俩。对姜小妮这类人，他除了轻视，根本没想过她这类人会有何能力。不过，她刚说的这句话，还是让他心头一动。

姜小妮接着说，我和一位姓邢的处长有过几面之缘。张怀勇的心又动了几下，脱口说，你咋能认识他？话出口觉得不妥，人家咋就不能认识他呢？张怀勇自嘲地笑了笑，把脸转向前方。姜小妮似乎并没在意他的这句话，说，我随我们老板涂强来过几次北京，和方方面面的人见过几次面，其中有一次就是和邢处长。还有一次在茶庄喝茶，邢处长也在。这位邢处长很有品位，喝茶十分在行，不管是什么茶，只要呷一口，就能报出茶的品种、等级，巧了，我上学时课外选修过茶道，就和他聊了些茶品类的话题。张怀勇觉得对这个女孩不可等闲视之了，他把邢处长的想法和盘托出，问她有啥好的建议。

姜小妮想了想，说，这样好不好，今晚我约他喝茶？张怀勇说，喝茶太薄了，还是先吃饭，后喝茶吧。姜小妮摇摇头说，不，估计他饭局多得推都推不开，请他吃饭很可能被拒绝，喝茶清淡高雅一些，他也许会答应去。张怀勇觉得她说得有道理，就点头同意了。

姜小妮问，是咱俩一起和他喝茶呢，还是……张怀勇说，还是你俩喝吧，你俩是熟人，我去了反而不方便。姜小妮显然是故意这样问，明白事理的张怀勇当然不会搅局。二人步行了一个多小时，实在走不动了，才叫了出租车。

张怀勇日记摘抄：

我不知道姜小妮到底有多大的能力，既然她要试试，就让她试试吧。有人说过，女人的能力是无法猜测的。

后海胡同里有一家不小的茶社，中式装修，紫檀色的主色调，古瓷瓶、茶桌、茶具古色古香。前厅有茶座，往里走有包房。服务员都是有模有样的年轻女子，穿旗袍，脸上带着古典式的微笑。姜小妮来过这里几次，她知道这家茶社与众不同，主业就是品茶和聊天，干净又有品位，还有善于茶道的服务员。

姜小妮比约定时间早到三十分钟，这是她的职业习惯。如果是单纯的男女约会，她也会像其他女人一样矜持，晚到那么几分钟。晚到与早到有着仪式般的不同，姜小妮很在乎这些，别看她年龄不算大，人情世故却知道不少。

进包房，坐在看起来有些老旧的木椅上，她觉得自己也一下子成了一个老气横秋的人。三十年前，姜小妮在四川绵阳的一个工厂住宅区出生，成了一个四川妹子。可她的父母姜连子和古小闲都是地道的东北人，1964年到四川参加三线建设，1968年二人结婚。父亲是二婚，前妻病逝，他和前妻生的孩子并没随他到四川。姜小妮在四川长大，有四川人的灵秀、倔强，又有东北人的粗犷、豪放。凡跟她接触过的人都说她是个有性格的姑娘，只是这个“有性格”，被每双眼睛解读的结果是不一样的。

门口有亮光一闪，邢处长出现了。这是一个四十多岁的男人，身体还没发福，有些拔顶，前额锃亮。姜小妮抹掉缤纷的思绪，笑脸相迎。邢处长坐到她对面的位置，说，姜小姐请喝茶，再忙也得来，我推掉了六个饭局。姜小妮说，太感谢了，能跟邢处这样的领导一起喝茶，是我辈的福分。邢处长说，我算不得什么领导，不过，喝酒伤身体，喝茶养精神，我还是比较喜欢喝茶的。服务小姐在一旁问，二位喝什么茶？姜小妮说，我自己带了一款茶，想请邢处长品鉴。说罢，拿出一个礼盒，打开，掀去一层丝绒布，露出两个亮晶晶的瓷瓶。服务小姐示意要帮着沏茶，被姜小妮拦住了，说自己来，叫服务小姐拿来滚开的水即可。片刻，服务小姐提着冒气的水壶进来。姜小妮冲洗茶具，投茶、洗茶、冲泡、出汤，动作娴熟优美。递一杯呈琥珀色的茶汤过去，邢处长接了，闻香，观色，呷一口，啧啧嘴，说，这是二十年左右的老白茶，茶汤颜色要比新茶略深，香味清幽带毫香，口味醇厚回甘清甜，这款茶又名白金茶，药用价值和品饮价值都不错，产于福鼎，确是好茶，姜小姐有品位。姜小妮笑道，哪里，邢处才有品位，会品茶的男人都是值得深交的。

品了一会儿茶，邢处长说，姜小姐请我来不是单单为品茶吧？姜小妮莞尔一笑，说，邢处真是爽快人，我也就不藏着掖着了。我们锦绣厂的历史您是知道的，从20世纪50年代开始，作为国家重点项目就上马过钛白粉，现在再上，也是经过几代人的努力，条件逐渐成熟了，才敢啃这块硬骨头。邢处长说，我理解你们的感情，但感情代替不了理智，就目前情况看，我们国家的科技能力有限，财力也有限，盲目上马钛白粉项目，如果不成功，损失会很大的。姜小妮说，国家经委和计委已经批准了我们的建议书，您只要顺水推舟，就成全了锦绣厂。邢处长叹口气说，这个情况我是知道的，按理说我可以顺水推舟，不负啥责任，但化工部是最懂这个专业的，我们知道，此时上马的条件并不像你所说的已经成熟，而是还有很大的风险性。姜小妮说，铁人王进喜说过，有条件要上，没有条件，创造条件也要上，如果坐等条件成熟，那恐怕中国会更加落后于西方发达国家。邢处长说，现在不是喊口号的时代了。姜小妮说，我知道，现在是更加注重科学注重实际的时代，但铁人喊的口号并没过时，钛白粉的生产能力是考量一个国家综合实力的重要指标，只要有希望，冒一点儿险是值得的。

两个人一来一往，争论得十分激烈，各不相让。姜小妮毕竟是学冶金专业的，聊到一些专业性话题也头头是道。还是邢处长率先低头沉默了。姜小妮乘胜追击，说，您的担心也不是没有道理，搞这个项目，仅凭我们一个企业之力显然不行，我们是早有准备的，国际上我们联系了钛白粉的权威公司，国内我们与西南的一家专门研究钛白粉的科研所挂钩，技术上的准备是十分充足的。邢处长抬起头说，据我所知，美国的杜邦公司已经拒绝向中方转让技术。姜小妮说，可据我所知，掌握钛白粉核心技术的不仅是杜邦公司一家吧？邢处长笑了，摇了摇头，说，这样吧，我们会对这个项目做进一步的考核。姜小妮赶紧给邢处长倒茶，然后举起茶杯道，谢谢邢处，咱就以茶当酒，小小庆贺一下吧。邢处长笑道，现在庆贺是不是为时尚早？姜小妮说，只要是有利于美好前景的信息，都值得庆贺。

两只茶杯轻轻撞了一下。

张怀勇日记摘抄：

一个看似不起眼的角色，也许就是打开前方景致的一扇窗。姜小妮和邢处长的接触不管有没有实质性的作用，我都觉得姜小妮是打开这扇窗的重要角色。

今天是我来北京的第七日，站在酒店房间的窗前，可以眺望北京城的大半景观，天空晴朗，楼房、平房、大街、胡同、车辆和行人，在阳光中呈现一种沙雕状。四周安静，下边的树木静止，心中却波涛汹涌。

化工部的公章已经盖妥。自今日起，钛白粉项目就算是又一次上马了。几代锦绣人的努力又将继续，多少人将激动不已。

经外经贸部批准，西南××铝镁设计院和化工部××设计院共同参与，采用国外专家技术咨询—联合设计的方式引进钛白粉技术和装置。按照这个方针，随后将成立钛白粉项目筹备组，方方面面的人都将参加进来。

我打电话把这个消息告诉了父亲。电话那头，父亲好一阵没说话，我知道，他此时比我还兴奋。

俱乐部有一架挺气派的三角钢琴，它静静待在舞台后边的一间屋子里，已经很久无人问津了。20世纪80年代锦绣厂养了一支脱产的文艺队，鼎盛时期达到四五十人，当时还有个专职的钢琴演奏员。90年代文艺队解散，那个演奏员辞职，到外边谋生去了。这架钢琴就闲下来。并轨时工会主席老刘主张把这架钢琴处理掉，被田宇莹拦下。起初老刘不同意，后来还是薛立功发话，老刘才作罢。田宇莹的母亲当年是子弟学校音乐教师，弹得一手好风琴。田宇莹从小跟母亲学过风琴，后来又跟人学过一段钢琴。她时常会找机会来俱乐部，用钥匙打开那间房子的门，坐下来，平心静气地弹一阵钢琴。

锦绣厂还有一个会弹钢琴的人，那就是邱桂兰。邱桂兰是文体委员，主要特长是音乐舞蹈，说得再具体点儿，就是唱歌跳舞。乐器不算她的强项，钢琴、手风琴都会一些，水平有限，尤其钢琴，弹得结结巴巴，也就不咋爱弹。田宇莹弹琴很多人听了都说好，邱桂兰就有些嫉妒，爱在背后指指点点，并由琴声扯到生活作风，说话很难听。

没有不透风的墙，邱桂兰的背后语或多或少地传进田宇莹的耳朵，她气不打一处来，一时又找不到适当的借口回击。回家把这事跟张怀勇讲了，意思是让张怀勇替她出气。张怀勇不接茬儿，田宇莹十分失望。

张怀勇不帮忙，田宇莹只能靠自己，终于有一天，因为一件后来她都忘了的小事，率先朝邱桂兰开火。邱桂兰原本不是省油的灯，不光嘴不饶人，惹急了，有时会动手挠人的脸。面对田宇莹的攻击，她气得浑身发抖，脸都绿了，嘴和手却都迟缓得很。没办法，此时田宇莹的实力太强，无论是薛立功，还是张怀勇，有一个人出手帮她都够受的。

要是以往，老刘会毫无顾忌地帮助邱桂兰，向田宇莹发难。但现在不行了，他顾忌太多，他需要想一个妥善的办法化解两个下属的矛盾。其他人也怀揣各种心态，看老刘如何摆平这两个不寻常的女人。

田宇莹和邱桂兰在锦绣厂都有很高的知名度，如果她俩非要压倒对方，最棘手的就是她们的上司老刘了。老刘知道，她俩都算得上事业型女人，又都不甘人后，是针尖对麦芒了。老刘苦思冥想，也没想出一个令自己满意的办法。一天，在街上遇见了张大河，他脑袋里灵光一闪，心想张大河是田宇莹的老公公，他想出的办法一定能让田宇莹也没话说。老刘先和张大河套近乎，套着套着就把自己的苦恼说了，让张大河替他想一个办法。张大河说，这有啥难的，用咱的老规矩，比酒，输的认输，赢的饶人，再难的问题也解决了。老刘说，还是张师傅主意高，实在是高。

老刘开始做田宇莹和邱桂兰的思想工作，让她俩接受比酒这个在老一辈中盛行的民间规则。老刘说，老一辈的做法有些看上去不怎么科学，但很实用，就说这比酒，在酒面前人人平等，啥背景啊靠山哪都被酒气冲跑了。田宇莹问，赢了咋样，输了又咋样？老刘说，不管谁对谁错，比输的就是错，就要向赢的赔不是，以后就要和平共处。田宇莹说，我才不稀罕和她比呢！老刘说，这是你公公张大河的主意，你可以不给我面子，不能不给你老公公面子吧？田宇莹沉吟一会儿，说，好吧，我给你们面子，比就比，谁怕谁呀！邱桂兰也说，既然是张老师傅的主意，我没说的，比就比。

用民间规则，邱桂兰觉得对自己是相对公平的，不管输赢，都能为自己争得一点儿面子，为自己以后的工作扫清一些障碍。另外，用比酒的办法解决问题，也算是个偏向她的办法。在锦绣厂的女职工中，她的酒量是数一数二的，都知道她酒量好，招待外宾时就会有领导喊上她。想一想比输了的田宇莹歪歪斜斜地跟她赔不是，她胸中就涌动着一种惬意，当她不计前嫌地搀扶住对方，摆出一副大人不计小人过的姿态时，再高傲的人也会有所感动的。这样一来，所有不利于自己的矛盾就都解决了。

比酒是经过老刘精心安排的，地点是锦绣酒家。锦绣酒家的前身就是锦绣小酒馆，酒家老板已经不是当年的老包了，这么多年过去，锦绣厂已经没人知道老包的下落，想一想他要是活着，也已经八十多岁了。现在的酒家老板与老包没有任何关系，即使有侵权嫌疑，也不会有人来理论的。以前锦绣小酒馆很小，也就能放几张桌子，现在锦绣酒家不小了，光包房就有十多间。老刘定了最大的包房，能容得下十几人。邀请的比酒证人就是大名鼎鼎的张大河。

张大河爽快地答应了，近年来，用民间规则比酒的已越来越少。这种形式很容易令人想起逝去的人和事，有一种缅怀的味道。张大河往酒家走，一路上想起了很多人，比如姜连子，比如袁老师……

与此同时，还有一些人在往锦绣酒家走。这是一个激情时刻，充满了猜测与向往，要不是老刘有意封锁消息，控制人数，要来看比酒的人恐怕整个酒家都容不下。田宇莹和邱桂兰走进包房时，里面早已坐满了人。所有的目光都盯住两个主角，她俩都精心打扮过，一进屋就带进了一团阳光般的亮色。坐在中间位置的老刘说，今天我和张大河师傅坐中间，我左手边邱桂兰坐，张师傅右手边田宇莹坐。众人坐定，只差了一个张大河。

酒菜陆续摆上桌，有人提议，咱边喝边等吧。老刘说，不行，张师傅不来，不算数。邱桂兰说，张师傅没来，是不作数，也不能吃菜，但我可以和宇莹先喝几杯，算是序曲。立即有人附和，说这样好，有序曲才显得更正式。老刘抬眼看田宇莹。田宇莹轻声说，好。老刘说，咱们都别动筷，宇莹和桂兰可以先喝。

有人给田宇莹和邱桂兰斟满了酒，酒是本地产的六十度烧酒，劲道不次于二锅头，用的是喝白酒专用的小盅。二人一起端盅，酒味即刻漾开，满屋充满酒香。她俩互不相让，一连干了三盅，都脸不变色。大家起哄般喝彩，比酒的氛围被营造出来了。

邱桂兰说，前三盅是开场，咱再干三盅，算是对过去的一个了结。还是有人附和，说对对，再干三盅，过去的就算过去了。田宇莹还是轻声说个好字，右手捏起酒盅。二人又连干三盅，还是脸不变色。

邱桂兰又说，接下来三盅，是展望未来，喝不喝？田宇莹又轻声说好。二人又连干三盅。脸上都微微泛潮了。

张大河进来时，一瓶白酒已经下去了多半瓶。大家都站起来，让张大河坐到老刘身边。田宇莹怯怯地轻呼了一声，爸。张大河坐下，回了田宇莹一句，比酒桌上不分亲疏，让我做证人，我就一碗水端平，不，是一碗酒端平。老刘说，张师傅，你咋才来呀，她俩已喝了半瓶的序曲酒，接下来进入正式环节，你来主持吧。张大河说，我是按点来的，这会儿才到时间，我并没迟到。众人看看时间，果然才到约定时间，的确是众人太着急了。

张大河和大家又喝了三盅酒，之后还是两个主角比酒。田宇莹说，盅太小了，能不能换个杯。邱桂兰愣一下，不甘示弱地回道，可以。老刘看张大河，张大河说，换就换吧，杯大一点儿才像个比酒的样儿。老刘冲门口喊，换杯。

盅换成了玻璃杯，就是人们通常说的口杯，容量二两半的那种。一口杯下肚，两个主角的脸都艳若桃花了。老刘压低声音问张大河，这样喝她俩能行吗？张大河说，敢于比酒的，都没大问题。

继续喝，又是你一杯我一杯，有条不紊互不相让。连喝三杯，立见高下。邱桂兰的脸红得发紫，摇头晃脑，舌头打卷。田宇莹的脸依然艳若桃花，仅此而已，神态自若。邱桂兰喝不下去了，摆手告饶，田宇莹又连喝了三杯，还是老样子。众人都被震撼到了，邱桂兰吃惊非小，觉得田宇莹平时隐藏得太深，再不敢小瞧对方了。

比酒以邱桂兰完败而告终。转天，她主动跟田宇莹赔了不是，田宇莹也顺势做出和解姿态。

锦绣图强金属股份有限公司志摘抄：

国家计委将钛白粉项目列入国家技术改造限额以上、基本建设大中型新开工项目，连同其他省市的重点项目，由化工部下达了开工计划通知。

×年×月，钛白粉分厂正式成立，任命谢坚强为厂长，主要负责工程建设以及与有关部门协调贷款的后续事宜。杜东风为副厂长，负责生产和技术工作。

没有经验，没有书籍可以借鉴，厂里的技术人员一次一次向外国专家咨询，一次次向国内设计人员学习。一批当初对钛白一窍不通的人，在后来的钛白攻关过程中，把自己打造成了技术专家。

经过一年的紧张施工，钛白粉分厂的主体结构全部完工。

×年×月×日，钛白粉项目打通了最重要的氧化工序，开始全线试车。

闲置多年的钛白粉分厂旧址旧貌换新颜，一座崭新的厂房披红挂绿。这里原本闲置许多年，废弃的机械蒙着厚厚的尘土，杂物堆积，蒿草遍地。这些年间，多次有人提议将这个旧址挪作他用，都被锦绣厂的历届当家人拒绝了。之所以留着它，就是为了重上这个项目。厂房前立了碑，悬挂了横幅，摆放了花篮彩旗，邱桂兰还找来了一队身穿旗袍的模特儿充当礼仪小姐。十点钟整，鼓乐齐鸣，试车仪式开始。

锦绣厂一下子进入喜气洋洋的氛围之中，就连并轨自谋职业的那些人，也在替锦绣厂高兴。很多退休的、下岗的职工拥到厂门口，要进去参观试车，被保卫部的保安拦住。

张大河对保安队长李振华说，我们这些人都是锦绣厂的老人，都是参加过50年代第一次试车的人，让我们进去看看不行吗？李振华脖子一挺，说，不行，都进去，那不乱套了。王裕国挤过来说，小子，你知道他是谁吗？他是你爸的师傅张大河。李振华说，别说是我爸的师傅，就是我爸来，也不行。人群后边挤过来李旺发，冲李振华嚷，看把你小子能耐的，滚开，不让我进去可以，不让我师傅进去，你小子就别认我这个爹。看亲爹真来了，李振华的底气就没那么足了，他想了想说，那好，那就让张大爷进去，别人免进，我张大爷是啥角色你们也知道，都没意见吧？众人不吭声了，李振华侧过身子，他身后的保安闪开一条道。张大河大摇大摆进了厂门。

尽管这些年厂子变化不小，张大河还是轻车熟路，直奔钛白粉分厂。进厂房，里面已经聚集了不少人，薛立功等公司领导也在里边。张大河在人群里找到张怀勇，凑过去问咋样了。张怀勇看见父亲来了挺惊讶，问你咋来了。张大河拉下脸说，我咋就不能来，当年试车，我就在这现场。张怀勇说，来就来吧，现在也看不出个眉目。张大河说，当年试车多次，都没成功，主要原因就是氧化炉结疤，外围装置也跟着凑热闹，一个故障接一个故障，试了好多天，最后还是失败了。张怀勇问，到底是啥原因造成失败的？张大河说，氧化工序是氯化法钛白粉的核心，技术复杂，操作难度太高，那个时代，我们确实不具备这个能力，大家全凭着一股爱国热情挺着。张怀勇叹了口气说，热情代替不了实际，只有尊重实际，才有可能成功。张大河问，怀勇，现在我们是不是已经具备这个实力？张怀勇说，还没有十足的把握。张大河说，天可怜锦绣厂，是该我们成功的时候了。

潘唯一也看见了张大河，他凑过来和张大河打招呼。当年他父亲潘章和张大河的关系不错，后来潘章病逝前住院期间张大河多次前去探望。潘唯一问，张叔，你有啥建议吗？张大河连连摇头说，老了，落伍了，哪还有啥建议。潘唯一说，当年保留下来的资料显示，当时的连续运行设计值是十天，保证期是五天，可试车每次都没超过三天就被迫停车了。张大河点点头说，没错，我是当事人。潘唯一问，后来呢？张大河说，后来嘛，试验的成本太高，当时国家的财力有限，只好下马了。潘唯一叹口气说，不容乐观哪！张大河说，现在刚刚试验，咋就不容乐观？潘唯一愣了一下，连连点头说，没错，您说得对，要有信心。

张大河在现场戳了半天，也没看出子丑寅卯。那种满怀信心又充满担心的紧张热烈的氛围还是感染了他，令他想起了很多已模糊的往事。

张大河从厂大门出来时，门口的人群已经散去大半，只剩下一些固执的人，还在那儿三三两两地聊天。这些人大多是张大河那一辈的，见他出来了，呼啦一下围拢过来，问这问那。张大河说，你们都知道，一时半会儿是看不出啥来的，都回家吧，别误了吃晚饭，不然老婆子们该不乐意了。众笑。王裕国说，师傅，这老了老了，还成妻管严了？张大河说，妻管严才能过好日子，如果家家都是妻管严，那男人都不会做出横事来了。

张大河说到做到，分开众人回家，王裕国和李旺发撵过来和他一道走。三个老头儿边走边聊，先聊钛白粉，又聊并轨，三扯两扯，扯到了下岗的子孙。王裕国说，还是师傅的儿子们有出息，有当书记的，有当老板的，最次也是在岗的班组长，不像我呀，每天都得为下一代操心。张大河问，你家建设咋样？王裕国说，能咋样，不好混哪，这小子要脸儿，蹬三轮拉客嫌丢人，蹲市场卖菜拉不下脸，后来总算托人找了个体面一点儿的活儿，在一家私营企业当保管员，就是给人发发货，不用抛头露面。有一次，给客户发货发错了，被老板骂了几句，这小子挂不住脸了，说一声我不伺候了，就跑回家了，唉，现在就闲在家里啥也不干。李旺发问，媳妇呢？王裕国说，媳妇原来是纺织厂的挡车工，比建设下岗还早，要不是媳妇在外边打工，这一家三口就得喝西北风去。张大河听了心里不是滋味，说，别急，我回去跟怀智和怀勇说说，看能不能帮得上忙。王裕国说，让师傅操心了。

张大河先到家，和两个徒弟分手，上楼，开锁推门，本以为扑面而来的是一股菜香，提鼻子嗅嗅，除了有一股关门太久闷出来的味道，并没有嗅到他想嗅到的香味。他皱了眉头，朝厨房里看，没人，再朝卧房里望，看见洛慧敏坐在椅子上，正气呼呼盯住他。

张大河问，咋了？洛慧敏说，老了老了，还犯桃花运了？他说，没头没脑的，你啥意思？洛慧敏说，下午老吴头儿来了，把你和古小闲的事全说了。他哭笑不得，说，我和古小闲有啥事了，这么多年过去了，年轻时没事，老了还能有事？洛慧敏说，年轻时是没机会，老了有机会了呗！他说，别忘了，当初可是我甩的她。洛慧敏说，那是你说的，我从来没听她说过是你甩的她。气得他一个劲儿地摇头，想当年他和古小闲有过不少纠葛，洛慧敏从不计较，算得上是个大气的女子，没想到老了老了，还开始吃醋了。

张大河想发作，几个脏字要出口时又被他憋了回去。他努力平稳一下心绪，问，老吴都说些啥？洛慧敏说，老吴头儿说他是单身一个，古小闲是一个单身，人家两人般配着呢，可因为中间夹了个你，古小闲就不同意。张大河说，古小闲不同意与我有啥关系？洛慧敏说，老吴说没有你，古小闲就不会拒绝他了。张大河冷笑道，我也不能因为他就死了吧？我这体格硬朗着呢！洛慧敏说，别穷显摆，说嘴打嘴，说自己从没感冒过的转天就会感冒，说自己硬朗的没准明天就趴下了。哎，咱别扯没用的，我问你，你是不是答应古小闲啥了？张大河说，我能答应她啥呀？洛慧敏说，答应我没了你就跟她？告诉你，我也硬朗着呢！张大河苦着脸说，你这才叫瞎说呢，别说嘴打嘴。洛慧敏说，你是不是特希望我说嘴打嘴？张大河说，我啥都不说了成吧。洛慧敏说，这还差不多。

洛慧敏的脸色由阴转晴，起身去厨房做饭。张大河长出一口气，一屁股坐到洛慧敏刚才坐的椅子上。

涂强也赶来参加了试车仪式，仪式结束，回了下榻的酒店。下午四点钟左右，薛立功来到酒店，商量下一步的工作。涂强说，合资公司的人事安排双方都没有异议，下一步的工作重点，就是把钛白粉的技术难关攻下来，可是，难关毕竟是难关，说心里话，我的心里没底。薛立功一脸自信地说，人心齐，泰山移，只要咱们拧成一股绳，就没有攻不下的难关。涂强受到鼓舞，点点头说，有你这句话，我就放心了。

几天后，涂强带着姜小妮回了四川。

锦绣图强金属股份有限公司志摘抄：

钛白粉项目攻关领导小组暨专家组成立，组长由省长助理顾天来担任，副组长由化工部建设协调司副司长贺君、省化工厅厅长张国民、副市长叶文广担任，组员由省、部、市有关部门和企业领导组成。明确了攻关的总体目标：确保装置安全平稳连续生产五天以上，争取七天，并具备维持简单再生产能力；产品质量达到杜邦公司R-902质量标准。

专家组成员涵盖了国内钛白粉领域的所有精英，代表了国内氯化法钛白粉的最高权威。钛白粉的成功是他们毕生奋斗的目标。

事物都是在变化中发展的，钛白粉项目的研发、试验一波三折，前方虽有亮光，但看得见摸不着，脚下的万水千山令很多人产生了困惑。面对庞大的资金消耗，各种议论和猜测也接踵而来。

张怀勇在走廊里碰上薛立功，张怀勇点一下头，与他擦身而过时薛立功叫了他一声怀勇，他只好停住步子。薛立功说，到我屋坐一会儿吧。张怀勇愣了一下，薛立功语气温柔，不是他以往的风格，张怀勇满腹狐疑跟在他身后进了他办公室。

屋里有一股闷久了的味道，想必薛立功是不经常开窗通风的。张怀勇有经常开窗通风的习惯，他待的屋子总会保持空气新鲜，即使是寒风凛冽的冬季，他也会每隔两个小时开一会儿窗户。张怀勇坐在薛立功办公桌的对面，两个男人四目相对，含意各有不同。对于薛立功，张怀勇除了有一份对上司的拘谨外，更多的是来自男人的愤怒与仇视，尽管这种愤怒与仇视经过了压制与掩饰，他还是觉得对方应该感觉得到。

薛立功说，怀勇，你是咱锦绣厂最有智慧的人，我想听听你咋看钛白粉的前景。张怀勇冷笑了一声，说，哪呀，比我有智慧的人多着呢！薛立功说，不必谦虚，说实在的吧。张怀勇说，钛白粉项目是锦绣厂几代人的目标，我对这个目标从来没有过怀疑。薛立功说，目标是目标，还是说实际的。张怀勇说，我不是研发团队的成员，对一些内幕并不知情。薛立功苦笑道，也没啥内幕，要说内幕，就是我们的团队实际上已经攻克了氯化法钛白的核心技术，知道吗？这个技术来之不易，是我们靠着自力更生精神，经过无数次的失败而取得的自主研发的成果，可到了试车阶段，还是有这么多拦路虎。

张怀勇说，目前的难点是氧化炉频繁结疤，为啥会结疤？钛白生产线自动化控制系统是精密系统，要求非常严格，可以说是差之毫厘，失之千里。整个生产线有几千米管道，在高压、强腐蚀介质中串联在一起运行。只要其中某一个点出现微小问题，都有可能造成系统全线停车，其中有氧化炉操作不当的原因，有管线、阀门泄漏的原因……归根结底，是咱们的工人技术不行。你说吧，咱们的冶炼工摸惯了钢钎、铁锹、大锤，干活儿是粗线条的，现在一下子变成了精密设备，干活儿要细线条，他们适应吗？不出问题才是不正常呢！

薛立功频频点头。张怀勇接着说，这只是其次，最重要的原因，我觉得还是我们的研发存在问题，我们掌握的核心技术一定存在某些缺欠。知晓内幕的薛立功暗道一声厉害，不动声色地说，你有啥好的建议？

张怀勇说，我也没有更好的办法，咋往下走，还要看咱们的研发团队取得什么样的成果。薛立功说，你的意思就是走一步看一步了？

张怀勇说，我的见识有限。薛立功说，我很看重你的见解，不然也不会找你谈话，现在看来，我们的看法还真是一致的。张怀勇不想再多说，目光凌厉地盯住薛立功。他发现薛立功额头的皱纹深刻，鬓角花白，想他也就五十出头，却已不可阻挡地显出老态。

回到自己办公室时，窗外下起了雨，雨不算大，有风相助所以势头很猛，雨珠拍打在玻璃窗上噼噼啪啪地响。张怀勇坐下，给自己沏了一杯茶。茶水由滚热到温热时，有人敲门，张怀勇喊了一声请进。门被推开，进来的是财务总监杨红星，张怀勇和她平时没啥交集，也没有私人往来，见面就是一般的客套话而已。这是杨红星第一次来张怀勇的办公室，他有些惊讶，客气地让座，又亲手给她沏了一杯茶。

杨红星也是锦绣厂“世家”出身，她父亲是一名工程师，当年曾参与过钛白粉的研发，后来又参与核潜艇用铁合金的研发。杨红星上大学学的不是冶金而是财务，这令老父亲很是失望。进锦绣厂后，她一直是薛立功的忠实追随者，薛家的大事小情总能看见她的身影。都说杨红星是个识时务的聪明人，审时度势，能伸能屈。要想在锦绣厂进步，没有靠山是不容易的，她长得不漂亮，不能发挥女性优势，那就只能靠自己的实力和努力。薛立功也想找一个自己人掌管财务，就这样，杨红星很快成了薛立功的心腹。

你的茶真好喝！杨红星说。声音很温柔，眼波也很柔软。张怀勇笑道，杨总真会说话，我这茶是去年的安吉白茶，还不是特级的，会品茶的人都应该扔掉了，哪算得上好茶。杨红星说，你的意思是我不会品茶呗？张怀勇说，哪里哪里，我知道你是品茶高手呢！办公楼里都知道杨红星会茶道，她的办公室里有一套工夫茶具，到她那儿去，只要她看得起的人，她都会一招一式地沏茶给人喝。聊着聊着，杨红星把话题扯到钛白粉项目上，她说这个项目就是一个无底洞，会把本来就经济效益不咋的的企业拽入深渊。张怀勇说，图强矿业不是投资了吗？杨红星说，钛白分厂的基建、上新设备已花去大笔的资金，现在的研发、试验就是烧钱，这么跟你说吧，现在钛白这个项目一天的耗资量就是两辆崭新的奥迪A6，照这样下去，企业终将被拖垮。杨红星是管财务的，她的这笔经济账显然要比张怀勇算得好。张怀勇顿觉心头发沉，心情和窗外的雨天一样阴郁起来。

杨红星说，我们这次上钛白粉项目，是不是又操之过急了？张怀勇没回答。杨红星又说，咋样才能避免企业被拖垮？张怀勇摇摇头，还是没说啥。杨红星自问自答，我这样问，可能也是难为你了。

杨红星离开张怀勇的办公室时，窗玻璃上的雨滴声明显弱下来。杨红星回到自己的屋，到窗前往外看，雨明显小了，厂院里显得有些冷清，厂房被雨水冲刷得干净了许多，地面积了薄薄一层雨水。最近杨红星做了一连串与往常不同的事情，比如去和张怀勇聊天，比如……

她一屁股坐进转椅里，两眼盯着天花板，听着窗外雨声涟涟，突然觉得自己的神经像蚕丝一般纤弱。她从一个普通会计干到总经济师的位置是不容易的，她一向要强，总是想出人头地，落实到工作，就是要干出成绩。她的进取之路走得并不顺利。她原本是个极有个性的人，可这些年的磨炼磨平了她的棱角，所谓尊严也不得不隐藏起来。面对自己讨厌的人说崇敬说喜欢，想一想都恶心，有时明摆着薛立功的某个决定是错的，她却只能说对。违心话说多了已成为一种习惯，偏偏她的自省意识又挺强烈，这使她痛苦。

随着年龄增大，杨红星越来越觉得自己这个财务总监当得窝囊，薛立功是个公认的有魄力的领导，敢想敢干，作风泼辣，但人的优点往往也是缺点，他的缺点便是好大喜功，独断专行，金口一开，不管对错，无条件要下级执行。比如几年前，省里有一项体育赛事，省领导想把这个赛事放到古河体育馆，并在古河工业区找一家赞助。找了多家企业，都不愿意接，觉得这种广告效应抵不上企业的付出。正当领导们抓耳挠腮时，薛立功挺身而出，主动承揽了赛事。锦绣厂本来就亏损，又要瘦驴拉硬屎往外拿钱，主管财务的杨红星拿了账单找薛立功签字，薛立功不签，说你财务总监签字就可以了。她明知薛立功是怕担责任，而自己又不能推辞，只好硬着头皮冒这个风险。

还有一次，薛立功为了树立企业形象，要把全厂的厂房翻新，该刷漆的刷漆，该贴砖的贴砖。工程包给了姓侯的包工头，姓侯的是薛立功的一个远亲，口气很大，什么什么领导经他嘴里说出来，都成了他的朋友。杨红星觉得企业目前的情况不适合搞基建，又觉得这个姓侯的不靠谱。她委婉地跟薛立功说了，薛立功皱起眉头，说她多疑，大惊小怪，照她这样，啥事也干不成。后来，翻新工程的质量果然出了问题，不是墙上掉砖就是下雨掉色，有人在会上提出这个问题，薛立功不接茬儿，只能她来背锅。与姓侯的交涉多次，令她伤透了脑筋。

更让她痛苦的是说假话说大话，在各种场合打肿脸充胖子。在这次与图强矿业的合资过程中，杨红星是少有的“清醒者”，她内心是不看好这次合资的，嘴上却不能这样说。图强矿业的意图很明显，就是想在钛白粉项目上捞得实惠，现在钛白粉项目处境尴尬，继续坚持下去，耗资巨大，公司明显挺不住了，薛立功向图强矿业求援，被涂强一口回绝，不肯再投一分钱，没有半点儿回旋的余地。连一向支持薛立功的牛太白等领导似乎也有了畏难情绪，据说省部委办的有关人员也有类似情绪。也就是说，钛白粉项目再次下马是早早晚晚的事。

外边的雨声不紧不慢地响，像是伴奏，让杨红星流畅地想了很多事。一个对锦绣厂前途命运至关重要的主意，就在雨声中打定了。

杨红星抓起桌上的电话，拨号，打通，找工会的邱桂兰，叫她马上到她的办公室来一趟。

张怀勇日记摘抄：

雨丝如织，恍然若梦。杨红星的造访令我惊讶。我的惊讶有二，一是惊讶于庞大的资金消耗，二是惊讶于杨红星对此的态度。薛立功是力主上马钛白粉项目的，她这么说等于是跟薛立功唱反调，都知道她是薛立功的人，她跟我说这种话意味着啥呢？

钛白粉生产线系统连续运行设计值为十二天，保证值为七天，可是由于氧化炉频繁结疤，多次试车，连续运行时间都没超过三天。如此这般，试车只好停止。

父亲曾跑到我家里问我，这次上马是不是将以失败告终？我心里也有和父亲一样的疑问，嘴上却说，现在还在摸索、研究、试验阶段，因为没有现成的经验可以借鉴，只能走一步看一步。

公司里已出现了负面情绪，有人私下开始说一些消极的话了。

连日来，有一个人异常活跃，这个人就是邱桂兰。有很多人看见她频繁出入一些人的办公室，有人私下议论，是公司要搞文艺会演了吗？不会呀，大家被钛白粉搞得焦头烂额，哪有闲工夫搞啥文艺会演！有人说，工会副主席老史在医院查出肝癌晚期，已经住院，以后也不能上班了，这个位置空下来，邱桂兰一定是在为这个位置奔波。

奔波是有的，不过却不是为这个位置。

邱桂兰敲开张怀勇办公室的门。一进屋她就热情地哇了一声，说，张书记的办公室好有情调哇！张怀勇四下看了一下，办公桌、转椅、一套沙发、一张茶几、两个书柜，和其他高管没啥区别。在他的记忆里，这还是邱桂兰第一次进他的办公室。

张怀勇说，稀客，请坐，我这屋再平常不过，哪来的啥情调？邱桂兰的右手指向墙上的一幅字说，这字写得多好，没情调的人哪会有这样的好字和雅兴呢？张怀勇顺着她的手指看过去，顿觉哭笑不得。这幅字是闫振邦写给他的，“志存高远”。老厂长闫振邦赋闲在家，一直习练书法，在锦绣厂，有很多人得到过闫振邦的赠字。说这幅字与志向啊抱负哇有关还说得过去，和情调根本不搭边。

邱桂兰落座。她和张怀勇平时没有任何来往，走碰头了也就是打声招呼，这和她素来与田宇莹不睦有关。这次主动登门，显然别有用心。闲聊几句，切入正题，邱桂兰说，钛白粉项目不顺利，公司的效益越来越差，据说下个月连开支都成问题了，职工情绪低落，怨声载道，我是看在眼里急在心上。张书记，我有个想法想跟你汇报一下，我想搞一个职工歌手大奖赛，用歌声振奋一下低迷的士气。张怀勇说，这是好事，我支持。邱桂兰说，那太好了，有领导的支持，我就可以放开手脚干了。说罢突然叹了一口气，刚才还欢天喜地的脸瞬间布满愁云，说，我对锦绣厂的感情是父一辈子一辈的，我妈当年是播音员，到我这辈是文体委员，可以说，锦绣厂的命运就是我个人的命运，谁要是想搞垮锦绣厂，我第一个不答应。张怀勇没接茬儿，盯住她的脸静静地听。她继续说，想当年，锦绣厂是多有实力的企业呀，并轨、减负，按理说厂子轻装上阵了，应该越来越好才对，咋就到了现在开不出工资的地步呢？兵熊熊一个，将熊熊一窝，要想改变这种状况，还真得换将呢！

张怀勇尽管对她要说的话有必要的心理准备，但这种话由她说出来，还是令他吃了一惊。都知道邱桂兰除了唱歌跳舞，还会夸张卖弄，除此之外并无他能。也就是说，她其实是个动作很夸张，思想很浅表的人。一个一向趋炎附势的女人，咋敢跟董事长叫板？在企业说一不二的董事长，嘴一歪歪，就砸了你的饭碗，究竟是谁给她的胆量？再说了，她也不会有这般见识。联想几天前杨红星的登门，他似乎意识到了啥。

张怀勇皱起眉头说，这不是我们该考虑的问题。邱桂兰说，国家兴亡，匹夫有责，用到咱厂，就是企业兴亡，每个员工都有责任。说到这她站起身凑近张怀勇，压低声音说，实话告诉你吧，这不是我一个人的意思，是很多人的意思，而且是很多中层和上层的意思，这叫啥？民心所向，我们只需顺势而为就可以了。张怀勇本能地反感，又深感不妙，邱桂兰敢于大张旗鼓地串联，说明事态已经非常严重。他快速思考，选择了沉默。

从张怀勇屋出来，邱桂兰又敲开了另一个副总的门。张怀勇的门又被潘唯一敲开了。

一个“倒薛”联盟就这样形成了，管理层中一多半人被拉进了联盟。即使有没被拉进去的，也采取了随波逐流和默许的态度。看似强大无比说一不二的薛立功一下子变得极度虚弱，似乎不堪一击。令人不解的是，只有张怀勇态度坚决，他始终反对“倒薛”，对接下来杨红星、潘唯一等人的游说不予理睬。上级有关部门找他谈话，他也没说薛立功的坏话。

张怀勇日记摘抄：

走在下班路上，脑子里还在想潘唯一跟我说的那些事。换下薛立功，一定会给锦绣厂带来巨大变化，这变化会是好的还是不好的呢？我一时也想不清楚。也许变化的本身就是机遇，在变革中求生存也符合改革的大形势，可我就是觉得别扭，那些看似无限忠于薛立功的人，咋说翻脸就翻脸了？人性啊！街面上的车辆拥挤纷乱，我的头脑里也像稠得搅不开的一锅粥。

到家后，看见田宇莹在厨房做饭。她厨艺不错，叮叮当当忙乎一阵，一桌菜就摆在那儿，有棒棒鸡丝、咕噜肉、辣酱烧茄子、白菜心拌干豆腐丝，一盆大米饭。都算家常菜，经她手做的，味道就不一般了。

我说，小蕊没在家，弄这么多菜干吗？田宇莹说，咱俩有日子没在一起吃顿像样的饭了。说罢，还开了一瓶红酒。这几天张小蕊住在爷爷家，家里实际上是二人世界。

吃完饭，坐在客厅的沙发上看了一会儿电视，我心里乱，拿遥控器不停地调换频道，歌舞、电视剧、体育比赛、真人秀、新闻现场等交替变换，看得人眼花。田宇莹忍了一会儿，还是夺过我手里的遥控器。她按了一下切换，把一张光盘塞进了DVD机，说，还是看片吧。她放的片子是一部法国的艺术片。我说，看这种片子有点儿不太合适吧？田宇莹说，看点儿艺术片能增加艺术细胞。我说，好，一起看吧。

同坐在长沙发上，间隔不过半个屁股的距离，片里男女主人公在拥抱，接吻，这种时候看这种片子，我难免认为这是她的一种暗示，我们已很久没亲近了，但毕竟是合法夫妻，而且片子的引领作用足够强大。没过多长时间，我的手还是伸了过去，握住了她的手。这一晚，我们在一起了。

由多家单位组成的调查组进驻锦绣图强金属股份有限公司。除了找个别人谈话，还开了好几次座谈会，有一次牛太白也参加。会议桌一边是调查组的人，一边是以薛立功为首的锦绣厂的人。薛立功说了一通“欢迎指导，接受批评”之类的套话，然后请牛太白讲话。牛太白摆摆手说，还是先听公司里的同志们讲讲，有什么看法和要求都讲出来。话音刚落，潘唯一率先发难，霍地站起来，说，既然牛书记让我们讲，我就先讲几句吧，知无不言，我有啥说啥了，绝不藏着掖着。他先讲了锦绣厂的光荣历史，讲了锦绣人的钛白情结，讲到了并轨，阵痛，工人们付出的代价，讲到了再就业或自谋职业职工的艰难。讲着讲着，他眼圈一红，哭了。一个大老爷儿们的哭声很有感染力，在座的锦绣厂的人有一半都跟着掉了眼泪。好在他哭得很有节制，哭了一会儿不哭了，又继续讲。

潘唯一由公司讲到个人，他讲了自己的奋斗史，讲了自己如何在上大学时就立下雄心壮志，如何把青春和美好年华全献给锦绣厂，讲到了自己如何当上了公司副总，如何带领技术人员攻克技术难关，如何提高了锰、铬、铌等产品的质量。最后话锋一转，转到了钛白粉项目上，他说这次无论是与图强矿业合资，还是上钛白粉项目，他都是反对的，虽然他心系钛白，但此时无论经济条件还是技术条件都不成熟，就这样合资，上马，其实是重蹈了20世纪50年代末的覆辙，有盲目、冒进之嫌。当时他也提出过不同意见，可是，大家都被一种狂热的情绪所左右，根本没人听得进他的意见，不然公司也不会落到如此局面……

接下来发言的是杨红星，基调延续了潘唯一的风格，先讲企业，再讲个人。她虽没流泪，却也是一直苦着脸在诉苦。与潘唯一不同的是，她没有一句是说自己的，说的都是公司和职工。她从公司的决策失误讲起，列举了一系列的财务数据，一个个数字听起来乏味，却因真实可信而触目惊心。对于她讲的这些东西，公司内部的人也大都不清楚，是第一次听，看似算经济账，实则是揭当家人薛立功的短。很多人目光从杨红星的脸上移到薛立功的脸上，他们以为薛立功会恼羞成怒，愤起斥责杨红星忘恩负义，蓄意背叛，反戈一击，等等。可实际上薛立功的斗志显然没有大家想象中那么高昂，他只是阴沉着脸，两眼盯着桌面，神态有点儿像大病初愈。

很多人都发言了，基本都延续了潘唯一开起的基调。只有张怀勇的发言与众不同，他没有抱怨，没有指责，只是分析了目前公司的处境和钛白粉的未来。他肯定了上马钛白粉的重要性，说锦绣厂若想重振雄风，或者说锦绣厂要想有未来，一定是要靠钛白粉这个项目的。他的发言令很多人侧目，惊诧。

散会后，杨红星凑近他想说点儿啥，他躲开了。他知道，潘唯一、杨红星他们一定对他的发言不满，组成“倒薛联盟”，他们是把他列为一员的，而且他也从来没表示过反对，可到动真格的了，他居然没站到队伍中来，这难免令很多人失望。

张怀勇没回办公室，直接去了钛白粉分厂。望着一大片厂房，他心情复杂，脚步缓慢，好像不想走进去又必须走进去似的。进去后，他看见了一些工人忙碌的身影。不断有人跟他打招呼，他强作笑脸，尽量不让自己的心情影响到大家的情绪。在厂房里走了一圈，准备出去时，有人喊他张书记，扭头一看，是一个和他年龄相仿的汉子，他认出这是一个老师傅的儿子，并轨时回家了，父亲张大河还为这小子说过情，说他除了会冶炼，别无他能，到社会上干不了啥。他不为所动，咬牙把他减掉了。后来静下来反思，也觉得自己太不讲情面，缺少必要的人情味。等到成立钛白粉分厂，需要一些新工人，张怀勇就特意跟人力资源部打招呼，把他又招回来。他感念张怀勇的好，每次见了张怀勇都主动打招呼。

汉子满脸堆笑道，张书记又下车间了？张怀勇说，随便看看。汉子说，大家都讲钛白粉要是能正式投产，咱厂的效益就上去了，到时工资能翻倍呢！张怀勇说，工资奖金和效益挂钩，到时大家的收入肯定会提高的。汉子说，就是呢，现在发不出工资，大家也都干得劲儿劲儿的，不就是有这个盼头嘛！张怀勇心头一热，心想多么质朴的工人哪，企业搞不好，咋有脸面对他们呢？

张怀勇从厂房出来时，碰见了分厂副厂长杜东风。杜东风读大学时学的就是化工专业，人年轻，对钛白粉的生产研发很在行。当初他只是一名技术部的普通工程师，成立钛白粉攻关小组时，是张怀勇推荐他进了小组。小组里有来自全国各地的专家，和这些专家天天磨在一起，没多久他的专业水平就有了一个飞跃。后来又是张怀勇力荐，他当上了钛白粉分厂副厂长，这小子也不负众望，干得挺出色。他也把张怀勇当成伯乐，对他恭敬得了不得。

杜东风把张怀勇拉到路边，从口袋里摸出烟盒，递给张怀勇一支，替他点燃，自己也点一支。待丝丝袅袅的烟雾升腾起来，他才开口问，张书记，听说今天调查组开会了？张怀勇点点头。杜东风说，不该我打听的我绝对不打听，可我就是想知道钛白粉的事，咱们的钛白粉项目能不能下马？张怀勇盯住他的眼睛，反问道，你说呢？杜东风愣了一下，说，讲心里话，凭咱公司的状况，扛不住了。张怀勇说，你说得对，下马是肯定的了。杜东风叹一口气，说，也就是说，咱白忙活了。张怀勇说，咱们积累了那么多的经验，咋能说是白忙活呢？杜东风又叹口气。张怀勇说，别总唉声叹气好不好？不管咋样，都要有一个积极的心态。杜东风挺了挺胸，说了声好。

给薛立功致命一击的不是“倒薛联盟”的任何一员，而是合资企业的另一方掌门涂强。图强矿业先期的投入泡汤，钛白粉项目出现危机，他们马上调整策略，终止了后期的资金投入。随后提出退股，不成，又搞了个股权转让，将49%的股权以折扣和债务的形式转让给了锦绣厂。用涂强的话说，退出得越早赔得越少，如果不退，有朝一日连图强矿业都得赔进去。经过一番折腾，锦绣图强金属股份有限公司宣告解体，锦绣厂又回到了锦绣人的手里。

是该庆祝还是该悲哀，锦绣人的心理是复杂的。

张怀勇日记摘抄：

有的时候，人是多么无知呀！无论对某一个事物多么熟悉，可真正较起真儿来，你就会犹豫，会疑惑，会对自己的判断产生怀疑。有的时候，我意志坚定，有的时候，我茫然无措。

薛立功下台了，应该说我是兴奋的。钛白粉项目下马了，我又是悲伤的。在这个过程中，我庆幸自己没有随波逐流，没有按照别人的意愿行事。更多时候，能做个自己就不错了。

为什么更多时候，我们总是在找别人的毛病，总是喜欢把责任推给很多人认定的别人，好像我们自己是无辜的，是被强迫的，是被胁迫者或受害者？我照镜子时，看见的是与昨天别无二致的自己，可灵魂还真是昨天的自己吗？

薛立功走得很狼狈，没有人欢送。之前我曾多次设想有这样的场景，他灰溜溜地从办公楼走开，冷清的走廊里，我冲着他的后背冷冷地说，走好，然后嘴角渗出鄙夷的笑容。可真有了这个情景时，我的表现却完全不是这么回事。他在离开锦绣厂的那天，推开了我办公室的门，默默走进来，冲我说，我想跟你说几句话。我站起身来，算是恭敬了。他站到我的面前说，走就走了，到哪儿都是工作，都是生活，没啥，我唯一遗憾的是，没有干成一件事，那就是钛白粉项目。我默默盯着他落寞的脸，昔日的霸气已荡然无存，我想笑，没笑出来。

他接着说，说我失败了，不如说是钛白粉项目失败了，但这是阶段性的失败，总有一天，它会成功，在锦绣厂，我最看好你。说到这他低下头沉默了一会儿，又说，你有理由记恨我，我也知道我有过失，对不起。说罢，他转过身，朝门口走。我想说点儿啥，还是忍住了，啥也没说。

他把自己的忏悔说得含混不清。我送他到门口，看见走廊里果真冷冷清清，一个人都没有。我目送他在走廊消失，楼梯那边响起脚步声时，我回屋，关门。

往前走的路上，总会有人跌倒，没跌倒的人还要继续往前走。

公司内外，与锦绣厂有关的人都在议论这件事。有人跟邱桂兰搭讪，说薛立功下台有你的功劳，要不是你到处串联游说，也不能把他搞臭。邱桂兰翻了脸，吼道，瞎说啥呀？我可没那能耐，谁上谁下跟我一毛钱关系都没有。一些人不依不饶，还是把功劳往她身上压，说你这是谦虚，越说自己没功劳的人功劳越大，越说自己有功劳的人越没啥功劳。邱桂兰表情复杂，不知是得意还是无奈。到了家里，丈夫也说这事有她的功劳，她苦笑道，我算老几，任免企业领导是上级的事，我还能左右省里和市里呀？丈夫说，倾听群众呼声，这是一贯的光荣传统，受你一些影响也不为过。邱桂兰想想，也觉得有道理，再有人这么说，她也就默认了。很多人认为她肤浅，只有她自己知道，她是个有抱负的人，总想干一番事业，她的特长是文艺，在企业里真正发挥出自己的特长是有难度的，可她一直不灰心，总觉得有朝一日她会在锦绣厂找到舞台，让她淋漓尽致地施展一番。

邱桂兰买了些水果去杨红星家串门，敲开门，见杨红星披头散发，穿松松垮垮的睡衣，与在厂里那个女干部形象判若两人。邱桂兰想笑，还是忍住了。以她的优势，在锦绣厂找靠山，咋也该找个男领导，没想到一向在女同胞中人缘不咋的的她，竟然成了一个女领导的心腹。杨红星让她坐，说了句来就来嘛，还买啥东西。邱桂兰坐下，说，我也没啥事，就是想跟您唠唠嗑。杨红星给她倒了杯白开水，也坐下。这时候天有些黑了，屋里还没开灯，邱桂兰看着并不咋好看的杨红星的脸，在若明若暗的光线里竟有一种迷离的美。杨红星家与厂里其他职工家不太一样，她家除了有沙发、茶几、立柜，还有别人家少有的艺术品和酒柜，酒柜里全是洋酒，墙上还挂着一把吉他和两幅油画。邱桂兰觉得她家有一种奇怪的气息，说是艺术气息吧，又不全是。

邱桂兰说，都以为潘唯一能当总经理呢，没想到外派一个，他白忙乎了。杨红星说，组织上有组织上的考量嘛。邱桂兰说，我看，您当总经理更合适。杨红星说，别这么说，我就是一个管财务的，搞企业管理，不行。邱桂兰说，您太谦虚了。邱桂兰又说，这次公司大变动，很多人说我是功臣，我哪里是呀，真正的功臣是您，可我又不好明说。杨红星说，最好别说。邱桂兰说，我知道，我哪能说呢！杨总，我咋看您并不太高兴啊？杨红星说，我挺高兴的。邱桂兰说，我也犯嘀咕，咱锦绣厂换了当家人，究竟是好事还是坏事呢？杨红星说，当然是好事，新领导会带来新希望，咋能不是好事？邱桂兰点头称是。

又聊一阵，邱桂兰把话题转到自己身上，她放低声音说，杨总，我……我在目前的岗位咋说咋都限制了我的发挥。说罢盯住杨红星不吭声了。杨红星知道，她这是“领赏”来了，作为“倒薛”的有功之臣，邱桂兰早晚都得开这个口。她也盯住邱桂兰，问，你的意思是？邱桂兰说，工会副主席的位置空着，当然，有更合适的位置更好。杨红星说，本来以为潘总会上位，那样就好说了，没想到外派个领导，这话就不好说了。见邱桂兰的眼睛变大，杨红星又说，不过你放心，你的事就是我的事，我会和潘总一起推荐你的。邱桂兰说，那就谢谢杨总了，我相信杨总不会让我失望。

回到家，邱桂兰变了脸大骂杨红星，说她是一个靠不住的人。丈夫说，不会吧，人家杨红星可是个作风正派的人，不像你，到处惹事。邱桂兰哭了，说，就你把屎盆子往你老婆头上扣。丈夫说，好好，不提了还不行吗？邱桂兰说，你说，我忙乎一圈，如果真啥也得不到可咋办？丈夫想了想说，没办法，还是得盯住杨红星。邱桂兰点点头说，你说得对，如果她不帮我，我就把她唆使我到处串联的事张扬出去，我看她以后咋做人。

自从老史病退后，准确地说，是和杨红星挂上钩后，邱桂兰觉得自己与工会副主席的位置只剩一步之遥了。只要“倒薛”成功，她当副主席就是十拿九稳。有了这种心态，难免会表现出来。这之后，不管啥场合，她总会搬出和主席老刘一样的架势。以往老刘开会时爱拿一个本子，只要是领导讲话，他就会随身记下来。现在邱桂兰也拿了个本子，随时记领导的话。她比老刘还进了一步，老刘是开会时记领导讲话，她则不管是开会还是不开会，哪怕领导随便溜达时说几句话，她也会记下来，然后在工会开会时讲几句，要求大家把领导的话贯彻下去。别人看不惯她的做派，都用眼睛议论她。

提拔一个副主席，主席老刘的话非常重要。这些天，邱桂兰经常敲开老刘的门，真真假假地汇报一番。每次汇报，她都把一件可有可无的事情说得无限重要，听得老刘都反感了。有一次，她绕过办公桌凑到老刘的椅子跟前，把嘴巴凑到老刘的耳边，呼着热气说，刘主席，论资历论能力论年龄论领导的意思，提副主席我都是最合适的，现在万事俱备，只欠东风，这东风就是您的推荐了。老刘本想说问题不大，可一想起她的名声和人缘，立马不自在了起来，他一边往后躲一边说，会考虑，会考虑的。

锦绣金属有限公司闭路电视新闻摘要：

×月×日，在办公楼小会议室召开了公司领导班子会议，省委组织部副部长郑一新、市委书记牛太白、市委组织部相关领导出席会议。会上宣布了任免决定，免去薛立功同志公司党委书记、总经理职务，调出该厂另有任用。任命叶文广同志为公司党委书记、总经理。这是省委、市委根据我公司领导班子建设需要，经过充分酝酿，广泛听取各方面意见，审慎研究做出的决定。郑一新副部长在讲话中说，希望叶文广同志严格要求自己，尽快进入角色，以经济建设为中心，尽快把公司带出低谷。叶文广同志此前任我市人民政府副市长，这次调任我公司……

第三卷　前程

一场春雨改变了一些人的命运。昨晚张怀勇睡得晚，开灯拉窗帘时他有意无意望了一眼窗外，天空有星星闪烁，没有风，似乎是个晴朗的夜晚。早晨醒来，听到打在窗台和玻璃上的噼噼啪啪的雨声。下床，趿拉上拖鞋，先奔卫生间撒尿。尿泡挺长，尿液黄而浊，想想自己连日来是没有休息好。出卫生间，拉开窗帘，看见外边阴天，雨下得不算大也不算小，住宅小区的楼房和树木在雨中显得很干净，对面一楼门前围起的小院子里，有些小苗已经破土，在雨水中呈现一片新绿。透过雨线，从楼角处的空地望出去，看得见一根灰蒙蒙的烟囱。那是锦绣厂自备电厂的烟囱，他家小区离厂子不远，正是看中这一点，田宇莹要买这小区的房子时，他才毫不犹豫地答应了。

春雨贵如油，看这不紧不慢的雨势，丝毫不会令人想到这场雨会引起啥灾难。张怀勇进卫生间洗漱，田宇莹开始做早餐，女儿张小蕊还在懒床。田宇莹一边弄得锅碗瓢盆山响，一边冲女儿的卧室嚷，小蕊，小蕊，起来吧，再不起来，上学肯定迟到。

张怀勇从家里出来时，感觉雨小了一些，在雨中走一会儿，他才打开雨伞。就在这时，手机响了，是公司综合事务部副主任罗锦章的电话，他不慌不忙地接电话，轻呼了一声小罗。罗锦章紧张地嚷，张书记，不好了，叶总出事了。张怀勇问，出啥事了？罗锦章说，叶总出车祸了，在高速上。张怀勇脑袋轰的一响，加快脚步，也紧张地冲手机嚷，小罗，你带辆车在办公楼前跟我会齐，马上出发。张怀勇脚踩在积水处不断溅起水花，赶到厂里时，下半身全湿了。

老远就看见有一辆黑色轿车候在楼前，楼门前的雨搭下罗锦章在打电话。张怀勇变走为跑，赶过去。罗锦章见了收起电话，拉开副驾驶的门，张怀勇钻进车里，坐在副驾驶位置，罗锦章从后门上车，坐到后排。张怀勇对司机小王说，上高速，去省城。车子冲出厂院，罗锦章跟张怀勇说，车子是在快出高速时发生的车祸，前方有车突然变道，离得太近，叶总的司机不得不踩刹车，可能是下雨路滑，车子瞬间打横，与一辆高速行驶的大货车相撞。张怀勇问，人咋样？罗锦章说，不容乐观。张怀勇说，司机小韩有十年驾龄了，咋踩刹车车就打横了呢？罗锦章说，是呀是呀，车咋就打横了呢？张怀勇摇摇头，不吭声了。

总经理叶文广今天赶早去省城办事，昨天还是罗锦章安排的车。车是公司配给叶总的专车，日产的公爵王，车上除了叶总、司机小韩，还有综合事务部主任侯卫国。这段时间叶文广一直在跑钛白粉项目。20世纪90年代这个项目二次上马，当时国家给予高度重视，由化工部、省、市有关领导挂帅，成立了攻关小组，聘请、汇集了当时全国钛白粉领域的精英，技术上已经有了实质性的突破，可是最后因为耗资巨大、经营不善等种种原因再次下马。进入新世纪，公司的经济效益好了，连年盈利，积攒了不少家底。叶文广在公司一班人的支持下，再次提出了要上马钛白粉项目。这个想法很快得到了省里和市里的支持，已经是副省长的牛太白曾带着叶文广一起跑北京，钛白粉项目重新上马的可能性非常大。谁会想到，这个关头居然出事了。

车子出城，上高速，雨还是不紧不慢地下。这种雨是最黏糊的，下一天或下几天都说不定。雨刮器刮来刮去，令人有一种摇摆感。路边的村庄和树木在雨中显得颜色深重，饱含水汽。一路上张怀勇不咋说话，司机小王是个爱说笑的人，可给领导开车，又不宜说话，只能自控，憋着。罗锦章是个善于察言观色的人，见张怀勇沉着脸不说话，他就也和小王一样憋着。只有汽车高速行驶裹带起的风声和雨声哗哗作响。

罗锦章坐在司机的后身，这样便于和坐副驾驶的人说话。尽管不说啥话，他还是会不时瞅一眼侧前方的张怀勇。张怀勇表情凝重，侧脸给人一种沧桑感，这几年他变化很大，一直面相偏嫩的他好像突然之间就老成了许多。当年罗锦章给薛立功当秘书时，就是薛立功的红人，全厂的人几乎都在讨好他，唯独张怀勇对他不卑不亢。后来叶文广当一把手，不让他当贴身秘书了，把他提拔成副主任，看似升职了，给人的感觉却是明升暗降，很多人开始不讨好他了，见了他嘻嘻哈哈，话里话外还带有讥讽。特别是那些高管，几乎都不拿正眼瞧他，把他当成了跟班。唯独张怀勇对他依然是老样子。这使他不得不重新审视张怀勇，在心里暗暗佩服张怀勇的为人。

高速路并没因为下雨而车少，特别是大货车，反而显得更多了，除了最靠左边的快车道，另外几条道都被大货车给占领了。快到省城时前车突然减速，小王急踩刹车，尽管是点踩，车子还是晃了几晃，有打滑的迹象。张怀勇对小王说，注意安全。小王说，地上湿滑，难怪叶总的车会出事故。车子开始慢行，开始堵车，走走停停。张怀勇手机响了，接通电话，是公司里有人跟他汇报工作。叶文广当老总后，张怀勇的位置没啥变化，但管的事要多一些。很多人认定张怀勇是个潜力股，找各种机会套近乎。罗锦章是秘书出身，跟领导套近乎的能力没的说，他套近乎的办法主要有两大块：一块是攻领导本身，一块是攻领导的家属。攻领导的家属，主要是攻领导的夫人，张怀勇廉洁，他的夫人田宇莹也不贪小便宜，用对付一般领导家属的套路行不通，只能另辟蹊径。他打听到田宇莹和邱桂兰不睦，就想办法帮助她打击邱桂兰。

车子蜗行到事故现场，张怀勇一眼就看见了叶文广的那辆公爵王，车子已经不成形状，应急车道上还躺着一辆大货车，一些用木箱包装的货物散落在地上，有警察在勘查现场。事故现场占据了三个车道，只有快速道车辆在警察的指挥下缓慢通行。小王在应急道上挤个位置停车，打双闪，车后设警示牌。罗锦章跟张怀勇下车，向叶文广的车走去，雨还在不紧不慢地下，衣服很快湿透了，有警察拦住去路。

张怀勇说，我们是事故车辆单位的。罗锦章在他身后冲警察说，这是我们张书记。警察不耐烦地说，不管是谁，这儿都得听我指挥，不许停车。罗锦章说，我们想了解一下情况。警察说，在这儿了解情况毫无意义。张怀勇问，人都咋样？警察说，都被救护车拉到医院了，你们去医院了解情况吧。

张怀勇紧锁眉头，转身上车。车子缓慢经过事故路段，下高速后直奔指定的医院。

雨突然下大了，下车后张怀勇和罗锦章一溜小跑进医院。在进大门时，张怀勇脚下一滑，差点儿摔倒，罗锦章赶紧将他扶住。

张怀勇日记摘抄：

在医院里我们得到确切消息，叶文广、侯卫国伤势太重，经抢救无效已经死亡。司机小韩重伤。

一切都来得太突然了，我知道，叶文广就是为了钛白粉项目才去省城，是和有关部门磋商事宜的，没想到会遭到不测。这真是壮志未酬身先死，钛白粉项目又染上了一层悲壮的色彩。

在医院里碰上了牛太白。人多时他显得很冷静，无论是安慰家属还是布置任务，他都面无表情，有条不紊。可当他和我单独在一起时，说着说着就流泪了。他握住我的手说，文广去了，我们留下的人肩上的担子更重了。我说，是呀，更重了。牛太白说，文广不能白走，该做的事我们一定要做下去。

我下意识地摸了一下肩头，真的感觉到了一种无形的沉重。

邱桂兰这几天总是在人前人后嚷嚷，说车祸出得蹊跷，就是一场小雨，路也不会那么滑，小韩又是老司机，咋说出车祸就出车祸了呢？谁在这次车祸中占的便宜最大，谁就可能与这起事故有关。对这起车祸本来有很多议论，但话经邱桂兰嘴里讲出，味道就变了，有了造谣生事的嫌疑。

公司纪委的人找邱桂兰谈话了，大家不知道谈话内容，但从邱桂兰的表情猜出了七八分。谈完话回来，邱桂兰的气焰消了，从昂首的公鸡变成了霜打的茄子。大家再议论叶文广的车祸时，她就知趣地躲开，不掺和了。

第二天工会开会，一共六个人坐在一个能容纳几十人的会议室里。以前锦绣厂人多，一万多人的企业，工会也是大工会，有几十个人呢。并轨重组后，工会只剩下六个人，还是主席老刘力争的结果，不然当时按薛立功的意思，工会一个主席一个办事员就够了。椭圆形会议桌，老刘和邱桂兰坐一边，主席副主席嘛，其他四人坐一边。在工厂，工会主要就是搞文体活动和职工福利，俱乐部哇体育馆哪也归工会管，可这些场馆这些年关的关，卖的卖，租的租，实际只剩下一个礼堂供开职工大会时用，日常管理打扫卫生啥的都是雇用临时工。并轨后厂老干部处撤销，职能也交给了工会，这样，有退休职工生病或去世，工会就会派人去探望或慰问。只要逝者的后代有头有脸，邱桂兰就抢着去，社会关系平常的就由别人去。

这次开会主要的议题是叶文广等人出车祸，工会应该积极地做些什么工作。老刘主持会议并讲话，他先讲了叶文广的生平，为这个城市和锦绣厂做过啥贡献，市民或职工有多么悲痛有多么想念他，好像这个会成了追悼会，他是在致悼词，讲了半天也没讲出工会该做些啥。他讲完邱桂兰讲，邱桂兰开场就是一顿哭，然后也是痛说叶文广的好，讲起来没完没了。田宇莹忍不住，插了一嘴，这不是追思会，是办公会，要讲一讲具体咋做才好。老刘似有所悟，也说，是呀是呀，邱主席，你先等等，我得布置一下工作。邱桂兰只好闭嘴，眼波上扬，鼻子里哼了一声。

老刘说，我们要做好遇难者家属的安抚工作，要设身处地，体贴入微……刚讲几句，他的手机响了。接电话，连说了几个是。撂下手机，老刘说，咱的会到此结束，以后再开，综合事务部通知，我现在就得去开高管层的会。他起身就走，邱桂兰冲他背影嚷，你走还有我呢，会应该接着开吧？老刘没回答，身影已消失在门口。其他四人见状，都不理邱桂兰，呼啦啦站起就走，把邱桂兰晒在那儿了。

田宇莹回到办公室，看见有个年轻女人坐在墙角的沙发上，见她进来，赶紧起身，叫了一声嫂子。田宇莹愣了一下，觉得这女人面熟，脑袋里转了转，很快想起来，这不是图强矿业的姜小妮嘛！图强矿业撤资后，姜小妮就被召回了，几年过去，她这是来干吗呢？而且，她不叫名，不叫职务，不叫姐，叫嫂子，这个称谓令她十分惊讶。

姜小妮微笑着说，嫂子，我来找你是迫不得已，你别见怪呀。田宇莹迟疑了一下，说，哪里，多年不见，你咋又回来了？姜小妮说，一言难尽，我已经不在图强矿业了，我妈年岁大了，身边也需要人照顾，我就从四川回来了，想在家乡找个工作。田宇莹问，想找啥样的工作？姜小妮说，图强矿业与锦绣厂合资时，给我印象最好的就是张书记，我本来想直接去找他，可想一想，还是先来找找嫂子。田宇莹脱口道，你想进锦绣厂？姜小妮点点头说，我大学学的是冶金工程，进冶炼厂也算是专业对口。田宇莹眉头微皱，摇摇头说，你应该知道锦绣厂当年减掉多少人，一万哪！姜小妮说，当年是当年，现在是现在，当年是瘦身远行，现在是壮身发展。田宇莹说，你看问题倒是很准哪！姜小妮说，大势所趋，谁都看得出来，嫂子，你能替我跟张书记说说吗？田宇莹说，我只能是试试，成不成我不敢保证。姜小妮甜甜一笑，说，说说就行，谢谢嫂子了。

姜小妮告辞后，田宇莹一个人站在窗前向外望，偌大的厂区笼罩在一团薄雾之中，厂房、树木、偶尔走过的职工显得有些模糊，就像她此时的心情。叶文广出事后，几乎所有锦绣人的心情都是沉重的，叶文广倒在为钛白粉项目奔走的途中，锦绣厂接下来的路怎么走，大家怎么想的都有。前途遥遥，想企业的前途就是想自己的前途。

快下班时，田宇莹听见有脚步声朝这边传来，不一会儿，有人敲门。不等她说请进，门已被推开，进来的是邱桂兰。田宇莹很少跟她搭讪，邱桂兰也很少跟她说什么，但毕竟在一个部门工作，低头不见抬头见，想不说话是不可能的。邱桂兰进屋就做出一副亲密相，凑到田宇莹跟前说，你知道刘主席去开啥会吗？田宇莹话中带刺，说，你是副主席，你都不知道他去开啥会，我哪能知道。邱桂兰说，话可不能这么说，你是副书记的家属，咋也比我知道得多。田宇莹说，也许吧，但他们开啥会，我确实不知道。

邱桂兰拉把椅子坐到田宇莹对面，笑嘻嘻说，宇莹，你说叶文广英年早逝，多可惜呀！田宇莹说，是可惜。邱桂兰说，牺牲在为钛白粉奔走的路上，多么感人的情怀和情节呀，我看咱工会应该抓住这个材料，好好写一写这个先进典型。田宇莹说，是应该。邱桂兰突然收住笑容，压低声音说，你说现在总经理空缺，咱公司内谁最有可能补位？田宇莹说，这个是组织上考虑的问题，不该是我们考虑的吧？邱桂兰说，嘿，咱姐儿俩私下聊天嘛，都说最有可能上位的是潘唯一，可我咋觉得你家张怀勇最合适呢。田宇莹拉下脸说，打住，这不是我们该聊的话题。邱桂兰讨个没趣，撇撇嘴道，好吧，不聊就不聊。

田宇莹清楚得很，潘唯一是公司二把手，资历、技术水平在公司里都是最高的，他来补位大家都会认为在情理之中。当年薛立功被搞垮，大家就认为潘唯一会补位，没想到上边派来了叶文广。现在机会又一次降临，他不会不有所作为。其他几个高管的位置也将有所调整，这段时间都不会闲着。她暗中观察过张怀勇，这段时间他格外悲伤，除了做本职工作外，并没见他搞过任何小动作。也就是说，他对职务是没有非分之想的。

张怀勇日记摘抄：

晚上，上床，双人被下，田宇莹跟我讲了大家的议论，讲罢她用试探的口气问我，你不活动活动吗？我反问，这种时候，我去活动合适吗？田宇莹说，我知道你的为人，可我还是觉得该活动的时候就得活动。我说，我平素最讨厌的就是跑官要官，我自己咋能做这种事呢！再说了，这些人中，最不该活动的就是我，我的位置前不着村后不着店，继续干好自己的工作就是了。

田宇莹叹口气说，叶文广和侯卫国走了，我知道你难过，可工作还是要干的嘛。我说，当然要干，你听我讲，在高管层，我是管党务的，如果潘总升为正职，石亮就会主抓生产，排在第二位，我、冯井田、杨红星原地不动，这样也算是能够保持公司的稳定吧。田宇莹说，都像你这么想就好了。我说，咱不管别人咋想，自己无愧于心就行。

我心头涌起一种悲痛感，壮志未酬身先死，钛白粉项目正在启动之中，没想到叶文广就这样没了。田宇莹又问，他没了，新任领导还能接着搞钛白粉吗？我心头一颤，心想，这正是我担心的，按理说，钛白粉项目是几代锦绣人的夙愿，不管谁掌舵，都要接着搞，可潘唯一对这个项目并不热心，总认为它拖了公司后腿。我叹口气说，如果潘唯一来掌舵，搞不搞还真不好说。田宇莹说，也不是铁定他就能掌舵，说不定组织上会派来一个一把手呢，这也是常有的事嘛。我搂紧田宇莹不说话了，我知道我的搂不是别的，而是对锦绣厂前景的担忧。

接替叶文广的不是别人，是张怀勇。省委组织部的一位副部长会同市委领导来到锦绣厂，在班子会上宣布了这个决定。参会的锦绣厂的人都很意外，第一眼瞅的不是张怀勇，而是潘唯一，都认为潘唯一能上位，都认为排到另外几位副总也排不到张怀勇。不光是大家意外，连张怀勇自己也感到意外，一瞬间，他的大脑一片空白。

开完会，送走上级领导，张怀勇第一时间没有回自己的办公室，而是敲开了潘唯一办公室的门。潘唯一见了他表情很别扭，说，祝贺你呀！张怀勇关了门，自己坐下，说，潘总，我想跟你聊聊，在咱锦绣厂，你一直是生产技术方面的权威，又当总工和副总多年，是我的老领导，我一直非常敬重你。潘唯一冷笑道，张总，你过奖了。张怀勇伸手把潘唯一也拉坐下来，二人就坐在同一个长沙发上，张怀勇看着潘唯一，潘唯一抬头看着窗户的方向，窗户开着，有风吹进来，吹得张怀勇的头发扑簌簌地动。潘唯一的头发少，头顶前边基本没几根，张怀勇头发浓密，发质不错，两颗头挨得很近，形成极大的反差。

张怀勇说，潘总，跟你说掏心窝子话吧，这次让我接班我也挺意外的，之前我也和大家一样，认为能接叶总班的只有你潘总，可现在重担吧嗒一下落到我肩上了，如果说我不想干，那是假的，太矫情，可要是真干也不容易，别的不说，如果得不到你潘总的支持，这个老总我肯定当不好。潘唯一连连摆手，冷笑变成苦笑，说，快别这么说，没谁地球都转，没有我你照样能把老总当好。张怀勇说，潘总，现在公司的情形你我都再清楚不过了，企业虽然消肿了，精干了，但竞争压力巨大，生产合金的企业越来越多，和南方一些后起之秀比，我们没有优势，叶总又在为钛白粉奔波的路上倒下了，说实在的，我也不知道下一步该咋干。你有经验、有能力，大家都信任你，我当这个老总，没你的支持才真的玩不转，现在我就要你句话，你是支持，还是不支持？

张怀勇的态度和语气都十分真诚，又是在示弱，潘唯一再有抵触情绪也不好意思更多地表现了。沉默了一会儿，潘唯一说，不管咋说，都是一个战壕的战友，不管谁当这个老总，我都会支持的，只要能让锦绣厂好，我怎么做都成。张怀勇拍一下潘唯一的手背，笑道，我要的就是你这句话。

张怀勇在人们的议论声中上任，他不卑不亢，走在路上挺胸抬头目不斜视，看起来真的有了总经理的气势。几天后，公司在俱乐部召开员工大会，高管们上主席台，张怀勇春风满面，穿着灰蓝色的工作装，看起来干净利落，说话心平气和。相比之下，他身边的潘唯一显得灰头土脸，没精打采，目光呆滞而空洞。

工会主席老刘主持大会。本来张怀勇让潘唯一主持，按惯例，也应该由二把手主持，但潘唯一说嗓子疼，怕影响会议效果，就这样推辞了。让冯井田主持，冯井田说，还是老刘主持吧，工会主席主持员工大会，更有代表性。于是，主持重任就落到老刘肩上。按照事先的安排，老刘讲了个开场白，然后放低音量，提议大家起立，为不幸因公殉职的叶文广、侯卫国默哀。再然后，又提高声音，不无激动地说，下边，请新任公司党委书记、总经理张怀勇同志讲话，大家热烈欢迎！

掌声响起，并没有想象的那么热烈。不过这丝毫没有影响张怀勇的情绪，他声音洪亮，中气十足，说，承蒙上级的信任和全体职工的支持，我担任党委书记、总经理，这是对我的鞭策和考验，从今天起，我是考生，大家都是考官，我这个考生要是不及格，我自动下课。

老刘等人带头鼓掌，掌声又响起来。张怀勇接着说，接下来我们要做的是企业股份制改造，大家都知道，我们的企业叫锦绣金属股份有限公司，可其实并非真正的股份制，以前的股份制改造也是失败的，这个改造一定要在我的任上完成。我们目前的局面来之不易，是万名职工的岗位换来的，我们不珍惜，不好好利用，下岗职工也不会答应，我在这儿向大家保证，一定要做到“三个负责”，哪三个呢？对历史负责、对企业负责、对员工负责。我的目标就是让每一个员工都尝到改革的甜头，都得到企业做大做强的实惠，让企业有持续发展的后劲儿。老刘又率先带头鼓掌。

张怀勇说，咋样才能有后劲儿呢？这就不能不说钛白粉了，说起钛白粉，就不能不说在为争取钛白粉项目路上牺牲的叶总了。我们锦绣人的钛白粉情结是用鲜血和汗水凝聚的，我们没有理由不努力，不完成叶总的遗志。从今天开始，全力以赴，一定要让钛白粉项目重新上马。张怀勇说得慷慨激昂，具有一定的动员力，掌声再次响起，而且十分热烈，这次是台下员工自发鼓掌的。

散会后，回办公楼的路上，潘唯一和杨红星并肩走。潘唯一试探着问，你咋看钛白粉的前景？杨红星说，道路曲折，前途光明，我相信张总的能力。潘唯一扭头看她的脸，她一脸阳光，丝毫不避讳对张怀勇的好感。潘唯一心里酸溜溜的，很不是滋味。

煮熟的鸭子就这样飞了。这之前，潘唯一耳边几乎全是他要接班或非他莫属之类的预测和消息，谎言听了千遍也成真理了，他没有不感觉良好的理由。这几天因为工作关系，他与市领导频繁接触，连主管工业的副省长牛太白也见了，虽然谈的都是公司的情况，但从他们的态度看，对他都是一副充满希望与寄托的样子。总经理空缺这些天，他甚至开始预想以后的工作怎么开展了，没想到，上级任命的总经理不是他，是张怀勇。

问题出在哪儿呢？潘唯一苦思冥想，如果外派来一个一把手，他虽然委屈，也没啥可说的。就像当年按顺序也本该他接薛立功的班，上级却派来叶文广。这次没有派人，是内部产生，按顺序，副职里排在首位的是他，他上位顺理成章。可偏偏选择了排在后边的张怀勇，为啥呢？难道是他不适合做一把手？班子成员们咋看？锦绣厂的职工咋看？他还有脸在锦绣厂混吗？

两天后，市长赵志刚找潘唯一谈了一次话，先表扬，后希望，希望他积极配合张怀勇的工作。潘唯一听得出话中意思，就是让他高风亮节，别找麻烦。他能说啥呢？伸手要官总是不好的，革命工作，把你放在什么位置你都应该无条件服从。他努力控制住自己的情绪，面带微笑，说些言不由衷的话。

张大河日记摘抄：

怀勇这小子当了锦绣厂的一把手，我高兴啊，我张大河的后代没孬种。都说我大小子和二小子出息，大小子怀智成了私营企业家，二小子成了国营厂的老总。不提三小子怀双，那就是说，三小子没出息呗！我可不这么看，当工人咋了？我张大河也是工人，是工人中的技术大拿，是全国劳模，如果怀双也能是工人中的技术大拿，跟怀勇比，一点儿不差。

我对怀双还是满怀希望的。

人老了，总爱想过去的人和事，牛洪波、闫振邦、刘英花、姜连子……这些人总在眼前晃悠。怀勇当锦绣厂的一把手，他要是不把钛白粉搞成功了，那就是失败，这个一把手算他白当了。找机会我得跟这小子唠唠。

杨红星家住河畔家园小区，一楼带花园的一套房子。房子不算贵，是贷款买的。有人议论，一个财务总监，管钱的，用得着贷款买房吗？纯属作秀！这些风言风语传到杨红星的耳朵，她撇嘴一笑，从没刻意解释过。

杨红星喜欢花草，所以才选了带园子的房子。园子不大，就是房前的一块地围起来，这在城市都是楼房的今天仍然是难得的。对这个园子她做了精心的装修，搭建了一个木质的户外凉亭，角落里栽了两棵玉兰树，除了亭子下边铺了地砖，园子其他的部位尽量保持土地，种植了很多户外花草，有蔷薇、芍药、牵牛、薄荷、洋绣球、长春花……每当春夏，满园红红绿绿，层层叠叠，花香飘逸。烦恼事再多，站园子里待一阵，也会浑身清爽。

春意渐浓，有花朵接连开放时，张怀勇登门来访。杨红星和张怀勇私下接触不多，而且大多在办公室，张怀勇来杨红星家，这还是第一次。这是个星期六的上午，十点多钟，起得晚，一家人刚刚吃过早饭，丈夫在厨房收拾，杨红星拎着一把铁壶进园子，开始往花草上洒水。洒过水的花草清灵、茁壮，十分养眼。张怀勇站在院门口说，这园子真漂亮，让我想起了小时候的情景。杨红星连忙迎上去，开院门，把他让进来，说，欢迎欢迎，真是稀客。张怀勇接着说，记得小时候住平房，家家都有一个院子，我妈也在院子里种了些花草，可总是侍弄不好，花花草草没精打采，还记得那时花草侍弄得最好的就是古姨了，我爸带我去过她家，她家的院子也就你家这么大，没有现在的条件，没装修，地是土地，墙是木栅栏，可一进院子，那真是花团锦簇，花香四溢，满园生机……杨红星说，我也知道这个古姨，上辈人都说她年轻时是个大美人呢！

杨红星说进屋坐吧，张怀勇说，不了，就坐园子里挺好的。他走进凉亭，抬手把一兜水果递给杨红星，她双手接过，说了一句“著名”的话，来就来嘛，还买啥东西。说罢，也觉得好笑，二人都笑了。

杨红星拿水果进屋，让丈夫洗一些，用玻璃杯沏了一杯绿茶，是雀舌，绿绿地立了满满一杯口，十分好看。张怀勇接过茶杯，说，漂亮，这茶和这园子很相配。杨红星说，就是不知是不是样子货，好看不好喝。张怀勇说，这需要慢慢品。

张怀勇是有备而来，很快话题就进入正轨，说的无非是他当老总的事。他说，我当这个老总是赶鸭子上架，这不是矫情，事先我真的一点儿都不知道，我和你们一样，都感到很突然。张怀勇说得很真诚，真诚中还带有那么一点点羞涩。杨红星的感觉本来和他说的一样，觉得他说这话就是矫情，可看到那一点点羞涩后，她的感觉瞬间发生了变化，反而觉得自己很刻薄。张怀勇接着说，现在已成事实，我也就不矫情了，就得把压在肩上的这副担子扛好，可咋能扛好？没有你这个财务总监支持肯定不行。杨红星迎住张怀勇的目光说，当然支持，这是我的职责所在嘛。张怀勇说，重上钛白粉项目，需要投资几十亿，对于资金来源你有啥想法？杨红星皱了眉头，上项目，主要靠的就是投资，上钛白粉这么大的项目，需要巨额资金，这是实际问题，她想法多多，可又不能贸然回答。她苦笑道，我是公司里有多少钱，就当多大的总监，就这么简单。

张怀勇说，这是自嘲也是推诿，说点儿实在的吧。杨红星说，据我所知，如果国家批准这个项目再度上马，国家、省、市都会给予一定的投入，但远远不够，这远远不够的数额哪里来？单凭我们的力量显然不行，当年薛立功提出一个概念，叫借船出海，可最终还是失败了。张怀勇说，借船出海的思路是没有问题的，当年的问题出在多个方面，最主要的是能力问题，现在不同了，经过多年的研发和积累，核心技术我们已经掌握不少，经验也掌握了不少，是到发起冲刺的时候了。杨红星说，我会尽我全力支持的。张怀勇说，我要的就是你这句话。

二人谈得投机，张怀勇心满意足地告辞了。杨红星心里有事，再给花草浇水就心不在焉，该多浇水的浇少了，该少浇水的浇多了。她放下铁壶，在院子里转了两圈，然后拿起手机，给公司财务部主任老郝打了个电话，把该布置的工作布置了一番。老郝调侃道，看来杨总是真配合张总的工作，休息日也不让人休息。杨红星没跟他调侃，用严肃的口吻说，想要坐稳你的位置，就得把休息时间也用在工作上。

晚上，杨红星接到罗锦章的电话，他说他就在园子门口呢。罗锦章也住在河畔家园，他有个小闺女三岁多，长相秀气的妻子时常在晚上领小女孩在小区里散步，杨红星遇到过多次，但几乎从来没在小区里偶遇过罗锦章。每次遇见，都是他有意找她，或她有意找他。

杨红星出屋，果见罗锦章站在门口朝里边望。杨红星说，进来嘛。罗锦章这才推开栅栏门进来，冲着月光下一片黑黝黝的花草叹道，夜色中的花朵弥漫着白日没有的幽香！杨红星笑道，锦章，咋变成诗人了？罗锦章说，随便感慨一下。杨红星说，这么晚来找我，有重要事吧？罗锦章说，也不算啥重要事，就是不跟你叨咕叨咕，心里不安生。杨红星说，有话就讲。罗锦章说，杨总，是这么回事，张总的弟媳谢丽在并轨时给减回家了，你也知道咱张总是个啥人，那是个正人先正己的人，凡有不好事，总会先拿自己人开刀，这几年谢丽在外边打工，混得不是太好，前天她找到我，想让我帮忙，回厂里上班。杨红星说，这该找张总吧。罗锦章说，找张总那肯定就是两个字，不行，所以人家才找到我，如果咱们解决了谢丽的困难，也就是解决了张总的困难。杨红星说，我又不是管人事的，找我合适吗？罗锦章说，谢丽以前是财务处的出纳，我听说现在咱们的财务部人手紧张，财务部归您分管，没您点头，谁进得去呀？

杨红星皱了眉头，心头滚过许多事。现在综合事务部主任的位置空缺，罗锦章和张怀勇的关系还算不错，他这是明显讨好张怀勇，如果她拒绝了，张怀勇咋看？也不排除另一种可能，罗锦章就是张怀勇授意来找她的，联想到上午张怀勇的登门造访，她倒吸了一口凉气。

杨红星稳定了一下情绪，平静地说，我没意见，现在公司正谋求发展，和前些年的状况不一样了，有些部门是到了要壮大的时候。罗锦章兴奋起来，说，太好了，咱们为张总解决了家庭困难，张总就会更有精力为公司做大事。杨红星用微笑作答。

几天后，谢丽就到财务部报到了。

张怀勇上任后，第一件事做的不是跑项目，是新一轮股份制改造。改革初期的股份制改造是失败的，董事会成立之后，运转磕磕绊绊，有很多别扭的机制，董事长、总经理角色分工混乱，下边无所适从。这一次，张怀勇得到了上级的支持，改起来大刀阔斧。再一次内部发行股票，在岗人员全员入股，全都成了企业的股东。仅用了一个月的时间，新的框架就搭建起来，成立了董事会。张怀勇改任董事长、党委书记，兼任总经理。副总经理依次是潘唯一、冯井田、石梁和杨红星，杨红星继续兼任财务总监。办公室与信访办、图书馆、资料室等部门合并，成立了新的综合事务部，罗锦章任主任。

张怀勇日记摘抄：

新官上任三把火，我要烧的岂止是三把火？要做的工作千头万绪，第一项，就是把企业的龙头建立起来，理顺企业关系。

没想到，杨红星这个时候添乱，把谢丽弄到了财务部。张怀双两口子高兴了，可我怎么面对那么多双盯着我的眼睛？这绝对不行。

今天我打电话把杨红星叫来，我强作客气，先跟她寒暄了几句。然后我突然沉默，抬头看了看窗外。从我这个角度看过去，看到的只是一片蓝天，天气不错，天空呈蔚蓝色，有几片淡淡的白云飘浮着，给人一种梦幻感。我叹口气，这才又把目光投向杨红星，问，谢丽是咋回事？杨红星面带喜色说，财务部缺人手，我把她招聘回来了。我说，缺人手也不该招她呀！杨红星问，为啥？我说，当年经我手减掉了那么多人，现在我把亲朋好友一个个又招回来，大家咋看我呀？杨红星说，不是你招的，是我招的。我说，可在别人眼里，就是我招的。杨红星脸上的喜色消失，凝视着我，显然有抱怨的成分。过了一会儿，杨红星说，其实我也没那么细心和体贴，我也没想过招谢丽，是罗锦章找我，说为你解除后顾之忧，我才招的。我心头一紧，心想这个罗锦章真是拍马屁拍到了马蹄，不像话！我愤愤说，杨总，你通知人力资源部，谢丽的招聘作废。杨红星说，这不好吧？我说，为了大局，只能让她做点儿牺牲了，没啥不好的。

是呀，为了大局，我只能对不起家里人了。

时隔五年，姜小妮和张怀勇再次相见。和以前比，张怀勇瘦了一些，黑了一些，言谈举止比以前优雅了些。姜小妮则丰腴了一些，成熟了一些，女人的韵味更浓了一些。姜小妮看张怀勇，觉得他脸上依然有一丝青葱般的羞涩，要知道他已经是一家大型国企的董事长了，是个经过风雨见过世面的人，难得这丝羞涩感还安然挂在脸上。姜小妮重返这座城市，重返古河边的锦绣厂，绝非为了讨生活这么简单。她把复杂包裹在青葱的皮囊里，用近乎天真的微笑看着张怀勇。

其实，姜小妮跟张怀勇的接触十分有限。在她的印象里，张怀勇是个正人君子，他没有像其他人那样看她，把她视为一个交际花或附属品，而是像尊重其他人一样尊重她，这对当时的她来说，已经足够了。现在，对于她重返锦绣厂的使命，她根本没有犹豫的余地，尽管内心一直都在打退堂鼓，一直都在问自己，去，还是不去？自问过后，一切依然按部就班。

见面是在张怀勇的办公室，张怀勇还算热情，主动跟她握手，让她坐。不等她说，张怀勇率先说，你嫂子已告诉我了，想不到你会先找她而不是找我。姜小妮说，张董，我是有苦衷的，毕竟我与锦绣厂的结缘有一段不太光彩的历程，找嫂子，也许是我洗白自己最好的办法了。张怀勇说，过程不重要，重要的是，你真是为了生存，还是另有隐情？姜小妮说，如果我说这次没有隐情您能相信吗？张怀勇笑道，我相信，我善于相信一个人。姜小妮故作释然，说，这我就轻松多了。

姜小妮开始讲述自己的不幸。合资破裂后，她被涂强召回。她不喜欢那个企业的氛围，不喜欢老板涂强，她辞掉了在图强矿业的工作，离开那里，几年间换了好几家单位，都不适合自己，这才走投无路返回老家东北。找工作难，还是屡次碰壁，没办法才来锦绣厂碰碰运气。姜小妮说得虚实相间，实的是，她确实离开了图强矿业，虚的是她不是走投无路，而是另有所图。张怀勇耐心地听，这期间他接过几个电话，也有人敲门进来汇报工作，他都简单应付了事，继续耐心听她讲述。姜小妮讲完了，张怀勇叹口气说，我挺同情你的境遇，这个忙我会帮的，但你也知道，锦绣厂当年减掉那么多人，再进人是很慎重的，跟你说吧，刚发生过一件类似的事，下边的人为讨好我，把我已下岗多年的弟媳重新安排进了厂，我知道这件事后，毫不犹豫地做了调整，让弟媳又回家了。没办法，我宁可得罪兄弟，也不能得罪全公司的职工啊！

姜小妮知趣地说，我明白了，我来得不是时候，让你为难了。张怀勇说，别这么说，我还有别的办法能帮到你，你看这样好不好，我可以把你介绍到朋友的公司，他是古河商厦的老板，商厦也需要你这样的人才。姜小妮支支吾吾，我是冲锦绣厂来的，我学的是冶金工程。张怀勇说，我知道你是冲锦绣厂来的，也知道你和锦绣厂专业对口，可现在有难度哇，你先到商厦安顿下来，以后需要人时，我第一时间招你进来。姜小妮低头略作思忖，点头同意了。

张怀勇如释重负般笑了。

安顿了姜小妮，张怀勇来不及多想，就投入到繁忙的事务中。新老总新气象，张怀勇带给锦绣厂的变化就是敢想敢干，说一不二，他巧妙地避开了各种显现或隐蔽的人事纠葛，先易后难地办了几件关系每个人切身利益的实事。

张怀勇首先治理环境卫生。前些年忙于企业改革，厂区的环境建设被忽视，厂院里乱堆乱放，汽车、摩托车、电动车和自行车也随处停放。他没有动用一线工人，生产要继续，这个不能受影响。他只是把边缘的和科室人员集中起来，大家穿了工作服，下到各个角落去收拾。并定下制度，划出停车场，车子不按规矩停放将被罚款，垃圾和废料也有指定地点，并要求做到及时清理和运输。环境治理见效快，厂区很快变得整洁了。

张怀勇还给一线职工涨了工资，额度不大，却是个姿态。他在职工大会上讲过，只要大家拧成一股绳，不但企业会做大做强，职工也会得到更多实惠，尤其是一线职工，收入一定会不断增加。杨红星找到他，不解地问，咱们上钛白粉项目的资金还没着落，怎么能给职工涨工资呢？张怀勇说，上项目除了靠投资，还要靠职工的干劲儿，到啥时候我们都不能亏了一线工人。杨红星说，道理我也懂，问题是没有这笔预算。张怀勇说，就是在牙缝里挤，也要挤出这笔钱。

然后，张怀勇找了省政府分管副省长牛太白，老张家和老牛家也算得上是父一辈子一辈的交情，牛洪波当年器重张大河，张大河才在锦绣厂有了更多展示能力的空间。牛太白也对张怀勇的印象不错，曾多次听薛立功和叶文广讲过张怀勇在企业并轨过程中的作为，只是身份所限，牛太白和锦绣厂的主要领导接触多，和张怀勇没啥实际性接触。这次，张怀勇找上门去，讲了锦绣厂目前的情况，讲了钛白粉项目的情况。牛太白听了很高兴，说，我和你一样，钛白粉的情结很浓，如果我们这辈人不能生产出高质量的钛白粉，那就算我们白活。张怀勇的激情也被激发了，接茬儿说，是呀，那就是白活。牛太白说，我知道你们困难不少，可没有困难还要我们干啥？你放手干，我全力支持你。张怀勇没客气，笑道，政府的投资能按时到位吗？牛太白也笑了，说，我就知道你在这儿等我呢，放心吧，我保证按时到位。

从省城回来后，张怀勇不光是信心大增，还多了一份豪情。除了要保证老产品的正常生产和营销外，他觉得是时候向钛白粉项目发起冲击了。

一天晚上，张大河敲开张怀勇家的门。张怀勇和田宇莹都很意外，赶紧把老父亲接进客厅。在张怀勇的记忆里，这是父亲第一次主动来他家。

张怀勇说，爸，您咋来了，有事说一声，我会回家去。张大河说，你是一把手了，哪有那个工夫。张怀勇听了脸唰地一下红了，觉得自己这个做儿子的肯定是做得出了问题，他说，爸，瞧您说的，别说是锦绣厂一把手了，就是我调到市里省里了，也还是您的儿子嘛！

张大河坐下，田宇莹赶紧沏茶。张怀勇坐到父亲的一边，用探询的眼神盯住父亲。张大河说，我来就是想跟你说几句话，本来可以在电话里说，可我想了想，还是面对面说心里踏实。张怀勇说，爸，您有啥话就直说呗！张大河问，怀勇，我问你，你当了一把手最想做的事是个啥？张怀勇愣了一下，略加思考说，把企业的效益搞上去。张大河又问，就这？张怀勇又想了想，眼睛一亮说，上钛白粉项目。张大河眼睛亮了，说，我就是要你这句话呢！张怀勇恍然道，咱爷俩想到一块了，我要把几代锦绣人的希望在我的手上完成。说罢，他下意识地伸出自己的双手看了看，张大河也看着他的双手，慢慢地把自己的双手也伸出来，扣在了他的双手上。

父子的双手就这样扣在了一起。

张怀勇日记摘抄：

父亲的双手热乎乎的，父亲这双手的温度就是锦绣厂老辈人的温度，这温度和省领导牛太白的支持一样，将成为我向前走的激情和动力。

当然，对我来说，仅有激情和动力是不够的，我更需要脚踏实地地干，钛白粉的技术难关千千万，还需要一个一个地去攻克。我觉得自己不是一个董事长或总经理，我是一个战士，一个手拎爆破筒就要去攻城的战士。

热血开始沸腾，我告诫自己，还要沉着冷静。

深秋的东北天已经冷了，早起开窗通风，居然看见房上、树上、车顶都挂了一层薄薄的霜雪。空气新鲜而冷冽，姜小妮深深吸了一口气，这才去卫生间洗漱。

站在水池边看镜子里的自己，姜小妮心里不是滋味，此时回来，并非她所愿，是来做一件自己不喜欢做的事情。可为了自己的前途，有些事情又是她必须要去做的。镜子里的自己有一张忧郁的脸，水龙头没关严，一滴接一滴的水滴下来，有点儿像她的心跳。

去古河商厦报到。商厦在繁华地段，建筑很气派，从上到下清一色的玻璃楼，广告牌、橱窗模特儿、鲜花、迎宾小姐，十分抢眼。它的对面是百货大楼，虽然大楼历史更悠久一些，但显得破败和萧条，从外观和人气上都输给商厦一截。

姜小妮进商厦，穿过富丽堂皇的营业区，走进边门，敲开老板的门。老板坐在办公桌后边，没有起身，姜小妮说我叫姜小妮，是张怀勇董事长叫我来找您的。老板点点头，上下打量她一番，说，怀勇跟我说过了，让我给你安排一个好一点儿的位置，你也知道，我们商厦早已经改制了，现在是私营企业，我们招收每一个雇员都要物有所值，说说吧，你能干点儿啥？姜小妮微微一笑，说，我也在大型民企集团干过，做过办公室的文秘，公关，后来还做过董事长助理，我擅长公关工作，为企业排忧解难。老板说，听说了，你是个有能力的人，我这儿呢，虽然不缺人，但锦上添花还是不错的选择，这样吧，你就到运营部吧，如果干得出色，我绝不会埋没人才。姜小妮还是微微一笑，平静地接受了安排。就这样，她算是在老家落脚了。

第一天上班完全是礼节性的，听人家介绍情况，安排工作，等等，这些过场对姜小妮来说完全可以轻松对待。在商厦只是落脚，她的目标是锦绣厂，这一点是设计好的，她只需一步一步接近目标就好。下班后，姜小妮去了母亲家。她回来后还没去看母亲，而是先落脚在锦绣公司的招待所，住这儿更有利于实施她的计划。招待所对外营业，她包了一个普通的单间，房费很便宜。这些年她在图强矿业挣了不少钱，房费不是问题。

见面后，母女俩抱在一起，好一阵没有松开。松开时姜小妮发现母亲的眼睛湿了，姜小妮故作娇嗔地喊了声妈，我这次回来目标是锦绣厂，如果我能成功进入锦绣厂上班，以后就不离开你了。古小闲抹了一把眼睛说，你要是能进锦绣厂，我的心愿就完成了，你进锦绣厂和我在锦绣厂不是一个概念，我在锦绣厂时只是职工医院的一个护士，什么炼第一炉锰啊铬呀的，压根没我啥事。那时候哇，我望着厂院，望着那些厂房就想啊，我要是个工程技术人员多好哇！姜小妮说，妈，你也别妄自菲薄，护士咋了？也是锦绣厂的一员，锦绣厂那些辉煌事里呀，也应该有你一笔。古小闲说，快别这么说了，还有我一笔？我现在是希望以后能有你一笔，你可是学冶金工程的。姜小妮听了这话，顿觉心头被锐器扎了一下，一种明显的疼痛感油然而生。

饭菜都是古小闲一个人做的，她年纪大了，还能自己做多长时间的饭呢？吃着吃着，姜小妮鼻子有点儿酸，她在心里说，妈，等我办完这件事，我就住进来照顾你一辈子。

吃完饭，古小闲就去收拾另一间卧室，她住的是老式的两居室，没有客厅。南屋变成了卧房兼客厅，北边的屋一直闲着，古小闲说，这个屋，这张床，就是给你留的。姜小妮拦住母亲说，妈，你先不用收拾，我暂时还不能搬过来住。母亲愣愣看她，问为啥。姜小妮说，工作需要，我先住进了招待所。母亲说，住多久？姜小妮说，不会太长时间，等这段工作结束，我就搬回来。

天色很晚了，姜小妮才回招待所。进房间后先是冲了个澡，然后裹着浴巾上床，一团湿气萦绕，她偎在床头，在这充满湿气的床头灯的光亮下，开始读一份《钛白粉生产工艺》的资料。资料是英译汉的，内容有些枯燥，但她还是强迫自己认真地读。她想总会有那么一天，她这方面的准备会派上用场，她要身体力行地替母亲完成一个心愿。但是，接下来要做的呢？一想到接下来的事，她就心烦意乱，她放下资料，在笼罩她的橘黄色灯光下发呆。

张怀勇日记摘抄：

企业管理方式的现代化是企业改革的一个重要措施。我上任后不久，就提出了管理升级的动员令。成立了以副总经理石亮为组长的公司管理制度编写小组，组织各单位系统梳理组织职能、完善管理制度、优化管理流程、修订技术标准、规范作业流程、健全管理体系，通过岗位规程、管理手册和安全简报等为公司立“法”，公司的运行将做到有法可依，有章可循，构建起既与国际管理体系接轨又具有本公司特色的管理体系。

当然这不是我的独创，是一代代锦绣人智慧的结晶，是历代管理者身体力行积累起来的经验。

还有很多工作需要一步步去做。

一想到钛白粉项目，浑身就有使不完的劲儿。

这段时间，张怀双家里经常有人来串门。新世纪了，爱串门的人越来越少了，可锦绣厂家属区还是有很多人保持了这个习惯。张怀勇当老总了，一般职工不好意思去他家祝贺，却都好意思去张怀双家祝贺。谢丽没好气地说，又不是我家怀双高升了，来这儿祝贺个啥？来人笑笑，说，亲兄弟嘛，不管谁高升，都一样。

谢丽知道，有人是有所求，势利眼，心里就不免生出些许的鄙夷。她撇着嘴想，这些人真是打错了算盘，张怀勇连她谢丽的事都不管，岂能管你们这些人的事？你们也太高看张怀双的面子了吧？张怀双和谢丽不一样，不管谁来，他都笑脸相迎，嗯嗯啊啊地跟人家敷衍。说张怀勇的事，他就一个劲儿地点头称是，从不加一点儿评论，说者也觉得没意思了，只好转了话题。只有周跃进登门没提一句张怀勇，他只聊杂七杂八，什么附近的发廊新来的洗头妹挺漂亮了，什么菜市场的猪肉价格又涨了几毛，什么老张老王又有新欢了，等等。以往张怀双最不爱听他这类不着调的话题，现在听着却特别顺耳，他还积极配合，探着脑袋问，你说老张的新欢到底是谁？一旁的谢丽斥责道，咋还变长舌妇了？竟扯些没用的！

张怀双刚要反击谢丽，电话响了。他家的电话安放在门口的鞋柜上，张怀双跑去接电话，大声地喂了好几声，那边才传来一个陌生的声音，你是张怀双吗？张怀双说，我是，你是哪位？对方说，我是市美术家协会主席，姓朱，因为个高，别人都叫我大朱。我爸也是画家，早就辞世了，他老人家当年画过您的父亲张大河，那张画上的张大河就是当年工人阶级的代表，我也想画一张新时代工人阶级的肖像，想来想去，觉得你做模特儿最合适。张怀双觉得好笑，立马拒绝道，你可拉倒吧，我又不是英俊小生，找模特儿，你找错人了。大朱说，你听我说，我爸当年画你爸，我现在画你，也算是父一辈子一辈的关系，有个传承性。跟你实话实说，最初我没想找你，想找个企业家当模特儿，企业家也是工人阶级嘛，就说现在的劳动模范，那企业家的数量可不低呀，找企业家名正言顺。张怀双忍不住打断他的话说，那你就找企业家嘛，干吗找我呀？大朱接着说，可后来我想啊，真正能代表工人阶级的，还应该是一个工人，是一个把工人角色做得相当出色的工人。我虽然不在锦绣厂工作，可我是锦绣厂的后代，我自然就想到了锦绣厂，一打听，工人里技术水平最高的是你，工人里名声最好的也是你。我还看过你的照片，你四方大脸，一团正气，和你爸相像，又比你爸帅气，用你来代表新时代的工人阶级，我看是没谁了！张怀双的抵触情绪在大朱的絮叨中不知不觉消失，他想一想，也觉得自己代表工人阶级要强于那些企业家，说近点儿吧，要强于他二哥张怀勇。这样一想，他就有一种当仁不让的感觉了。

张怀双说，好，那就画吧。大朱说，我就知道你能配合我，好，咱一言为定。随后，二人约定了时间。撂了电话，周跃进凑过来说，师傅，如果他的画火了，说不定你也能跟着出名呢！张怀双说，我可不指望靠他的画出名，我这个人你应该了解，我最不喜欢惹人注目。周跃进说，当然了解，我师傅淡泊名利，是藏龙卧虎那种人。谢丽接茬儿说，别吹捧了，净整些没用的。

几天以后，张怀双按时赴约了。在大朱的画室，二人握手寒暄。大朱端详着他的脸说，嗯，不错不错，你的气质看起来比照片上还好。张怀双不好意思地说，别瞎扯了，我有啥气质。大朱说，你不懂，这种气质是我们画家需要的，我需要的就是这种气质。

张怀双坐到一把木椅子上，大朱退后五步，固定画板，开始提笔作画。整整一个下午，坐得张怀双心烦意乱，有好几次要告辞，都被大朱好言安抚住了。终于画完，张怀双凑到画板前看，皱了眉头，说，咋还画得没我好看呢？大朱还是说，你不懂，等作品面世时你再看，就能看出自己的好来了。张怀双也不在乎好坏，告辞，赶紧逃一样出了大朱的画室，被外面的风一吹，他有了一种解脱感。

张怀双没有吃晚饭就直接去了厂里，这一晚他是夜班。换上工作服，戴上工作帽，走向电炉。点火开始冶炼的时候，姜爱国凑到他跟前，在他的耳朵根下说，怀双，求你个事呗。张怀双立马警觉起来，问，啥事？姜爱国说，你说我干了这么多年配电工，当个班组长应该胜任吧？张怀双扭头盯住姜爱国的脸问，你不想跟我一个班组了？姜爱国说，不是不想跟你一个班组，是跟你一个班组，我就永远没法进步。张怀双问，你到底啥意思？姜爱国说，我求你跟你二哥说说，提拔提拔我呗！张怀双心里咯噔了一下子，姜爱国和他父亲姜连子一样，都是厂里数一数二的配电工。当年就是因为姜连子跟张大河一个班组，才影响了他的提拔，否则，姜连子当个班长或当个车间主任都应该没问题。父一辈子一辈，现在又是他张怀双阻碍了姜爱国的发展，他心里还真有点儿不是滋味。可是姜爱国调出这个班组，就没人和他张怀双强强联手，组成最强炼锰搭档了。

张怀双叹口气说，爱国，别人让我求我二哥我不会答应，但是你，我答应了，下班我就去找他说。姜爱国一把搂住他的肩头，摇了摇头说，对不起怀双，我是试探你的，你果然是个有情有义的汉子，我没看错。实话告诉你，别说当班组长，就是让我当主任我也不走，这辈子，我就跟你搭档定了。张怀双有一种如释重负之感，也一把抱住了姜爱国。两个汉子抱在一起，把一旁的周跃进都看傻了。

张怀双日记摘抄：

我们张家父子都有记日记的习惯。见我晚上躲在小茶几上写日记，谢丽就嘲笑我，说我不像新时代的人。我说，我咋就不像新时代的人了？谢丽说，你瞧瞧，现在还有谁写日记？咱们上小学时老师提倡过记日记，但没坚持一年，老师也不提这茬儿了。我说，记日记不用谁要求，是爱好，是习惯，是留给未来的。等你老了，记忆力差了，记不得什么了的时候，翻开日记，每一页都能勾起你一件往事来。

当年我爸和姜爱国他爸是最强炼锰搭档，现在轮到我和姜爱国，也成了锦绣厂最强的炼锰搭档。据说当年我爸和姜爱国他爸光荣得不得了，和他们相比，现在我和姜爱国在厂里的地位可差多了。市场经济，商品社会，有很多人开始瞧不起工人了，人们总爱拿我和大哥、二哥比，觉得还当工人的我没出息。我不在乎，难得姜爱国和我一样甘心当个工人。自己瞧得起自己就行，能接父辈的班，也不枉为人一世。

儿子当上锦绣厂一把手，张大河反而觉得不自在起来。他把锦绣厂看得重于泰山，现在儿子当了一把手，咋就觉得儿子把锦绣厂的分量给弄轻了呢？张大河跟洛慧敏嘀咕，锦绣厂是多少人的命根子呀，怀勇当这个头儿，必须把锦绣厂带好了，要是带偏了，得多少人骂他？就连我这把老骨头，也得跟着挨骂。洛慧敏说，怀智也是一把手了，你咋不怕他挨骂呢？我说，他那是私企，能跟锦绣厂比吗？在我眼里，不，在所有老锦绣人的眼里，啥也不能跟锦绣厂比！

洛慧敏笑道，看你把锦绣厂比上天了，不，我看是把你自己比上天了。张大河说，上天倒好，就怕上不着天，下不着地。洛慧敏敛住笑说，也是呀，你看到没？自从怀勇当上董事长，我就没咋见他笑，总愁眉苦脸的，这样不快乐，当董事长还真不如不当。

这年夏季，老锦绣人钱玉贵去世了。早年张大河虽和他尿不到一壶，可毕竟是老伙计，还是想去参加葬礼，洛慧敏劝他别去，说年纪大的人去殡仪馆不好。张大河说，有啥不好的，当年都一个班组的，去送一送人之常情，我要不去，别的老伙计咋看？洛慧敏说，别的老伙计也去不了几个。张大河瞪起眼睛斥道，我敢跟你打赌，我们这些老伙计都能去。

张大河起个大早，走了半小时才赶到钱玉贵家。楼下的院子里摆着一排花圈，有几辆汽车停在路边。张大河没上楼，他不愿费劲儿寒暄，找块石头坐下抽烟。过了一阵，陆续来一些人，都是生面孔。直到有哭声炸响，看见钱玉贵的儿子钱奋斗抱着遗像，其他子女有拿着灵幡的，有抱着丧盆的，呼啦啦下楼。送殡队伍稀稀拉拉几辆车，张大河被裹挟着上了一辆面包，到了殡仪馆，仍没看见几个熟悉的人。都说葬礼的风光程度看子女，偷偷跟身边的人聊，才知他的子女除了钱奋斗在岗，其余的都是下岗工。张大河心头热浪翻滚，摸出手机给张怀勇打个电话，说，钱玉贵钱大个子去世厂里不知道吗？张怀勇说，我不知道，工会应该知道吧。张大河说，问题是工会一个人没来，一个给锦绣厂做过贡献的老工人去世，这么冷清你们脸上光彩吗？张怀勇说，爸你放心，我这就叫工会的人去。

仪式结束，遗体排队等着入炉时，邱桂兰带两个小伙子风风火火地赶到了。邱桂兰没先奔钱玉贵的子女，而是笑容可掬地冲张大河来了，抓住他的双手，说话时热气直扑他的脸。张大叔，还是您老和工人弟兄感情深，您看，咱厂这些老辈人就您来了，您放心，咱张董叫我来，我一定不辱使命。张大河不耐烦地说，还是去安慰一下钱玉贵的子女们吧。邱桂兰不好意思地说，好好，我马上去。她这才找到钱奋斗，也抓住他的手说，张怀勇董事长委托我向钱玉贵老人表示敬意，并向家属表示慰问。钱玉贵同志在新中国成立后入厂，一直战斗在生产第一线，为东北老工业基地的建设做出过自己的贡献。我代表公司，代表张董事长，代表工会向老人表示深切的哀悼，向家属表示深切的慰问。话还没说完，钱奋斗甩开她的手走了。

从殡仪馆回来，张大河一个人往家走，时近中午，没有一丝风，空气黏稠，伸手一抓，好像能抓到一把湿漉漉的东西。他一身透汗，头有些晕，越走越晕，走到自家楼口时已晕得不行，连裤兜子里都是汗，怕要虚脱。他蹲下来，身边不断有人走过，他们只是朝他瞥上一眼，就继续走自己的路。自从取消福利分房，大家住的都是社会上的住宅小区，别说是一个小区的，就是对面屋的人都不认识。要是当年，一个厂的都在一起住，走出好几条胡同，还都是熟人，见他蹲下，早有人来搀扶。想着想着，眼前一黑，就啥都不知道了。

等张大河醒来，已经躺在医院的病床上，洛慧敏、张怀勇、张怀双，还有他们的媳妇都闯进眼帘。后来他才知道。他晕过去后，有路人打了120，把他送进了医院。

洛慧敏说，你可醒了，吓死我们了。张怀双说，爸，不叫你去你偏去，老年人抵抗力弱，不宜去那种阴气重的地方。张大河瞪住张怀双，使出挺大劲儿说，怀双，你好歹也是钱奋斗的师傅，今天咋没见你去，你也太没人情味了吧？张怀双说，爸，今天是我们班当班，我这个班长要是离开了还像话吗？除了今天，昨天、前天我都在他家陪着奋斗呢！

这年秋天，吴远山也去世了，这对张大河打击挺大。老吴是他的老邻居、好友，又因为古小闲，二人的关系一直挺特殊。最初听到这个消息时，张大河呆愣了好半天，眼前总出现古小闲的影子。

洛慧敏在他的身边说，老吴八十多了，也不算短寿了。张大河说，是呀，花开花落，自然规律。洛慧敏说，老友们一个个地走，下一个不知该轮到谁了。张大河说，轮到谁都正常，包括你和我。洛慧敏说，是呀，都正常。

三天后是出殡的日子，张大河起个大早，打起精神要去为老吴送行，洛慧敏拦住他，死活不让他去。洛慧敏吵嚷着，忘了你晕在路上的那次了，那种地方你不能去。张大河说，别人我就不去了，老吴走我必须去。洛慧敏说，谁的也不能去，老年人去了对身体不好。张大河说，你这是搞封建迷信。洛慧敏说，我不管你说啥，就是不让你去。张大河连连摆手，说，好，我不去，我到门口转转总可以吧。洛慧敏说，你骗人。张大河说，我到门口转转就回来。

下楼，迎面是一团雾气，大街上能见度极低。张大河暗自念叨，老吴哇老吴，你还说要娶古小闲，净逞能，你瞎搞搞行，动真格的，你没那个能耐，这不，壮志未酬吧！张大河径直往前走，跟洛慧敏说的话瞬间忘到脖子后边。

到了老吴家楼下，已经有很多人候在那儿了，比给钱大个子送行的人多了许多。老吴儿子吴中凯交际广，在社会上的朋友多，来人多是冲他来的。就在要上车时，身后有人拽了张大河一下衣襟，扭头一看，是古小闲。张大河问，你咋来了？古小闲说，我来送送吴大夫。张大河说，今天要不是老吴是我的话，你能来送吗？古小闲没好气地说，说不好。

上车，是中巴，张大河和古小闲并肩坐在一个双人座上。古小闲脸色黯然，一种伤感弥漫在她的身上。车子开动，缓慢行驶在晨雾中，像一艘游动的船。古小闲靠窗，两眼看向窗外的街道，好一阵不说话。后来还是张大河先开口说，老吴哇，最终还是没能跟你凑到一起，这可能是他这辈子最大的遗憾吧。古小闲还是看着窗外，目光幽深不明。

张大河日记摘抄：

送老吴的车上，我跟古小闲说了很多话，也想了很多事。

听说古小闲的闺女也从四川回来了，母女团圆，我真替她高兴。我知道她的女儿叫姜小妮，就问，咋不让小妮跟你一起住？古小闲说，年轻人和老年人的作息时间不一样，住一起都别扭。我说，还是你想得开。

古小闲跟我说，姜小妮想进锦绣厂当个工人，她是冶金专业的大学生，应该是锦绣厂需要的人才吧？我觉得古小闲说得有道理，得找机会跟怀勇念叨念叨。

老吴说走就走了，我不能不想到也老了的自己。瓜熟蒂落，都是正常事吧。

在怀勇嘴里，我听到的都是他们管理层的那些人那些事，很少听到最下层的人和事了。我觉得他这是脱离群众，有机会这事也得跟他说道说道。老了老了，一天还是有操不完的心。

一天晚上，姜小妮经过挨着大坝的那条街，拐进通往招待所的那条小道时，看见一个男人背对她戳在一棵老柳树下。那棵树的年龄比任何活着的人都大，树皮斑驳，长枝条垂及地面。据说，城市改造时，为保住这棵老柳树，发生过许多感人的故事，一个叫牛洪波的老人最终起到了关键作用，他找了儿子，时任市委书记牛太白，最终才保下这棵树。那人的肩头搭着树枝，天色墨黑，在姜小妮的视线里，胡同只有这么一个人。她不由得紧张起来，折身往回走。就要拐出胡同时有人喊了一声，回头，这才看清那个男人原来是张怀勇。

张怀勇朝她走过来，她迎上去。四目相对，心河陡起波澜。姜小妮说，张董，你咋到这儿来了？张怀勇说，我来等你。姜小妮想说咋不打电话呢，嘴唇动了动，没说出口。张怀勇说，钛白粉项目又一次启动了，竞争很激烈，现在有一个强劲的对手在跟我们争夺这个项目。姜小妮心头一抖，说，哪个对手？张怀勇说，中原的永光集团。姜小妮说，有把握战胜他们吗？张怀勇说，没把握，才来找你。姜小妮说，我能做啥呢？张怀勇说，当年你跑过这个项目，这次我再跑，想让你来帮帮我。姜小妮心头再次抖动，她故作镇静，说，只要让我进锦绣厂，干啥都行。张怀勇说，只能是临时聘用。姜小妮说，也行啊。

他俩并肩朝招待所的方向走，一路上聊了些上项目的话题。走到招待所门口了，姜小妮说，进去坐坐吧。张怀勇迟疑了一下，说，不了，以后天天一起工作，说话的时候多着呢！

第二天，姜小妮就离开古河商厦，来锦绣厂报到了。接待她的是罗锦章，他在综合事务部的文书室给她安排了一个办公桌，就算把她安置下来了。

接下来就是熟悉钛白粉项目的情况，除了罗锦章具体介绍外，姜小妮还接触了一些有关的人，很快摸清了基本情况。锦绣厂和永光集团的竞争已经到了白热化程度，因为张怀勇和张怀智的关系，很多人也叫这场竞争为兄弟间的竞争。别看是兄弟，公是公，私是私，竞争起来你死我活，互不相让。

锦绣厂是大型国企，永光厂是大型私企，两家企业都申请上马钛白粉项目，可国家的计划是只能一家企业上这个项目。锦绣厂是老牌国企，很多人都了解它。永光厂是新兴企业，组建不足二十年，在东北了解它的不太多，但在中原赫赫有名，它的性质是股份制私企，是著名新兴的化工企业，叫它永光厂，依的是锦绣人的习惯。永光厂也是从冶炼起家的，最初只是一家小型冶炼厂，然后注册成股份公司，股东都是当初的合作者，出资最多的一个人叫金永光，他占40%的股份，自然也就当了董事长，公司名也用了他的名叫永光。20世纪90年代初期，张怀智的加入，使永光厂有了突飞猛进的发展。民营企业灵活性强，在金属冶炼方面与国企竞争占据了主动权，经济效益非常好，永光的摊子也越铺越大，越做越强。现在的永光厂实力雄厚，有资金优势。锦绣厂两次上马钛白粉项目，有现成的厂房，有技术优势，有一整套氯化法钛白的技术资料，这些技术是当年一些国内顶尖专家研究实验的结果。两家厂各显神通开始角逐，先是永光厂占优，后锦绣厂反超。张怀智想出一个不是办法的办法，派出商业间谍，打进锦绣厂内部，伺机把锦绣厂的核心技术搞到手。如果永光厂也有了核心技术，那锦绣厂就没啥优势了。

这个商业间谍就是姜小妮，她就这样成了两兄弟间的一个特殊女人。

姜小妮多次问自己，我为啥总是扮演不光彩的角色呢？主观原因在自己，客观原因看似在涂强、张怀智这些大老板身上，实际却是商品社会的一股浊流。姜小妮在做这样的角色时，心里是不甘和屈辱的，可是没有办法，张怀智在她最困难的时候聘用了她，让她当了听起来挺体面的董事长助理，实际角色是什么，只有她自己清楚。

她最想做的不过是她在大学学的专业技术，可是，她的实际工作总是离之甚远。一种悲哀感时不时地会袭扰她。

张怀智多次给她打电话，叫她尽快进入角色，尽快把技术资料搞到手。可技术资料是保密的，咋能轻易搞到手呢？她为此伤透了脑筋。

张怀智那边呢？就是一个忙啊！忙于开股东大会，忙于摆平各方势力，忙于搞资本运作，忙于疏通关系，摆平各路神仙，为拿到钛白粉项目扫清障碍……忙得不可开交。

永光集团在高速运转，自从张怀智当了掌门人，企业就开进了快车道。那些最初反对他的董事，见企业有了大踏步的发展，都有钱赚了，也就都认可了他。现在永光的每一个员工都精神饱满，见了张怀智都由衷地献上一个笑脸，道一声，张主席好！张怀智在一张张笑脸中找到了满足和成功感。

只有回到家，听徐思怡冷冰冰说那么几句，张怀智才会还原为自己，整个人一下子降了温。徐思怡是个有商业头脑的女人，这些年没少给张怀智出主意，想办法。张怀智也知道她的能力和作用，做很多事都会征求她的意见。这天晚上，刚刚上床，徐思怡就没头没脑地说，人走得远是成功，可走得太远，就离失败不远了。张怀智眉头一皱，说，你啥意思？徐思怡说，你爸白天来过一个电话，这话是他说的。张怀智心一紧，以前父亲在他眼里是庞然大物，是锦绣厂的名人，但从心里讲，他不服气，青出于蓝而胜于蓝，他总觉得自己未来会比父亲做得大。后来果真做大了，以新的角度再看父亲，反而觉得父亲不容易。现在父亲说这种话，是预判还是诅咒？他刚躺下又坐了起来，呼呼喘粗气。

徐思怡说，爸是好意，他怕你搞得太过，树敌太多。张怀智说，现在是市场经济了，市场经济就是有竞争，我跟锦绣厂竞争就是树敌太多了？徐思怡说，毕竟咱们也曾是锦绣人，亲朋好友又都是锦绣人，跟锦绣厂竞争就是把亲朋好友都当敌人了嘛，怀智，听我的，放弃钛白粉吧，你的企业做得不小了，不差钛白粉这一块。张怀智愤愤说，当初是你拉我下海，现在又妇人之见。徐思怡说，此一时彼一时，我也没想到你会做得这么大。张怀智说，要做就做大的，现在后悔来不及了。徐思怡脊背直冒冷汗，她是改革开放后第一批经商的人，也算是改革的先锋了，但事到如今，她反而有些跟不上改革的脚步了，许多事令她始料不及，许多问题令她陷入迷茫，越想得多，反而越胆小了。

争论的结果是没有结果，对张怀智来说，一切还得继续。男人来这个世上，就是要干一番大事业的。现在，他已走上这条道，没有退路。为钛白粉项目，他与很多人接洽，疏通关系，为了说服他们接受这个私营企业，他要付出比国企多百倍的努力。这个过程是需要耐力的，当对方提出诸多苛刻条件时，张怀智本想发脾气，但他总能克制自己，脸上堆起微笑不紧不慢地解释。有时连他自己都觉得自己太有城府了。

张怀智失眠了，与锦绣厂的竞争令他无法安宁。想当年锦绣厂濒临破产，他曾有过一次努力，力劝金永光接手锦绣厂。金永光是个有远见的企业家，他当然知道这是一块物美价廉的大蛋糕，不说把锦绣厂做大，就是转手，也是巨大的一笔利润。金永光说干就干，他派张怀智当全权代表，回去接洽，遭到很多人的抵制，特别是父亲和怀勇，都说张怀智忘了本，是锦绣厂的叛徒，是助纣为虐。张怀智和他们争论，说这是盘活企业的一条出路，全国很多企业都在破产兼并。父亲气得骂了人，说，放屁，要把国企给吞并了，这他妈叫啥出路？他知道和父亲争不出个结果，就不再说啥。但和张怀勇争论得很激烈，他说怀勇你是年青一代，你的观点咋也像爸一样老套？张怀勇说，我知道改制是企业改革的必经之路，但我还是不愿意看到国企破产，转让给个人，怎么样让国企从困境中走出，是个新课题呀！张怀智说，企业改成个人的，管理上更主动了，经营上更简捷了，效益一定会提高，效益提高了，国家的税收也就增加了，职工的收入也就增加了，这既符合国家利益，也符合职工的利益。张怀勇赌气说，打嘴仗我争不过你，不过，如果我说了算，我所在的企业就永远会是国企。

这也许是一场无意义的争论……张怀智翻了个身，努力排空大脑，好尽量入睡。

可是，张怀智根本睡不着。他对钛白粉项目的热衷，也是发自骨子里的，说是基因情结也不过分。现在企业要调整生产结构，更需要钛白粉这样的朝阳项目。张怀勇不止一次跟他说，你跟锦绣厂竞争是不理智的，你是谁呀？是张大河的儿子，是从锦绣厂家属区长大的孩子，你也是锦绣人。现在你却倒打一耙来跟锦绣厂竞争钛白粉，你不是脑袋被驴踢了，就是真要欺师灭祖？张怀智说，都不是，我是为企业考虑，现在我是永光的当家人，我只能站在它的角度说话办事。张怀智说这些话时心是疼痛的，但没有办法，他只能照他说的那样去做。而且，为了达到目的，还要不择手段。

他也知道，姜小妮并不情愿去当这个间谍。可事情做到这一步了，行不行也由不得她。张怀智要做的事情，就一定要做成，这就是他的性格。

一个人在办公室时，张怀智给姜小妮打了个电话。他压低声音说，我现在最想做的就是上钛白粉项目，有了它，我在永光集团就有了根基，知道吗？我需要锦绣厂的资料。姜小妮说，为这，就让我做贼了。张怀勇说，不是做贼，是竞争。姜小妮说，在我看来，就是做贼。张怀智说，随你咋理解都行，只要成功就好。姜小妮说，做贼是需要时机的，而时机只能等待。张怀智说，时机是可以争取的，小妮，加把劲儿，弄到手我亏待不了你。

连日来张怀智没睡过一个好觉，回家越来越晚。睡得越晚，越难以入眠，加上徐思怡的唠叨，弄得他烦躁不安。后来干脆不回家了，在一家五星级酒店包了个房间，想啥时候睡就啥时候睡。

有一天，张大河给他打来电话。他以为又是说钛白粉的事。结果父亲开门见山，老大你给我听着，你对不起徐思怡，我绝饶不了你。他问，爸，我咋对不起她了？是她跟你说啥了？父亲说，她没跟我说啥，但有人跟我说了，说你现在有钱了，包小蜜了，干了好多不是人干的事。他说，爸，别听人瞎说，我是你儿子，你儿子能做啥不能做啥，你应该门清才对。父亲说，我要是门清了，早杀上门去了，饶不了你这个浑小子。撂下电话，他只能苦笑，他干得再大，在父亲面前还是一个没出息的孩子。

张大河日记摘抄：

我怕孩子们走歪了路。怀双老实巴交地当工人，诱惑少，没啥可担心的。怀勇当了锦绣厂的一把手，责任大了，诱惑多了，我多少有点儿担心。但我最担心的还是怀智，他是商人了，财大气粗，诱惑也多，主要他聪明，聪明反被聪明误，聪明人最容易出事了。我得时不时地提醒着点儿。

想跟锦绣厂竞争钛白粉，没门儿！我老汉就是旗帜鲜明地站在锦绣厂一边。

我警告怀智别犯生活错误，警告他尽快放弃和锦绣厂竞争的想法，对，连想法都不能有！我的身子骨还硬朗着呢，在孩子面前我要硬气些。

张怀勇要带着技术资料去北京，姜小妮和罗锦章随行。出发前，姜小妮到罗锦章的办公室等候一起出发，生产技术部把技术资料送到罗锦章这儿，罗锦章放在办公桌上。碰巧那天有一个重要客人来访，在张怀勇屋谈了一个多小时，告辞时张怀勇出来送客，罗锦章也跟着送，一直送出办公楼。这样一来，就空出了七八分钟。这七八分钟也许是姜小妮窃取情报唯一的机会，她像只猫一样警惕环顾，浑身汗毛都竖了起来。在确认走廊没人后，开袋，把里面的资料抽出，用手机逐一拍照。然后，把材料装袋，放回原处。张怀勇和罗锦章回来，丝毫没有察觉资料袋被她动过。

张怀智得到技术资料后，很快宣称永光集团经过多年研发，也掌握了氯化法钛白的技术。资金和技术的优势都有了，有关部门和相关专家又开始倾向于永光集团。锦绣厂的处境一下子陷入被动。

姜小妮心里不安，极力掩饰，生怕被身边的人看穿。锦绣厂的人坐不住了，市里和省里的领导也坐不住了。张怀勇接到牛太白的电话，手机里传出的声音嗡嗡响，张怀勇好半天说不出话来。

管理层开会，一向不爱发脾气的张怀勇在会上拍了桌子，吼道，煮熟的鸭子就要飞了，你们说，为啥要飞了，问题出在哪儿？会场无一人回答，都瞪大眼睛看张怀勇。窗外投过来的一缕阳光刚好打在张怀勇的侧脸上，一些人发现他鬓角处都是白茬儿，几天前他还是满头乌发呢！

坐在张怀勇左手边的潘唯一开口了，问题出在哪儿了，只要稍加分析就能找出答案。潘唯一不紧不慢，说到这停顿了一下，环视会场，在长条桌的两边坐着的除了有公司高管，还有各分厂厂长、各个部门的负责人、与钛白粉项目有关的人员，大家用复杂的眼光回望潘唯一。潘唯一接着说，氯化法钛白的技术我们是咋得来的？那是集中了全国顶级专家，还有锦绣厂几代人的努力，经过多年研发得来的，永光厂不可能在一夜之间，或者说短时间内研发出这个技术，既然不能，那他们是咋得到的？只有一种可能，窃取。说罢，他又住嘴，开始环视。

技术部主任忍不住了，开口道，这些技术资料归我们管理，我们一直是严格保密管理的，只有几个人能接触到，不可能被人窃取。潘唯一盯住他说，如果是出了内鬼呢？技术部主任说，内鬼？我们几个不可能啊！大家的目光从技术部主任的脸上又移到了张怀勇的脸上，除了技术部的几个有关人员外，能接触到资料的就是张怀勇和潘唯一了，潘唯一主动提出这个问题，应该不能是内鬼，那么张怀勇呢？大家都知道，永光厂的老板是张怀智，张怀勇会不会与兄长暗中勾结，达到某种个人目的呢？潘唯一盯住技术部主任问，实际更是问张怀勇。但大家的目光只在张怀勇的脸上停留了很短时间，他们知道张怀勇的为人，深信他不是那种人。

张怀勇不能不说话了，他用手指轻轻敲了敲桌面，说，潘总这个问题提得好，为我们找到原因提供了一个新思路，市场经济造就了商业竞争，伴随着商业竞争又出现了商业情报和商业间谍，窃取商业情报是一种犯罪行为，是我们的价值观所不允许的，我们一定要调查清楚，决不姑息养奸。

接下来，张怀勇又讲了很多，他讲到了上级领导的信任和期望，讲到了一代又一代锦绣人的钛白粉情结，讲到了老书记牛洪波，老厂长闫振邦，也讲到了为钛白粉项目而倒在路上的叶文广。为了不辜负这些人，他表示他和锦绣厂都不会退缩。他讲完了，其他人也主动发言，都表示要拧成一股绳，不到最后关头决不罢手。这样一来，阴郁的气氛也好转了一些。

就在大家发言的时候，姜小妮的手机振动起来，低头看，是张怀智。她按断电话，抬眼看了一下张怀勇，然后起身，猫腰溜出会场，到外边把电话打了回去。

张怀智开口便说，小妮，你现在就坐火车回来吧，这样咱晚上就可以见面了。姜小妮压低声音说，我现在是锦绣厂的人，咋能说走就走。张怀智说，你的任务已经完成，还待在那儿干吗？姜小妮说，这不大好吧，容易引起人怀疑。张怀智哈哈大笑，说，事到这一步了，还怕怀疑不成？听我的，回来。姜小妮说，必须回吗？张怀智说，必须回，今晚我就要见你。姜小妮心头滚过一种难言的屈辱感。

散会后，张怀勇一头扎进自己屋，连午饭也没吃。中午姜小妮在食堂吃口饭，就回招待所收拾行李。简单地收拾完，就要拉起拉杆箱离开时，手机响了，是张怀勇打来的电话，姜小妮迟疑一下，接通电话。张怀勇说，小妮，晚上方便的话，陪我出去喝点儿酒吧。姜小妮十分意外，通过接触和观察，她一直觉得张怀勇是个正派的男人，对她这个送上门来的年轻女人并没啥非分之想，想不到现在却要拉上她一起喝酒。她想看来男人就是男人，不顺的时候还是需要女人慰藉的。姜小妮本可以拒绝，嘴上却答应得很痛快。不仅是嘴，心里也是答应了。究其原因有三：一是偷机密的内疚感，二是好奇心，三是对张怀智的反感与对抗。姜小妮把拉杆箱推到一边，一屁股坐到椅子上发呆。

晚上，姜小妮按时去了约好的锦绣酒家，进包房，见张怀勇已坐在里边。点菜，张怀勇要了一箱啤酒。他先给自己倒满，又举着瓶子问姜小妮，能喝点儿吗？姜小妮说能。他要给她倒，她推开了，自己开了一瓶倒满。她酒量不错，尤其擅长啤酒，七八瓶不在话下。他们就这样开喝，一杯接一杯地干。

张怀勇说，叫你来陪我喝酒，你不会怪我吧？姜小妮说，不会。张怀勇说，本来嘛，我要想喝，哪个下属都会愿意陪我，可让他们看我喝多了不好看。姜小妮顺嘴说，不怕让我看？张怀勇说，不怕。姜小妮说，张董是个实在人。张怀勇定定地看她，她突然有些心慌，毕竟做贼心虚吧，她有点儿不敢接他的眼神。窗外的天色正一点儿一点儿暗下来，好像还下了小雨，玻璃窗有斑斑点点的湿痕。为让自己镇定，她一连干了好几杯。

你知道我在追求啥吗？张怀勇双眼迷离，开始叙说自己的故事。一个大型国企的董事长向姜小妮叙衷肠，这令她十分感动。无论是涂强还是张怀智，跟她在一起，从来都是居高临下，几乎没有考虑过她的感受，更没跟她说过啥心里话。张怀勇明显与他们不同，他跟她讲他的故事，就像是闺密间的倾诉。他讲自己的身世，讲自己的奋斗史，甚至讲自己的爱情。讲爱情，成了她最喜欢听的部分，女人嘛，总是对有关爱情的话题特别好奇，那些年追她的男青年不少，可说实在的，她还没经历过一场真正的恋爱，想想就感到悲哀。

姜小妮想不到张怀勇跟她如此坦率，思路不知不觉被牵引过去，某些艰辛和屈辱无形当中成了他们共同的际遇。张怀勇娓娓道来，每一个故事都毫不掩饰，至少有那么一个时刻，姜小妮也想把自己的底细和盘托出。

张怀勇接着说，我爸张大河是锦绣厂的元老，20世纪50年代的锦绣厂技术大拿，我们兄弟三人都进了锦绣厂，对锦绣厂的感情那是父一辈子一辈的。当年锦绣厂和东北老工业基地一样，有过辉煌，可后来不行了，跟不上形势了，被市场经济抛在了后边。说实在的，当年把企业推向市场时，我们都还没做好准备，都是措手不及。锦绣厂面临的就是宏观经济过热导致的急刹车，当时厂子资金链断裂，债务缠身。企业减负并轨，要从绝境中闯出一条路来，我这个人力资源部主任是急先锋，那时我是拼了命地干哪，根本不怕得罪人。一时间，至少有一百个人要跟我拼命，我一条命，拼得过来吗？我都想不清自己是咋熬过来的，它成了我心里的阴影，就是现在，我也不敢面对。

他俩边喝边聊，完全是那种酒逢知己千杯少的状态，姜小妮内心预设的敌意一点点被摧毁。她已经好久，或者说她还从来没和人这样倾诉过，尤其是一个男人，一个身上自带光环的男人。一种类似温情的东西开始在身上缓缓游动。

张怀勇说，咱们现在的企业是轻装了，形势不错，可前途并不光明，隐患极多，只有盘活现有资产，抢救钛白粉项目，有了自己的特色产品，锦绣厂才有未来。知道吗？这个项目凝聚了锦绣厂几代人的心血呀，可就在鸭子要煮熟的时候，它飞了。

《钛白粉生产工艺规程》摘抄：

氯化法对于硫酸法而言是一个技术进步，它可以高效率地连续化、自动化操作，产品质量好，直接排放的“三废”比硫酸法少得多，这是它可以取代硫酸法的基本原因。

但是氯化法“三废”少主要取决于它的原料，大部分氯化法工厂使用的原料是二氧化钛含量95%以上的天然金红石或二氧化钛含量90%左右的人造金红石和钛渣，只有美国杜邦公司的氯化法工艺使用二氧化钛含量60%~84%的混合矿，当然这种工艺的“三废”排放量要比使用天然金红石和人造金红石或钛渣工艺的高，氯化法一般只能生产金红石型。

氯化法的工艺流程比硫酸法短得多，主要包括四氯化钛制备、四氯化钛的氧化和二氧化钛的表面处理三大部分……

酒喝了不少，张怀勇是和姜小妮相互搀扶着走出锦绣酒家的。外边下着小雨，湿润的马路上折映着清冷的灯光。张怀勇要送姜小妮回招待所，姜小妮推开他，说自己能走，便加快脚步向马路的另一头走。这个时候她只有一个念头，就是逃离。

手机响了，是张怀智的电话，他已经打过三次了，她都没接。这一次她接了，张怀智问她咋还没到。她要回答时险情出现了，一辆开得过快的汽车急刹车，就在车头要撞上她时，有人推了她一把。她踉跄几步，回身看，推她的人是张怀勇，他自己却因躲闪不及，被汽车撞倒了。

就这样，张怀勇为救姜小妮受伤住进了医院。这对姜小妮的冲击太大了，在病床前，她扑通跪倒，不管不顾地把自己的一切都讲了。当时，张怀勇和在场的罗锦章都傻眼了。

过了好一阵，张怀勇才咬牙切齿说，张怀智，我本以为咱哥儿俩是公平竞争，没想到，你竟用下三烂的办法套取锦绣厂的技术机密。你忘了，你也是在锦绣厂长大的，你也曾经是锦绣厂的人？张怀勇声音有些沙哑，浑身瑟瑟发抖。

姜小妮一迭声说，都是我不好，我下作……张怀勇冲罗锦章摆摆手说，带她出去。姜小妮抹着眼泪出去了。

罗锦章再进来时，张怀勇对他说，这事到此为止，我不想让更多人知道，明白吗？罗锦章是聪明人，当然明白张怀勇的意思，他连忙表态，到我这就是终止，不会有别人知道了。

姜小妮使锦绣厂陷入被动，可张怀勇并没有报警，也没有对她采取任何措施。姜小妮很内疚，她没有离开锦绣厂，暗下决定要帮张怀勇挽回局面。

接下来，姜小妮和厂里有关人员去省城去北京，做了许多疏通工作。

技术部主任给张怀勇带来一个振奋人心的消息，永光集团得到的所谓核心技术其实是瘸腿的技术，在这份资料中，缺了一个重要程序，而这个程序才是核心的核心，是当年集全国的专家，经过一年多的研发调试得来的结果。这个程序的资料是单独存放的，也是上天眷顾，技术部送资料的人把核心材料放在另一个袋里，姜小妮当时没发现。用张怀勇的话说，上天是公平的，上天永远会把天平倾斜到正义的一边。

锦绣厂开始绝地反击，姜小妮主动麻痹张怀智，让他确信资料的完整性。在北京的论证会上，张怀智本以为胜券在握，没想到张怀勇当众亮出底牌，把张怀智搞得十分尴尬。专家们对张怀智的人格也失去了信心，一边倒地开始支持锦绣厂。就这样，锦绣厂的钛白粉项目又一次通过了审批。

这是锦绣厂的一个重大时刻。消息传到公司，厂院里沸腾了，人们敲锣打鼓，在厂房里、大院里开始欢庆。张怀勇叫罗锦章负责控制职工的情绪，这才是个开始，往后的路还会有很多坎坷呢。

公司准备举行项目上马仪式，罗锦章用了好几天布置会场，买了许多花篮，写了很多条幅。按张怀勇说的，他还在锦绣厂的老一代人中选出了二十名代表，邀请参加仪式。这二十名代表中有健在的老领导闫振邦、刘英花，还有老工人代表张大河、王裕国、古小闲等人。听说要请这些人，杨红星说，这些人都七老八十了，真有一个倒下咋整？那是后患无穷。罗锦章也担心这事，就跟张怀勇讲了。张怀勇沉下脸说，这些人为上钛白粉项目，奋斗了一辈子，让他们来看看，也算了却他们一个心愿，出了事，我负责。

下一步是招聘职工。新的钛白粉分厂需要六百名职工，这六百名职工怎么招，从哪里招？高管层开会研究，一开始就产生了分歧。潘唯一主张招聘精兵强将，除了招聘一些钛白粉方面的行家里手，普通职工也只招聘应届或近年毕业的理工科大学生。副总冯井田说，普通工人就是干活儿，招聘大学生，有点儿杀鸡用牛刀的味道。潘唯一马上反驳，说提高用工质量，是为创建现代化的企业打下坚实的基础。冯井田说，人家大学生肯来咱厂当个工人？潘唯一说，冯总难道不了解现在的市场行情吗，大学生毕业找工作难，我们给予相应的待遇，肯定会有大批大学毕业生来应聘，到时候，我们还要考试择优录用呢！

大家就这个话题开始争论，两种意见各不相让。杨红星说，都别吵吵了，还是听张总的吧。她这么一说，大家闭了嘴，所有的目光都盯住了张怀勇的脸。张怀勇心潮起伏，他努力克制住自己的情绪，尽量把声调放平，把语速放缓，说，所有在岗职工，包括我们在座的各位，和那些并轨时被减掉的职工相比，都是幸运儿，他们在外边自谋职业，艰难程度不用我说，大家也都知道，现在咱们有了用工机会，是不是首先应该想到他们？张怀勇停顿片刻，眼睛扫视与会者，大家都静静看他，默不作声。张怀勇接着说，我的意见是，招聘要优先考虑我们的下岗职工。

张怀勇又停顿下来，这回潘唯一说话了，钛白粉对我们来说是个全新的领域，是既熟悉又陌生的工作，它的技术含量要比一般的冶炼高得多，我们的下岗职工水平有限，年龄偏大，如果钛白粉分厂都招他们，那以后的生产技术能力是堪忧的，这也和现代企业的管理背道而驰，我也同情咱们的老职工，可同情代替不了理智，全新的企业用工理念告诉我们，优化用工制度势在必行。其他人也有和潘唯一观点一致的，不表态只是忌惮张怀勇的身份。张怀勇沉默不语，继续扫视大家的脸。大家也沉默不语，抵触情绪是看得出来的。杨红星见状，开口道，潘总说得有道理，但我还是倾向于张总的意见，那些下岗的职工就是我们的兄弟姐妹，我们不应该用冰冷的现代企业管理理念对待他们，招聘应该优先考虑他们。杨红星开了头，就有其他人跟着表态，支持张怀勇。冯井田说，我看咱们能不能折中一下，招少量的大学生，但主要招咱们的下岗职工。张怀勇说，就这么办。

张怀勇日记摘抄：

当年我跟并轨的职工说过，只要厂子的状况好转了，一定会把你们都招回来。这就是承诺，我不能不当回事，钛白粉分厂还用不了那么些人，慢慢来吧。

锦绣厂战胜了永光厂，这是天佑我锦绣，当然，更多的原因还在于我们不懈地努力。

大哥怀智给我打来电话，他主动道歉，说是失败让他清醒了许多，不该用不正当的手段和锦绣厂竞争。我说，如果你真是这样认识的，我们就还是兄弟。

有相当长一段时间，我是淡着姜小妮的，见了她面无表情，从不找她做什么。有时姜小妮有意靠近我，我都躲开了。虽然她将功补过，为锦绣厂最后胜出做了不少工作，可心里还是觉得有些别扭。

一石激起千层浪，锦绣厂要招回下岗职工的消息在社会上引起强烈反响。招聘五百人，报名的却是几千人。许多在外打工的、做小买卖的原职工也都报了名。

人力资源部主任找到张怀勇，肉少狼多，这么多报名的人怎么办？张怀勇说，考试，择优录用。

姜小妮也参加了招聘考试，以往她只是临时聘用人员，这一回，她考的是正式聘用的员工，而且报考的岗位写得非常清楚，冶金规程和化工。也就是说，除了搞冶炼，她还可以搞钛白粉，奔的都是专业技术的岗位。

录用的名单很快敲定下来。人力资源部主任又找到张怀勇说，招下岗职工很顺利，招大学生有了难度，招一百名，可报名的才五十多名。看来当工人对大学生的吸引力并不大。

人力资源部主任试探着说，这缺口还是由下岗职工来填吧？张怀勇摇摇头说，不行，如果不注入新鲜血液，咱们的职工结构就严重老化了，我看可以提高条件，在招聘启事上再加一条，被聘用后如果表现优秀，可以晋升技术职称，可以由工人改聘为技术员、工程师。

张怀勇的改动果然奏效，一百名大学生很快就招满了。

项目上马仪式是在钛白粉分厂的厂房前举行的。这个厂房始建于20世纪50年代末期，到了20世纪90年代重新翻盖了一次，这回项目再次上马，又对分厂进行了翻建，无论是外观还是内部都比以前壮观了。设备有很多是新上的，人员也是崭新的，除了有一批从其他分厂抽调来的精干人员，还有新招收的新生力量。大家穿清一色的工装，一排一列地站成方队，整齐、精神。省里的领导牛太白，市里的领导志刚书记都赶来了。在热烈的掌声中，牛太白宣布钛白粉项目正式上马。闪光灯闪烁，无数个镜头把这一历史时刻定格。

安排姜小妮工作时，人力资源班主任特意跟张怀勇做了请示，说姜小妮是继续留在综合事务部，还是按这次招工，安排到生产岗位上去。张怀勇低头想了想，说，安排进钛白粉分厂吧，让她做些技术工作。姜小妮去钛白粉分厂报到之前，敲开张怀勇办公室的门，轻轻喊了一声，张董。

张怀勇说，坐吧。姜小妮坐到张怀勇对面的一把椅子上，心情复杂，有些不敢抬头。张怀勇盯住她的脸说，把你分配到钛白粉分厂你愿意吗？姜小妮说，知我者张董也，能进冶炼厂，能干一份专业技术工作，这才是我的理想呢！姜小妮说的是心里话，在生产一线工作也是她母亲古小闲一生的愿望，现在她终于如愿以偿，更不如说是她替母亲完成了一个心愿。

张怀勇说，你的公关能力人所共知，现在让你到生产一线，是不是委屈了你？姜小妮笑道，哪呀，搞公关那是别人强加给我的，是不得已而为之，现在要做的才是我的初衷，别说是技术工作，就是做个普通工人我也愿意。

张怀勇说，愿意进工厂的青年人已经不多了，愿意进工厂的美女更是少得可怜，你能愿意在锦绣厂，我挺高兴的。姜小妮说，我也挺高兴的，因为我和其他美女不一样。说罢，二人都哈哈大笑，他俩的关系又恢复到正常状态。

做技术工作，姜小妮是认真的。从报到这天开始，她就做得有模有样。每天上班第一件事就是换好工作服，然后翻阅资料，准备一天要干的工作。钛白粉的生产对她来说是个全新的领域，一切几乎从零开始。好在她是理科生，是学冶金工程的，有些事情大同小异，学起来没有什么障碍。

总算熬到钛白粉项目就要试车了，这又是个重要时刻。为了这项工作能够顺利进行，锦绣厂从北京请来一位钛白粉方面的专家来给把脉。专家叫何春，工作经验丰富，在系统内知名度很高。为请到这个人，锦绣厂费了好一番心思。

何春来到这座城市的第一晚，张怀勇做东宴请他，厂里的主要领导作陪，罗锦章和姜小妮也参加了。姜小妮这次陪宴不是以公司接待人员的身份，而是以钛白粉分厂技术人员的身份参加的。在技术工作中，姜小妮将成为何春的助手。何春五十多岁，酒量惊人，张怀勇明显不是对手。罗锦章奋勇向前，频频找由头给何春敬酒。喝了几次何春不喝了，说还是想和董事长喝。张怀勇摇头晃脑，到量了，再喝就得趴下，可张怀勇又不想让何春扫兴，解决技术上的难题，还得靠人家。他抓酒杯没抓住，酒杯被坐在何春另一侧的姜小妮抓去了。姜小妮把酒杯举到何春的鼻子底下，笑眯眯说，我用张董的酒跟何老师喝，也就等于张董和我一起跟何老师您喝，您不会不赏光吧？何春问，咱咋喝？姜小妮说，您喜欢咋喝就咋喝。

在接下来的一段时间，姜小妮和几个分厂里的技术人员一直和何春在一起，看资料，分析技术问题，有几处大家没看出来的毛病都被何春指出来了。大家都佩服他的眼力和能力，姜小妮留了心眼，何春说的每一句有关技术上的话，都被她记在手机的备忘录里了。

钛白粉生产线试车的日子到了，何春现场指挥，现场解决疑难问题。这是钛白粉项目重新上马后第一次试车，现场的人都很紧张，张怀勇等高管就站在何春身后。何春是国内氯化法钛白生产的顶尖专家，据说有一些微妙的细节只有他一个人掌握。

但依然不顺利，第一次试车失败，和20世纪90年代的试车失败原因相近，其中有一项是氧化炉大量结疤。何春到每一个工人的岗位上看了看，回来跟张怀勇说，现在咱们的程序没问题了，问题出在工人操作技术的层面。张怀勇说，下一步，我们一定要花大力气解决这个问题。

再次试车，安排高手上岗，很顺利就成功了。张怀勇为了表示感谢，对何春说，紧张了这么些天，你也该放松一下了，今晚我请吃饭。何春说，喝完酒再去唱歌。张怀勇说，没问题。

吃完晚饭后奔歌厅，进包房。张怀勇先唱一首《在那桃花盛开的地方》，算是开场白，然后把麦克风递给何春。何春说，我不独唱，我二重唱。罗锦章凑上去说，那我陪你唱。何春说，不，我想跟姜小姐唱。姜小妮站起，大大方方跟何春走到前边，面对屏幕开唱，唱的是《简单的爱》。姜小妮嗓音略带沙哑，适合唱流行歌曲，相当好听。何春五音不全，唱歌不是一点儿半点儿地跑调，听得大家都想笑。何春全然不顾，投入地唱，唱到动情处还揽住姜小妮的肩头。再看姜小妮，面不改色，依然专心地唱。

从歌厅出来，张怀勇让罗锦章送何春回酒店。何春借酒劲儿撒泼，说不用你送，我只用姜小姐送。罗锦章无奈地看姜小妮，又看张怀勇。张怀勇沉了脸。姜小妮说，好吧，让我送我就送。张怀勇冲罗锦章说，你也去。罗锦章点头，不管何春高兴不高兴，把他硬推进轿车后排。

锦绣金属有限公司志摘抄：

锦绣厂的大面积培训拉开帷幕。因为招回的老职工对钛白粉是外行，又年龄偏大，文化程度偏低，工作起来就很吃力。张怀勇董事长决定，每个上岗职工都要经过严格的技术培训，技术水平达标才可上岗。张怀勇董事长在培训上敢于投资，他说该花的钱就得花，磨刀不误砍柴工，不管是技术人员还是操作工，每一个上岗人员都要接受培训和考试。公司花重金请来了系统内的专家、高级技工授课。一时间，公司培训中心的大楼里十分热闹。

张怀智把集团里的相关人员叫到办公室，瞪起眼睛扫视他们三圈，然后说，这次栽了，你们不想给我说点儿啥吗？这些人都慌了，纷纷承认错误，找自己失误的地方。张怀智恶狠狠说，我不想追究责任，但教训还是要总结的，你们都给我回去，每个人写一份总结来。看他们蔫头耷脑地出去了，他才算舒服一点儿。

这天晚上张怀智失眠了。他原本属于那种沾枕头就着的人，闭上眼睛就是一片蓝天，蓝天中还能有几片漂亮的白云，微风徐徐，是酝酿美梦的好去处。他一贯认为只有这样的人才是能做大事的人，提得起放得下。但这一次他受到的打击太大了，输得难看，在集团内部也会降低威信。他瞪眼盯着天棚，许多在锦绣厂的往事浮现眼前，从心里讲，他对锦绣厂是有感情的，而且是深厚的感情，从小在那里长大，眼睛、耳朵塞满了它，咋能没感情呢？只是自己太要强了，太想把自己的企业做大，才狠下心来与它作对。这么想过之后，心里又隐隐涌起一股不安来。

张怀智过重的翻身把徐思怡弄醒了，她推了张怀智一把，说，都几点了，咋还不好好睡觉？张怀智瓮声瓮气应道，睡不着。徐思怡说，还在为钛白粉的事闹心？他没回答。她接着说，我看这事就是怪你，你说永光集团也够大的了，涉猎那么多的业务，干吗非要跟锦绣厂抢钛白粉项目？张怀智说，我凭啥不能抢？她说，凭你是张大河的儿子，凭你是张怀勇的哥哥，这以后回去，你叫我咋有脸见他们？张怀智说，亲情是亲情，业务是业务，我们也是各为其主。徐思怡说，亏你说得出来。张怀智翻了个身，不理她。

转天，张怀双打来电话，他没提和锦绣厂竞争的事，说的是父母。他说他们都快八十岁了，还自己过，是我们这些做儿子的不孝。张怀智说，你有啥好的想法吗？张怀双说，我想劝劝二老，让他们选择一个儿子一起过。张怀智说，也行啊。张怀双突然说，去中原跟你，行吗？张怀智迟疑了一下，还是很快说，当然行了，只要他们愿意来，我求之不得。张怀双冷笑了几声，说，哥，别故作姿态了，咱兄弟三个，我看还是去我家最合适。张怀智不高兴地说，父母是亲的，咋能是故作姿态？这样吧，我跟爸妈沟通一下。

张怀智给父亲张大河打电话，父亲听是他，声调立马降了八度，爱搭不理地说，有事就讲。张怀智知道，在父亲眼里，谁跟锦绣厂竞争，谁就是敌人，他不但是锦绣厂的逃兵，还是敌人了。张怀智耐住性子，尽量平和地说，爸，我在这边的茶叶产地买了几盒今年的新茶，是特级的绿茶，味道不错，我给您寄过去。张大河说，不用，喝不惯，味道寡淡。张怀智说，我可记得您是最爱喝绿茶的。张大河说，现在我变了，不爱喝绿茶了。张怀智知道这是父亲在跟他较劲儿，就笑了笑，岔开话题。

张怀智说，爸，您和妈都这么大年纪了，身边不能没有人哪。我有个朋友的老父亲自己过，晚上想喝水，起床跌了一跤就爬不起来了，电话在桌上，就是够不着，结果，他趴在地上待了两天，被人发现时已经不行了。张大河使劲儿咳嗽了一声，吼道，你是盼着我摔了起不来吧？张怀智苦笑道，爸，我的担心是有根据的。洛慧敏在一旁说，是呀，你个老头子净瞎说，听怀智把话说清楚嘛！张怀智接着说，我的意思是，你们二老搬到我们哥儿仨任何一家都行。张大河说，站着说话不嫌腰疼，你说哪家合适吧？你家？你在中原，那地方夏天闷热，我能住惯吗？听你媳妇说，你天天不在家，每晚十二点回家都是早的，你媳妇天天也在忙，哪有时间照顾我们？张怀智想想也是，父亲说得在理，一时语塞，不知说什么了。

张大河说，去老二家吧，老二是咱锦绣厂的当家人了，现在又上新项目，工作比你还忙呢，二媳妇在工会，现在厂里科室人少，都是以一抵三地干活儿，累一天了，回家还得伺候我们俩？说得过去吗？张怀智想了想说，那就去怀双家吧，他家经济条件不好，我正好可以多给他钱补偿。张大河说，你这是瞧不起我们工人哪，你们哥三个，能接我班的就是怀双了，他工作没你们忙不假，可他倒班呢，干了一夜的体力活儿，回家还得伺候我，再上班能有精神吗？不出事故才怪呢！张怀智说，还有谢丽嘛！张大河说，别看谢丽下岗了，可人家是干部子女，从小也没受过啥苦，让人家伺候人，不妥。张怀智说，我可以多给钱。张大河说，你以为钱是万能的？在你那儿是，在我这儿，啥都不是。

张怀智一时有些傻眼，别看父亲上年岁了，这分析起来头头是道，反倒是他没想那么多。是呀，去谁家呀？这倒真成了问题。结束通话，张怀智又给张怀双打了电话，在这个问题上，反倒是当工人的张怀双想出的办法更好，他说别瞎折腾了，还是让爸妈住在自个儿家里，这样他们才更随意更舒服，咱们雇个保姆，要全日制的，就住在爸妈家，保姆费由咱哥三个共同承担。张怀智说，这个主意不错，保姆由我来雇，费用你不用管。张怀双说，我也该尽一份责任，不让我出费用，这是对我的歧视。张怀智只好改口，说，好好，按你说的办。

张怀智又给二老打电话，这回是母亲接的。他把张怀双的主意跟她说了，她连说不行，说我们都是工人出身，咋老了老了，还成剥削人的了？张怀智说，妈，你得更新观念了，这不叫剥削人，叫互相服务，在社会上，我们每个人都是服务者，保姆只是人家的工作，我们得尊重人家。到底张大河还是比洛慧敏开明，他在一旁插话道，这个主意还说得过去，雇个保姆，也能让你歇歇，你老是腰疼，做饭洗衣的，也够呛。张怀智如释重负，跟母亲说，妈，你别固执了，咱就这么办。

晚上，张怀智有一个应酬，完事已是十点多钟了，他叫司机先把车开走了，就想一个人走走。大街上夜风徐徐，走一走浑身有一种久违的舒服感。南下永光集团后，一直都在脚打后脑勺地忙，哪还有一个人闲走的时间。他思绪纷乱，胡思乱想，他是个爱想事情的人，幼年时，张怀勇在天真无邪地玩耍，他就常常对着天空发呆。母亲凑近他问，怀智，你想啥呢？他忽闪着一双大眼睛说，我想鸽子和老鹰都是鸟，为啥老鹰就能吃掉鸽子呢？母亲笑道，瞎琢磨啥，这是上天安排的。又对父亲说，不愧你给他起名怀智，这孩子，心思太重。母亲说得没错，他是个心思重的人。当初他从锦绣厂主动下岗，南下发展，曾遭到很多人反对。有人说他的智商和能力都远在怀勇之上，如果留在锦绣厂，到现在可能也是一把手了，永光集团做得再大，毕竟是私企性质，咋能跟锦绣厂这个大型国企相比？他认为这种看法太幼稚和偏颇，是惯性思维的结果。锦绣厂是国企，你老总也好，董事长也好，不过也是个打工者。他就不同了，他是永光集团实实在在的老板。

张怀智想，与锦绣厂的竞争也是兄弟之争，没有办法，在面对亲情、良心与企业利益的时候，作为一个理智的企业家，他选择了后者。既然选择了后者，就得咬牙上一些手段。与怀勇相比，他算得上诡计多端，从儿时起，只要涉及竞争，他只需略施小计，就会轻松战胜他。父亲说过，老大鬼机灵，老二固执，老三忠厚。战胜一个固执的人是很容易的，没想到，这一次他却栽了。怪谁呢？怪姜小妮？姜小妮背叛他，是他始料不及的，可把失败的原因全部归咎于她又显然不妥。

精心策划，几经波折几乎胜券在握了，没想到还是输了。张怀智能不气恼吗？他为此得罪了兄弟，得罪了父亲，连一向不爱评判谁对谁错的张怀双都给他打电话，斥责了他一番。这次竞争，他真是冒了天下之大不韪，失败应该也在情理之中吧？他摇摇头，叹了一口气。

张怀双日记摘抄：

大朱打来电话，说他的那幅画我的宣传画得了全国的什么什么奖。这令我想起了父亲的那幅宣传画。父亲的那幅宣传画还在父母家保留着，尽管是翻拍的照片，但对父亲来说，还是有一定的收藏价值。画面有些泛黄了，可父亲的神态还是那么清晰，使你能轻而易举地找到工人阶级的自豪感和幸福感。说心里话，我看大朱的水平不及他父亲老朱，他画的我也是一身工装，也是戴着炉前防护帽，把我的脸画得像照片一样真实，仔细看，脸上却找不到父亲脸上的那抹自豪感和幸福感。是大朱的创作思路有问题，还是他根本就没意识到这个层面？

大朱说，等我翻拍放大了，就送你一张。我说，送不送都行。表明了我的态度。

我们哥三个的性格不大一样，大哥、二哥都属于外向型性格，能应付各种场面。我偏于内向，不大爱表现自己，有新闻媒体下车间采访，有的本来是冲我来的，我总是找借口躲开，让周跃进接受采访。这小子嘴皮子利索，面对摄像机或者话筒，比我说得好多了。二哥怀勇说过我，说我这样可不行，属黄花鱼的溜边，一辈子都别想有出息。我说，我也不想有啥出息，我只要把我的活儿干好就行了。钱奋斗嘲笑我，说我是一个孤独的人。

孤独没啥不好的，但事实上我并不孤独，我的人缘不错，在工人中还挺有威信的，有些事大家都会看我的表现，不管我说不说话，我的表现本身就是一种号召力。

钛白粉分厂捷报频传，锰冶炼分厂也不甘落后。毕竟锰分厂是锦绣厂的主力分厂，大家都憋着一股劲儿，也要干点儿漂亮活儿给全厂的人看看。可干啥漂亮活儿呢？这得有机会才行，钱奋斗说，哪有那么多的机会，按部就班地干得了，别净想没用的。周跃进轻蔑地看他说，我就瞧不起你这没出息的样子，好事都不敢想，就更别提能得到好事了。钱奋斗说，我就想知道你咋能想来好事？周跃进说，好事嘛，一个是主动出击去争取，一个是等待机会，这两个不矛盾，主动争取得是在有机会的时候，而有了机会，就要主动去争取。钱奋斗冷笑道，说的都啥呀？我咋听着像一个老婆婆在说车轱辘话呢！周跃进冲张怀双说，师傅，你评评理，我说的话在不在理？张怀双说，我咋觉得你俩说话都在理呢？他俩都笑了，说，还是咱师傅会说话。

一炉锰水正在炉里沸腾，每个人的脸都红扑扑挂着亮闪闪的汗珠，冶炼现场的温度高，空气灼人，这使得人的心里也波浪滚滚，难以平静。有人来喊张怀双，叫他到分厂厂长办公室去一趟。他吩咐周跃进和钱奋斗，你俩给我盯住火候。周跃进撇着嘴说，你就放心去吧，就我俩这水平，除了你，任何一个摊长都不是对手。张怀双听得出周跃进话里有话，那就是做他的徒弟客观上是受了压制，跟着他，只能做副手，要是放他们出去独立，哪一个都不比别的摊长或者班长差。

张怀双也知道周跃进说得有道理，不是他舍不得他俩走，是分厂厂长侯刚不让他俩走。他跟侯刚推荐过他俩多次，每次侯刚都说，我就是想留一个强强组合的班组，让这个班组给全分厂乃至全公司树立个标杆。张怀双也知道他这个想法没毛病，就是耽误了他手下人的发展，周跃进和钱奋斗还在其次，最委屈的当数配电工姜爱国，这家伙的配电水平在全公司也是数一数二的，而且也有领导才能，放出去当个车间主任都绰绰有余。

到了分厂厂长办公室，张怀双看见侯刚正坐那儿盯着桌上的一份文件发呆。他和侯刚的关系有点儿微妙，侯刚和张怀勇有矛盾，他是张怀勇的弟弟，但他和侯刚从来没有发生过不快。见他进来，侯刚抬起头翘翘下巴，示意他坐到他对面。他坐下，用胳膊抹了一把脸上的汗水，默默看侯刚。侯刚表情凝重，一本正经地说，公司接到一份国家订单，要我们生产一批国家急需的优质锰产品，这个任务当然就落到咱分厂了。张怀双说，这是好事呀，侯厂长你咋还愁眉苦脸？侯刚苦笑着说，好事是好事，但难度也大，这批锰产品的质量要求极高，说实在话，咱们以前的产品达不到这个要求，咋样才能达标呢？潘总是内行，他说得好，咋达标？技术人员派不上大用场，达标还得靠手艺高的操作工，说白了就是摊长和配电工的水平如何，将决定这批产品的达标率，特别是摊长的水平，将起决定性作用，可我心里有数，咱们大多数摊长达不到这个水平。张怀双说，我说话你别不爱听，这些年就是太不重视工人的手艺了，认为工人就是干活儿的，培训几天谁都能胜任，其实远不是那么回事。侯刚说，现在国家也开始重视技术工人了，无论自动化程度多么高，有些工作还是得靠工人实打实的手上功夫。张怀双说，这正是咱锰分厂大显身手的机会，只要用心，没啥大不了的。侯刚脸色有所好转，说，先从你们班开始试验，然后把成功经验传授给全分厂的摊长。

机会就这样说来就来了。分厂先开了班组长以上的会，然后又开全体大会，张怀勇和潘唯一也赶来参加。接着，各班组自己开会。张怀双在班组会上说，咱也不会说啥增光啊添彩呀这些漂亮话，咱就说大实话，这回生产特殊锰，大伙儿有没有信心达标？周跃进抢过话头说，当然有信心了，咱不管别的班，咱就说咱们班，哪个不是尖子，随便抽出一个来到别的班，都比他们班长还强。钱奋斗插了一句，也别太自信了，未料胜先料败。周跃进说，你这小子，咋净说丧气话？钱奋斗说，不把困难想在前边，到时遇到困难都傻了。他俩一争论，其他人也跟着争论起来，屋子里乱了套，一时间说啥的都有。

张怀双突然吼了一声，都别说了。大家这才静下来，都瞪大眼睛看他。张怀双在班组里的威严还是有的，别说他这个班组，就是到别的班组，大家同样敬重他。以前说工人是大老粗，没啥文化，现在不一样了，现在的工人都念过书，就拿他们这个班来说，最差的也是个技校生。周跃进和钱奋斗都读过函授大专，后来又专升本，从文凭论，都是大本生。也就是说，现在的工人是有文化的新一代工人了。张怀双凭啥能镇住他们，除了有炼锰的好手艺，为人处世、讲话的水平都不低。另外家族的光环也起了一定作用，他的两个哥哥一个是锦绣厂的董事长，一个是永光厂的董事会主席，更有他父亲张大河在古河工业区的名气，这些东西都实实在在具有威慑力。

张怀双扫视每个人一遍，说，分厂让咱班打个样，这是看得起咱，咱别不识抬举，把样给打砸了。从现在开始，每一个人都要集中精神，排除干扰，一切为了“特殊锰”。“特殊锰”是张怀双给这批锰产品取的名，经他这么一叫，不知不觉就传开了。后来分厂和公司的头儿，也都“特殊锰特殊锰”地叫。

散会后，张怀双把姜爱国叫到僻静处，单独谈话。说话之前他想拍拍姜爱国的肩膀，以示友好，伸出手去时瞬间把拍变成了捏，用两根手指，把他肩头上的一根头发捏了下来，丢在地上。电影和电视剧上，都是上级交给下级任务时爱拍拍下级的肩头，他也这样拍，有装大的成分，就临时变拍为捏。这根头发挺长，明显长出姜爱国的头发。姜爱国看看头发，有些脸红，说，可能是我老婆的。张怀双说，这是工作服，都是班上换穿的，咋还带你老婆的头发？他脸更红了，一时说不出话来。张怀双笑了，说，逗你玩的，咱说正经事吧，炼这炉“特殊锰”，说真格的，靠的就是咱俩，我看火候，你选电流量，都对在点儿上了，这炉锰就炼成功了。姜爱国说，咱俩配合，没出过啥毛病，但这次不同啊，质量要求得太高了，咱俩也是大姑娘上轿头一回，这心里还真没谱儿。张怀双说，咱得先树立信心，你说咱和媳妇第一次的时候，那不也是战战兢兢，可做上就啥也不怕了，就强大无比了。姜爱国说，我可没你厉害，实话告诉你吧，我和女人第一次的时候，咋也不行，满身虚汗，都快虚脱了。张怀双这回拍了他的肩头，说，别说丧气话，是男人，就别说不行。姜爱国像是受了鼓舞，咬牙说，行，行就是了。

思想工作就算做妥了，接下来就是物质准备。他们仔细地检查了电炉，确认了原料的质量，一切各就各位，开始炼第一炉“特殊锰”。以往这样的冶炼就像表演，现场会来很多各级的领导督阵，这次张怀双跟侯刚提议，为了减少干扰，就和平常冶炼一样，现场不要来闲杂人，侯刚同意了，连他都没有到场。这样，一个良好的接近日常的环境就形成了。张怀双一声令下，点炉，开炼。开炉窗，取样，用他的火眼金睛看火候，姜爱国紧密配合，不断按张怀双的提示变换电流量，第一炉“特殊锰”就这样炼成了。

全班人都围拢过来，盯住了张怀双的脸问他咋样。张怀双的脸上汗津津地放光，像上了一层釉彩，他强压兴奋，故作平静地说，凭我的经验看，这是我们炼成的最好的一炉锰。大家一起欢呼起来。

拿去检验，还是没有达到要求，大家都像泄了气的皮球，一个个垂头丧气地坐下来。

张怀双站在电炉旁，面对仪表盘发呆。一股股的热浪席卷过来，有一种吞噬感。张怀双这几天眉头紧锁，显然心事沉重。姜爱国凑到他跟前，关切地说，兄弟，别想不开呀，有些事可不是咱们能控制得了的。张怀双看了姜爱国一眼，说，你说得也对也不对，有些事咱们是控制不了，可有些事就该咱们控制得了，比如这“特殊锰”。姜爱国说，咱尽力了就问心无愧，折磨自己真没啥用。张怀双想跟他争论，转念一想，人家也是好意，就点点头说，我能想得开。

钱奋斗拎着一个大玻璃瓶走过来，瓶里是黄色的液体。周跃进问这是什么，钱奋斗说，这是我媳妇榨的果汁，周跃进说，快倒给我一杯让我尝尝。钱奋斗没理他，找到张怀双的杯子，倒了满满一杯，递给张怀双说，师傅，喝口果汁吧，我媳妇专门给你榨的。张怀双接过杯子看了看，一扬脖，全喝了。他抹了一把嘴巴道，好喝，大家都打起精神，继续干活儿。

张怀双日记摘抄：

今天分厂开会，分厂厂长侯刚讲了狠话，说炼不出“特殊锰”，今后谁也别说自己的技术好，别说自己是什么高手、大拿。我知道他这话是说给我听的，我满脸涨得热乎乎的，自始至终都没抬头。

问题出在哪儿呢？百思不得其解。我盯着电炉的那些仪表，长短针在颤动，红红绿绿的小灯在闪烁，像极了我此时的心情。

我是炼锰高手，不能丢手艺，咋解决呢？今天谢丽说了一句话提醒了我，她说，找你爸呀，我妈说过，你爸才是炼锰高手，没有他拿不下的活儿。我眼睛一亮，也觉得应该听听我爸的见解，在炼锰这方面，他过的桥比我走的路都多。

夜风吹得铝合金窗户咣当咣当地响，用洛慧敏的话说，这窗早该换了，要换成塑钢的才行。每次张大河总是说，除了刮风响一点儿，也没啥大毛病。这一夜他失眠了，不是因为窗户的响声，而是心里有事。他知道老三怀双要在这个夜班试炼“特殊锰”，据说要求高得不得了，怀双这孩子的手艺没问题，但这么高要求的锰别说他没炼过，就是张大河自己，也没炼过。他替儿子担心，想睡觉，不想这事，不管用，越不想想越是想。

眼睁睁看着窗户发白，亮天了。身边的洛慧敏还在打鼾。张大河蹑手蹑脚起床，进卫生间。出来时发现北屋的门开了，溜出一个胖乎乎的妇女身子。这个妇女是张怀双找来的保姆，五十出头，都叫她秀嫂，张大河和洛慧敏也这么叫她，她一边应着，一边叫他们大叔、大婶。秀嫂人还勤快，做饭收拾屋子是把好手。

张大河倒杯白水，喝了几口，想去卫生间洗漱，抬眼望，里面灯还亮着，好半天了秀嫂还没出来。保姆的费用是三兄弟均摊，张大河和洛慧敏都说要自己负担，儿子不肯，要尽这份孝心。老大钱太多，老二也不缺钱，只有老三怀双家困难一些，可老三说啥也要承担三分之一。硬是不要会挫伤他的自尊心，只能要了。不过张大河有自己的办法补贴他，孙子补课、上特长班等费用他全包了。

好半天，卫生间的灯才熄了，秀嫂裹一团湿气出来。走到张大河跟前，湿气扑上他的脸。秀嫂说，大叔，我这就做饭。张大河说，时间还早。她说，你都起床了，不早了。看她进厨房，张大河进了卫生间，卫生间里湿气弥漫，有一股女人的味道。这种味道已经在老年洛慧敏身上消失了，他浑身不自在，暗道自己不要分神，开始洗漱。很快弄完了，人到老年，许多习惯被精简了，精简到可有可无的程度。从卫生间出来，他开始换衣服，走到门口换鞋时，秀嫂从厨房追出来，说，大叔，咋出去这么早？吃了再出去吧。张大河说，不了，回来吃。秀嫂说，吃了再出去，走走助消化。张大河没吭声。秀嫂还在嘀咕，张大河已经推门出来，关门，把一连串的劝告全关在了里边。

同是女人，洛慧敏可不是个爱嘀咕的主人，你爱吃不吃，她才不管你呢！秀嫂的嘀咕令张大河有点儿烦。

大街刚刚苏醒，汽车和行人寥寥。张大河挑近路往厂子的方向走，心里想的都是“特殊锰”的事。到厂大门口，被保安拦住。张大河说，我是张大河。保安是个五十多岁的人，认得他，说，我知道你是张师傅，按理说不该拦你，但现在公司要求严，我放进去一个不是公司的人，说不定就得开除我。张大河说，开除人谁说了算？保安说，张怀勇。张大河说，我是他爹，他是不是得听我的？保安想了想，说，也对，你进去吧，换第二个人，我都不能让他进。

张大河轻车熟路奔锰冶炼分厂，到车间门口，看见有几个人朝外走，他认得周跃进和钱奋斗，喊住他俩，他俩都没精打采，张大河就有不祥的预感，问，“特殊锰”炼得咋样？周跃进摇头，不说话。钱奋斗说，师爷，跟你讲实话吧，失败了。张大河脑袋轰地一响，说，咋会失败？这回是钱奋斗不说话，周跃进说，刚炼出炉，我们都认为成功了，看上去质量挺好的，绝对是我们炼锰的最高水准，我们都开始庆祝了，姜爱国还打开了带来的一瓶香槟，酒全喷到我师傅身上了。张大河打断他的话说，到底是咋失败的？周跃进又不说话了，钱奋斗说，专家检验组来检验了，不合格。

张大河继续往里走，迎面碰上了张怀双。蔫头耷脑的张怀双眼睛立马一亮，上前抓住张大河的胳膊摇了几摇，说，爸，你来得正好，我正想找你呢，你有经验，你来帮我们分析分析，看问题究竟出在哪儿。张大河说，我得先看看你们炼出来的究竟是个啥玩意儿。

张怀双带着父亲到新炼的锰块跟前，张大河蹲下看了看，又用小锤子敲了敲，很快心里有了谱儿，站起来对张怀双说，失败一次就这德行了，还是不是男人？是男人就给我精神点儿。张怀双说，我尽了最大力，可还是不行。张大河说，不行得找原因哪，我看出点儿眉目了。他又冲着赶过来的侯刚说，咱能不能再试验一炉？侯刚问，是不是您老想上场？张大河一字一句说，没错，我想试试。侯刚想了想，说，好吧，您老的经验没人能比得上，试试就试试。大家注意了，准备试炼第二炉“特殊锰”。

张怀双的班组已经下班了，但他和姜爱国没走。他俩跟着张大河上场，与下一班的人协作，准备炼新一炉的锰。原料运到后，张大河冲他们说，预热。预热就是原料进炉前先把它们烧热。在场众人都惊讶地看张大河，又看张怀双。张怀双凑到父亲跟前说，爸，你不知道，这些年技术改进，已去掉了预热环节，预热的作用在炉内就能完成了。张大河没理他，冲侯刚说，是听他的还是听我的？侯刚说，听您的。张大河说，那好，听我的就预热。原料开始预热的时候，张大河对张怀双说，给我看看原料配方。张怀双递给他说，配方是公司生产技术部弄的，没毛病。张大河斜了他一眼，开始低头看配方。这些元素是硅呀钼哇酸哪的，听起来挺复杂，但早吃在他心里了，别看他现在记忆力减退，刚发生的事都记不住，但这些元素是从十几岁开始刻到脑子里的，啥都忘了，这东西忘不了。张大河看过后陷入沉思，配方没毛病，可要炼出“特殊锰”，似乎还缺点儿什么。

张大河坐下，看似发呆，实则在思索，他想起了20世纪50年代的一件事，当时要炼一种高锰，多次冶炼均未成功。后来经过研究和试验，在原配方的基础上又加了一些辅料，果然成功了。张大河眼睛一亮，信心一下子冲到了嗓子眼儿。对，要加料。他打定主意，人立马有了精气神儿。

预热好的原料入炉，点火，开始冶炼。大家都瞪大眼睛盯住众多仪表盘，每个人脸上都挂着一层汗珠，像是原始部落人的装饰。只有张大河坐在一把椅子上，闭目养神。到了一定时间，他睁开眼睛对张怀双说，弄一勺锰水我看看。张怀双盛来锰水，说了句，我看火候差不多了。张大河看了一眼，觉得张怀双说得没错，暗道，是差不多了，这小子的眼力果真厉害，不愧是我的儿子。

张大河不紧不慢地说，双富锰渣加石灰，然后再脱硅精炼。张怀双一脸惊讶，说，配料都已放完了。张大河说，没听着吗？让你再放。张怀双扭头看侯刚，侯刚说，听张叔的，放。张怀双这才冲身后的人吼一声，放！张大河又闭了眼，开始养神。

看似养神，其实张大河心里早开了锅。熬到时间到，这一炉“特殊锰”就炼完了。大家看都觉得是好锰，却没一个人欢呼，大家都谨慎了，没人贸然先庆祝了。

张大河辞别众人回家，心里也不托底。走到家门口时接到了张怀双的电话。张怀双兴奋地在电话那边喊，爸，还是您厉害呀，专家组鉴定完了，这炉炼的是合格的“特殊锰”。门开了，秀嫂冲张大河一惊一乍地说，大叔你咋才回来呀，中午饭我们都吃完了。

张怀勇日记摘抄：

"特殊锰"炼成了，我爸就是我爸，这新中国第一代的技术工人的水平真不是吹的。我骄傲！

接下来是在锰分厂全面推广的问题。侯刚打了包票，说一定保质保量完成任务。我相信侯刚也不是吹牛皮，经过这些年的打磨，他已经成了一个内行厂长。

侯刚跟我提了一个建议，想提拔怀双当分厂副厂长，分管冶炼。我觉得他有讨好我的成分，当时就把这事给否了。

我知道怀双炼锰是把好手，但当领导他显然不适合。绝不能因为他是我的弟弟，就无原则提拔。

"特殊锰"的炼成给了我一个启发，那就是我们的职工潜能是巨大的，关键看你想不想开发，怎么开发。

因为成本问题，锦绣厂的锰系产品在当今市场上已经不具备竞争优势了，怎样降低成本？运用无外加熔剂法将是一个重大突破，如果成功，冶炼成本将大幅度下降。但集中力量搞无外加熔剂法试验，将是一着险棋，这种试验不仅投入大，还无经验可循，要冒很多风险。如果失败，对刚刚复苏的企业，对刚刚上马的钛白粉项目，都将是一种可怕的冲击。

目前，仅仅是我的一个想法而已。

钛白粉项目尘埃落定后，姜小妮搬出招待所，回到了母亲那儿。看着姜小妮拖着拉杆箱站在门口，古小闲的眼睛潮湿了。

母女俩坐下，相对默默无语。家里有两个人了，这对两个孤独已久的女人来说，有一种陌生的温暖感。

房间里有一种久违的味道，这是母亲和家的味道。姜小妮走进北面的卧室，这个房间是母亲留给她的，里面干净，整洁，显然是特意收拾过了，新洗的蓝白相间的窗帘，新洗新换的被褥，扑面而来的是一股洗衣粉的香味。姜小妮换了衣服，扑通一声躺到床上，望着白中泛黄的天棚发呆。

第二天是星期六，古小闲从早市回来，撂了一地的食材，有青菜，有鱼和猪肉。姜小妮惊讶道，这么多，妈你咋能拿得动？古小闲说，我又不是啥大小姐，劳动人民，有啥拿不动的。话出口脸色突然阴了，叹口气说，你还真别说，当年哪，我还真是个大小姐，我出身地主家庭，虽然挺小就出来上学，然后在医院工作，应该是劳动人民了，可出身的污点抹不掉哇。姜小妮说，妈，都啥年代了，咋还提那些老黄历。古小闲说，是出身改变了我的人生，我咋能忘了呢！姜小妮隐隐约约知道一些母亲年轻时的事，对于母亲和张大河的恩怨也略知一二，可作为晚辈，她又能说些啥呢？

古小闲搬个小板凳坐下，开始择菜、收拾鱼，一边干活儿一边说，当年是出身耽误了我的婚姻大事，四十多岁了才生了你，多亏我的身体好，这辈子差点儿不能生孩子了。小妮，你也老大不小了，要是再拖，恐怕真的不能生孩子了。古小闲的话捅到姜小妮的痛处，她暗自咬了牙，忍住了。古小闲没察觉女儿的不快，接着说，男人四十一枝花，女人四十烂菜花，等人老珠黄，就找不到如意的了。姜小妮强作笑脸道，妈，你就别替我操心了，我自己的事我心里有数。古小闲说，我当年也和你一样，认为自己心里有数，可心里的数是个啥，现在想想就是偏执，犯傻。

姜小妮知道，这是母亲的经验之谈，也是她能想到的。但落实到实际，还是身不由己走这样的路。莫非她也要重复母亲的命运吗？她和母亲不同的是，不是因为一个人，而是不光彩的经历蹉跎了她的青春，她一错再错，直到出现了张怀勇，她才从错误中拔出脚来。按常理讲，她应尽快调整生活，找一个能够托付终身的人尽快成家，可年龄和经历限制了她，想找一个这样的人并不容易，或者很难遇到。她不止一次想过，如果遇不到，她又该如何？

古小闲说，小妮，你是不是和张怀勇有点儿意思？姜小妮愣了一下，母亲又朝她的痛处捅了一刀，她强忍疼痛，咬着牙说，没有。古小闲说，别蒙妈，我是过来人，看这种事准着呢！姜小妮说，真没有。古小闲说，我就是担心哪，怕你走我的老路，咱母女不能在同一块石头上跌跤，人家怀勇是有老婆孩子的人，咱不能凑那个热闹，害人害己。姜小妮说，我知道。古小闲说，想当年妈就犯过这种错，和张大河赌气，索性不找对象，又因为寂寞，和老吴走得近，差点儿犯错，今天妈觍着老脸跟你说这个，就是不想让你走妈的老路。姜小妮说，妈你放心吧，我不会的。

姜小妮这么说时心里一点儿底气都没有。手机响了，她拿过手机看，是张怀勇。接电话，她说了声张董，同时发现母亲死死地盯住她，她的心头滚过一阵难以遏止的慌乱。

晚上，古小闲说要去河边走走，姜小妮说我陪你去。出门，朝古河的方向走，正值晚秋，北风吹来已有一丝凉意。路过一座工厂时，姜小妮盯着浅蓝色的厂房问母亲，妈，以前的工厂和现在的工厂有啥区别？古小闲说，区别大了，以前的工厂里到处都是工人，现在的工厂都挺空旷，倒像个库房。姜小妮说，外观呢？古小闲说，以前工厂就像一个身材粗壮的汉子，往那儿一站，粗糙，不修边幅，威风凛凛，现在工厂就像影视剧里的小鲜肉，五官精致，潇洒秀气，可就是缺了点儿雄壮。姜小妮哈哈大笑，觉得母亲的比喻挺好玩的。

下大坝，穿过花坛和树丛，来到河边。姜小妮和母亲坐到一片草地上，头发随风飘拂，青草的气息令人愉快。她不时扭头看一眼母亲，母亲越来越衰老，身上却没有通常老人身上的腐朽气味，她身上还有原本属于年轻女性的青草的气息，这很难得，有助于让姜小妮纷乱的心绪归于平静。在母亲跟前，她已失去撒娇的本能，她把心里的挣扎遮掩起来，变得貌似强大了。

这一晚，姜小妮失眠了，翻来覆去睡不着，想了很多事情。

第二天上班，姜小妮抖擞精神，尽量掩饰住身体的疲惫。她的工作岗位是钛白粉的生产技术室，每天与技术数据打交道，与过去的工作和生活完全换了一种方式。以往是迎来送往斗智斗勇尔虞我诈，现在简单多了，眼里见的，心里想的，都只有一个钛白粉。这其实才是她想要的工作和生活的方式。少了与人打交道，也就少了设防和猜忌，人一下子轻松多了。技术上的复杂与人际关系的复杂相比，她觉得还是前者简单。

简单到可以一整天不说几句话，面对技术资料，面对想攻克的，想掌握的，一切都充满了一种简单的神秘感。比如你盯住一个物体盯久了，你的视觉和感官一定会发生某种微妙的变化。干技术工作就是这样，许多感觉也在一种看不见摸不着的外力作用下，变得越来越敏感。

姜小妮就觉得自己的嗅觉愈发敏感了，任何一种淡若游丝的味道也很难不被她闻到，以往在谈笑风生中被忽略的一些味道，在寂静中强力浮出，无限缭绕，欲罢不能。有生活中的味道，比如炖肉的味道，烧菜的味道，煤气的味道，下水道的味道，当然还有钛白粉的味道。凭着嗅觉，她竟然能闻出钛白粉工艺上的一些得失。这不得了，用专家何春的话讲，有了这种嗅觉，你对某项技术已经开始进入一种新的层次了。

这种嗅觉给姜小妮带来的收获就是，她对一种生产配方产生了质疑，打电话咨询了何春，得到了技术支持。接下来，在主管技术的分厂副厂长杜东风的支持下，该配方得到了改进，用于生产，提高了产品质量。

分厂开大会时，厂长谢坚强表扬了姜小妮，说要给她请功。散会后，姜小妮一个人往技术室走，背后传来一阵急促的脚步声。回头一看，是杜东风撵了上来。

姜小妮问，你有事？杜东风笑了笑说，我想今晚请你吃饭，给你庆功。姜小妮愣了一下，毫不犹豫地拒绝了，不用，谢谢。她说。杜东风的脸红了，还是笑，笑得极不自在，连声说，没关系没关系。姜小妮这才似有所悟，觉得自己拒绝得太随意了。她扭头看了看杜东风，这是一个高个子年轻人，他是化工专业的大学毕业生，年龄和她相仿，好像也是单身。姜小妮从来没有特别关注过他，现在看他，才觉得这是一个有点儿腼腆的年轻人呢！她摇摇头，也笑了。

姜小妮看见一个人正撅着屁股猫腰看一块矿石，那是一块普通得不能再普通的矿石，在外行看，就是一块石头而已。这个人精瘦，灰蓝色的工作服穿在他身上显得十分肥大。他就撅着屁股，保持一个姿势在那儿看了好半天石头。姜小妮觉得好笑，凑过去说，这石头这么好看吗？他扭头看了看姜小妮，一副愣愣的样子。姜小妮知道这个人叫卢国杰，和她一样是个技术员，但这个人不太爱说话，姜小妮好像也是第一次跟他说话。他戴着黑框眼镜，由于低头太久，脸上汇集了太多的血液，一张清癯的脸涨得通红。

卢国杰直起腰来，冲姜小妮说，这可不是普通的石头，这是咱们分厂的原材料。姜小妮笑了，觉得这个人挺迂腐的，她好歹也是个技术员，怎么能不知道这是原材料呢？姜小妮故意问，你看出什么特别了吗？卢国杰说，肉眼很难看出啥来，我还得拿回去化验。姜小妮说，这都是经过检验才进厂的原材料，你信不过检验室的人？卢国杰说，我不是信不过他们，我是信不过我自己。姜小妮觉得这个人挺好笑的，她摇摇头，走开了。

中午在食堂吃饭时，杜东风凑到姜小妮的跟前，有话没话地跟她套近乎。姜小妮看得出他对她有好感，但她没有一点儿多余的想法，她觉得自己曾经沧海，已经很难有人打动她了。当然也有例外，比如对张怀勇的好感，可是那是一种拿不到台面上来的感情，她只能强力压制。

杜东风天南地北地没话找话聊，姜小妮突然想起了卢国杰，就打断他的话问，你觉得卢国杰这人咋样？杜东风咽下一口饭，抿了一把嘴巴说，这人看着不起眼儿，却是头犟驴，一句话能顶你到南山去。姜小妮好奇地问，真有这么犟？杜东风说，跟你讲个事吧，有一次我下车间巡查，这个卢国杰一把将我拽到了没人处，吓了我一跳，问他干吗，这家伙说，我发现咱厂排污超标，如果不解决，早晚得被环保部门处理。我说，你凭啥说排污超标？他说，我采样化验了。我说，咱厂有专人采样化验，你又不是干这活儿的，你采的哪门子样？这家伙说，我怀疑咱们的原材料有问题，所以才对排污系统采样化验。我说，这事有专门的部门管，不用你管了，你管好你分内的工作就行了，你猜这家伙说啥，他说那不行，我看出毛病不汇报，这就是我的责任。你说这人吧，说好听的是责任心强，说不好听的就是不识好歹的一头犟驴嘛！杜东风说罢哈哈大笑。

姜小妮却没笑出来，联想到卢国杰盯着矿石看，她的心也波动起来。

几天以后，卢国杰被分厂点名批评了。一段时间以来，他接连犯了好几个错误。先是迟到，早晨堵车，他上班迟到了二十分钟，被记下了。接下来是工作时间看书，被检查劳动纪律的人给记下了。再接下来他送样去化验矿石，也被检查劳动纪律的人记下了，说这是不安心本职工作。三次错误并罚，扣了他三个月的奖金。这件事在分厂引起关注，大家私下议论，都说卢国杰这人有毛病，不是傻就是精神错乱。

这事也引起姜小妮的关注，她暗中观察卢国杰，想看看他是不是真的像大家说的那样有毛病。有一次，卢国杰到姜小妮的屋里取一份资料，转身要走时被她叫住了。卢国杰愣愣地看她，她说，坐吧。卢国杰说，不坐了，我得回去干活儿。姜小妮说，坐吧，我有话想问问你。卢国杰总算坐下了，却还是愣愣地看她。

姜小妮说，挨批评了，有啥想法吗？卢国杰说，没啥想法。姜小妮说，三次错误，前两次该批，可我觉得第三次有商量的余地。卢国杰的眼睛在眼镜片后边亮了，冲姜小妮说，我还是第一次听人这么说。姜小妮说，我想问问你，矿石的化验结果怎么样？卢国杰说，根本没有化验结果。姜小妮问，这怎么会？卢国杰说，人家说我是多管闲事，根本就不给我化验。

卢国杰走后，姜小妮陷入沉思，但很快有另一件事将这件事冲淡了。罗锦章打来电话，说晚上公司要招待一个重要的客人，想让她陪着客人一起吃饭。姜小妮的脑海里迅速掠过无数她经历过的场景，她突然涌起一种忍无可忍的恶心来。她没犹豫，说不去。罗锦章说，这可是张董的客人。姜小妮说，对不起，不管谁的客人，我也不去。罗锦章问，为啥？姜小妮说，我只是个普通的技术员，这不是我的本职工作。罗锦章说，这……姜小妮猜得出他没说出口的话，估计是，“我难道不知道你是什么虫变的？”

技术室的资料和单据，车间里钛白粉回转炉的轰鸣声，家里母亲的唠叨，一天又一天，日子过得如泼出去的水。母亲住的楼房隔音不好，隔壁时常传过来一对夫妻不可名状的声音，令母亲和她都挺尴尬。这无疑助长了母亲的唠叨，古小闲随手干着一些活儿，说，小妮，你得长点儿心眼儿，女孩子年龄越大，找到好对象的概率就越低，心里要有个谱儿。姜小妮说，妈，我心里有谱儿。古小闲说，就怕这谱儿压根就错了。姜小妮说，是错是对，只能交给时间来检验。古小闲说，时间给人的除了无奈还是无奈。说罢，她长叹一声，充满哀怨。姜小妮心头一紧，赶紧躲到阳台去。

张怀勇日记摘抄：

今晚要接待一个客人，这个客人来自南钢集团。不管是对于锦绣厂，还是对于我个人，这个客人都将是一个重要的人物。

快下班时，罗锦章跟我唠叨，说他想叫姜小妮陪客，可姜小妮一点儿面子也不给，拒绝得相当痛快。他说话时一直在观察我的表情，那意思是说，不给他面子，也就是不给我面子。

我本来也想叫姜小妮来陪客的，这种宴席上只要有了姜小妮，氛围就会变得活跃许多。可我理解姜小妮，她虽然有应付自如的能力，骨子里却不喜欢这种场合，更不喜欢把她定位为交际花一样的角色。过去她有过屈辱的时光，现在不同了，她以一个普通应聘者的方式，成功成为一名普通的技术人员，这是一个女性自尊的回归，不管是谁让她放弃这种自尊，她都不会答应的。

我对罗锦章说，以后这种事情就不要让姜小妮做了。罗锦章还是观察我的表情，嘴上一个劲儿地说，好好好。

邱桂兰近来胃总是不舒服，吃完饭就胃胀得像只鼓，她有点儿害怕，怕得了要命的病，就去了一趟医院。医生让做胃镜和B超，B超好做，不痛不痒的，人家说她胆囊有炎症。不好做的是胃镜，铁筋一样的管子从口中入胃，心里先有了恐惧。邱桂兰咬咬牙还是做了，鼻涕一把眼泪一把地出来时，看见了一个熟悉的身影，是田宇莹。

邱桂兰拿纸巾擦了脸，忍住恶心，本想一走了之，走了几步还是停住了，强作欢颜地喊住田宇莹，问她咋来医院了。邱桂兰和田宇莹的关系起起伏伏，总的来说是对手，但偶尔也能平心静气地聊聊天。自从张怀勇当了高管，邱桂兰就试图改善和她的关系，但收效甚微。

邱桂兰做惊讶状，说，宇莹啊，是哪儿不舒服吗？田宇莹不冷不热，说，不是我不舒服，是怀勇的胃不舒服，我来咨询一下医生，拿点儿药。邱桂兰说，应该让张董亲自来看看才行啊！田宇莹说，不严重，没啥事，再说他也没空。邱桂兰说，那我跟你一起去找医生。田宇莹说，不用，你回去吧。

邱桂兰坚持跟在田宇莹身后。在诊室外候诊时，她俩有一搭没一搭地说话，话题都围绕着张怀勇。

总算咨询完了，也拿了药，她俩一起回厂。田宇莹开车来的，邱桂兰得以坐顺风车，一路上还算融洽，但彼此心里都明白。说起来邱桂兰在锦绣厂的发展，最大阻力就是田宇莹，她太强大了，先有薛立功当她的靠山，后有张怀勇撑腰，而邱桂兰只能靠自己。在女人里，邱桂兰算是个有抱负的人，总想干一番人前显贵的事业，在一整套不成文的游戏规则中，隐忍成了她目前的首选。

进厂大院，停车，下车，回工会。邱桂兰把田宇莹送进屋，然后自己也回了屋。自从当上工会副主席，她就自己一个办公室了。刚才陪田宇莹，把刚做过胃镜都忘了，一个人静下来，恶心感才又一次袭来。她倒了杯温水漱口，一口水向地上喷，正巧门被推开，喷了进来的人一身。进来的是主席老刘，她嘿嘿地笑，赶紧赔不是。老刘嗔道，你瞧你，也不看着点儿人就喷。她说，我又没长透视眼，咋能看见门外的你？老刘说，别贫嘴了，我有重要事找你。

老刘坐下，邱桂兰也坐下。老刘说，企业大发展，我们工会也要有些作为，这些天我一直琢磨，终于琢磨出一个点子，你听我讲，看可行不可行，不过，得靠你，这点子才行得通。邱桂兰说，直说呗，啥点子？老刘说，工会的优势是啥？除了为职工谋福利，就是文体活动，公司上上下下都在为企业深化改革做贡献，我们也可以用文体活动做贡献嘛！一股热血直冲脑门儿，邱桂兰顿感头脑发热，满血复活，说，是呀是呀，我们完全可以用文体活动激发干劲儿，活跃职工生活。以往文体活动是家常便饭，这些年都奔着企改，没人在乎文体活动了。老刘说，用一些人的说法，企业都快玩完了，哪有心思唱歌跳舞。现在不同了，企业精干了，重组了，还上马了钛白粉，是该我们放开歌喉的时候了。邱桂兰说，没错，我看咱工会牵头，搞个职工文艺会演吧？老刘说，好，带评奖的，一等奖加厚，把声势造起来。邱桂兰说，有我在，你就瞧好吧。

近年来邱桂兰的确是萎蔫多了，尽管当了工会副主席，她却发现自己越来越没有用武之地，她的优势在于唱歌跳舞，企业在为生存奔波，哪个还让你搞这些所谓没用的东西。现在就要发挥她的优势，她哪有不兴奋的道理。她似乎听到自己的每一处骨节都噼噼啪啪地响，她这些年曲意逢迎，和田宇莹套近乎图个啥，说到底还不是在为自己找舞台，只要有了舞台，她就可以施展才华了。

邱桂兰试探着问，张总支持吗？老刘说，支持，我跟他提过，他说他支持。邱桂兰放心地说，这就好，这样我就可以放开手脚干了。

邱桂兰说干就干，亲手拟订了一个通知，搞文艺会演，以分厂和各分支机构为单位，各个单位都要出节目，公司也要出节目，起到引领和表率作用。她先把通知交老刘审阅，老刘同意后，下发到各个单位。她又从分厂、车间、科室里抽文艺尖子，共抽调出二十四人。四个人是歌唱演员，都是独唱，有民族唱法的，有通俗唱法的，加上美声唱法的她，五个人练独唱。其余二十人是舞蹈演员，跳群舞。她从市歌舞团请来编舞老陈，为大家编了一个具有民族特色又兼具现代风格的舞蹈，是具有行业特点的冶金工人题材，二十个人十男十女，男穿炉前冶炼工的工作装，手拿长钎，女穿大红色的舞蹈服，代表家属。她领着他们开始在俱乐部里排练。

排练第一天，邱桂兰在队列前训话。她气势昂扬地说，我们练舞蹈，是要演给全体职工看的，要起到鼓舞干劲儿、激励大家团结向上的作用。公司张董事长十分重视这次会演，工会刘主席亲自部署，咱们可不要辜负领导的期望。独舞需要一个人展示舞技，一个人咋跳都是艺术，群舞就不同了，群舞需要超强的合作能力，多人表达同一主题，要节奏统一，动作统一，每个演员都要有集体观念。现在我问大家有没有信心搞好这个节目？众人齐答，有。在这整齐划一的声音中，她找到了感觉。

事情出在排练中途，有个女舞蹈演员小兰个人能力不错，就是跟不上集体步调。邱桂兰狠狠地批评了她，说今天就是你了，今天你要是跟不上大家的步调，晚上下班别走，给我加练。偏偏这个小兰不争气，练一天也没啥起色。邱桂兰说话算话，大家都下班了，就留住她加练了三个小时。第二天，正排练着，邱桂兰手机响了。她走出排练厅接手机，是田宇莹打来的电话，跟她说起了这个小兰。田宇莹说，我和小兰的妈是好朋友，你就别为难她了。邱桂兰说，我没为难她，是她一直跟不上别人的节奏，我们跳的是群舞，一个人跟不上节奏那大家的努力全都泡汤。田宇莹说，要不这样好不好，你放她回原单位吧。邱桂兰不想得罪田宇莹，想说好，话到嘴边却是不行，只要进入排练状态，她就觉得自己是个将军，这个队伍就得她说了算，一些世俗的顾虑在这一刻都烟消云散了。

田宇莹的电话令邱桂兰越发看不上小兰，回屋排练，见她还跟不上节奏，就大发脾气，训得她直抹眼泪。一个小时后，田宇莹闯进来，一脸愠怒，质问邱桂兰，你咋欺负人呢，看看，把孩子都逼哭了。邱桂兰知道一定是小兰偷偷打电话告了状，气也不打一处来，回击道，我这是正当要求，咋是欺负人了？田宇莹自然受不得这个，立马瞪眼跟她吼，邱桂兰，你别不知道自己几斤几两。当着二十个演员的面，邱桂兰也豁出去了，凝眉瞪眼地说，我是工会副主席，主抓文体活动，咋排练舞蹈，我说了算。田宇莹说，别拿鸡毛当令箭，啥文体活动，还不就是想显摆自己。邱桂兰火气直冲脑门儿，吼道，我就显摆自己了，这是我分内工作。田宇莹一把拉过小兰，说，跟我走，不跟她练了。

看田宇莹就这样领走了小兰，邱桂兰气得要发疯。接下来的训练毫无章法，大家都知道田宇莹的分量，也就都用看不起人的眼光看她。她气不过，去找老刘理论。老刘听说是田宇莹搞事，也不敢说啥，一个劲儿地劝她别计较。也是她的声音太高，引来了田宇莹，闯进老刘办公室，指着老刘的鼻子说，你说吧，是我在理还是她在理?老刘只嘿嘿地笑，啥也不说。田宇莹说，好，你不说，我去找能让你说话的人。转身要走，被老刘给拽住了。老刘赔着笑脸说，好好，我说，我说，这件事是桂兰要求太高了，没考虑别人的承受能力。田宇莹说，到底是谁在理?老刘说，你在理，当然你在理。田宇莹得意地出了屋子，邱桂兰气得差点儿扇老刘耳光，斥责说，你还是工会主席呢，咋没一点儿正义感呢?老刘说，让一步海阔天空，我劝你也让一步吧。邱桂兰气咻咻说，这事我要让一步，我是你孙子。

一股火气冲向邱桂兰脑门儿，她是真想在自己的工作中干出一番成绩，对小兰那样也是为了舞蹈的整体效果，没想到田宇莹不依不饶，老刘还做和事佬，她越想越气，牙关一咬，直接去找张怀勇理论。

敲开张怀勇的门，不轻的敲门声惊动了隔壁的罗锦章，他颠过来拦邱桂兰，问她有啥事，她说她跟张董有事。张怀勇看见她，让她进来说。罗锦章退了回去。

邱桂兰劈头就说，我现在工作没法干了，有人欺负我，张董你要是公平对待每一个员工的话，你就给我做主。张怀勇说，坐坐，坐下说。邱桂兰坐下，委屈感涌上来，鼻子一酸，掉了眼泪。张怀勇说，别哭，慢慢讲。话中透着安慰的成分，这成分鼓励了邱桂兰，一咬牙啥也不怕了，就把事情原原本本讲了一遍。她发现张怀勇的脸色变得很不好看，皱眉、眨眼、拧脖子，来回变换坐姿，显然心理波动不小。邱桂兰说完了，痛快了，仰脸看张怀勇的决断。张怀勇沉默一会儿，说，太不像话了。邱桂兰愣愣看他。他接着说，这件事你做得对，做错的是她，你看这样好不好?一让她给你赔礼道歉；二让小兰马上回到舞蹈队参加排练；三如果再发生类似事件，她这个女工委员就别干了。

张怀勇日记摘抄：

我让田宇莹给邱桂兰赔礼道歉，田宇莹一听就火了，说让我给谁道歉我都能接受，让我给邱桂兰道歉，除非你把我杀了。我说，你知道我不能杀你。

过了好一会儿，她才又说，以前她总是压我，现在我能压她了，为啥还要让着她？我说，你想想，靠我压着她，我成啥了？别人还能信服我吗？田宇莹说，你是我老公，你不让我靠让谁靠？难道让……她欲言又止，我说，正因为我是你老公，遇事才更不该偏向你，要懂得里外嘛！她没好气说，懂得里外，才应该知道向着谁。

我俩是在床上说这些话的，我气得翻过身，用脊背对她说，明天就给人家道歉。她也气得翻过身去，和我来个背对背。我接着说，让小兰回舞蹈队，支持人家工作。她说，小兰受欺负我的脸往哪儿搁，她可是周敏的女儿。我说，不管是谁的女儿，都不能搞特殊。她说，你这是逼我呀！我说，你要是不这么做，才是逼我呢！

就这样陷入僵持局面。我知道周敏是田宇莹最好的闺密，是读中专时的同学。田宇莹是个不咋爱联系人的人，有人说她性格孤僻，清高，这其实是不了解她，我知道她并不清高，只是不主动，说自卑才更贴切。有人说，论长相，论家庭条件，她都不该是个自卑的人，这没办法，天生这样。田宇莹跟我讲过，上中专第一年，她很孤独，同学里没有一个朋友，一个人去食堂吃饭，一个人在校园散步，也想找个伴儿，可又不会主动。就在这个时候，周敏邀请她一起去看电影，去路边摊吃小吃，然后又把她介绍给另外的朋友。周敏成了她通向正常人际关系的通道，对她后来的成长起的作用很大，她因此很感激她。毕业后，她们虽不在一个单位工作，但来往从来没有断，无话不谈。周敏的女儿小兰在田宇莹的一亩三分地受了委屈，也难怪她会出手相帮呢！

还是田宇莹最先服软，她转过身来，主动从身后搂住我，亲我，终于把我焐热。我也转过身来，我们有了一次正常的夫妻生活。完事后，她裹在热汗中说，还要我给她道歉吗？我说，给她道个歉不丢人。她在我的怀里哭了。

几天过去了，田宇莹并没有跟邱桂兰道歉。小兰禁不住领导施压，又回到了邱桂兰的舞蹈队。一天，田宇莹打电话把小兰叫过来，问她回去后邱桂兰对她咋样。小兰眼圈一红，眼泪扑簌簌掉下来，抽泣着说，还欺负我，总说我跟不上队形，说我是故意捣乱，还罚我一个动作跳一百次。大家站在边上喝水歇乏，瞪着眼睛看我出丑。

田宇莹扯块纸巾给小兰擦脸，强压火气劝慰了一番。也是凑巧，小兰刚走不久，田宇莹就在走廊里碰见了邱桂兰。邱桂兰主动打招呼，满脸笑开了花。田宇莹咋看咋觉得她的笑脸中充满讥讽。田宇莹忍无可忍，以怒对笑，气呼呼说，笑得太多，离哭也就不远了。邱桂兰的笑容立马一扫光，五官扭曲着说，田宇莹，你太过分了。田宇莹说，是你过分还是我过分，别欺人太甚。邱桂兰说，我一直主动示好，你却不依不饶，让大伙儿听听，是你太过分还是我太过分。她俩越吵越激烈，一扇扇门口探出一个个脑袋，好奇地观望。老刘也被惊动了，出了屋，冲她们喊，别吵了别吵了，这是办公楼，影响不好。

田宇莹和邱桂兰吵架的事很快在公司里传开了。大家说啥的都有，有说邱桂兰自作自受，活该被田宇莹怼；有说田宇莹狐假虎威，要是没有张怀勇，她根本不是邱桂兰的对手。本来这些议论是到不了张怀勇耳朵的，谁会把这些话传给张怀勇呢？偏偏有一个潘唯一，利用了这件事，把这事跟张怀勇说了，也等于是将了张怀勇的军。当时张怀勇面色很不好看，回家就跟田宇莹吵翻了，说田宇莹是在拆他的台，不配合他工作。田宇莹觉得委屈，不甘示弱。接下来一连好几天，二人都互不搭理，各睡各的。

有一天，张怀勇正点下班回家了，这是他当锦绣厂一把手后第一次正点回家。田宇莹有些惊讶，带着讥讽味道说，太阳从西边出来了。张怀勇笑道，不是太阳从西边出来了，是我从西边回来了。田宇莹问，啥意思？张怀勇说，阳光集团在西边哪，今天下午我去阳光集团参加一个活动，他们董事长和我聊天时，提起他们缺一个搞工会工作的人，我就把你给推荐了，他特别欢迎，说你过去就可以当工会主席，一会儿多搞几个菜，咱俩庆祝一下。田宇莹惊呆了，沉默片刻，哇的一声哭了。

你这是把我撵出锦绣厂了！田宇莹边哭边说。张怀勇说，你咋能这么想呢，你是去当工会主席，是升官了，是好事。田宇莹说，我不去。张怀勇也没了耐性，恶狠狠地说，不去也得去。二人又一次吵翻。

在家心情不好，到了公司一忙起来，家里的烦心事就都到了九霄云外。张怀勇把侯刚叫到自己办公室，以前二人同在一个分厂时闹过不少矛盾，后来张怀勇得势，侯刚以为自己一定会被穿小鞋，但事实证明，张怀勇并没有那么做，这令侯刚很感动，也就处处配合张怀勇的工作。张怀勇起身要给他沏茶，被他拦住，说，张董你就别忙乎了，我不渴。张怀勇说，不渴也得沏，我哥怀智给我捎来一盒好茶，你来尝尝。沏完茶，张怀勇坐回到自己的位置，跟侯刚聊起了锰产品的市场问题。侯刚叹了口气说，锰产品工艺简单，我们国企大厂跟南方那些小厂比起来，根本没啥优势，往前走一步都难哪！张怀勇说，你就没想过改变？侯刚说，想过上千次了，可咋改变？现在大家拼的是成本，就目前的工艺，要想炼出合格的产品，成本绝对是降不下来的，除非改变工艺。张怀勇明知故问道，咋改变？侯刚说，把现在的工艺改为无外加熔剂法。张怀勇说，我也是这么想的。

锦绣厂和一些老厂一样，采用的都是传统的有外加熔剂法，这种方法产品质量相对稳定，但成本高。无外加熔剂法能降低电耗，降低成本，是现代企业逐步都要采用的方法。但他们毫无这方面的经验，需要上一些新设备搞试验，要有一定的投资。可锦绣厂原本就资金紧张，哪有资金做这方面的投入呢？侯刚试探着问，我们有能力做这样的大投入吗？张怀勇说，我们先搞小投入，待有足够资金了再大投入，只要我们有钢铁般的意志和决心，就没有办不成的事。侯刚兴奋起来，一拍沙发扶手道，只要公司有这个决心，我们没说的。张怀勇说，咱俩意见统一就好，下一步，就是开会立项。

很快，无外加熔剂法的讨论会就召开了。张怀勇主持，除了高管，侯刚、罗锦章等人也参加了。张怀勇讲完开场白，侯刚率先发言，提出了要上无外加熔剂法的重要性。侯刚讲完，张怀勇让大家都说说。潘唯一马上接话道，我们都知道，无外加熔剂法可以有效降低炼锰的成本，但这是一种新的工艺方式，以前没用过，国内虽然有些企业也开始用这种方式炼锰，但大多用的是新型电炉，新型电炉配合新型的工艺，磨合起来要容易一些。可咱们锦绣厂就不一样了，咱们大多是老式电炉，要想用无外加熔剂法，除了要上一些新的辅助设备，还需要研究摸索一套新的工艺，就目前来说，可借鉴的经验十分有限，大规模的技术革新成本太大，我们刚刚上马钛白粉项目，就目前的资金和能力，不适合搞这种技术革新。

潘唯一唱了反调，立马就有几个人附和，他们有他们的观点和论据，连张怀勇也得承认，他们的观点和论据是有合理性的。其他人见这架势，都不发表观点了。张怀勇见自己不说话不行了，就赶紧说，这样吧，我说说我的观点，搞技术革新是有这样和那样的困难，但不搞革新，我们的产品经济效益就低，在市场上就没有竞争力，这样恶性循环下来，我们的锰产品就得死在市场上，要想活命，只有革新这一条路，如果横竖是个死，死在革新的路上也比死在守旧的路上要强得多。潘唯一接过话茬儿说，张董，你是咱公司的一把手，是锦绣厂的一厂之长，你这样说话我觉得不妥，咱们的企业到今天这个局面不容易，咱们的钛白粉项目经过几十年的努力才上马，更不容易，怎么能轻易言死？如果搞技术革新拖垮了钛白粉项目，我们对得起锦绣厂的一代代干部和工人吗？潘唯一声音不大，但字字如刀，一下子占领了道德制高点，张怀勇再想争论，却已是在下风头了。大家都盯住张怀勇的脸，张怀勇面沉似水，没有立即反击。

沉默片刻，冯井田开口道，我理解潘总，他的担心是有道理的，同样我也理解张董，咱们的锰产品还是按老工艺来炼，那真的就是死路一条。我们厂有技术革新的传统，几十年来大大小小的革新数不胜数，如果现在条件不容许，我看早晚也要走这条路。潘唯一拧着眉头看了看冯井田，张怀勇也阴着脸看了看他，都觉得他这话说得太折中了，说了等于没说。张怀勇让大家都发言，刚才没发言的只好依次都开了口，基本都延续了冯井田的腔调，观点比较折中。这次会议没有取得张怀勇的预期效果。

张怀勇这几天和田宇莹冷战，晚上没回家睡觉。这天快下班时，田宇莹打来电话，冲张怀勇嚷，我就是不离开锦绣厂，有本事你永远别回家。当时姜小妮和罗锦章都在他的办公室，屋里空间有限，电话那边的声音满屋子都听得见。张怀勇赶紧按断电话，露出一脸苦笑。

姜小妮和罗锦章相觑一下，表情很微妙。张怀勇用接电话之前的话题岔开尴尬局面，说，钛白粉生产和销售已进入正常轨道，终于可以告慰锦绣厂的前辈了。我有个想法，找个机会，邀请那些为钛白粉项目做过贡献的离退休老职工回公司参观一次，通过这个活动增强职工的自信心和凝聚力，也是对公司的一次不错的宣传。罗锦章说，张董的主意太好了，太好了！姜小妮斜了一眼罗锦章，没有吭声。

张怀勇接着说，锦章，这个活动就交给你操办了。罗锦章说，张董放心，我一定把这次活动搞得轰轰烈烈，有声有色……张怀勇打断他的话说，也别太花哨，要实实在在，又能充分反映深化企业改革的成果。张怀勇又说，老领导、技术人员、老工人要各占一定的比例，另外，那些没到退休年龄的下岗职工也要占一定的比例。罗锦章说，没问题。

张怀勇说到这儿时，目光投向姜小妮。姜小妮这次来他办公室，是张怀勇主动叫她的，已经改行做技术工作的姜小妮，似乎已没有和董事长直接接触的理由，但张怀勇还是一个电话把她找来了。

罗锦章见张怀勇已布置完工作，知趣地退出去。办公室只剩下张怀勇和姜小妮。姜小妮坐在一旁的长沙发上，张怀勇起身，要给她沏茶，被姜小妮拦住了。姜小妮说，哪有董事长给员工沏茶的，还是由我来吧。

姜小妮反客为主，烧水，沏茶，倒茶，闻香。张怀勇举起茶杯也闻了闻，舒口气说，真香！姜小妮道，是你的茶香。张怀勇说，是你沏的茶香。二人相视而笑。

张怀勇说，叫你来是想听听你的工作情况，对钛白粉的技术掌握得咋样了？姜小妮说，挺好的，我觉得搞技术才真正适合我呢！跟你汇报一下，这阵子我研读了不少资料，下车间也看了工艺流程，还有了技术革新的点子呢！姜小妮聊起钛白粉技术来头头是道，这令张怀勇颇感意外，一时间几乎无法把眼前的她和那个搞公关的她联想到一起。

张怀勇说，有些人还跟我讲，让你做技术工作是把美女放错了地方。姜小妮反问，你觉得呢？张怀勇说，现在看来，把你放哪儿，都是放对了地方。姜小妮哈哈大笑，说，张董高抬我了，跟你实说吧，以前我做的那些才是赶鸭子上架，现在我做的这个工作才是脚踏实地，心里踏实呢！张怀勇点点头，也许姜小妮现在这个样子正是他想看到的姜小妮。

屋子里出现了短暂的沉默，不论过去和现在，其实姜小妮和张怀勇单独在一起的时候并不多，以往在综合事务部时，张怀勇需要带随从出去时会带上她，但仅此而已。从姜小妮这边讲，一个大龄单身女人对一个出色的男人是很容易动情的，因为种种原因耽误的婚姻大事，也很容易在这类男人身上找到寄托和借口。历史把她贴上了不纯洁女人的标签，可骨子里她是纯洁的，甚至都有洁癖了，几乎没对哪个男人动过情。这么大年龄了，她不可能拒绝搞对象，可每每有了对象，心里都不认可，都会在别别扭扭的交往中，因为某件糗事而戛然中止。

姜小妮打破沉默，问，张董和嫂子闹别扭了？张怀勇问，你咋知道？姜小妮说，刚听到的呗，想不知道都难。张怀勇叹了口气说，可能是我的错，可我又没法不犯这个错。姜小妮说，啥错，是出轨别的女人了？张怀勇笑了，说，如果这种性质的矛盾，反而容易解决了。姜小妮说，比出轨还难解决的夫妻矛盾，我猜不出来。张怀勇说，我问你，假如你的男人……姜小妮打断他的话说，我没有男人。张怀勇说，我说的是假如。姜小妮说，好吧，就算我有男人了。张怀勇说，假如你处在我的位置，假如你的男人与你的下属吵架，吵得不可开交，你必须出面调解，你是偏向你的下属呢，还是偏向你的男人？姜小妮说，我会偏向我的下属。张怀勇说，为啥？姜小妮说，很简单，偏向一个下属也就是安抚了所有的下属，家里人会理解。张怀勇叹口气说，问题是，不是所有人都和你一样善解人意。姜小妮说，还是回去住吧，不然会越闹越僵。张怀勇说，淡她几天，可能效果更好。姜小妮想了想，也觉得是，就说，如果你闷得慌，晚上我陪你喝两杯。张怀勇抬眼看姜小妮，算是凝视了，说声谢谢，然后摇了摇头。

张怀勇日记摘抄：

今天有故人来拜访我，是吴中凯。

这几天我都住公司招待所，吃完晚饭，我就在房间等吴中凯。天黑了，我却没有急于开灯，在逐渐黑下来的房间里，我有了一种如沐月光的感觉。

敲门声响起，我先开灯，后开门。见了多年不见的吴中凯我愣住了，这家伙变化不小，在我的印象里，吴中凯是那种扔在人堆里很难被辨认出的那一个，可现在眼前的吴中凯辨识度极高，他穿唐装，留胡须，戴手链，比以前胖了许多。我上下打量着他，说，你咋这形象了？吴中凯笑道，干啥吆喝啥，我现在搞文化，咋也得有点儿文化人的样。我说，是传统文化吧？他说，看似传统，实则现代。说罢哈哈大笑。

落座，交谈，我才知道吴中凯现在在一家文化公司工作，专门搞企业文化这一块。我搞企业，主要搞的是经济效益，还真是疏忽了企业文化方面的建设。我也知道，一个现代企业，是要有相应的企业文化做支撑的。这使我对他愈加感兴趣了。我有意先听他谈，这家伙原本口才就不错，现在讲起企业文化来极为流畅，讲得头头是道。

他讲了一阵，话题一转说，我讲得太多了，我还是想听你讲讲咱锦绣厂。我就把锦绣厂的现状跟他讲了一些。正讲着，敲门声又响了，我开门，进来的是姜小妮，她拎着一兜小拌菜和一箱啤酒说，我来陪你喝两杯。我接过啤酒，撂在地上，回头看看吴中凯，有些尴尬。吴中凯看了看姜小妮，一脸的微妙表情。我说，正好，有酒了，咱们三个人一起喝。

我把他俩分别介绍了一番，姜小妮搬凳子，我们一起围着小茶几坐下。姜小妮将小拌菜摊在茶几上，有拌猪耳朵，有剁椒凤爪，有麻辣蚕茧，有拍黄瓜，都是下酒好菜。喝得很痛快。

是吴中凯先告辞的，之后房间只剩下我和姜小妮，但没有任何事情发生。聊了一阵，姜小妮适时告辞。

姜小妮想不到会在张怀勇处遇见吴中凯。对于上辈人的关系，她是略知一二的，就这样，屋里三个人的关系变得微妙起来。

喝酒，聊天，话题总是很难离开锦绣厂。张怀勇跟吴中凯说，志刚书记和牛太白副省长都是支持我们搞合资的。吴中凯看了姜小妮一眼，又盯住张怀勇说，现在的锦绣厂已经摆脱困境，又上马了钛白粉项目，正是企业的高光时刻，干吗要分一杯羹给别人呢？张怀勇说，你的看法代表了大多数人的看法，但你们忽视了一个更前瞻性的问题，那就是企业的发展，不进则退，从眼前看，企业的形势不错，可将来呢？还是回到我们的产业性质吧，都知道，铁合金的生产科技含量不高，20世纪90年代后期已有大量民间资本进入，竞争激烈、产能过剩，国有资本已大量从这个行业退出，形成了国企竞争不过私企的局面，尽管咱有钛白粉了，可以缓解未来部分压力，但是请注意，是部分压力而不是全部，企业要发展，还是要做大做强，形成集团合力，才有可能面对未来的风浪。吴中凯说，你想得太远了。张怀勇说，没有远虑，必有近忧，已经有太多的教训了，容不得含糊。

张怀勇提出的合资构想，令姜小妮大感意外，她瞪大眼睛，静静地听。张怀勇又讲了很多有关企业合资的事，有了新的资金注入，锦绣厂就可以大刀阔斧地搞技术改革，就可以产品更新换代，就可以把企业做大做强。姜小妮听得一知半解，但不知何故，心情有些沉重。吴中凯倒是转变得挺快，从不理解到理解再到支持，总共没用一个小时。吴中凯说了些赞同的话，突然话锋一转，又转到了他的企业文化上，他说他现在是做企业文化的行家，如果需要，他可以为锦绣厂量身定做。张怀勇说，现在还腾不出手来做这个，要做的时候，会请教的。吴中凯说，随时听候召唤。

吴中凯告辞时，用特别的眼神看了看姜小妮，说，你坐着，以后有机会再见。姜小妮跟在张怀勇身后送他出去。门关上，房间里只剩下他们两个人。张怀勇下意识地看了看表说，九点多了。姜小妮说，是下逐客令了吗？张怀勇笑笑说，没有，没有。脸上有一丝难得的羞涩。姜小妮说，谢谢提醒，这对于一个女人其实很重要。张怀勇说，尤其是一个漂亮女人，需要时时设防才对。姜小妮说，防君子不防小人，你是君子。张怀勇笑道，君子和小人也是会相互转换的，在某些特定环境下，君子也可能变成小人。姜小妮说，现在是特定环境吧？张怀勇说，可以这么说。姜小妮说，那你能变成小人吗？张怀勇哈哈大笑，说，不能。

张怀勇把不能二字说得十分坚定，这多少令姜小妮有些失望，但转瞬释然了，姜小妮难道希望他成为涂强或者张怀智吗？显然不是，正因为他不是，她才这么在心底里佩服他，想亲近他。姜小妮低下头，幽幽地说，过去我有不光彩的经历，有我主观的问题，但关键还是遇见了那样的男人。张怀勇说，只要你在锦绣厂，我保管你遇不到那样的男人。姜小妮说，这是我的幸运还是不幸？张怀勇说，你说呢？姜小妮说，当然是幸运。张怀勇说，你理解就好。

话说到这份儿上，情节已没了进一步发展的可能。二人都反而释然了，坐下，又喝了杯茶，聊了些别的话题。姜小妮告辞出来时已经是十一点多了，走在灯火阑珊的大街上，满身都是甜丝丝的忧郁。

第二天，姜小妮下车间查看新生产的钛白粉质量，她采了一点儿样品准备带回去测验研究，路过卫生间时感觉到了尿意，就进了女厕，出来洗手时她闻到了一股烟味，顺着烟味往男厕所那边看，隐隐看到有一丝丝烟雾飘出来。生产车间是禁烟的，这是谁在违规抽烟？姜小妮毫不迟疑地朝里边喊了一声，谁在抽烟，赶紧掐灭出来！工夫不大，有个瘦弱的男青年走出来，姜小妮一看，正是卢国杰。卢国杰一脸阴郁，没精打采。姜小妮问，车间重地不能抽烟，你咋还敢抽烟？卢国杰说，我也没在车间抽，这不是厕所嘛！姜小妮说，厕所也是车间里呀，如果出事那还了得。卢国杰不耐烦地说，别吵嚷了，下回不抽就得了。姜小妮说，下回是下回，这回是这回，这回的处分你是逃不掉的。卢国杰没好气地说，随便你。转身就走了。

姜小妮想这卢国杰真是个怪人，不教训教训他还真不行。她去了分厂办公室，想找厂长谢坚强。谢坚强不在，杜东风见了她，热情地把她让进了自己的办公室，让座倒水，问她脸色不好，是谁惹她生气了。姜小妮就把卢国杰抽烟的事告诉了他，说生产重地，抽烟会引起事故，是谁给他这么大的胆子。杜东风也挺气愤，说，这样明目张胆地违反安全纪律，太过分了。

几天以后，通报下来了，卢国杰严重违反公司纪律和安全规程，被开除了。姜小妮大吃一惊，怎么也没想到会是这样一种结果。她又去了分厂办公室，找杜东风，说卢国杰虽然违章，可也不至于被开除哇，处理得太重了吧？杜东风压低声音说，这是谢厂长和公司领导的决定，国有国法，厂有厂规，没有铁一样的纪律，怎么能管理好一个大型企业？姜小妮没理由反驳，心里却极不是滋味。

张怀勇日记摘抄：

整整一个上午，我把自己关在办公室里谁也不见，我在想一件对锦绣厂的未来至关重要的事情。

没错，绝对是至关重要的事情。这些天我一直都在琢磨这件事，这不是我异想天开，和我同样也在琢磨这件事的还有一个重要人物，这个人就是副省长牛太白。

有一次去省里开会，牛太白专程到酒店的房间找我，跟我谈的只有一个话题，那就是锦绣厂的未来。我说了对未来的担心，他也说了对未来的担心，怎么样避免在市场经济中再次遭遇20世纪90年代的窘境，未雨绸缪就是当务之急。当我聊到怎么样才能做大做强规避风险时，牛太白打断了我的话，说，当年第二次上马钛白粉项目时，我和薛立功效仿过《三国演义》里的周瑜和诸葛亮，我们把想法写在各自的手心里，然后一起打开。我血往上涌，脱口道，那咱们再写一次吧？牛太白说，好，再写一次。

写罢，我俩一起伸出了手，每个人的手心都是两个字：合资。

牛太白说，合资，企业会做大，但你个人的权力会减小。我说，企业做大就好，个人权力我不在乎。牛太白说，说得好，我们新一代锦绣人就该有这种胸怀。

胸怀是有，但能否做好这件事，我心里也没底。

锦绣厂组织参观团的同时，市里也在组织参观活动，参观项目是古河沿岸风光。近几年，市里下大力气搞了古河改造工程。据说这个工程最初的倡导者是市里的离休老干部杜江，他提出这个倡议后就去世了，当时主政的是牛太白，在他的主持下，工程立项了，可当时市里有更大的工程，这个工程就拖了下来。后来志刚书记上任，启动了这个项目。仅用两年，脏乱差的古河两岸就完全变了样，孱弱的古河得到治理，在有关河段修建橡胶坝，人工蓄水，这样，河面就肥硕清澈了，水流也澎湃了。两岸河滩杂草被铲除，大面积种植了草坪和花海，修建了无数个凉亭和延伸进河中间的观光木桥。离河岸稍远点儿的树林得到保护，成为市民的天然氧吧。

从坝上走，林间的风会柔柔地吹到身上，青草和树木的香味扑拂脸颊，令人清爽得不行。每当清晨和傍晚，就会有许多人到坝上走步、跑步，也有一些人干脆下到坝底，在林子游走或在空地跳舞做操。古河率先吸引了沿岸居民，然后逐渐扩展到四面八方，居住在这座城市各个角落的人都开始向古河聚集。古河变得越来越热闹，只有到了白天，林子特有的寂静与诡秘才会回来。

参观古河沿岸，绝非单单观赏河景那么简单，市领导的意思很明显，参观沿岸的工矿企业更是目的。改革开放以前，古河工业区以烟囱林立、浓烟滚滚为景致。现在的景致则是绿水青山衬托下的新型企业。新在哪儿？从外观看，厂房的高矮、排列和颜色更规范和整洁了，一排排一行行远望犹如梯田。烟囱少了，剩下屈指可数的烟囱冒出的是经过脱硫处理的白烟。

参观完锦绣厂，张大河又参加了市里的参观队伍。在这支队伍里遇到了许多老伙计，有老领导闫振邦、刘英花，还有他的徒弟王裕国、李旺发和赵平安，算是一群老伙计的大聚会。满眼青山绿水，满眼的亮丽厂房，瞧哪儿哪儿就是景。大家一路说说笑笑，情绪和景致很是配套。

昔日精气神十足的闫振邦现在已老态龙钟。他叼一支香烟，衣襟和袖子落了不少烟灰，两腮塌陷，让人看了不免心生怜悯。张大河凑过去主动和他聊天，他口齿有些含糊，但并不影响他的健谈。他讲了一些二十世纪五六十年代的事，又讲了张家老大怀智。他说怀智干大了，成资本家了。张大河说，不是资本家，是私营企业家。闫振邦说，还是你养的儿子有本事，有两个董事长。张大河说，和你当年当厂长一样。闫振邦说，不一样，董事长和厂长不一样，当年车间里搞抢修，我一个星期吃住在车间，董事长能吃住在车间吗？张大河说，时代不同了，现在年轻人咋能和咱们那辈人相比。闫振邦说，是不能相比了，但艰苦奋斗的精神不该丢。张大河也觉得他说得对，就说，是不该丢。

张大河裤兜里一阵振动，用手去摸，摸出手机，来电的是老大张怀智。他接电话嚷，怀智呀，老领导闫振邦就在我身边，你先跟他说几句吧。张怀智说，我跟他没事，跟您有事。张大河说，不管有事没事，礼数不能差。他把手机递给闫振邦说，是怀智打来的。闫振邦接过手机也嚷，怀智呀，哦，我没事，但我要告诉你，你是私营企业，亏了赚了都是个人，锦绣厂可就不同了，亏了就是亏了国家，明白吗……闫振邦说够了，才把手机递给张大河。张大河问，怀智呀，你有事就讲。张怀智在电话那边说，爸，我想把永光集团的资金都投入锦绣厂，您看如何？张大河说，那敢情好，这样做就对了，你就不愧是锦绣厂的后代。张怀智说，我投不投是一回事，人家要不要是另外一回事，爸，你的任务就是做通怀勇的思想工作，让我跟他来个强强联手。张大河说，你到底啥意思？张怀智说，你做通怀勇的工作就行，啥意思他明白。

张大河回到家，只有秀嫂自己在，他正想进屋睡觉，突然秀嫂扑通一声跪在张大河面前。张大河说，你这是干吗？秀嫂说，大叔，我想求你件事。张大河说，你起来，起来说说到底有啥困难，啥困难也用不着这样。秀嫂爬起来，抽泣着说，那我就讲讲我家的故事吧。

秀嫂讲，我老公原是模具厂的钳工，因为手艺好，工资奖金都是工人中最高的，有一年，模具厂院墙外的小胡同里发生了一起强奸案。女孩十几岁，是个高中生，下晚自习回家路过这条胡同，被人拽进一辆小汽车里强奸了。强奸犯是个二十多岁的小青年，他父亲就是模具厂的老板。女孩认得这个小青年，回家跟她爸说了，她爸拎着棒子闯进模具厂，扬言要给女儿报仇。老板叫人把女孩她爸劝进屋里，提出私了，要给对方一大笔钱。女孩她爸先是不干，后经人劝说，也觉得这事报警传出去会坏了女儿的声誉，以后的人生路反而不好走了，也就答应私了。我老公是个不懂深浅的倔子，不关他的事，他却气不公，偷偷给报了警。老板的儿子被抓，老板恨透了他，被强奸的女孩坏了名声，家里又没得到赔偿，一家人被迫搬家，也恨透了他。老板找个借口把他开除了，丢了这份工作，他就去一家货运公司当搬运工，一次扛麻包时跌倒，摔坏了腰，成了卧床的瘫子。

张大河听得气往上撞，说，你老公不是不懂深浅，是个有血性的汉子，要是我碰上这种事，也会报警。秀嫂说，故事还没完呢，我儿子大学学的是化工专业，毕业后正好锦绣厂钛白粉分厂招聘一批专业技术人员，我儿子应聘成功，进厂当了一名技术员。本来应该有很好的前途，不料又发生了一件和他爹相似的事，这真是爷儿俩在一块石头上绊倒了。秀嫂停嘴，又抽泣几声，张大河催道，讲啊！秀嫂接着讲，我也不懂钛白粉是咋个生产，我只知道我儿子是管什么后续工艺的。我儿子发现了问题，说是什么原料品位低，什么容易堵塞、污染，我也不明白，反正我儿子跟分厂厂长汇报了，要求提高原料品位。分厂厂长跟他说，咱哪说哪了，别再提了，提高原料品位，我们的效益就得下降，我这个分厂厂长吃不消，就是董事长也吃不消。我儿子偏偏是个犟种，他绕开分厂厂长，把这事跟公司的领导说了，结果公司领导又告诉了分厂厂长，分厂厂长就给我儿子小鞋穿，终于找个借口，把我儿子给开除了。我就是想让大叔跟张董事长说说情，让我儿子再回去上班。

听得张大河气炸了肺，他跟秀嫂说，告诉我，你儿子叫啥名？秀嫂说，他叫卢国杰。

张大河日记摘抄：

锦绣厂还有这种事发生！我打电话给怀勇，把他骂了一通。

等我骂够了，怀勇才问，爸，到底发生啥事情了？我这才觉得自己鲁莽了，平稳了心气，把卢国杰的事情讲了一遍。怀勇说，爸，如果真有这样的事发生，我不会坐视不管。

我知道怀勇是个有正义感的人，他既然要管，就一定能还卢国杰一个公道。

张怀勇一个电话打到了钛白粉分厂，他没有找谢坚强和杜东风，而是找姜小妮。他想从群众的角度，来听一听有关卢国杰的事。

姜小妮把自己知道的都告诉张怀勇，末了，她说，就为在厕所抽烟，或者就因为我的一句话，把他开除了，我觉得处理得太重了。张怀勇说，事情可能没你想的那么简单，你再侧面了解一下情况，再告诉我。姜小妮答应了。

姜小妮去找杜东风，她知道杜东风对她有好感，她要是追问下去，他会跟她讲实话。

杜东风正在车间里检查工作，姜小妮把他从车间里拉到外边一棵大树下。上午的阳光十分强烈，大树的阴影正好包裹住了他们俩。

杜东风很兴奋，一双眼睛热热地盯住姜小妮，问，是不是跟我有话说。姜小妮说，是。杜东风说，先别急着说，让我猜猜，是不是私人问题。姜小妮还是说，是。杜东风说，我不猜了，还是我先说吧，这件事不能让你抢先喽。小妮，我们的关系能不能更进一步？姜小妮后退了一步，瞪了眼睛嗔道，你说啥呢？跟你说吧，我是想问问卢国杰的事。杜东风失望地唉了一声，埋怨道，可你说是私人问题呀。姜小妮说，我是以私人的角度，跟你打听卢国杰的事，如果你真想和我搞好关系，就实话实说。杜东风想了想，又左右看看，压低声音说，我就实话告诉你吧，开除卢国杰与你没啥关系，抽烟不过是一个由头，开除他是为了咱分厂的经济利益，说大点儿，是为了咱整个锦绣厂的经济利益。姜小妮瞪圆眼睛，问，有这么大？杜东风说，就这么大，你听我跟你讲，卢国杰非说咱用的原材料质量不够好，污染大，容易堵塞下排管。他跟分厂领导反映还不算，还越级到公司反映，找了潘总，幸亏潘总护着咱们分厂，把情况又反馈给咱们，咱们才掌握了主动权，找了抽烟的茬儿，把他开除了，没了他，咱们会少一些麻烦。姜小妮问，他反映的情况是不是存在的？杜东风说，存在倒是存在，可要是按他的来，咱们的生产成本将大幅度提高，经济效益就将下降。

姜小妮心潮起伏，一种预感越来越明晰地升腾起来。她目光犀利地盯住杜东风的眼睛，问，你认为你们做得正确吗？杜东风也盯住她的眼睛说，只要有利于经济效益，那就是相对正确。

姜小妮不想跟杜东风辩论，转身走开了。她没有回技术室，而是去了公司办公大楼。

姜小妮找到张怀勇，把她知道的原原本本说了一遍。

半小时后，张怀勇敲开潘唯一办公室的门，开门见山地问，潘总，是有个叫卢国杰的技术员跟你反映过钛白粉原料的问题吗？潘唯一心头一震，想起了两个多月前的一件事，当时他就坐在办公室，也是有人敲门，没等他说请进，有人已经闯了进来。进来的是一个戴着眼镜的瘦弱男青年，愣头愣脑地叫一声潘总。他心头不快，斥责道，我还没让你进你就进来了，咋连起码的礼貌都没有？青年人意识到自己的莽撞，说，对不起，潘总，我是太着急了。他问，你是谁？他说，我是钛白粉分厂的技术员，叫卢国杰，我有事向您汇报。他说，你是钛白粉分厂的，有事跟你们分厂谢厂长说嘛，不必找我。卢国杰说，我跟谢厂长汇报过，可他不让我说，您是主管生产的副总，我只能跟您汇报。他不耐烦地说，那就赶紧说，我一会儿还有别的事呢！

卢国杰说，我是管钛白粉生产后续工作的技术员，现在咱用的原料品位较低，熔盐在高温下挥发，造成后续的收尘和冷凝过程设备经常堵塞，国产熔盐氯化又得人工排盐，对操作人的危险性加大，环境污染严重，如果没处理好的排泄物进入古河，后果不堪设想，所以我建议提高原料的品质。卢国杰说完了，还是用愣愣的眼神看他。他一时陷入沉思，对于这种情况，学识和经验都比这个卢国杰高得多的公司高层技术人员哪个不是门清，哪个不是把问题咽进肚子里，谁又跟领导公开提出来呢？现在公司要的是经济效益，原料是很重要的一块，如果提高原料的成本，那经济效益就会大幅度下降，这可不是高层或者更高层想要看到的结果。弊端肯定是有，但还远没到所谓不堪设想的程度。这个卢国杰不识事体，大惊小怪，情商不是一般的低。

当时他努力缓和一下态度，和颜悦色地对卢国杰说，你是个有责任感的人，很好，你提的问题我们会重视的，会做出相应的处理方案，回去后不要对分厂领导抱有偏见，要和以往一样，做好自己的本职工作。卢国杰很感动的样子，说，那就谢谢潘总了。卢国杰离开后，潘唯一立马给钛白粉分厂厂长谢坚强打电话，让他妥善处理。

现在张怀勇问这事，潘唯一的第一反应就是卢国杰把这事又跟张怀勇汇报了。真是个不知好歹的年轻人！他说，是有这么个人。张怀勇说，他汇报的问题咱们应该高度重视了，如果这样发展下去，后果不堪设想。又是不堪设想这个词，潘唯一挺反感，反驳道，也没他说的那么严重，如果真像他说的那么做，我们的经济效益要大幅度滑坡了。张怀勇说，如果不像他说的那么做，早晚会出大问题，污染了古河，我们的项目还能做下去吗？出了人身事故，我们的企业还能稳步发展吗？不要看短期效益，要看未来，看发展好不好！

潘唯一说，从理论上讲，你说的没错；从现实讲，我们现在做的也没错，毕竟一切还都在可控状态中。张怀勇说，如果不可控了，那就晚了，我看这件事到必须解决的时候了。潘唯一没好气地说，你是董事长，你说了算。张怀勇气呼呼地说，一个小时后开会，中层以上都要参加。

一个小时后，公司中型会议室里坐满了人，主席台上只设了董事长一个位置，潘唯一见了十分不快，用愤怒的眼神看了看罗锦章。罗锦章冲他一笑，谦卑而又从容。

潘唯一等高管坐在第一排。张怀勇上了主席台，坐下，清了清嗓，他说，今天开一个没有准备的会，是一个遇到关键问题不得不开会解决的会，是一个在会上必须把问题解决掉的会。张怀勇的开场白吊足大家的胃口，全场的人都瞪大眼睛提起十二分的精气神看他。

张怀勇突然点了谢坚强的名，谢坚强，我问你，是不是有个叫卢国杰的技术员，跟你反映了钛白粉原料的问题？谢坚强站起来呆呆看主席台。张怀勇又问，是不是，请回答。谢坚强这才答，是。张怀勇又问，他反映的情况，比如原料品质低造成的操作风险、安全隐患、环保问题，是不是真实的？谢坚强磕磕巴巴说，是、是真实的，可、可是没有可操作性。如果提高原料品质了，成本的增加会使我们的经济效益大幅度下滑。张怀勇说，如果出了人身事故，如果对古河造成严重污染，后果是个啥？谢坚强没回答。张怀勇说，那就不是经济效益下滑的问题，是我们要成为罪人，企业大面积停工停产的问题，孰轻孰重你难道看不出来吗？谢坚强有些结巴了，现在也、也到不了这、这个程度。张怀勇说，到了就晚了，卢国杰是个有责任感的好技术员、好员工，他向你提出的建议完全是合理化的，可你咋对人家的？打压不成还辞退了人家，你这样做会造成啥后果？以后谁见了隐患还敢上报……

张怀勇越说越气，对谢坚强劈头盖脸一顿好批。谢坚强脸呈猪肝色。尽管张怀勇没提潘唯一，潘唯一的脸却一阵阵发烧。这次会议的结果没有悬念，谢坚强挨了一个警告处分，钛白粉原料品质升级，堵住环境污染的漏洞，把解聘的卢国杰请回来。

散会后，谢坚强溜进潘唯一的办公室，一屁股坐到沙发上呼呼地喘粗气。潘唯一坐到办公桌后面的转椅里，也好半天没吭声。还是谢坚强先开口，潘总，我不服。潘唯一盯住他的脸良久，才说，坚强啊，我们的做法虽然也都是为公司好，但静下心来想，我们的格局比张怀勇还是小了点儿啊！谢坚强说，这么说，是我们错了？潘唯一说，从长远看，是我们错了。谢坚强垂下头，不说话了。

潘唯一由此又想到了炼锰工艺的技术革新，如果从长远利益考虑，无疑他的观点也是错误的，他的心潮涌动，但很快就稳定了。提高钛白粉原料的质量他无话可说，可搞无外加熔剂法，他还是有足够的理由与张怀勇唱对台戏。

张怀勇回到办公室后也是心情不佳，一屁股坐下来，呼呼地喘了一阵粗气。过一会儿，有人敲门。进来的是工会主席老刘，他递给张怀勇几张报纸，有省报，有全国的大报，上面都登载着有关锦绣金属股份有限公司和张怀勇的文章，这些文章都是正面报道和宣传，说锦绣厂实现了跨越式发展，年营业收入、总资产和净资产均增长了八倍，成为地方工业的一面旗帜；通过技术创新，已拥有国内领先的金属、化工、铁合金产品生产技术和自主知识产权；通过提升管理，形成了适应企业发展的独具特色的管理模式；通过产品结构调整和生产布局优化，完善了产品结构，促进了循环经济发展，在行业内发挥了示范作用；钛白粉项目经过几代人的努力，已经形成研发、生产、销售一条龙，一路高歌猛进……

张怀勇粗略地看了看，然后抖着报纸对老刘说，我们的企业还差得远呢，还有许多路要走呢，这么急火火地开始宣传，有点儿过了吧？老刘嘿嘿地笑，说，不过不过，这也不是咱们宣传的，是媒体主动来采访，主动写的文章，我看过了，其实都是客观的报道。张怀勇想想，也觉得老刘说的话在理，宣传企业对做大做强只有好处，没有坏处，又不是宣传个人，他没必要坏了下属的好心情，就没再说什么，放下手里的报纸。

老刘又嘿嘿地笑，接着说，有个好消息，咱市里推荐您参评全国劳动模范了。张怀勇刚平稳的心河又陡起波澜，他连连摆手道，我不参评，咱企业还差得远，我现在就伸手要荣誉，不好，很不好！老刘说，不是伸手要，是市里点名要您参评。张怀勇说，点名也不参评。

这天下班，张怀勇回家主动下厨做了几个菜，这在他当了董事长后还是第一次。看热气腾腾的饭菜端上了桌，田宇莹紧绷着的脸也松弛了。张怀勇找了两个高脚杯，给田宇莹和自己都倒了半杯红酒。张怀勇举起酒杯说，这几天是我不对，跟你赔礼道歉了。田宇莹当然知道见好就收的道理，也端起酒杯，说了句，还要我离开锦绣厂吗？张怀勇盯住田宇莹默默地看着，没吭声。田宇莹太了解张怀勇了，她苦笑着摇摇头说，我知道，还是让我离开。张怀勇说，对不起，就算是为我做出的牺牲吧，你不在锦绣厂，我就能在锦绣厂毫无顾忌地开展工作了。田宇莹忍住不快，默默接受了这个现实。两只高脚杯碰在一起。

张大河日记摘抄：

怀勇参评全国劳模了，我这老劳模的心情比怀勇还激动着呢！

说心里话，要是怀双能参评劳模我会更高兴。昨天怀双送过来一张肖像画，我冷眼一看，还以为画的是我年轻的时候，仔细看，才看出画的是怀双。我把这张画摆到我那张画的旁边，端详了一阵说，相隔四十多年，两张画还挺像的。怀双说，爸，这两张画的人物是爷儿俩，画这两张画的画家也是爷儿俩。我惊讶道，画你的是老朱的儿子？怀双说，没错，是老朱的儿子大朱。我们俩都哈哈地笑了。

我问怀双，你对你哥参评全国劳模有啥想法？怀双说，我哥名至实归。我说，可我觉得你更适合当这个劳模。怀双连连摇头说，爸，不管是企业家还是普通工人都是工人阶级的一员，我哥对锦绣厂贡献大，他当劳模比我合适。

看来怀双比我的思想境界高，这小子也算有出息呀！

田宇莹是被迫离开锦绣厂的，尽管调到新单位当工会主席是高走，可她心里绕不开这个弯。离开锦绣厂，她带走的是一段不光彩的历史。可历史真能带走吗？答案是否定的。

张怀勇每天忙得不可开交，不回家成了日常，回家成了新鲜事。整个家只能由田宇莹来打理。女儿张小蕊从出生到上大学，几乎全由她一个人照料，有时她也发牢骚，张怀勇听了总是咧嘴一笑，说我不是忙嘛，谁叫我总是当一些什么什么长呢！

张怀勇个性强，有魄力，行事泼辣，敢作敢为。在田宇莹看来，也正是如此，他的短处也是明显的，刚愎自用，抱定目标一条道走到黑。本来钛白粉项目已经让企业走出低谷，很多人认为，就这样四平八稳往前走，企业效益和他的个人荣誉都将保持很长时间，他却抛出居安思危的观点，说什么照这样下去，锦绣厂会越做越小，如遇较大风浪，这只不大的船一定会倾覆。咋样避免呢？他再一次提出了“借船出海”的主张，这个词当年薛立功用过，现在张怀勇也拿来用。有人给他出主意，让他换一种说法，这样也就去掉了薛立功的影子。他倒很大度，说有用的主张永远都是有用的，有谁的影子都没关系。

“借船出海”，就是找一个实力雄厚的合伙人，利用合伙人的投资，搞技术革新，把锦绣厂做大。

田宇莹在被窝里提出疑问，这么做了，那锦绣厂还是锦绣厂吗？张怀勇说，现在锦绣厂也不叫锦绣厂，锦绣厂不过是老职工习惯的老叫法，现在企业的大名叫锦绣金属股份有限公司。名字只是符号，我们要保存的是锦绣厂的魂，不管名字变成什么，锦绣厂的魂都在，这就足够了。

北京传来喜讯，张怀勇被评上全国劳动模范了。张大河得知这个消息后非常激动，他当年是全国劳模，现在儿子又是全国劳模，他们老张家成为名副其实的劳模之家了。一些老伙计见了他就竖大拇指，夸奖说，真是虎父无犬子，厉害！他嘴上说不算个啥，心里早就乐开了花。

不光是张大河高兴，整个锦绣厂的人都高兴，一段时间里，在岗的下岗的，只要是碰了面，大家议论的都是这件事。

张怀勇要进京领奖了。临行时，在公司大院门前有一个简短的送行仪式。市领导志刚书记赶来参加。志刚书记来了，免不了也来一帮媒体人，有扛摄像机的，有拿麦克风的，有举单反相机的，呼啦啦把氛围渲染得相当热烈。公司参加送行的人也就十几个，张怀勇有交代，不要把场面弄大。罗锦章控制得了公司的人，控制不了媒体的人，他们又是采访又是摆拍，把张怀勇搞得像个演员。罗锦章把电视台的老王拉到一边，轻声说，能不能让我们董事长自在点儿。老王说，让他自在了，我们就不自在了，完不成任务，领导会批评的。罗锦章苦笑道，你们不挨批了，可能我就要挨董事长批了。老王安慰他道，别担心，礼多人不怪，每个人骨子里都是想出风头的。

就在张怀勇和志刚书记握手告别时出了事，一个大汉冷不防冒出来，刹那蹿到张怀勇跟前，一把拉住张怀勇的一只胳膊。张怀勇脸色大变，有反应快的冲过去拉那汉子，被汉子甩开了。

汉子人高马大，看上去高张怀勇半个头，腰身也比张怀勇粗一圈。他拉住张怀勇，张怀勇毫无挣脱的可能。罗锦章反过神儿，也冲过去拉汉子。汉子推他一把，说，我没恶意，就是想跟董事长说几句话，董事长不会这么胆小，连听我说句话都不敢吧？张怀勇毕竟见过世面，很快镇定下来，冲手下人说，别拉他，让他说。汉子松开张怀勇的胳膊，低头看张怀勇的脸说，你记得我吗？张怀勇摇摇头。汉子说，你不记得我我记得你，我是大包哇，以前供销部的，咱厂并轨时，我和另外两名管理员只留一个。当时你跟我说，你比他们身体强壮，啥活儿都能干，你下吧。我说，身体壮不能成为下岗的理由吧？你说咱们都是一个厂的，要有人情味，要把饭碗留给在外边更难找饭碗的人，你还答应我，说以后厂子效益好了，再把我招回来上班。都说这几年咱厂再创辉煌了，效益不错了，可也没见你招我回来，你当董事长的说话不能不算数吧？张怀勇支支吾吾，好一阵没说出一句话来。

大包看张怀勇窘迫，哈哈大笑，说，我没别的意思，就是想问问，上钛白粉项目了，招了一批新职工，咋就没我呢？张怀勇说，不好意思呀，名额有限，我……我也真把你忘了，对……对不起。大包说，我来不是听你说对不起的，我就是想当面告诉你，谢谢你当年让我回家，不然我现在还只是一个保管员，是你逼我丢了饭碗，我才能拼命地找饭碗，吃过啥苦我不说了，我就是想告诉你，我现在也是一个老板了，企业虽没你的大，不过是我个人的，我自己说了算。说罢，大包丢开一脸窘迫的张怀勇，分开人群走了。张怀勇伸手抿一把额头上的汗，朝志刚书记苦笑了一下，钻进轿车。

张怀勇的车子开走了，其他人也作鸟兽散。罗锦章心里七上八下，觉得是自己失职。快走进办公室时，身后有人喊他，回头看，是杨红星。杨红星说，小罗，刚才那个大个子真吓我一跳，我真怕他伤了张董。罗锦章说，有那么多人呢，料他也掀不起大浪。杨红星话锋突转，小罗，有件事正想跟你聊聊，罗锦章提起精神，连忙说，杨总，您有事尽管吩咐。杨红星说，也没啥特殊事，我只是想问问你，对张董的方案你怎么看？罗锦章心头一紧，在公司里，大家都认为他是张怀勇的人，作为副总兼财务总监的杨红星这么问他，说明了什么呢？

看他有些紧张，杨红星笑道，你别误会，我就是想听听你的看法，在咱公司，无论工作能力还是人品，我觉得你都是不可多得的人才。罗锦章被夸得挺舒服，嘴上说杨总过奖了，心里却认为夸得没错，他有圆滑的一面，也有率真的一面，而率真是天性，经常会跟一些人说一些肺腑之言，酒桌上也不藏奸，只要端杯，必干个底朝天。这和他的基因有关，他老家在黑龙江雪乡，父辈就习惯大碗喝酒大块吃肉，他从小在冰天雪地里跑，身体里从来不缺豪气。后来在外面上大学，再后来到这座东北城市，进了锦绣厂。经过多年历练，天性里的率真已失去七八，所剩不过是酒桌上的豪气了。

杨红星所说张怀勇的方案指的是一份合资方案，企业要做大做强，寻求合资是最简捷的方法。张怀勇有此意，据说也得到了省领导牛太白的支持。但对这种方法，是见仁见智，说什么的都有。罗锦章沉吟片刻，说，不瞒您说，张董初心可嘉，可我还是挺担心的，弄不好锦绣厂会被人家吞并了。杨红星说，你和我看法是一致的，但现在每个人都顺情说好话，公司里很少有人提反对意见，这样对董事长的决策是不利的。罗锦章点点头，颇有同感。他虽是公司中层，由于职务关系，决策层开会他一般都会参加。张怀勇最初提这个方案时，其他高管是持怀疑态度的，他讲自己决心已下，每个人又都表示了赞同。他当时坐在椭圆形会议桌的后排，没有发言权，可身体里像有一股气体。很快他还是平静了，经过多年的打磨，他好像已没了提反对意见的能力。

杨红星接着说，我私下里询问了一些人的意见，大致都和你我相同，说心里话，如果彻底反对，我是有提反对意见的勇气，我疑虑的只是反对的是否正确，所以我才多方征求意见，说来奇怪，大家越是和我的意见相同，我就越怀疑自己的意见。罗锦章问，这为啥呀？杨红星目视前方说，也许，跟张董相比，我们都太小气了。

张怀勇日记摘抄：

我相中的合伙人是著名的南钢集团。南钢集团是国家五百强中靠前的企业，总部在华东，实力不凡，我们能否合资成功，事态还不明朗。但我信心满满，我已经跟南钢高层达成意向，接下来南钢会派重量级人物前来考察。如果合资成功，南钢的投资将使锦绣厂多个项目齐头并进，特别是炼锰工艺将进行大刀阔斧的技术革新，钛白粉的生产也将鸟枪换炮，设备升级更新，规模和产量都将翻几番。那样的话，全公司将扩大生产规模，召回并轨时下岗的职工也将成为可能。

尽管下岗职工中有一些人通过自己的艰苦奋斗，像大包那样过上了比在锦绣厂还好的日子，但大多数人的日子还是不如在锦绣厂。我对锦绣厂职工的承诺一定要兑现。

目前有关部门的意见分为两种，那就是行或不行。志刚书记持支持态度，如果合资成功，市里将成功引进巨额资金。持不同意见的则认为，合资是做丢了本市一家具有悠久历史的地方国企，好说不好听。锦绣厂内部基本也是这两种意见，一些人不敢明着跟我提，私下里议论纷纷，也形成了一种舆论。

张怀勇去北京参加表彰大会那天，田宇莹的闺密周敏打来电话，说晚上在一家西餐厅和她聚聚。田宇莹正有一肚子话想找人聊，就答应了。

晚上，田宇莹换了套自己不常穿的时装前往，西餐厅环境优雅，着装也要配得上环境。进约定的包房，周敏已候在里面。她一脸惊讶，把田宇莹从头到脚打量一番，叹道，真漂亮！田宇莹苦笑道，老了，奔五张的老女人了。周敏说，奔五咋了，奔五就不能漂亮了，就你现在这形象，这韵味，照样迷倒一大片。

脱外衣，落座。周敏说，一晃好几个月没见了，想你呀！田宇莹和周敏多年一直来往没断。她在外贸部门上班，她俩职业不同，性格各异，却是无话不谈的好友。两人除了满足倾吐欲，彼此还能为对方出点儿主意。

服务生端上咖啡后，周敏凝视着田宇莹说，你知道我现在最担心啥吗？田宇莹说，不会是担心我越变越丑吧？周敏说，你只说对一半，我当然不担心你变丑，你这不越变越漂亮吗？我担心的是你再漂亮，别人也有审美疲劳那一天。田宇莹心头不禁一紧，问，你啥意思？周敏说，张怀勇现在可是春风得意，就算他是正人君子，可面对一些主动送上门的女人，他能有足够的抵抗力吗？田宇莹说，我相信他的为人。周敏苦笑道，这与为人无关，与人性有关。周敏说，那是事出有因。田宇莹说，如果他真的越界了，我相信他也是事出有因。周敏说，得了，算我白说。

田宇莹喝了一口咖啡，看桌上除了两杯咖啡之外还是空空的，就问，咋不点餐？周敏说，别急，一会儿还来一个朋友。她问，谁？周敏说，一个来自海外的朋友，你家女儿不是想出国读研吗？他答应在美国联系一所最好的大学，费用、住宿你都不用管。她警惕起来，问，交换条件是啥？周敏说，他是著名的MB公司的人，MB公司也对锦绣厂感兴趣，想与南钢竞争合资权，很简单，他就是想要个公平的竞争机会。

田宇莹盯住周敏的脸，以往她俩在一起聊的都是私人话题，从未涉及企业的利益。上次周敏的女儿小兰遭邱桂兰欺负，周敏也没找过她，是她主动帮的，结果她没能帮上忙，不好意思找周敏解释，周敏反过来劝了她一大通。提实际性问题，这还是第一次，田宇莹想不明白周敏为啥要蹚这个浑水。作为张怀勇的老婆，她从来不干预他的公事。周敏被她盯得极不自在，呵呵地笑道，对孩子有利，凭啥我们不努力一把？锦绣厂要搞合资，多一个竞争对手有啥不好？于公于私都是好事嘛！田宇莹拉下脸说，如果我这么做，张怀勇不会原谅我。

跟周敏连说了几声对不起，田宇莹不等来人到，就告辞了。

不干扰张怀勇的工作，这是田宇莹多年来对自己的要求，她以自己的隐忍风格做到了，虽然在与邱桂兰的争执中她求援过张怀勇，但张怀勇并没有支持她，这也使得她愈加认识到自己该遵守的底线是什么。张怀勇对她这方面的表现基本满意，她也不想越雷池自寻烦恼。

张怀双日记摘抄：

张怀勇当了全国劳模，最高兴的是父亲，我们这一辈人终于有人当上了全国劳模，也算是父亲后继有人了。

当年父亲是以工人身份当上了全国劳模，可二哥怀勇是以企业家的身份当上的劳模。有人说，我们这辈人当劳模的应该是工人身份的我，不应该是二哥怀勇。我不这样认为，时代不同了，在这个时代，我们国家非常需要优秀的企业家把我们的企业搞活。

二哥去领奖前，我曾私下找过他，把当年有他和薛立功亲笔签字的、保证以后让下岗职工回厂上班的那张纸交给了他。他看过后叹了口气，把那张纸叠好，塞进了自己的上衣口袋。

二哥说，锦绣厂一定会用无外加熔剂法代替以前的炼锰老工艺，以后扩大生产规模会上更多的电炉，就会需要更多的工人上岗，这样一来，赵红旗他们也有机会重新回厂上班了。二哥还说，既然这项技术革新迟早要搞，早搞就比晚搞好，搞技术革新除了需要厂里的技术人员，也需要有经验的炉前工参与，在某种程度上讲，摊长和配电工将起决定性作用，在未来的技改小组里，你还要挑起大梁。我表态说，没问题。

为了赵红旗他们，我也要豁出一头，拼一拼。

赵红旗跟在保卫部主任李振华的身后走，从他办公室到大门口不过五分钟的路程，赵红旗好像走了五个小时。李振华挺胸昂头，腰板笔直，赵红旗比他高出半头，此时却像比他矮了半头。李振华边走边说，下岗工当保安的多了，给住宅小区当保安，给酒店或洗浴中心当保安，能跟回咱厂当保安一样吗？没法比，咱不说挣钱多少，咱就说荣誉感，在外当个保安，那叫打工，回咱厂当保安，那叫员工，一字之差，差距大了。赵红旗和他有过节，心里既怕他又讨厌他，现在面对他的后背，只能不停地点头称是。

李振华一刻不停地说，知道吗？想回厂当保安的人多了，告诉你吧，花多少钱都不好使，现在是压缩队伍，讲究精干，一个萝卜一个坑。要不是张董有交代，你回不来，这回来了就要珍惜岗位，站岗不能睡觉，巡逻不能眨眼，就是睡觉也得给我睁开一只眼，不能让一个破坏分子混进厂院来。

能回厂当保安，是经过一番折磨的。首先折磨他的，是社会上的凶险。自谋职业这些年，他蹬过三轮车拉客，贩卖过蔬菜，跟叔伯兄弟一起刮过大白，一次给一户人家的清水房刮大白时从马凳上摔下来，腰脱了。干不了体力活儿了，他就琢磨干点儿不用体力的，恰巧有个过去的工友倒腾古玩，据说进项不小。他知道，那些古玩都是假货，真货他倒腾不起。虽说是假货，可明买明卖，一百元进一个做旧的瓷瓶，二百元卖出去，这就净赚一百元，一倍的利润。赵红旗让工友带带他，工友满口答应，带他一起外出上货。他怀揣家里凑的三万元钱上路，上一批做旧的瓷瓶，回来在古玩市场摆地摊儿，一件也没卖出去。看别人的摊儿，同样的瓷器，要价比他的上价还低，他知道受了骗，三万元赔进去一多半。

其次，折磨他的就是家里人。老婆王甜甜把他骂个狗血喷头，岳父岳母也冷眼看他，就连上小学的儿子也说他是无用的爸爸。他很绝望，晚上出去找个烧烤摊儿，独自喝了半斤白酒，回来倒头就睡。不知睡多久，王甜甜揪着他的头发把他弄醒，恶狠狠说，你还有脸睡觉，起来听我说。他睁开眼睛有气无力地说，你说吧。王甜甜说，你刚下岗那会儿我还面嫩，豁出脸去了歌厅陪人唱歌，那时咱收入高，我养家；你腰坏了干不了活儿，就在家里闲着，我没说过你啥，还感谢你没嫌弃我。可现在不行了，现在扫黄打非净化环境，这行不好干了，我也上了年纪不适合做这行了，你歇这么多年，腰也差不多好了，该是出去找活儿干的时候了。他说，我倒腾古玩，就是想干点儿啥嘛。王甜甜说，就你那智商，做不了生意，只能干点儿死活儿，我劝你还是找找门路，最好能回锦绣厂上班。他说，哪有那么容易的，重进锦绣厂，难度大了。王甜甜说，去找张怀勇啊，起码咱还做过邻居呢！他说，谢丽回厂都被他又弄回家了，我算个啥？王甜甜皱了眉头想了想，说，让你爸带你去找张怀勇他爸，凭你爸和他爸的关系，我就不信他爸不为你卖力，我就不信张怀勇不给他爸面子。

接着，折磨他的就是张怀勇了。他跟父亲一起去找了张大河，张大河带他又去找了张怀勇，张怀勇一口咬定厂里目前不需要人，还是让他到社会上去找活儿干。他说我腰不好干不了重活儿了，张怀勇说，厂里也没轻活儿。张大河见张怀勇如此决绝，看不过眼，发了脾气，吼道，他是我徒弟的儿子，也就是我儿子，你也是我儿子，如果你不帮他，我就不认你这个儿子。张怀勇苦笑道，好，我帮，可你得容我好好想想。

几天过去了，毫无消息。又几天过去了，还是没消息。这一次，赵红旗自己去找张怀勇，五点不到，他就到了张怀勇家所在的小区。小区封闭式管理，门口的保安盘查得挺严格，他说找张怀勇，保安说没有张怀勇本人的电话，不会放他进去。好说歹说都不行，他赌气离开，绕着小区的大墙走了一圈，终于找到一个缺口，爬墙翻进去，直奔张怀勇家的那栋楼。他拿了块手巾，用纯净水瓶往上淋了水，开始擦单元门，把不锈钢的大门擦得锃亮。有住户出门，见了他就夸奖，说你真勤快，是物业新来的吧？他点点头，乘机进了门，开始给每家每户擦门，擦到张怀勇家的门时，他加了厚，反复擦，擦得光可鉴人了，他还是不停手。这时刚好田宇莹下班回来了，当年他就住在她家楼下，田宇莹认识他。田宇莹一脸惊诧，问他咋到这儿擦门了。他说我是专门来给张董家擦门的，不光是门，以后你家的车，包括汽车、自行车、电动车，有啥我就擦啥。田宇莹说，兄弟，你别这样，我们承受不起。他说，我是自愿的，有啥承受不起的。任凭田宇莹咋说，他就是不退却。田宇莹拿他没辙，只好退回到屋里。

赵红旗说到做到，就这样坚持了一个星期。有时是下午五点左右，有时是早晨七点左右，他选这两个时间段，就是为了能碰上张怀勇或者田宇莹。每次他都是找到那个豁口，翻墙而入。有一天早晨六点多，他刚刚从豁口跳进院子，被两个巡逻的保安抓个正着，他们怀疑他是贼，非要把他扭送派出所。无奈，他只好摊牌，说找业主张怀勇。保安敲开张怀勇家的门，问是否认识他，张怀勇一脸诧异，田宇莹在旁边说，认识，他是我们家的客人。保安这才放开他，走了。张怀勇问明情况，一个劲儿地摇头，说，红旗，你咋能这样呢？你这是让我难堪哪！他说，我就是想给你做点儿啥，又没钱买东西，只能出体力干点儿活儿。张怀勇说，好了好了，我服你了，今天你就去咱厂保卫部报到，去当个保安吧。他说，我是炉前工，最好能回车间去。张怀勇说，车间回不去，只能当保安，要是你同意就去，不同意就算了。他赶紧说，我去，我现在就去。

就这样，赵红旗回厂当保安了。按理说保安最应该身体素质好、有体力，才能和不法分子抗衡，可事实上厂里保安大多是老弱病残，因为不用干重体力活儿，才适应这类人群。说起来挺可笑的，这些看起来还算强壮的爷儿们，其实都是中看不中用，就像锁头，防君子防不了小人。

到大门口，李振华喊了声老刘。一个看起来五十多岁的汉子赶紧颠出门卫室，冲李振华来了个立正。李振华用手指了指赵红旗，说，这是赵红旗，新来的保安，以后就跟你一班了，从今天开始，上岗。赵红旗也学着老刘来了个立正，应一声，是。老刘说，老王歇的是病假，说不定明天病就好了，就回来上班了。李振华说，这不用你管了，老王来上班让他找我。

赵红旗就这样干起了锦绣厂的保安。

张大河日记摘抄：

秀嫂从外边回来，进屋就哭了，弄得我和洛慧敏丈二和尚摸不着头脑。洛慧敏问，是谁欺负你了？秀嫂抹一把眼泪，说，不是谁欺负我了，是我感动得哭了，我儿子又被厂里叫回去上班了，这回厂里还重用他，让他当了一个车间的副主任，我知道这都是大叔给说的好话，我谢谢大叔，谢谢大婶，也谢谢你们的儿子张董事长。我说，没啥，这是他应该做的。

我出来散步时给怀勇打了个电话，问他提秀嫂的儿子当副主任，是不是看我的面子，是不是有走后门之嫌。怀勇说，爸，你告诉我的情况太重要了，不然我还被蒙在鼓里呢，长此以往对咱锦绣厂绝对没好处。秀嫂的儿子是立了功的，提他职是看他责任心强，胜任这个岗位，与你的面子没啥关系。我听后宽了心，说，这就好，这就好。

罗锦章在伏案撰写一篇介绍钛白粉的文章，这篇文章是省报的约稿，意在宣传锦绣厂在东北振兴中的作为。这天外边下着雨，雨不大，却是从昨晚开始下的，到今天上午依然没有要停的意思。阴天光线昏暗，室内开了灯，透过玻璃窗看见厂院像披着一层暗色调的纱，树木和厂房都模糊成团状。

罗锦章敲击电脑键盘，写到了20世纪90年代的钛白粉生产，那时氯化法钛白粉项目在国内还是空白，核心技术一直被西方国家垄断，当时锦绣厂得到了国家的大力支持，攻关小组的同志都是来自全国各地本领域的精英……开门声令罗锦章抬起头，看见闯进来的是他手下的一个干事。

干事说，张董从北京回来了，他叫我告诉你，通知高管们，下午在小会议室开会。罗锦章移开目光，朝窗外看一眼，然后拿起电话下通知。给杨红星打电话时，杨红星说了句，这次开会一定是为了合资的事。罗锦章说，也许吧。杨红星说，看得出，从北京回来后张董的态度更坚定了，看来，不需要我们再说泄气的话了。罗锦章附和道，是呀，不需要说泄气的话了。

下午，会议如期举行，罗锦章照例列席。张怀勇气色不错，说话声洪亮有力。他开门见山，一个议题，就是合资。他先讲了南钢的优势，又讲了本公司的处境，还讲了合资企业的前景。其实不用他讲，在座每个人心里都清楚，钛白粉的开发、铁合金产品的生产和经营进入了瓶颈期，仅凭自身的力量，很难再向前发展，但维持还是没啥问题。如果合资了，前景中将有很多未知因素。

张怀勇说，我知道大家都担心啥，说穿了，就是担心自己的位置和利益呗，说到底是自私自利的表现，如果咱都抛开自己，就不存在这些担心了。张怀勇说到这，目光开始扫视每一个人。每个人的脸都和外边天气一样，是阴郁的。

接下来，杨红星代表张怀勇讲解了合资的细节问题。合资后，锦绣金属股份有限公司将更名南钢锦绣金属股份有限公司，简称南钢锦绣。南钢入主董事会，占股份51%，董事长由南钢方派人担任，总经理由张怀勇担任。讲到这儿，潘唯一插话道，我不反对合资，但还是坚持咱们占股份51%以上，就像上一次与图强矿业合资一样，我们要占主导地位。张怀勇说，这个问题我和南钢方多次磋商过，占股份51%是人家的底线，为了换来更多的投资，为了锦绣厂的发展，我看谁占多一点儿都无所谓。潘唯一说，还锦绣厂锦绣厂的，那还叫锦绣厂吗？叫南钢锦绣了，南钢在前边。张怀勇说，谁前谁后都是企业的个体问题，搞活钛白粉项目，那是国家问题，和国家利益相比，企业个体的利益又算得了啥？潘唯一没好气道，还是张董思想境界高。

整个会议也就潘唯一提了不同意见，其他人都持赞同态度，这是常态。潘唯一的不同意见也就是一朵浪花而已，浪花过后，依然是滔滔江水向东流。

散会后，罗锦章回屋，走到窗前朝外看，不知啥时雨停了，有一丝阳光从厚厚的云层中露出来。他对企业的前景有着美好憧憬，对于自己的利益则有一些顾虑。股份制企业的一把手是董事长，合资后的董事长是南钢的人，作为张怀勇的亲信，他还能担任综合事务部主任吗？就是继续当，含金量是提高了还是降低了？还有，他还为张怀勇抱有一份担心。合资后总经理上边有董事长，张怀勇的经营管理会顺畅吗？

大约二十分钟后，张怀勇来电话，叫罗锦章到他的办公室。

敲门进屋，张怀勇坐在办公桌后边低头看文件，嘴上说，过几天你随我去南钢。罗锦章说，需要我准备些啥？张怀勇说，技术部和财务部的人一起去，对了，叫姜小妮也去吧。罗锦章面露难色，说，姜小妮现在做技术工作，我叫她，恐怕不行。张怀勇似有所悟，抬头看了看罗锦章，说，那好，姜小妮由我来通知，你随行负责日常事务。对了，带上几箱本地产的酒，让他们尝尝我们东北的味道。

罗锦章出去后，张怀勇拨通了姜小妮的电话。

张怀勇用商量的口吻说，小妮，我们要南下去南钢集团谈判，我想邀请你跟我们同行。姜小妮迟疑了一下说，我现在只是钛白粉分厂的一个普通技术员，随董事长去谈判，有点儿不妥吧？张怀勇说，先别忙着拒绝，你听听我说的理由吧，在我们要去的这些人中间，擅长谈判和交流的，恐怕没几个赶得上你，再有就是钛白粉项目是谈判的重要砝码，你懂这方面的技术，两者相加，是不是很适合随行呢？还有最重要的一点是，我想求你帮帮我。张怀勇说得动情而又恳切，姜小妮没再犹豫，答应了。

几天以后，一个晴朗的天。锦绣厂一行九人南下，到了千里之外的南钢。

最初一切顺利，南钢想用钛白粉这个项目拓展自己的产品，增强集团实力。锦绣厂想借船出海，把企业做大。双方一拍即合。南钢的接待规格很高，董事会主席、董事、总裁等一直参与接待。波折发生在两天后的实质性谈判阶段，对方的谈判代表，南钢的副总裁闫海突然提出南钢要占合资企业股权的60%，比预期的51%多出了9%。本来卖出51%的股份锦绣厂的人都难以接受，这样一来，别说张怀勇接受不了，即使他能接受，回去也没法跟大家交代。

张怀勇态度鲜明，一口回绝。闫海不急不躁，面带微笑说，我理解你们的心情，但这是南钢董事会的底线，我也没有办法。张怀勇说，最初我们是说好南钢占51%的。闫海说，最初是最初，现在情况有了变化嘛。锦绣厂一行九人都瞪大眼睛，好几个人脱口道，啥变化？闫海说，你们参与合资的资本除了固定资产这一块，还有核心技术这一块，所谓的核心技术，一是铁合金的冶炼，再一个就是钛白粉，你们的钛白粉这一块的价值应该超过了股权10%，可现在我们也有了这个技术，所以，我们要多占一点儿股份也在情理之中吧。张怀勇抢过话头说，从广义上讲，氯化法钛白的技术并不是秘密，但具体讲，世界上每个钛白粉企业都有属于自己的核心技术，我们的核心技术凝聚了几代锦绣人的心血，是企业的核心机密，你们咋会有呢？闫海说，你说得没错，每个企业都有自己的核心技术，世界上那么多钛白粉厂家，我们就不会想办法得到吗？闫海回身叫过一个工作人员，这个工作人员从皮包里抽出一沓技术资料，闫海把它推到张怀勇跟前说，张董不妨看看吧。张怀勇翻阅，脸色大变，递给身边的技术部主任看，技术部主任也脸色大变，说，没错，这是我们公司的核心技术，你们咋得到的？闫海笑而不答。张怀勇心头顿时生起几个词，商业间谍、内鬼。难道公司又出了内鬼？他扭头看姜小妮，她也脸色大变，冲他一个劲儿地摇头。张怀勇也摇摇头，没多说什么。

这次谈判不欢而散。回到酒店，张怀勇把一行人召集到他房间研究对策。有人说，一定要查出内鬼。又有人说，到底是谁呢？有人看姜小妮，又看张怀勇，然后把目光移开。张怀勇知道，有人怀疑姜小妮，张怀勇的第一反应也是怀疑姜小妮，但这种怀疑转瞬即逝，尽管她有前科，但现在无论从哪个方面讲，她都没理由出卖锦绣厂。

张怀勇说，现在不是查内鬼的时候，当务之急是咋样才能让南钢方面收回过分的要求。有人叹口气说，难了，我们太被动了。又有几个人叹气，摇头，张怀勇斥责道，叹气有啥用，想出办法才是真的。那几个人这才又打起精神。

又商量了一阵，毫无可采用的办法。张怀勇心里烦，挥挥手让大家退去。大家都出来了，只有姜小妮坐着没动窝。

姜小妮低着头说，张董不会怀疑我吧？张怀勇说，你别瞎想，不管对谁，我都是疑人不用。姜小妮这才释然。

张怀勇日记摘抄：

谈判陷入僵局，南钢集团的“进一步”要求以及他们的撒手锏令我们十分意外。

我没有更多地想所谓内鬼的问题，想得更多的是如何挽回局面。

我征求了所有随行人员的意见，向他们讨问办法，可每个人都愁云满面。

我一夜未眠，在房间里来回踱步，突然想到田宇莹跟我说过的一件事，我的脑袋里顿时灵光一闪，觉得有一个办法可以试上一试。我立即给田宇莹打电话，电话打通，田宇莹用困倦的声音问，这么晚有啥事呀？我看了一下手表，此时已是凌晨三点钟了。

我说，宇莹，你是不是说过MB公司也想跟我们合资？田宇莹说，是呀，他们还有代表想见你呢。我说，你立即找这家公司联系，就说我同意合资，但为了回绝南钢方面，我需要立即拿到MB公司的合资意向书，记住，出让51%的股份是我们的底线。田宇莹说，你不是不想和外国公司合资吗？我说，这个你不用管，我需要你的帮忙，你立即与他们联系，越快越好。田宇莹说，那也得等到天亮吧。我说，好，天亮后就联系。田宇莹说，好吧，我让周敏联系他们。

撂下电话后，我又给姜小妮打电话，号码刚拨完，我就立马按掉了。觉得这个时间联系人家实在是有点儿过分。总算挨到天亮，六点多钟时，我实在忍不住了，又拨了姜小妮的电话，说，我有办法了，但需要你的配合，我觉得你出马比我出马效果要好一些。姜小妮问，大清早的，我怎么出马？我说，不是现在，你等我通知吧，我通知你后你就约一下闫海，和他单独见个面。姜小妮说，这好吗？我说，没办法，为了锦绣厂，只能再勉为其难了，某种时候，女人的锋利要远远超过男人。姜小妮说，美人计？我说，不是美人计，是反间计，偷梁换柱，借力打力……电话里出现短暂的沉默，我说，难为你了。

这天下午，张怀勇把MB公司意向书的照片传到姜小妮手机上。

姜小妮拨通闫海的手机，约他一起吃晚饭。闫海问，就我们俩？姜小妮说，对。闫海语气里带着不屑，呵呵笑道，你认为我会中美人计吗？姜小妮说，除了美人计，我手上还有锦绣公司的商业机密，这个机密对合资能否成功举足轻重，我想闫总不会让煮熟的鸭子飞掉吧？闫海说，煮熟的鸭子会飞，啥意思？姜小妮不慌不忙地说，欲知详情，晚上七点见。

晚七点五分，经过刻意打扮了的姜小妮款款走进约好的咖啡厅。她故意迟到五分钟，她有把握闫海会来，也有把握他会准时到。服务生把她领进小包房时，果然见闫海已坐在里边。闫海抬头看她，没有跟她握手，也没有礼貌性地站起来。姜小妮从容地坐在他对面。闫海率先开口，我想知道你的动机。姜小妮说，简单，一会儿就知道了。闫海大笑，说，姜小姐很漂亮，可是，你觉得我能相信一个出卖东家的人吗？姜小妮笑道，谢谢夸奖，还是不急于下结论为好。说罢，叫来服务生点餐。

橘黄色的灯光下，姜小妮把闫海端详了一遍。这是一个看起来相当硬朗的中年男人，身材魁梧，五官棱角分明，略大一些的鼻子令人有些许的不舒服。说起来他也是锦绣厂的后代，他的父亲就是大名鼎鼎的闫振邦。他的学历很高，是理工科博士，毕业后就进入南钢工作。

姜小妮说，闫总跟锦绣厂也是父一辈子一辈的感情吧？闫海说，姜小姐没少做功课呀！姜小妮说，令尊那辈人是以厂为家的，看锦绣厂受损失，他们的心肯定比我们这辈人难受。闫海说，说对锦绣厂没感情，那是瞎说，但作为一个企业家，是能够分清感情与理智的关系的，我一点儿也不担心自己会感情用事。

咖啡端上来后，闫海说，还是说说你的商业机密吧。姜小妮往咖啡里放了一块方糖，用小勺均匀搅动，喝一口，觉得还是苦，又放了一块糖，说，闫总是愿意看到锦绣厂跟南钢合资呢，还是愿意看到我们跟MB公司合资呢？闫海瞪大眼睛问，啥意思？姜小妮说，闫总，您一定听说过MB公司吧？闫海说，当然知道，MB公司是国际上著名的钛白粉厂家。姜小妮说，闫总果然是内行，为拓展中国市场，MB公司已经盯上了锦绣公司，如果南钢的条件太苛刻，而MB公司给的条件又很优越，我们还会和南钢合资吗？闫海愣了一下，转而笑道，看起来，你不过是锦绣公司的说客罢了。姜小妮说，闫总如果认为我仅仅是说客，完全可以忽略我的情报。闫海说，我倒是想不忽略，可就凭你这么一说，我何以相信这不是你们的一种营销策略呢？姜小妮说，很简单，加个微信吧，我传照片给你。

闫海拿出手机，扫姜小妮微信二维码，加好友。姜小妮传给他一张照片，他看过后脸色立马变了。照片上显示的是MB公司的意向书，中英文双写，其中有爆炸性效果的就是MB公司的承诺，他们只要51%的股权。

回到下榻的酒店时已是子夜，姜小妮径奔张怀勇的房间。一进门，张怀勇就问，咋样？姜小妮兴奋地说，成了。张怀勇长舒一口气。

姜小妮说，既然MB公司给我们这么优惠的条件，干吗不跟他们合资呢？张怀勇说，也有人问过我，永光集团给出的条件也不差，掌门人又是我哥，咋不跟他们合资呢？姜小妮说，是呀，我也想这么问呢。张怀勇说，我现在一并回答你，因为我们是国企，我还是想跟国企强强联手，这会为国家争取到更大的利益。再说，永光集团的实力和南钢相比，还有不小的差距，鸟往高处飞。至于MB公司，那是外国的，更要排在后边了。只是，过程让我有一些内疚。姜小妮说，为了结果，过程可以忽略。张怀勇面色凝重了，说，就怕忽略掉的部分，会以另一种形式找上门来。

张怀勇日记摘抄：

再次坐到谈判桌边又是两天以后的事了。我一扫这两日的低迷情绪，说说笑笑，感觉极好。我又看了看姜小妮，她的情绪也不错，面若桃花，谈笑自如。

对方代表闫海率先发言，他先肯定了双方的努力，后话锋一转说，我们充分考虑到贵方员工的感情，决定取消那9%的股权要求，合资后南钢的股份占51%。话音一落，我带头鼓掌。接下来的谈判充满了欢声笑语。

局势逆转令其他人都十分惊讶，一行人都看我的脸，我坦然自若，用表情告诉他们，任何困难也难不倒我们锦绣人。

合资的事尘埃落定。合资后锦绣厂占股份49%，南钢占51%。成立了新的董事会，张怀勇和潘唯一等人都是董事会成员，南钢方面的闫海出任董事长，张怀勇担任总经理、党委书记，潘唯一依然是排名第一的副总经理。

姜小妮又回钛白粉分厂当她的技术员了。有一天，她正在屋子里翻看技术资料，杜东风风风火火闯进来，把两瓶饮料放到她的桌上。杜东风说，公司工会的同志们到分厂来慰问，带来了好几箱饮料，我给你拿两瓶过来。姜小妮抬头看他，他的脸上挂着汗珠，一双盯她的眼睛亮晶晶的，她觉得挺有意思，故意问，每个职工都能分到两瓶饮料吗？杜东风说，哪呀。姜小妮问，那我咋能得到两瓶，是特殊职工了？杜东风嬉皮笑脸回答，在我眼里，你当然是特殊职工。不逗了，你尝尝，水果口味的，相当好喝了。

姜小妮不想为难他，也就点了点头。杜东风抓了一瓶，开盖，递给姜小妮。姜小妮喝了一口，觉得酸甜适度，挺爽口的，就又咕嘟咕嘟喝了几口。杜东风在一旁看着，也一副挺享受的样子。

姜小妮放下饮料瓶，问，卢国杰现在怎么样？杜东风说，挺好的，现在是车间副主任了，工作热情更高了。姜小妮又问，还是和以前那样，犟驴一头？杜东风愣了一下，似有所悟，笑道，是呀是呀，只要他看出的毛病，那是肯定不放行的。姜小妮说，企业多一些这样的人，就会少出一些风险，你说是不是呀？杜东风说，是呀，以前我认识不够，以后还真得跟这家伙学学，必要的时候，也当一把犟驴。

姜小妮开心地笑了，她很看不惯以前杜东风对待卢国杰的态度，觉得他太圆滑。现在看他的态度有所转变，多少释怀了一些，看他也顺眼多了。

姜小妮拿起一本资料晃了晃，跟杜东风说，锰冶炼分厂在研发无外加熔剂法，咱们钛白粉分厂是不是也得琢磨琢磨技术革新？杜东风说，你说的没错，只有肯于琢磨，人的技术水平才能提高，这工艺也才可能得到提高。姜小妮说，我最近看了不少钛白粉工艺的资料和书籍，觉得可提升的空间很大，可我的水平有限，不知道该从哪里下手。你是专业搞这个的，你有啥好的想法吗？杜东风坐到姜小妮的对面，默默看了她一会儿，才说，咱们的生产工艺有一道流程叫氧化环节，在这个阶段有个缺憾，得到的二氧化钛的质量相对不够稳定，如果进行有效改进，最后通过低温的循环氯气来将其骤冷至700℃以下，再利用管路冷却到200℃，这时候的二氧化钛的质量和数量都会相应提高。这是一个高难度的技术，凭咱现有的技术力量，恐怕很难实现。

姜小妮知道，杜东风虽然年轻，但技术水平在分厂里数一数二，他说的革新办法一定是有可行性的。姜小妮说，那你怎么不提出来呢？杜东风说，想法还不成熟，还没到公开提出来的时候。姜小妮撇了撇嘴说，我看不是没到时候，是没有卢国杰的犟驴劲儿吧？杜东风霍地站起，冲姜小妮说，小妮，你还真别小瞧我，如果时机到了，我一定会提出这个革新方案的。姜小妮说，好，那我们就等着瞧，看什么时候时机能到。杜东风说，好，等着瞧。两道目光意味深长地撞到一起。

南钢的资金很快到位，购设备，招精英，钛白粉的生产规模将扩大三倍，炼锰的工艺革新也大张旗鼓地搞了起来。新的“南钢锦绣金属股份有限公司”一派热烈与繁忙。

无外加熔剂法的技改小组成立了，成员囊括了公司这方面的工程技术人员和技术工人，侯刚任组长，张怀双、姜爱国都是成员。

大家热火朝天地干了起来，技改小组经过成百上千次的攻关、试验，终于拿出了无外加熔剂法的一系列试验数据，每吨炼锰成本降低了二百多元钱。这意味着，只要把这项新技术在锰冶炼分厂推广开，经济效益将大幅度提高。

侯刚把这些数据递到张怀勇的案头，张怀勇看了兴奋得拍了一下桌子，把自己的茶杯都震倒了。侯刚伸手帮他扶茶杯，被他拦住了，他笑着说，不管它，下一步，就是要把技改成果变成真实的经济效益，你们锰冶炼分厂准备好了吗？侯刚说，准备好了。张怀勇说，好，那就开始吧。侯刚也兴奋地说了一句，开始吧。

说干就干，锰分厂一下子热闹起来。新技术推广需要一个不短的过程，每台电炉的情况不一样，对新技术的接受能力也不一样，这新技术是要在每一台电炉上进行调试，每一台电炉都是一次新的攻关。最先攻关的是张怀双班组所在的那台电炉，技改小组的人围着电炉加班加点。正赶上夏天，酷暑高温加上电炉烘烤，大家就像在汗蒸房，工作服都跟水洗的一般。有些工人在炉前操作时不知不觉就中暑倒下了，抬下去，没中暑的人接着干。

仪表盘上的长长短短的指针颤动着，张怀双的眼睛死死地盯着，他手里托着一个小本本，上面密密麻麻记下的都是数据。周跃进凑近他问，师傅，你记啥呢？张怀双说，每一个微小的变化都要以数据的形式记下来，这就是经验。周跃进说，我看出来了，师傅的手艺为啥这么高，那就是心比头发丝都细。张怀双斜了他一眼，咋听咋觉得他的赞美不像是好话。平时大家都笑话心细如发的汉子不是个汉子，就是个娘儿们。周跃进话出口也觉得有点儿不对味，就嘻嘻地笑，说，我可不是那个意思，师傅你别误会。张怀双说，净整没用的，一边去，别打扰我干活儿。

与此同时，张怀勇正主持一个中层干部会。大家到齐后，他啊了一声试过麦克风，然后扫视全场，开讲。他说，上新设备了，大面积推广新技术了，企业要适应新的要求，接下来我们迫切要做三件事，第一件，上新设备，需要增加工人，我们还是要面对我们的下岗职工招聘；第二件，引进精英人才，我们原有的技术力量明显不足，要不惜代价把拔尖人才引进来，这第二件和第一件并不矛盾，要齐头并进；第三件，加强企业文化建设，要做一流企业，没有相配套的企业文化是不行的。

张怀勇一共讲两个小时。讲到最后时，他宣布一个决定，经过人事部门考核，经过董事会批准，聘任吴中凯为公司总经理助理。会场静得出奇，突然，罗锦章带头鼓掌，掌声这才哗啦哗啦响起来。吴中凯起立，冲大家鞠了一躬。

人们对吴中凯是又熟悉又陌生。他是原来锦绣厂的人嘛，很多人还知道他是张怀勇的发小，当年企业并轨时，被张怀勇“大义灭亲”过。听说这些年吴中凯在外边做过推销员，做过不动产的中介，后来成立了一个文化公司，专门做企业文化的策划和推广，据说颇有名气。现在他被张怀勇以引进人才的名义召了回来，大家咋想的都有，张怀勇岂能不知道。此一时彼一时，张怀勇现在的格局不一样了，心胸开阔了，对于别人怎么看他，都坦然面对。他平静地说，吴中凯是企业文化方面的专家，企业要想做大做强，有新的发展，缺不了吴中凯这样的人。

转天，张怀勇又开了一个高管层的会，专门研究招聘新职工。这招聘分两层：一层招聘下岗职工，另一层引进拔尖人才。第一层的招聘早已形成模式，第二层是思路，需研究引进人才的具体办法和人选。人力资源部主任把人选一一介绍后，张怀勇叫大家发表意见。还是潘唯一率先说，这些人选大多数没问题，但我觉得还是缺了一个，他就是何春先生，他可是钛白粉行业的高手哇！张怀勇接话道，何春是高手没错，但他人品有问题，我们引进人才，人品还是要放在第一位的，在我们的名单里，还有北京的钟建设先生，他是和何春齐名的钛白粉专家，也是我们要引进的第一人选，有了他，生产技术上就有了保障。潘唯一说，钟建设可不太好弄，据我所知，好多厂家重金聘请都被他拒绝了，听说永光集团也挖过他，给的条件不低，人家说啥都没去。张怀勇说，不管难度多大，都要落实。他的目光落到罗锦章身上，说，锦章，这件事就由你负责吧。列席高管会议的罗锦章从后排站起来，连连点头。

散会后，罗锦章进了潘唯一的办公室。潘唯一一直不待见罗锦章，他没好气地问，有事吗？罗锦章低声说，我有个事想跟您汇报一下。潘唯一有些不耐烦，说有事就讲。罗锦章关上门，站到潘唯一办公桌对面，一脸神秘地说，潘总，张总交给我一个任务，叫我查内鬼。潘唯一心头一紧，两双眼睛盯在一起。

潘唯一脱口道，内鬼？罗锦章说，是呀，内鬼，我们的核心技术南钢方面是咋得来的，肯定是被内鬼出卖的。潘唯一心河陡起波澜，故作镇静道，现在我们和南钢是一家了，问问他们就知道了。罗锦章说，虽然是一家，但按惯例，南钢方面是不会出卖这个人的。潘唯一没好气说，谁是内鬼？我也想看看这个吃里爬外的东西是谁。

罗锦章告辞后，潘唯一发了好一阵呆。查内鬼，罗锦章绝不是简单地跟他汇报，而是敲山震虎。他知道，凭罗锦章，他是不敢来敲他的，一定是张怀勇让他做的。潘唯一心里清楚，自己真不是什么内鬼，他反感张怀勇不假，可吃里爬外的事他不会做。

潘唯一点了支烟，在丝丝袅袅升腾起的烟雾中想心事。现在摆在他面前的只有两条路，要么被人挤对，他最终离开锦绣厂，要么他绝地反击，把挤对他的人挤出锦绣厂。要想战胜张怀勇，必须找出他的弱点，他的弱点是个啥？好大喜功，干什么都贪大。以前他在锦绣厂说一不二，现在形势变了，他的上边还有个董事长，还有南钢。凭张怀勇的个性，想不和董事长发生矛盾都难。只要张怀勇和闫海斗争起来，他潘唯一就可以坐收渔翁之利了。这样想过后，他的心绪平稳多了。

张怀双日记摘抄：

别看我只是个炉前工，我是个爱思考的人，我的智商一点儿也不比大哥和二哥差，甚至在某些方面要超过他俩。人一爱思考，上帝就发笑，我爱思考，周围的人就发笑，觉得我没事找事，放着顺心的日子不过去给自己添堵。二十岁的时候，我思考得最多的问题是爱情，啥是爱情，都说爱情是神圣的，是专一排他的……

人到中年，我思考得最多的是生存。人为啥要生存，只是为吃饭睡觉繁衍后代吗？许多时候，我很想找一个人来一起探讨这个问题，可找谁呢？周围的人大都只关心吃喝拉撒孩子老婆热炕头这些问题，通俗得都庸俗了，你跟他谈这些，他没准会认为你是发神经，是大脑出了毛病。

现在我思考的是技术革新，就是无外加熔剂法。我们一台电炉接着一台电炉地调试，总有一天，无外加熔剂法会全面在锦绣厂实施。

闫海到锦绣厂这边视察，事先也没打招呼，一头便扎进车间，来了个“微服私访”。他扎进的是锰冶炼分厂的车间，走了一圈，正巧发现一起工人违规操作事件。闫海和张怀勇等人见面后，不客气地说了这事，问该怎么处理。有违规操作，就说明管理上有漏洞，张怀勇脸色很不好看，表示一定严肃处理。

张怀勇召集有关部门开会，他坐在会议桌中间位置，脸色铁青。潘唯一坐在他的左手边，对侯刚说，有啥违规操作，你先汇报吧。侯刚脖子一梗，不服气地说，啥违规呀，我看不算违规，算好人好事还差不多。潘唯一斥责道，别犟嘴，先实事求是地汇报了再说。侯刚说，情况是这样的，调试电炉运用无外加熔剂法时出了个故障，车间里的泥浆槽堵塞，在用机械清理无效的情况下，张怀双率先跳进了泥浆槽，人工清淤。周跃进和钱奋斗见了，也跳进了泥浆槽。三个人共同努力，终于清槽成功，泥浆槽正常工作了，避免了一起事故。潘唯一问，他们穿防护服了吗？侯刚说，没有，因为泥浆槽里的泥浆有多种化学成分，他们仨身上的皮肤多处受腐蚀，已被送进了医院。潘唯一扭头看张怀勇，张怀勇的脸色更加难看。都知道张怀双是张怀勇的弟弟，大家你看看我，我看看你，都不敢妄加评论。

侯刚说，张怀双是舍己为公，他的这种精神不但不该被指责，还应该受嘉奖才对。潘唯一插了一嘴，闫董事长对此很生气，认为这是违规操作。坐在张怀勇右手边的冯井田反驳潘唯一说，如果泥浆槽不能尽快清理，将会出现大面积停炉事故，从这一点讲，张怀双是立功的。有一个年龄较大的分厂厂长说，我记得老师傅跟我讲过，20世纪50年代也有过这样一件事，当时的主任刘英花率先跳进了泥浆槽清淤，事后厂里为这些人请功，还受到了市里的表彰。

侯刚接着说，是呀是呀，他们的这种行为令我想起了电影《创业》里的铁人王进喜，人家铁人当年就是跳进泥浆池，用身体搅拌泥浆的，这种精神激励了我们多少年呀！技术部主任站起来说，我觉得这个性质是两回事，铁人跳的是泥浆池，里面是纯的泥浆，不是化学水，跳进去没毛病，咱的泥浆槽里面是化学水，性质不同，的确是违规操作。

潘唯一将了张怀勇一军，说，张总，该你拿主意了。张怀勇反问，潘总的意见呢？潘唯一说，张怀双一直是工人里的先进个人，这次又是奋不顾身抢修设备，如果处分他，怕冷了工人的心哪！潘唯一故意这样说，实际是有意激化张怀勇和闫海的矛盾，张怀勇岂能不懂？张怀勇沉着脸说，时代不同了，20世纪50年代规章制度还不完善，在特定的困难时期，精神往往更重要，所以当年刘英花他们才会受表彰。现在不同了，现代企业有健全的规章制度，既然有制度，就必须严格遵守，任何条件都是借口，不管是谁，违章都要严肃处理。他问在座的安监部主任，这种违规该咋个处理？安监部主任说，记过，扣罚奖金一千元。张怀勇说，好，就这么处理，通报全公司，让大家引以为戒。

张怀勇日记摘抄：

处罚怀双和他的徒弟，有点儿挥泪斩马谡的味道。但没有办法，规章制度必须执行，绝不是单单为了给闫海看。

无外加熔剂法正在全面调试阶段，怀双肩负大任，我得找机会跟他聊聊，即使是自家兄弟，也得鼓励，也得帮他解开心结。

罗锦章专程去北京见钟建设，他反馈回来的消息很不乐观，无论怎么诚邀，钟建设就是不答应受聘锦绣厂。钛白粉的生产要再上新台阶，没有顶尖的高手相助是不行的，这事令我伤透了脑筋。

中午在食堂吃饭时看见了姜小妮，我主动凑过去，和她坐到一起，自然聊到了钛白粉生产技术。姜小妮说，杜东风有个氧化环节改进的设想，如果技改成功，产品质量和产量都将有所提高，可惜，仅凭咱们目前的技术力量，搞不成。我故意叹口气说，如果把高手钟建设请来就好了，可惜，咱们请不动他。姜小妮说，我想问问，张总给钟建设的条件是啥？我说，高薪，高职。姜小妮说，高职高到什么位置很重要。我心头一动，觉得她说的不无道理。

下班时，潘唯一把闫海拉进自己的车，要带他去吃饭。闫海说，我今晚得去看看我老爸。潘唯一说，你老爸也是我们的老厂长，等明天我陪你一起去看望，今天就把时间让给我吧。闫海面露难色说，现在上边要求严，不让大吃大喝。潘唯一说，闫董尽管放心，我们去的是一家私人会馆，那儿隐蔽得很。

这个会馆其实是一个私企老板的私宅，不对外营业。里面中式装修，全是红木老旧家具，墙上挂满字画，有一大一小两个包房，还有卧室。这个老板是潘唯一的朋友，他们经常在这儿喝酒聊天。接待闫海他是用了心的，找了几个商界朋友作陪外。

事情出在酒兴正酣时，有几个人推门进来。会馆的主人问道，你们是干啥的？有个年轻人说，我们是市纪委督察组的，不是查你，是查在职的党员干部，据我们所知，在座的潘唯一和闫海都是国企领导。潘唯一和闫海顿时冒了一身冷汗。

在搞党风廉政建设之时，潘唯一和闫海却顶风上，在会所聚众大吃大喝。督察组将此事汇报给市委，因为牵扯到南钢集团，市纪委把情况又通报给了南钢总部所在的市纪委。潘唯一违反了组织纪律，受到了党组织的处分，闫海灰溜溜回了南钢，潘唯一在公司里也低调多了。

合资后的一系列工作都在紧张地进行，引进人才工作也进展顺利，只是到钟建设身上卡壳了。果然不出潘唯一所料，钟建设很难搞，公司出的条件够优厚了，他还是不感兴趣。

罗锦章带人在北京住下后，找了个饭店，把钟建设请了过来。钟建设面相和善，看起来就像一个邻家大哥，给人的感觉不错，人嘛，很多时候是能够从外貌看出个大概来。他好酒量，罗锦章也不藏奸，酒喝得畅快，谈起话来也就顺畅。

罗锦章说，我们的诚意在这儿摆着，您是我们聘请的专家中给出条件最高的，钟老师就一点儿不动心吗？钟建设说，没错，去贵公司的年收入是我现在收入的五倍，可说心里话，你们地处东北的一个中等城市，平台毕竟有限，我在北京的大平台上，一些意想不到的收获是我现在无法估量的。罗锦章觉得人家说的有道理，他不反驳，还是一个劲儿地敬酒，干杯。

喝得差不多了，罗锦章才又问，真的没办法打动您吗？钟建设说，我是个实在人，我的理由都说过了，我不能去你们那工作，但你们有事需要我时，我会助一臂之力。话说到这份儿上，也不好再说啥了。

送走钟建设，罗锦章回入住的酒店。喝得太多，他走路有些摇摇晃晃，但头脑还是清楚的。进房间，电话响了，接电话，电话是姜小妮打来的，询问他的战果。罗锦章摇头晃脑，大着舌头说，我们看来是白跑一趟，姓钟的一口回绝，油盐不进。姜小妮说，如果你是钟建设，你能来吗？他眯起眼睛说，如果我在北京，让我去一个小地方，只是挣钱多点儿，我也不去。姜小妮说，那咋样你才能去？他想了想说，除了挣钱多，还得提职，我当了这么些年中层，进高管还遥遥无期，要是让我当高管，偏一点儿的地方我也去。姜小妮笑道，到底是男人，说好听一点儿是事业第一，难听点儿就是想当官呗！罗锦章笑道，也不是不对，不想当将军的士兵不是好士兵。

刚和姜小妮结束通话，张怀勇的电话就打了进来。罗锦章心头一震，酒劲儿立马消去大半，连舌头都变小了。张怀勇说，你跟钟建设说，只要他肯来，我们就聘请他当总工程师，还要提名他当公司的副总经理。罗锦章张大嘴巴，一时竟说不出话来。张怀勇接着说，你除了要把这个告诉他，还要把南钢锦绣的前景讲给他，在不太远的未来，南钢锦绣将成为本行业的龙头企业。

罗锦章热血沸腾，结束和张怀勇的通话，他在房间里来走走了好几圈。好不容易让自己平静下来，拨通钟建设的手机，轻声说，钟老师，您到家了吧？钟建设说，到家了，酒喝得太多，准备睡觉。罗锦章说，打扰您一下，让您晚睡一会儿，我们总经理张怀勇要我传个话给您。钟建设问，啥话？罗锦章停顿了一下，用很郑重的口气说，张总要聘请您到南钢锦绣担任副总经理兼总工程师。这回是电话那边停顿片刻，钟建设问，为啥？罗锦章说，因为南钢锦绣要做本行业的龙头企业。钟建设说，这不太容易吧？罗锦章说，有一流的团队，有决胜的信心，有您这样的全国技术领头人，没有理由做不到龙头。钟建设说，说得好，罗主任，我再不表个态也说不过去了，告诉张总吧，我答应去了。

在锦绣厂，很多人看吴中凯不顺眼，这其中就有杨红星。

有一次杨红星试探着问张怀勇，咱们引进的都是冶金方面的人才，他吴中凯算个啥呢？张怀勇说，企业的规模大了，效益好了，可距现代企业的要求还差一样东西，这就是企业文化，吴中凯是这方面的专家。杨红星说，咱们的管理模式本身就是一种文化呀，咱们有优良的传统，有自己的使命，有自己的价值观，这些都是我们的企业文化嘛。张怀勇摇摇头说，这只是概念上的东西，有些东西和生产、销售一样，是需要刻意去做的，比如咋包装产品，咋塑造形象，咋提高凝聚力，等等，这都需要一步步去做。杨红星觉得他说得也不无道理，就不吭声了。

吴中凯做了一套搞活企业文化的方案给张怀勇，张怀勇看后交给罗锦章，让他也看看。这方案有几万字，除了改善公司环境就是搞活动，有大合唱比赛、文艺会演、体育比赛，还有全体职工必须参加的赛诗会、拔河等，名目繁多。罗锦章说，如此大动干戈，会不会影响生产哪？张怀勇说，不会的，排练和比赛都利用业余时间，这些活动搞起来，一能吸引社会的眼球，二能提高凝聚力，你们综合事务部要积极配合。罗锦章连连点头。

吴中凯说干就干，首先搞的是大合唱，以分厂或车间为单位，先各自练习，练妥了，全公司比赛。公司机关要出一个合唱队，人员有限，能够拉出来的都是合唱队员。吴中凯对罗锦章说，每次排练要签到，无故不参加者要扣奖金，这个事你们部负责。罗锦章听着不舒服，拧着眉头看吴中凯，意思好像在说，我归你领导吗？吴中凯一本正经地说，罗主任，张总对大合唱十分重视，让我全权来抓，我一个光杆司令，只能靠你们支持了。罗锦章拖着长腔说，好说好说，我们当然要支持了。

吴中凯一个人忙不过来，就叫一个人帮忙。在锦绣厂，搞文体活动是离不开这个人的，她就是工会副主席邱桂兰。吴中凯叫她做机关合唱队的指挥，她高兴得不得了，猛然出手，给吴中凯一个大大的拥抱，反把吴中凯闹了个大红脸。

邱桂兰觉得自己的血流加快，浑身燥热，身上立马出了一层汗。她家三辈都是锦绣厂的人，想当年母亲邱宇以高亢的嗓音为锦绣厂加油鼓劲儿，到她这辈，她总觉得有劲儿使不出来。现在，她可以以自己的方式为锦绣厂加油鼓劲儿了，她怎能平静得下来呢？

机关楼大会议室里，合唱队员集合完毕，站成四排。近十名高管站在第一排，张怀勇站在中间的位置，有他参加，其他人都放下手里的活儿赶来了，谁也不敢缺席。邱桂兰站在台前给大家讲解合唱要领，她热情洋溢，动作夸张，讲起话来五官挪移，本来一张不难看的脸变得难看起来。她越讲声音越高，讲着讲着几乎就是喊了，同志们，我们每一个合唱队员都要打起精神来，要展示锦绣人的精神风貌，别像吃不饱，好像张总没给你发工资似的。众人听了，都哈哈大笑。

邱桂兰整个人便像开闸的渠水，奔腾奔放不可阻挡。她继续喊，同志们，合唱是啥？是声音的共鸣艺术，在不太长的时间内，我要教会你们合唱的发声技巧，教会你们咋样发挥团队意识，你们要学会呼吸，要胸腹联合呼吸、轮流呼吸、循环呼吸，要学会共鸣的运用，要会用气管震动声带……

最初合唱队员是每周练习一次，后来邱桂兰建议改为两次。再后来，她找到吴中凯，要求改为三次。吴中凯把她的建议转给张怀勇，张怀勇答应了。

有一次练习大合唱时，邱桂兰教大家做一个游戏。她让张怀勇站在最前边，排在第二的潘唯一双手搭在张怀勇的肩上，排在第三的冯井田双手搭在潘唯一的肩上，以此类推，合唱队变成一条长蛇。邱桂兰让张怀勇可以任意朝某个方向移动，其他人尾随。长蛇蜿蜒而行，看起来挺壮观的。邱桂兰在一旁解说，张总就是我们的龙头和旗帜，他走向哪儿我们就走向哪儿，这条巨蛇就是我们的企业，只要我们跟定了龙头，队伍就强壮无比，在这支队伍里，第二个和第三个人至关重要，他们要跟定龙头，引领龙身，拉动龙尾……

张怀双日记摘抄：

锦绣厂上了新设备，需要新的职工上岗，在社会上发布了广告，择优召回下岗职工五百名。加上钛白粉分厂上马时招聘的五百名下岗职工，锦绣厂将召回一千名下岗职工。

二哥怀勇在企业并轨时对职工的承诺正在逐步兑现。

今天赵红旗找到我，说他不想当保安了，还想进锰分厂当我的徒弟。我知道，当不当我的徒弟不重要，他想回锰分厂的车间里像过去一样当个炉前工才重要，说白了，他和我一样，都是热爱炉前这个岗位的，我当然支持他。

赵红旗跟我套了一阵近乎，才说让我跟怀勇说说情。我有点儿为难，我知道二哥不是个好通融的人，就狠下心用狠话激他，说别人都敢报名考试，你咋就不敢？是你的手艺不如别人吗？你还是我张怀双的徒弟吗？是我张怀双的徒弟，就不要退缩，就去跟他们公平竞争。赵红旗果然被我的激将法击中，仰起脖子说，师傅你说得没错，我这就报名，和他们比，我优势挺明显呢！我担心地问，你的身体能行吗？赵红旗说，能回锰分厂，我的毛病就好了大半。

我对赵红旗应聘过关是有信心的，对另一个人却信心不足，这个人是谢丽。谢丽也想报名竞聘，但财会岗位不缺人，缺的都是一线工人的岗位。我劝谢丽道，你在个体公司里干得好好的，没必要凑这个热闹。谢丽说，我不是凑热闹，我就想回锦绣厂，我回锦绣厂了，对我妈也是个安慰。我知道丈母娘刘英花对锦绣厂的感情，也就没再阻拦。谢丽说，当工人也没啥不好的，我就报工人岗吧。我说，这是不是有点儿大材小用了。谢丽说，你自己就是工人，难道你自己都瞧不起自己？我没话说了。

招聘工作很快落下帷幕，赵红旗如愿回到了锰冶炼分厂当炉前工，谢丽也成功考进了锰冶炼分厂，岗位是化验员。有人跟张怀双开玩笑，说老公炼出的锰铁由老婆来化验，那不成了夫妻店？张怀双说，夫妻店也没啥不好的，两口子拧成一股绳，还怕做不出一锅好吃食？周围人都笑，说，好，我们就等着吃你们的好吃食了。回到家，张怀双跟谢丽说，别看我嘴上硬，心里发虚，你说这两口子在一个分厂干活儿，总觉得有点儿别扭。谢丽说，是嫌我碍眼吧？张怀双打趣道，这冶炼车间又没啥好看的姑娘，你也没法碍眼。谢丽说，那你别扭啥？张怀双说，就是你在身边，总感觉有压力呗。谢丽说，变压力为动力，多炼好锰就是了。张怀双脸上笑，心里则五味杂陈。

人才的引进工作，也以钟建设成为南钢锦绣分管钛白粉生产的副总经理而告一段落。新的合资企业开足马力，走上正常发展的轨道。

连日来，张大河一直沉浸在一种兴奋的状态中。一来锦绣厂生气勃勃了，这正是他想看到的景象。二来张怀双跟他透露了一个消息，无外加熔剂法全面应用于冶炼之时，侯刚打算把张大河请回来，让他和儿子一起共同炼一炉锰。能在这个年纪再炼上一炉锰，这对他来说意义重大，该是画一个句号的时候了，他悄悄对自己说。

刘英花跟张大河说，这帮老家伙呀，还是你最厉害，三个儿子，有两个有出息的。他知道她说的两个是张怀智和张怀勇，她这样说，等于说她的女婿张怀双没有出息。张大河反驳道，你说得不对，我的三个儿子，个个有出息，尤其是怀双，是个炼锰大拿呢！刘英花听了有些尴尬，附和道，是呀，怀双和你一样，称得上炼锰大拿。

刘英花是打电话跟张大河说些话的，说过这话后才是正题，她说想搞一个锦绣厂老人的聚会，名字就叫“锦绣老家伙会”，把锦绣厂20世纪50年代那一批健在的人都叫上，一起缅怀过去，展望未来。张大河说，好哇，我支持。她说，那你就帮我下通知吧。

地点定在黑天鹅酒店，这家酒店是老字号，当年是本市最豪华的酒店，现在虽然有一些新建的酒店已经超过它，但它的名气和气派仍在。刘英花包下一个二十四人大圆桌的包房，被请来的“老家伙”大多已老态龙钟，有的还是坐轮椅被人推着来的，不多不少，正好聚齐了二十四位。闫振邦曾经职位最高，被让到中间的主座就位，其他人则随意落座。

这些“老家伙”中，刘英花的经济状况算是不咋好的。她虽是离休干部，但离休金有限，又寡居多年，没人帮衬，几个孩子的经济条件也一般。她张罗聚会，就有人提出来要AA制。李旺发说，还啥AA制呀，寒碜不哇？我师傅的儿子们出息，让怀勇这小子签上他的大名啥都解决了。张大河瞪了他一眼，接茬儿说，啥出息不出息的，我结账没问题。闫振邦说，咱不能让英花破费，也不能让孩子们犯错误，我家的条件不错，这个单理应由我来买。刘英花急得直跳脚，别看是老太婆了，还是那个急脾气。她扯开嗓门喊了一嗓子，把大家都镇住了。她说，都给我听好喽，我能张罗，就有能力买这个单，谁要是瞧不起我，就请他自己出去。大家你看看我我看看你，都老实了。

刘英花笑了，说，今天我是桌长，大家都得听我的。说起来我大小也当过领导，在岗时领导了别人大半辈子，自打退下来后，就再没领导过别人了。今天这个领导我要当，而且要当好，你们大家拥护我不？大家都说拥护，她笑得更开心了。

酒菜上桌，刘英花先来了个开场白，之后，让闫振邦讲话。闫振邦纠正她说，不是讲话，是敬酒。她笑道，都一样，就别咬文嚼字了。闫振邦站起来，拿杯子的手有些抖，说话声音也有些抖，毕竟是八十多岁的人了。他说，今天有机会和厂里的老人们，不，是老家伙，叫老家伙更亲切，有机会和老家伙们聚在一起喝酒，首先要感谢刘英花的张罗，她这个人为锦绣厂张罗了一辈子，看来还没张罗够，有生之年能在老家伙们面前这么郑重地说上几句话，我知足了。这第二个要感谢的我觉得应该是我们的后辈，也不单单是张怀勇这一代人，还有叶文广这一代，薛立功这一代，还有我们这一代，牛洪波这一代，锦绣厂就是经过这一代代人的奋斗，才有了今天的辉煌。李旺发插话道，还辉煌呢，现在锦绣厂不是以前的锦绣厂了，现在是南钢锦绣，半个锦绣厂已经是南钢的了。张大河又狠狠瞪了李旺发一眼，冲他说，你啥也不懂，别瞎掺和。闫振邦接着说，不管是南钢锦绣，还是锦绣南钢，都是国家的，特别是钛白粉项目投产，实现了我们几代人的梦想，来，大家干了这杯！呼啦啦都站起来，有坐轮椅的起不来，伸手使劲儿拽身边的人，身边的人就扶着他站起来，跟大家一起干了杯。

酒桌上话最多的还是刘英花，她身体不错，除了血压高点儿没啥大病，说话底气十足，隐约还能看出当年的飒爽之气。因为大家都一把年纪了，酒喝得不多，一多半人只是象征性地抿一小口。刘英花和张大河算是喝得多的，一杯接一杯地干了好多杯。刘英花面色潮红，她看了看古小闲，又看了看张大河，然后用手指着张大河的鼻子说，大河，你这辈子最对不起的人就是古小闲了，说起来我也有责任，当初要是没有我盯着你，你也不会甩了小闲吧？这话捅到张大河的痛处，许多往事涌上心头，他气呼呼回一句，亏你还想着这件事，当年你不是盯着我，是逼着我呢！刘英花说，你也别推卸自己的责任，我盯也好，逼也好，最后的决定权还不是在你自己。张大河愈加地痛了，他不再反驳，垂下头去。古小闲接了一句，大河这样做，对我后来的成长也是有好处的。

刘英花又跟古小闲说，小闲，去三线后你咋跟了姜连子，姜连子虽然是个老实人，可他小毛病多，还弄坏过咱厂的变压器，要不是我一再开导，他还不肯承认呢。古小闲低了头，不说话。张大河霍地站起，憋了多少年的话一下子冲出了喉咙，颤抖着说，当年损坏变压器的不是姜连子，是我。满桌昏花的眼睛唰地一下亮了，都盯住他。刘英花说，大河，你可不要乱讲。张大河说，我没乱讲，那个夜晚，我见一只野鸡夹在电线中间挣扎，就举了扫把去捅，谁知这一捅就捅出了事故。刘英花说，那你为啥不承认，姜连子又为啥要承认？张大河说，这事被小闲报告了，你当时又认定是有人破坏，当时这可是要多大有多大的事，我本能地没敢承认。后来排除了破坏，定为人为过失，我本想去承认，又怕给劳模抹黑，给咱锦绣厂抹黑，要知道当时的劳模是不能有任何污点的。姜连子是个有侠义心肠的人，是他主动替我扛下这个过失，我不想把这个事带进坟墓，今天说了，也算了却我的一个心愿。我对不起姜连子，对不起大家。

静场了好一阵，大家都愣愣地看张大河，谁也不说话。

散场后，张大河和古小闲一道走。是沿古河大坝边的路走，越走夜色越浓，古河两岸建了很多高层，最近市政府搞了亮化工程，这些高层楼房的每一扇窗都被点缀了一朵橘黄色的灯，仰头望去，闪烁如灯山。马路、车流、花坛、街树、路灯，整齐划一，象征着秩序和繁华。

张大河日记摘抄：

这些年，有很多次，我都想找刘英花承认这件事，可每次要张嘴，都有一股无形的力量压得我又闭嘴了。现在说出来，不管大家咋看我，我的心里都感到轻松了。还是刘英花先开口，还是用手指我，手指一颤一颤地说，张大河，你……你叫我说你啥好呢？闫振邦说，时间能抹平一切，太多的无奈谁又能说得清楚呢？很多人附和道，是呀是呀，很多事已经说不出好歹了，咱不说它，不说它了。

聚会结束，大家都在视线中消失，我才凑近古小闲。整个聚餐，她只说了几句话。她朝家走，我追上她，并肩走。我说，我早就想说这件事了，可一直没勇气，当年是我不诚实。古小闲终于开口，说都这么多年了，这件事已经不咋重要了。我问，你和姜连子成家后，他没把实情告诉你吗？古小闲说，没有。我叹口气说，姜连子是真汉子呀。

我和古小闲继续并肩走，距离适中，步调一致，彼此走得都很安详。我这辈子虽没和她走到一起，又显然没有离开过她。

我的手机响了，是怀双打来的电话，说，爸，你去哪儿了，咋还没回家？我说，我参加你丈母娘搞的聚会呢。怀双说，那我去接您吧，顺便也把我岳母接回来。我说，不用了，她走了，我也快到家了。怀双说，爸，我大哥和二哥现在关系紧张，谁也不搭理谁，快春节了，聚到一起怪尴尬的。我说，都是亲兄弟，有啥解不开的结，若真是解不开，那就比酒。怀双说，比酒？我说，对，比酒，这是咱古河工业区用了五六十年的老办法，不管谁对谁错，比输了就认错，完事还是好兄弟。怀双说，这老皇历还管用吗？我说，只要我们这辈人还在，就管用，你告诉他俩，就说我说的，等着春节时比酒吧。

一旁的古小闲说，好多年没见过比酒了。我说，今年春节就让你见一见。

张大河回厂了，很多人在传这个消息。张大河不是一个人回来的，陪他回来的还有三个徒弟。一辆丰田商务车停在锰冶炼分厂的门口，是侯刚派车去接他们的。下车，四个人朝厂房里走，走出了F4的派头，虽然个个头发花白，皱纹满脸，但精气神在，真不像七老八十的样子。

侯刚、张怀双等人一溜小跑迎出来。侯刚挨个跟四个人握手，说，你们回来炼一炉锰，无外加熔剂法就算全面实施了。张大河说，好，谢谢你还想着我。赵平安在他身后说，是谢谢还想着我们。王裕国瞪了他一眼说，臭美吧你，没有咱师傅，你这样子的还能回厂再炼一炉锰？赵平安和李旺发相互看看，都频频点头。他们知道，厂里只请了张大河回来，是张大河叫上了他们，他们才有了这个机会。能在这种年龄回厂再炼一炉锰，也算是为他们的一生画上了个圆满的句号。

四个人进了车间，去了张怀双所在的那台电炉。侯刚悄声跟张怀双说，你带班组的人在边上监护，他们虽都是高手，毕竟一把年纪了，又多年没干这种活儿，要安全第一，如果他们出事了，我们搞这个可就得不偿失了。张怀双说，你就放心吧，有我在，保管他们无事。

张大河今天穿了老式的劳动布工作装，三个徒弟穿的是厂里提供的新式工作装。老工作装洗得发白了，比新装看着都干净，张大河也比三个徒弟看起来要年轻一些。就在这台电炉前，举行了一个简短的仪式，由侯刚宣布全面实行无外加熔剂法。接下来，张大河吼了一嗓子，声音异常洪亮，点火，电炉里很快红彤彤了。

张大河师徒的炼锰，仪式感更多于实际内容，控制电炉的是张怀双，配电的是姜爱国。只有看锰水时，张怀双把勺子递给了张大河。张大河看了一眼后说，火候到了。张怀双也就跟着喊了一声火候到了。在场的人都跟着喊，这炉锰也就在喊声中炼成了。

见好就收，侯刚吩咐张怀双，商务车在外边等着呢，你要把这师徒四人给我安全送到家。张怀双说了声好咧，就过来搀扶张大河，被张大河甩开了。张大河愤愤说，我还没老到一个人走不了路的程度。

商务车开出厂大门时，天上飘起了硬币大小的雪花。

进入腊月后下了两场大雪。第一场是腊月十二那天，漫天飞雪，足足下了一整天。雪停了，高高矮矮的房顶、树枝、汽车、地上都积了厚厚一层雪，世界都变白了。沥青路上撒了很多盐，转天路面的雪融化了，房顶、树木上的雪还厚厚地积压着。第二场雪是腊月二十二下的，比上一场更大，雪花像一片片羽毛，是真正的鹅毛大雪。足足下了两天才停。

雪后全市动员起来，开始大清扫，大街小巷都是拿铁锹铲雪的人。阳光集团大门口，田宇莹也跟同事们一起铲雪，雪后气温低，尽管戴着棉手套，扫一会儿，手还是冻得不听使唤。

扫完雪，回屋，好一阵冻僵的手才缓过劲儿来。田宇莹倒一杯热水，刚放桌上，同事老王闯进来，笑呵呵说，田姐，祝贺你呀！田宇莹说，我又没啥喜事，有啥可祝贺的？老王说，你家老张的喜事就是你的喜事嘛，听说你家老张被评上全国优秀企业家了，可喜可贺。田宇莹想说他是他我是我，话到嘴边还是说了声谢谢。

下班，到停车场，看见撒了盐的马路上积雪已开始融化。田宇莹刚用钥匙打开车门，身后有人喊一声嫂子，吓她一跳。猛回头，看见一男一女正走到她的身边。男的身材瘦高，穿着黑色长款羽绒大衣，帅气十足。女的身材苗条，也穿长款羽绒服，亮丽逼人。喊她的是女的，定睛一瞧，是姜小妮。

简单寒暄，姜小妮介绍身边的男人，钛白粉分厂的杜东风。田宇莹也听说过这个名字，只是印象不深，看他俩挨得很近，似乎很亲密的样子，很容易令她往爱情的方向想。告别后，那两个人继续往前走，田宇莹意味深长地望了好一会儿。

这天晚上，田宇莹冲澡时用了香味特别大的沐浴露。上床后她头枕张怀勇的胳膊说，我下班时看见姜小妮了。张怀勇哦了一声。她又说，她不是一个人，是跟一个小伙子，好像是恋爱关系吧。张怀勇又哦了一声，说，她也老大不小了，该有个对象了。田宇莹话锋一转，说，听说现在你挺重用邱桂兰的，是吗？张怀勇说，也谈不上重用，就是发挥她的专长嘛，搞大合唱，她也真挺厉害，把一支参差不齐的队伍弄得整齐划一，步调一致……田宇莹打断他的话，撒娇道，就是不让你重用她。张怀勇说，毕竟在一个厂待过，这是缘分哪，何况现在又不在一起了。田宇莹还想说什么，被张怀勇打断了。田宇莹吸了一口气，抱紧了张怀勇。

张怀勇日记摘抄：

我知道和姜小妮一起走的小伙子是谁，听谢坚强说过，是杜东风，他正在追姜小妮。只是姜小妮态度不明朗，女孩子的心思很难猜透。

姜小妮境遇坎坷，希望她能找到一个真正爱她的人，过上幸福的生活。

无外加熔剂法全面推广成功，生产成本得到了大幅度降低，在市场竞争中锦绣厂一下子就打开了局面。锰系列产品质量好，价格低，产品供不应求，所有电炉都开满开足，一派繁忙景象。

今天罗锦章找过我，说内鬼查到了，是生产技术部的一个工程师。去南钢谈判前夕，这个工程师因为工作失误造成一次技术事故，后果很恶劣，当时直接就被我开除了。他怀恨在心，恰好南钢正在通过专业圈子搜寻钛白粉资料，他就通过中间人，把自己知道的信息透露给了南钢方面。我叹了口气，表示事情告一段落，现在我们要把精力放到真正的工作中去。

接下来钛白粉生产也将开始技术革新，想想就兴奋，锦绣厂真正是走上了康庄大道。

男人活在这个世界就要干出一番事业，接下来的路还需要一步一个脚印地走。

电炉里炉火正旺，锰水沸腾，张怀双从容地盯着仪表盘操作，他的脸被炙烤得通红，心也像一炉锰水是滚烫的。自从全部采用了无外加熔剂法，他们这些炉前工也由最初的战战兢兢变得胸有成竹。

来到张怀双身后的侯刚注视了他好一阵，像张怀双的胸有成竹一样，他的心里也隐隐生起一种自豪感。要不是有人发现了他，告诉张怀双他来了，他还不知要在这儿站多久呢。

张怀双朝他走过来，他把张怀双拉到稍远一点儿的地方，说跟你商量个事。张怀双说有事就说呗。他这才说，是这样的，分厂决定，要把你的徒弟周跃进和钱奋斗调出你们这个班组，让他们都去独当一面，到新的班组去当班长。张怀双眼睛亮了，说，这是好事，他们早就胜任班组长了，是我这些年把他们压住了。侯刚又说，还有一件事是公司领导让我找你谈的，当然了，是我先推荐的，推荐你当咱们锰冶炼分厂的副厂长。张怀双一听就皱了眉，说，我还是在班组里比较合适。侯刚说，要让能人发挥更大的作用，希望你配合。张怀双说，我的作用就是炼锰，让我离开电炉，那我的作用就发挥不出来了。

二人争论了一番没有结果，侯刚摇摇头，走了。

张怀双躲到一边给张怀勇打了个电话，刚一接通，张怀双就嚷，二哥，我这班组长当得好好的，干吗要让我当副厂长？张怀勇说，这是你们分厂侯刚的建议，公司也觉得应该让你发挥更大的作用。张怀双还是嚷，我更大的作用就是在炉前炼锰，让我离开电炉我就啥也不是。张怀勇说，咱爸还当过分厂厂长呢！张怀双说，咱爸是咱爸，我是我，我知道自己几斤几两，离开电炉我就废了。张怀勇沉默了一会儿，说，好，那就依你。张怀双笑了，说，就该这样。

钛白粉分厂这边也炉火正旺，几乎每个人都忙得脚后跟踢到了后脑勺。

杜东风负责主持钛白粉分厂的技术革新，革新内容就是氧化环节的改进。这是技术难题，以往杜东风敢想不敢干，是因为厂里的技术力量不够，现在有了钟建设的加盟，他觉得是时候开干了。他和姜小妮合作，做了一个革新方案，先给厂长谢坚强。得到谢坚强的支持后，这份方案报送给了张怀勇。

张怀勇把钟建设请到自己的办公室，又让座又倒茶。钟建设说，张总呀，我现在已经是你的属下了，你再这样客气，我也不好意思。张怀勇说，不是客气，你是钛白粉顶尖级的专家，我是真心地敬重你。钟建设笑了笑，喝了一口茶。张怀勇把杜东风和姜小妮的方案递给钟建设，说，我想听听你的意见。钟建设把方案仔细地看了一遍，抬起头说，是个好方案，要想提高质量和产量，这个环节必须改进。张怀勇问，难度呢？钟建设说，难度不小，而且可供借鉴的经验十分有限，只能靠我们自己攻关了。张怀勇说，有你在，我有信心，你就挂帅这个革新小组吧，公司全力支持。

革新小组第一次开会是在钛白粉分厂的小会议室。参加会议的除了小组成员，还有厂长谢坚强。会议由钟建设主持，他做了一段开场白后，先请谢坚强讲几句。谢坚强说，我首先做个检讨，以前我太单纯地注重经济效益了，对技术革新认识不够，支持不足，这是缺乏探索精神，没有长远眼光的表现，现在这个革新已经开始，我在这儿撂句话，如果谁发现我支持得不够，重视得不够，谁就跟我提出来，直接跟公司的张总提出来都行，看我的表现吧，不把这项革新搞成功，这个分厂厂长我不干了。

大家热烈鼓掌，接下来钟建设叫大家都谈谈看法。杜东风率先说，这个方案我想了很久，一直没勇气提，有一次跟姜小妮聊技术，才知道我和她不谋而合，都想到了这个方案。我说句真话，要是没有姜小妮的鼓励，我还真没这个勇气提出来，在这儿我也做个检讨，作为副厂长，我的探索精神也不够，以后一定要加强。说罢，他看了姜小妮一眼，那眼神深情款款，谁都看得出其中意味了，有的想笑，又不好意思笑，就憋着，表情怪怪的。姜小妮见状接过杜东风的话茬儿说，我也讲两句，我只是一名普通的技术员，干技术工作时间短，没有经验，对这项技术革新只是有一种本能的热情而已。这段时间我查阅了大量资料，知道经过氯化工艺后最终要得到精制四氯化钛，还需要经过一定的氧化才能行，以及氧气和成核剂等一系列反应物共同加入反应器之中……姜小妮讲了一堆技术数据，成功地将人们的注意力从男女之间的感情转移到真正的技术层面，大家听得都很认真，正是从她的发言开始，接下来每个人讲的都是革新中的技术问题了。

散会后，姜小妮一个人往技术室走，杜东风从背后追上来。姜小妮扭头看了他一眼，说，你不回自己的办公室，追我干什么？杜东风说，我想跟你说，还是你厉害，你看刚才那些人看我看你的眼神，分明是有那个意思。姜小妮问，哪个意思？杜东风说，那个意思呗，既然别人都看咱俩那个意思了，咱就真那个意思吧。姜小妮心潮起伏，轻轻地说，把那个交给时间吧。杜东风说，那得多少时间哪？姜小妮说，时间会说明一切。杜东风还要说什么，姜小妮把右手的食指放在了嘴唇上，杜东风愣怔间，她笑了，甩开他大步走了。

这段时间，还有一个人忙得不可开交，这就是总经理助理吴中凯。他接连搞了好几套有关企业文化的方案，有一套是想把公司建成不像是工厂的工厂，像什么呢？像一座大花园。一栋栋漂亮的厂房坐落在绿树环抱之中，厂院有花坛，也有水系，从公司大门到办公大楼要经过一个人造湖，湖上有一座拱形桥，车辆可以从那座拱桥爬上爬下。还有一套是培养职工的业余爱好，他跟张怀勇说，你们管理者是想把员工都变成螺丝钉一样的人，而我做的企业文化是要把螺丝钉一样的员工变回到个体的人，这个体不是一盘散沙似的个体，而是一个个具有强烈集体荣誉感的个体，也就是说，这个体的集体意识要比其自我意识强大得多，这样，每个员工对企业的忠诚度也就提高了。张怀勇听了，笑道，貌似很有道理嘛。

吴中凯还提议要搞工间操制度，每天上午十点和下午三点是工间操时间，那时候全公司停产十分钟，数千人一起做工间操，那场面一定很壮观。他还要在大院的某些角落设置一些羽毛球拍、篮球、排球等体育用品，谁要是想锻炼身体便触手可及。张怀勇说，这恐怕不行，到了时间还能停炉做体操吗？吴中凯说，这个不行，放体育器材总行吧？张怀勇说，工作时间就是工作，这个也不行。吴中凯说，那建设花园式企业呢？张怀勇说，这个不错，可以逐步实现。

腊月二十五，全国优秀企业家颁奖典礼将在北京举行。张怀勇去北京领奖的时候，还是在公司大门前举行了欢送仪式。这一天晴朗，无风，厂院、厂房显得干净而巍峨，罗锦章带着一拨人早早候在这里。市委的志刚书记陪着到本市视察工作的牛太白副省长出席。

牛太白握住张怀勇的手说，恭喜你，这个奖是实至名归。张怀勇说，这个奖应该是全体锦绣人的，也包括您。牛太白哈哈大笑，说，有道理，是全体锦绣人前赴后继地干，才有了现在的成果。

然后，张怀勇的车开走了。车子驶上高速公路后，仪表盘跳出一个指示灯，显示轮胎气压异常。路过服务区时赶紧下高速，找服务区的汽车修理部。拎一根橡胶管子的修理工奔过来检查气压，说气压太高了，得放点儿气。张怀勇下车想透透气，刚和修理工对上眼神，修理工就扔了橡胶管子，扑到张怀勇跟前问，张总，你认识我吗？张怀勇摇头。修理工说，我姓王，叫王建设，以前是咱厂的炉前工，我还住过你楼下呢，并轨时回家的，现在自谋职业。张怀勇主动握住他那只满是油污的手，说，原来是小王啊，你们吃苦了，你们为企业改革做出了巨大的牺牲，看你们自谋职业，谋出了一个新天地，真为你们自豪。王建设抖开张怀勇的手说，别给我戴高帽了，这些年我吃多少苦你知道吗？为养家糊口，我老婆二十四小时侍候一个老爷子，现在我老婆突然病倒了，需要高昂的医疗费，可她连医保都没有，我还有个闺女上大学……

重新上车，车胎正常了，张怀勇的脸却阴郁了。司机说，张总，放点儿音乐吧，别叫那个修理工破坏了好心情。张怀勇摇摇头说，好心情还是好得早了点儿，公司是招回了不少下岗工人，可还有一部分没回来，我们要做的工作还多着呢。两个人都不吭声了。

朝前望，正是九十点钟光景，阳光洒了满地，道路、树木和田野上泛起绸缎般的光泽。司机脚尖轻点油门，车子加速朝前驶去。